D1919071

Camilla Sten

Das Dorf der toten Seelen

Thriller

Aus dem Schwedischen von
Nina Hoyer

FSC
MIX
Papier
FSC® C014496

Genehmigte Sonderausgabe 2022

© 2020 für die deutschsprachige Ausgabe
by HarperCollins in der
Verlagsgruppe HarperCollins Deutschland GmbH, Hamburg

© 2019 by Camilla Sten
Originaltitel: »Staden«
Erschienen bei: Norstedts, Sweden

First published by
Norstedts, Sweden

Umschlaggestaltung: Deborah Kuschel nach einem
Originalentwurf von Hauptmann & Kompanie Werbeagentur AG, Zürich
Umschlagabbildung: Julian Dewert, The7Dew / Shutterstock
Satz: GGP Media GmbH, Pößneck
Druck und Bindung: GGP Media GmbH, Pößneck
Printed in Germany

ISBN 978-3-365-00369-5

Für Anna,
die lange vor mir an dieses Buch geglaubt hat.

19. August 1959

Es war so drückend heiß an diesem Augustnachmittag, dass selbst der Fahrtwind, der durch die heruntergekurbelten Seitenscheiben ins Innere des Polizeiwagens drang, kaum Linderung brachte. Albin hatte seine Schirmmütze abgelegt, sein Arm hing aus dem Fenster, und er vermied es tunlichst, die glühend heiße Karosserie zu berühren.

»Wie weit ist es noch?«, fragte er Gustaf ein weiteres Mal.

Gustaf brummte irgendetwas Unverständliches. Albin leitete daraus ab, dass er doch gefälligst selbst auf der Karte nachsehen sollte, wenn er es denn unbedingt wissen wollte. Aber das hatte er schon. Albin war noch nie in der Kleinstadt gewesen, zu der sie gerade unterwegs waren – sie war zu winzig für ein eigenes Krankenhaus, hatte noch nicht einmal eine Polizeistation. Sie war kaum mehr als ein Dorf.

Silvertjärn. Wer hatte jemals von Silvertjärn gehört?

Er wollte Gustaf gerade fragen, ob er schon einmal dort gewesen war, besann sich dann aber eines Besseren. Der Kollege war nicht besonders gesprächig, das wusste Albin inzwischen. Obwohl sie schon fast zwei Jahre zusammenarbeiteten, hatte Albin ihm noch nie mehr als ein paar Worte am Stück abringen können.

Gustaf fuhr langsamer und warf einen Blick auf die Landkarte zwischen ihnen. Dann bog er scharf nach links auf einen Kiesweg ab, den Albin zwischen den Bäumen kaum bemerkt hatte.

»Glaubst du, dass wir dort irgendwas finden werden?«, fragte er und war ganz erstaunt, als Gustaf tatsächlich eine Antwort gab:

»Weiß der Geier.«

»Ich glaube es ja nicht«, fuhr Albin fort. »Es klang eher so, als hätten zwei Schwachköpfe einen über den Durst getrunken. Die Sache ist es wahrscheinlich kaum wert, hinzufahren.«

Die Straße war schmal und holprig. Albin musste sich festhalten, um nicht auf dem Sitz durchgeschüttelt zu werden. Links und rechts des Weges erhoben sich hohe Bäume. Der Himmel, der hier und da durch die Baumkronen blitzte, war so strahlend blau, dass es in den Augen wehtat. Die Fahrt schien eine halbe Ewigkeit zu dauern.

Dann lichtete sich der Wald allmählich.

Die Ansiedlung, die nun vor ihnen lag, glich der kleinen Bergarbeiterstadt aus Albins Kindheitstagen. Sicherlich gab es hier eine Mine, in der sämtliche Ortsbewohner beschäftigt waren. Es war ein hübsches, etwas verschlafenes Örtchen mit seinen gepflegten Häuserzeilen und dem sich dahinschlängelnden Fluss sowie einer weiß getünchten Kirche.

Plötzlich trat Gustaf so stark auf die Bremse, dass das Auto abrupt zum Stillstand kam.

Überrascht sah Albin ihn an.

Sein Kollege hatte die Stirn in Falten gelegt. »Hörst du das?«, fragte er.

»Was denn?«, erwiderte Albin. Er konnte nur das Brummen des Automotors hören.

Sie standen auf einer Kreuzung. Es gab nichts Auffälliges zu sehen. Rechter Hand ein gelbes Haus mit welken Blumen auf den Treppenstufen und ein beinahe identisches in Rot mit weißen Fensterrahmen zu ihrer Linken.

»Nichts«, sagte Gustaf. Sein nachdrücklicher Tonfall ließ Albin erst begreifen, worauf er anspielte.

Er hatte damit nicht sagen wollen, dass er nichts Besonderes hörte – sondern, dass rein gar nichts zu hören war.

Es war totenstill.

Es war halb fünf Uhr nachmittags, es herrschte warmes Spätsommerwetter, sie befanden sich in einer Kleinstadt. Wo waren die spielenden Kinder? Warum saßen keine Frauen auf den Vortreppen und fächelten sich Luft zu?

Albin ließ seinen Blick über die Häuser schweifen. Ein jedes or-

dentlich und anheimelnd. Aber keine der Haustüren stand offen.

Wohin er auch blickte, nicht eine Menschenseele war zu sehen.

»Wo sind sie bloß alle?«, fragte er.

Das Dorf konnte schließlich nicht vollkommen ausgestorben sein. Irgendwo mussten die Bewohner doch sein.

Gustaf schüttelte den Kopf und gab wieder Gas.

»Halt die Augen offen«, forderte er seinen Kollegen auf.

Albin musste schlucken. Auf einmal fühlte sich sein Hals an wie zugeschnürt. Er setzte sich auf und drückte sich wieder die Mütze auf den Kopf.

Die Stille erschien ihm genauso erdrückend wie die Hitze, als sie weiterfuhren. Schweiß rann ihm den Nacken herunter. Sobald der Marktplatz in Sicht kam, durchflutete Albin ein Gefühl der Erleichterung. Er deutete auf eine Gestalt in der Mitte des Platzes.

»Guck mal, Gustaf! Da ist jemand.«

Vielleicht hatte Gustaf schärfere Augen als er oder – anders als Albin – einen untrüglichen Instinkt nach den vielen Jahren im Polizeidienst. Denn Gustaf hielt an, noch bevor sie das unebene Kopfsteinpflaster des Marktplatzes erreicht hatten, öffnete die Wagentür und stieg aus.

Albin blieb sitzen und begriff erst allmählich, was er da sah.

Der erste Gedanke, der ihm durch den Kopf schoss, war:

Der Kerl ist aber groß.

Der zweite:

Nein, nicht groß. Das ist ein Laternenpfahl, der von jemandem umarmt wird. Das ist ja seltsam!

Der Groschen fiel erst, als er den Gestank durch die heruntergekurbelten Seitenfenster wahrnahm. Albin öffnete die Autotür und stolperte hinaus, wie um dem Geruch zu entgehen, doch hier draußen war er nur noch durchdringender. Süßlich und ekelerregend. Ein widerlicher Gestank nach Verwesung.

Da stand niemand, der einen Schandpfahl umarmte. Es war eine Leiche, an einen grob behauenen Schandpfahl gebunden.

Lange, strähnige Haare verbargen das Gesicht – wie ein kleiner Akt der Barmherzigkeit –, während fette Fliegen über den aufgedunsenen Leichnam krochen. Das Seil hatte sich tief ins Fleisch geschnitten. Die Füße waren schwarz. Ob von fortgeschrittener Verwesung oder von geronnenem Blut ließ sich nicht sagen.

Schon nach wenigen Schritten krümmte Albin sich und erbrach sein Mittagessen auf das Kopfsteinpflaster.

Als er sich wieder aufrichtete, hatte Gustaf den Leichnam beinahe erreicht. Er betrachtete ihn mit ein wenig Abstand.

Gustaf drehte sich um und sah Albin an. Die Miene seines Kollegen zeigte eine Mischung aus Entsetzen und Ekel.

»Was in Gottes Namen ist hier passiert?«, fragte er bestürzt.

Darauf wusste Albin nichts zu erwidern. Er schwieg, so wie auch das verlassene Dorf eine Antwort schuldig blieb.

Doch dann, inmitten der Stille, hörte er auf einmal etwas. Ein weit entferntes, leises, aber unverwechselbares Geräusch. Albin hatte mit vier jüngeren Geschwistern das Zimmer geteilt. Er hätte dieses Geräusch überall wiedererkannt.

»Was zum …«, brummte Gustaf und blickte zum Schulhaus auf der gegenüberliegenden Seite des Marktplatzes. Im ersten Stock des Gebäudes stand ein Fenster offen.

»Da schreit ein Kind«, sagte Albin. »Ein Säugling.«

Dann überwältigte ihn wieder der Gestank, und er musste sich aufs Neue übergeben.

Projektbeschreibung:

»Das Dorf« ist eine Dokumentarserie über Silvertjärn, die einzige Geisterstadt Schwedens. Wir planen eine sechsteilige Dokumentation und einen ergänzenden Blog über die Dreharbeiten und die Entdeckungen, die wir währenddessen machen. Silvertjärn ist eine ehemalige Bergarbeitersiedlung in Mittelnorrland, die seit 1959 so gut wie unberührt geblieben ist. Damals verschwanden sämtliche der rund 900 Einwohner unter ungeklärten Umständen.

<Klick hier, um mehr über die Geschichte von Silvertjärn zu erfahren>

Alice Lindstedt, Initiatorin und Filmproduzentin, hat selbst einen autobiografischen Bezug zu dem Ort.

»Als ich klein war, hat meine Großmutter mir immer von Silvertjärn und dem rätselhaften Verschwinden erzählt. Sie selbst lebte schon nicht mehr dort, als es dazu kam. Ihre Eltern und ihre jüngere Schwester aber sind bis heute verschollen.

Silvertjärn und seine Geschichte haben mich schon immer fasziniert. So viele Puzzleteilchen darin scheinen nicht zusammenzupassen. Wie ist es möglich, dass eine ganze Dorfbevölkerung von einem Tag auf den anderen spurlos verschwindet? Was steckte dahinter? Diesen Fragen wollen wir auf den Grund gehen«, so Alice Lindstedt.

Der Plan sieht vor, zunächst Anfang April sechs Tage lang Probeaufnahmen in Silvertjärn zu machen und den Ort zu erkunden. Als Unterstützer*innen des Projektes erhaltet ihr exklusiven Zugang zu dem gedrehten Material (Fotos und Videos)! Wir werden einigen Theorien nachgehen, die über das Verschwinden existieren: Hat ausgetretenes Grubengas ein Delirium verursacht, ist es zu einer Massenpsychose gekommen, oder spielt womöglich ein uralter samischer Fluch eine Rolle?

<Klick hier, um mehr über die existierenden Theorien über Silvertjärn zu erfahren>

Läuft alles wie geplant, wird unser Produktionsteam im August nach Silvertjärn zurückkehren, um die Dokumentation zur Zeit des Jahrestags des Verschwindens zu drehen.

Warum solltet ihr uns unterstützen?

- Exklusive Sichtung des im April in Silvertjärn aufgenommenen Materials
- Uneingeschränkter Zugang zu unserem Social-Media-Paket
- Regelmäßiger Newsletter über die Fortschritte des Projektes per E-Mail
- Seid dabei, wenn die erste ungeschnittene Langfassung der Dokumentation vor dem offiziellen Sendestart gezeigt wird.
- Ein gemeinsamer Besuch in Silvertjärn mit unserer Crew zur Bekanntgabe des Sendestarts und dem Livegehen unseres Blogs

Fundingziel: 150.000 Schwedische Kronen

Bisher finanziert: 33.450 Schwedische Kronen

KLICK HIER, UM TEILZUNEHMEN UND DAS PROJEKT ZU UNTERSTÜTZEN!

Folgt und likt uns in den sozialen Medien!
Instagram: @dokumentationdasdorf
Facebook: Dokumentation Das Dorf
(http://www.facebook.com/dokumentation-das_dorf)
Twitter: @dokumentationdasdorf
#dokumentationdasdorf #Silvertjärn

DIENSTAG

Heute

Ein knisterndes, durchdringendes Geräusch reißt mich aus dem Dämmerschlaf. Ich bin sofort hellwach.

Als ich mich auf dem Beifahrersitz aufrichte, sehe ich Tone das Radio ausschalten. Das Knistern hört augenblicklich auf. Nur noch das dumpfe Brummen des Motors ist zu hören. Im Wageninneren herrscht eine fast beklemmende Stille.

»Was war das denn eben?«, frage ich.

»Das Radio ist schon seit ein paar Kilometern gestört«, erwidert Tone. »Erst kam Classic-Rock, dann Schlagermusik, dann nur noch Rauschen.«

»Das ist bestimmt der Beginn der Todeszone«, witzele ich. Vor lauter Aufregung verspüre ich ein Kribbeln im Bauch. Ich werfe einen Blick auf mein Handy. Es ist spät geworden.

»Ich habe immer noch Empfang, aber nur ganz schwach. Ich poste mal schnell ein Status-Update, bevor die Verbindung völlig abbricht.« Ich logge mich auf Instagram ein, mache einen Schnappschuss von der Straße, die in der goldenen Abendsonne vor uns liegt. »Hey, wie findest du diese Bildunterschrift? *Wir haben unser Ziel fast erreicht! Nähern uns der Todeszone. Melden uns in fünf Tagen wieder, falls uns nicht die Geister holen …*«

Tone verzieht das Gesicht. »Na ja. Ist vielleicht ein bisschen zu dick aufgetragen, oder?«

»Sie werden es lieben«, sage ich, lade den Beitrag hoch und teile ihn auf Twitter und Facebook, bevor ich das Smartphone wieder in die Tasche zurückstecke. »Unsere Follower stehen doch total auf so was. Geister und Horrorfilme.«

»Unsere Follower – alle elf«, bemerkt Tone.

Ich verdrehe die Augen. Aber ihr spöttischer Kommentar versetzt mir einen kleinen Stich. Vermutlich, weil er der Wahrheit ziemlich nahekommt.

Tone sieht es nicht. Ihr Blick ist auf die Straße gerichtet – auf die leere, sich schnurgerade vor uns erstreckende Autobahn. Hoher, undurchdringlicher Kiefernwald umgibt uns, und zu unserer Linken geht blutrot die Sonne am Himmel unter.

»Wir müssten gleich die Ausfahrt erreichen«, sagt Tone.

»Soll ich dich mal am Steuer ablösen?«, frage ich. »Ich wollte nicht einschlafen. Keine Ahnung, wie mir das passieren konnte.«

Tone verzieht die Mundwinkel. »Wenn du bis um vier Uhr früh wach warst, um alles durchzugehen, ist das kein Wunder«, sagt sie, ohne auf mein Angebot einzugehen.

Ob das ein Vorwurf war? Ich bin mir nicht sicher. »Vielleicht nicht«, gebe ich ihr recht.

Trotzdem bin ich überrascht. Ich hätte erwartet, dass die fieberhafte Aufregung, die mich in den letzten Nächten wach gehalten hat, auch während der Autofahrt anhalten würde.

Ich werfe einen Blick in den Seitenspiegel und sehe unmittelbar hinter uns den anderen weißen Kastenwagen mit Emmy und dem Techniktypen. Max' blauer Volvo ist der letzte in der kleinen Karawane.

Dieses Gefühl, das ich im Bauch verspüre … Ist es Aufregung oder vielleicht doch Beunruhigung?

Das intensive Licht färbt meinen weißen Pulli rot und lässt Tones Silhouette scharf hervortreten. Mit ihrer auffallend geraden Patriziernase und der markanten Kieferpartie hat sie wirklich ein beneidenswert schönes Profil. Ich habe sie noch nie geschminkt gesehen. Und ich selbst – bin ich vielleicht übertrieben eitel? Ich habe mir mein straßenköterbraunes Haar platinblond färben lassen – obwohl es mich neunhundert Kronen gekostet hat, die ich gar nicht hatte, und obwohl ich auf dem Bildmaterial, das wir in den kommenden fünf Tagen aufnehmen werden, noch nicht einmal zu sehen sein werde.

Ich habe es für mich getan. Um meine Nerven zu beruhigen. Und weil wir auch noch Fotos für unser Instagram-Profil und die Facebook-Seite, für Twitter und den Blog machen müssen.

Um unsere wenigen Follower und Sponsoren bei der Stange zu halten. Dazu gehören eben auch ein paar Bilder von der Crew.

Ich habe einen schlechten Geschmack im Mund. Mein Blick fällt auf Tones Getränk im Becherhalter.

»Was ist das da?«, frage ich.

»Cola. Zero. Kannst du gerne haben, wenn du willst«, erwidert Tone.

Ich trinke gierig, war wohl durstiger, als ich dachte. Aber sonderlich erfrischend ist die abgestandene Cola nicht.

»Da!«, ruft Tone plötzlich und drosselt das Tempo.

Die alte Ausfahrt existiert nicht im GPS, das hatten wir schon bei der Planung der Route bemerkt. Wir mussten uns auf altes Kartenmaterial aus den Vierziger- und Fünfzigerjahren stützen, haben es gründlich mit den alten Karten aus dem Archiv der Verkehrsbehörde abgeglichen und uns den Verlauf der stillgelegten Bahntrasse angesehen, als der Zug noch zweimal pro Woche in Silvertjärn hielt. Max ist gut im Kartenlesen und hat uns versichert, dass die Straße hier liegen sollte. Ich war mir da aber ganz und gar nicht so sicher. Das bin ich erst jetzt, als Tone sich im Schneckentempo der kleinen Ausfahrt nähert, die einst die einzige befahrbare Straße zum Dorf darstellte.

Nachdem wir abgebogen sind, bremst Tone ab und stellt den Motor aus.

Ich bin erstaunt. »Was ist los? Warum hältst du an?«

Tones Gesicht ist noch blasser als sonst, ihre Lippen zusammengepresst, die Sommersprossen zeichnen sich deutlich auf ihrer hellen Haut ab. Ihre Hände umklammern das Lenkrad.

»Tone?«, frage ich noch einmal etwas leiser.

»Ich hätte nie gedacht, dass ich das wirklich einmal zu sehen bekäme, das ist alles«, erwidert sie tonlos.

Ich lege meine Hand auf ihren Arm. Die Muskeln unter ihrem Shirt sind hart vor Anspannung.

»Soll ich lieber fahren?«, frage ich.

Die anderen haben inzwischen auch angehalten.

Tone lässt das Lenkrad los und lehnt sich auf dem Sitz zurück.

»Vielleicht ist das besser«, sagt sie, ohne mich anzusehen, und steigt aus.

Ich folge ihrem Beispiel. Die eisig kalte Luft draußen trifft mich wie ein Schock und durchdringt sofort meinen Pulli.

Als ich auf dem Fahrersitz Platz nehme, hat Tone schon ihren Sicherheitsgurt angelegt. Ich warte darauf, dass sie irgendetwas sagt, aber sie schweigt. Also gebe ich vorsichtig Gas, und wir fahren die halb zugewucherte Straße entlang.

Die Bäume bilden ein Dach über dem Weg, der Wald scheint uns zu verschlucken. Andachtsvolle Stille breitet sich zwischen uns aus. Tones plötzlich im Halbdunkel erklingende Stimme lässt mich zusammenfahren.

»Es ist sowieso besser, wenn du in den Ort hineinfährst. Es ist dein Projekt. Du wolltest hierher, oder?«

Ich frage mich verunsichert, wie sie das wohl meint, während ich mich gleichzeitig darauf konzentriere, den schwerfälligen Kastenwagen über Steine und knorrige Wurzeln zu manövrieren.

»Ja, schon«, erwidere ich.

Ein Glück nur, dass wir beim Mieten der Autos eine Versicherung dazu gebucht haben. Für dieses Terrain sind die Fahrzeuge wirklich nicht gemacht. Aber wir brauchten Kleinlastwagen wie diese, um unsere Ausrüstung transportieren zu können. Und geländetauglichere Fahrzeuge wären in der Tagesmiete so teuer gewesen, dass sie unser Budget um ein Vielfaches gesprengt hätten.

Schweigend setzen wir die Fahrt fort. Während die Minuten verrinnen und wir immer tiefer in den Wald hineinfahren, kommt mir der Gedanke, wie abgeschieden diese kleine Ansiedlung doch gewesen sein muss. Meine Großmutter hatte mir erzählt, dass kaum jemand aus dem Ort ein Auto besessen hatte. Wollte man die Zivilisation erreichen, musste man auf den Zug warten oder war gezwungen, zu Fuß zu gehen. Wie lange musste das gedauert haben, wenn wir mit dem Auto schon so lange dorthin brauchen? Dieses Dorf musste wirklich eine Welt für sich gewesen sein.

Wir passieren einen kleinen Weg, der sich in den Wald hineinschlängelt. Zuerst bin ich mir unsicher, ob wir vielleicht lieber dort entlang sollen, doch dann wird mir klar, dass es sich dabei um den Weg zum Stollen handeln muss. Ich fahre weiter geradeaus, im Kriechtempo über herabgefallene Zweige und Äste. Der Kastenwagen ächzt und stöhnt, kämpft sich aber vorwärts.

Als ich mich gerade besorgt frage, ob wir uns doch geirrt haben – ob dies doch nur ein Waldweg ist, ein Wanderweg, und wir immer tiefer in den Wald geraten, bis wir mitsamt unseren Autos, unserer Ausrüstung, unseren irrwitzigen Ideen und Ambitionen stecken bleiben, lichtet sich auf einmal das Dickicht um uns herum.

»Da!«, flüstere ich, mehr zu mir selbst als zu Tone.

Ich trete leicht aufs Gas und spüre, wie sich mein Herzschlag beschleunigt.

Dann lassen wir den Wald hinter uns und stehen an einem leichten Abhang. Und da liegt die Ansiedlung vor uns, in einem Tal.

Über den Häusern im Osten des Dorfes erhebt sich die Kirche; eine stolze, hohe Turmspitze, gekrönt von einem grazilen Kreuz, das unbegreiflich rein im Licht der Abendsonne glitzert. Die kleinen Häuschen wirken mit ihren verfallenen Fassaden wie bloße Silhouetten. Der Fluss schlängelt sich durch den Ort und mündet in den Waldsee, der dem Dorf seinen Namen verliehen hat und womöglich einst silberfarben war – Silvertjärn, der »Silbersee«. Heute aber liegt das Gewässer schwarz und blank da, als verberge es ein uraltes Geheimnis. Im Bericht der Grubengesellschaft stand, dass sie den See nicht untersucht hätten und auch keine Angaben darüber machen könnten, wie tief er sei. Womöglich erstreckt er sich bis ganz hinunter auf Grundwasserniveau – bodenlos tief.

Aus einem Impuls heraus löse ich meinen Sicherheitsgurt, steige aus und lasse meinen Blick über das Dorf schweifen. Es ist ganz still. Nur das dumpfe, ewige Brummen des Motors und die leisen Seufzer, die der Wind über den Dächern der Häuser aushaucht, sind zu hören.

Tone steigt auch aus. Sie sagt nichts, schließt noch nicht einmal die Wagentür.

Ich aber flüstere ein Gebet, eine Beschwörung – einen Willkommensgruß: »Silvertjärn.«

Damals

Elsa ist auf dem Rückweg von ihrem Besuch bei Agneta Lindberg, als ihr auffällt, dass etwas anders ist als sonst.

Der Spaziergang von Frau Lindberg zu ihnen nach Hause dauert eigentlich nur eine Viertelstunde, wenn man sich etwas beeilt, aber Elsa braucht meistens über eine halbe Stunde dafür. Jedes Mal trifft sie unterwegs Leute, die ein Schwätzchen mit ihr halten wollen.

In den letzten Monaten war sie immer einmal pro Woche bei Agneta – seitdem die Ärmste ihre Diagnose bekam. Und das stets mittwochs, weil es sich so gut mit der Einladung bei der Frau des Apothekers verbinden ließ.

Viel bewerkstelligt wurde bei diesen Treffen allerdings nicht. Sie boten ein paar Frauen aus dem Dorf nur die Gelegenheit, sich über dieses und jenes zu unterhalten, Klatsch zu verbreiten, Kaffee aus feinen Porzellantassen zu trinken und sich einen Moment lang für etwas Besseres zu halten. Aber das schadete niemandem, im Gegenteil, den Frauen aus Silvertjärn bekam es nur gut, etwas zu tun zu haben. Elsa konnte auch nicht bestreiten, dass sie es unterhaltsam fand, auch wenn sie die anderen Frauen gelegentlich eindringlich ermahnte, sobald sie in ihrem Gerede allzu boshaft wurden.

Es diente schließlich niemandem, darüber zu spekulieren, ob der Volksschullehrer wirklich der Vater seines jüngsten Sohnes war. Elsa hatte selten einen Vater erlebt, der so in ein Kind vernarrt war wie er. Und in dem Fall spielte es doch überhaupt keine Rolle, wie rot die Haare des Säuglings waren.

Es ist warm an diesem Nachmittag, und ungewöhnlich schwül für April. Die Bluse klebt ihr auf der Haut. Sie nimmt gern den Weg am Fluss entlang. Er geht sich so schön eben und gleichmäßig, und hebt man den Blick, kann man in der Ferne den See glitzern sehen. Das Schmelzwasser strömt und braust am Ufersaum. Man bekommt Lust, stehen zu bleiben und die Füße ins Wasser zu halten.

Das tut Elsa selbstverständlich nicht. Wie würde das auch aussehen, wenn sie ihren Rock hochzöge und wie ein sorgloses junges Mädchen im Fluss herumplantschen würde? Da hätten die Frauen aus dem Dorf wirklich etwas, über das sie sich das Maul zerreißen könnten! Oder soll sie es vielleicht doch wagen?

Als Elsa bei diesem Gedanken den Mund verzieht, fällt ihr auf, dass etwas anders ist als sonst: Sie sieht sich nach anderen Spaziergängern um, die sie womöglich bei ihrem Sprung in den Fluss sehen könnten, und bemerkt, dass niemand hinter ihr ist. Weit und breit ist keine Menschenseele zu sehen.

Der Fluss wird von Häusern gesäumt. Hier beginnt der alte Dorfkern von Silvertjärn. Er gefällt Elsa besser als die Häuser des neuen Ortsteils. Als Staffan und sie nach Silvertjärn zogen – sie selbst war damals kaum mehr als ein Kind –, hatten sie in einem der neuen Häuser gewohnt, die die Grubengesellschaft hatte erbauen lassen. Sie waren seelenlos und kalt, und Elsa ist heute noch davon überzeugt, dass dies der Grund dafür war, dass ihre erste Schwangerschaft sich so schwer gestaltet hatte. Sowie sie die Möglichkeit dazu hatten, waren sie dort wieder ausgezogen.

Die Häuser in Flussnähe sind älter und besitzen mehr Charakter, und Elsa kennt jeden einzelnen ihrer Bewohner. Tatsächlich kennt Elsa ganz Silvertjärn. Aber die Menschen, die in ihrer eigenen Nachbarschaft leben – beim Fluss, unterhalb der Kirche –, liegen ihr ganz besonders am Herzen. Sie geht gerne an dem Eckhaus mit dem schiefen Dach vorbei und stattet der jungen Pia Etterström und ihren Zwillingssöhnen einen Besuch ab, bleibt an Emil Snälls Veranda stehen und bewundert Lise-Maries Rosensträucher.

Heute aber hat keiner sie aufgehalten oder ihr zugewinkt.

Obwohl es so heiß ist, sitzt niemand im Garten oder auf der Vortreppe oder an einem geöffneten Fenster. Niemand ist aus dem Haus gekommen, um sie zu begrüßen. Elsa kann aber sehen, dass sich hinter den Küchengardinen etwas rührt. Sämtliche Einwohner des Dorfes scheinen sich in ihren Häusern verkrochen zu haben.

Sie spürt, wie sich ihr Magen zusammenzieht.

Später wird sie sich fragen, ob ein Teil von ihr es nicht schon geahnt hat, als sie losrannte, als sie verschwitzt und mit zerzaustem Haar in die heimische Küche kam und Staffan mit leerer Miene am Küchentisch sitzen sah.

Doch das tut sie nicht, jetzt noch nicht. *Das* hätte sie niemals ahnen können.

»Sie schließen die Grube, Elsie. Sie haben es uns gerade gesagt. Sie haben uns nach Hause geschickt«, sagt Staffan wie in Trance.

Als Elsa das hört, fällt sie das erste – und letzte – Mal in ihrem Leben in Ohnmacht.

Heute

Ich habe Silvertjärn noch nie mit eigenen Augen gesehen. Zwar habe ich nach Großmutters Erzählungen eine Vorstellung davon entwickelt, habe wie besessen bis spät in die Nacht nach Ortsbeschreibungen im Internet gesucht, aber ich bin kaum fündig geworden.

Als ich das Knipsgeräusch von Tones Kamera höre, drehe ich mich um. Der Apparat verbirgt die Hälfte ihres Gesichtes.

Eigentlich wäre es sinnvoll gewesen, schon bei der Einfahrt in den Ort zu filmen. Das wäre ein starker Auftakt gewesen, hätte die Aufmerksamkeit der Zuschauer gefesselt – und auf so etwas ist man angewiesen, wenn man sich um Fördergelder bewirbt. Wie viele Fotos wir auch auf Instagram posten und wie sehr wir uns auch bemühen, Sponsoren für unsere Crowdfunding-Kampagne zu gewinnen, so werden wir zweifellos zusätzliche Förderung brauchen, um den Film machen zu können, den ich mir vorstelle. Ohne eine finanzielle Unterstützung von Stiftungen oder Behörden haben wir keine Chance.

Ich bin aber überzeugt davon, dass wir das Geld letztlich zusammenbekommen werden – denn wenn irgendein Projekt förderungswürdig ist, dann doch wohl dieses?

Die verfallenen Gebäude leuchten rotorange in der Abendsonne. Sie wirken erstaunlich gut erhalten. Früher hat man offenbar solider gebaut. Doch trotzdem ist – selbst aus der Ferne – der Verfall ersichtlich. Einige Dächer sind eingestürzt, und die Natur hat begonnen, das Terrain zurückzuerobern. Es ist schwer, eine Grenze zwischen Natur und Bebauung zu erkennen. Die Straßen sind überwuchert, und die verrosteten Schienenstränge verlaufen wie eine zerstochene Ader vom Bahnhof in den Wald.

Auf eine morbide Weise ist es ein schöner Anblick. Wie eine Rose kurz vor dem Verwelken.

Das Knipsgeräusch hört auf. Tone senkt die Kamera.

»Hast du ein paar gute Aufnahmen machen können?«, frage ich.

»Bei dieser Aussicht hätte auch eine iPhone-Kamera gereicht«, erwidert sie trocken.

Sie kommt zu mir und zeigt mir die Bilder auf dem Display. Wir haben uns darauf verständigt, dass Tone das Fotografieren übernimmt. Anders als Emmy, der Techniktyp und ich hat sie keine Vorerfahrungen in der Filmbranche – sie ist ursprünglich Werbetexterin. Aber Fotografie ist seit einigen Jahren ihr Hobby, und ihre Fotos sind besser als alles, was ich jemals mit dieser Kamera zustande bringen würde.

Außerdem war das die einfachste Lösung gewesen, um sie zum Mitkommen zu bewegen. Sie hatte lange Argumente dagegen vorgebracht, hatte gemeint, dass ihre Anwesenheit vor Ort für das Filmprojekt nicht »von Bedeutung« sei. Sämtliche meiner Einwände, dass sie als Co-Produzentin nötig sei, waren wirkungslos geblieben. Erst als ich erwähnte, dass wir jemanden bräuchten, der Fotos macht, gab sie nach.

Sie ist von Bedeutung für das Projekt. Vielleicht nicht unbedingt als Fotografin – aber sie ist ein Teil der Geschichte, ob sie es will oder nicht. Ich hoffe nur, dass die kommenden Tage sie zur Einsicht bringen werden.

Ich mustere das kleine Abbild des Dorfes auf dem Display und danach die Ortssilhouette vor mir. Die klaren Farben und scharfen Kontraste lassen diesen Anblick wie ein Gemälde erscheinen.

Es ist absolut still. Noch nicht einmal Funksignale lassen sich von hier senden. Angeblich liegt es am Eisenerz im Felsgestein, an einem Magnetfeld, das die Signalgebung stört, aber ganz sicher ist sich da niemand. Der Mystik tut das keinen Abbruch, im Gegenteil.

»Wie fühlst du dich?«, frage ich Tone. Es fällt mir schwer, mich vom Anblick der Gebäude loszureißen.

Tone atmet tief ein und kneift die Lippen zusammen, bevor sie mich ansieht. »Ich weiß es nicht.« Sie verzieht den Mund. »Ich hätte nie gedacht, dass ich wirklich einmal herkommen würde, dass es jemals so weit kommen würde. Ich kann gar nicht ganz fassen, dass wir jetzt hier sind.«

»Aber das sind wir«, versichere ich ihr – und auch mir selbst.

Und jetzt, endlich, erscheint ein echtes Lächeln auf Tones Gesicht, und die gedrückte Stimmung, die seit meinem Aufwachen im Auto zwischen uns geherrscht hatte, löst sich auf.

»Natürlich sind wir das. Ich hätte es wissen müssen. Wenn du dir einmal was in den Kopf gesetzt hast, Alice, dann erreichst du das auch!«

Ich muss lachen, euphorisch, wie berauscht, während ich gleichzeitig vor Kälte zittere – ich hätte mir vor dem Aussteigen besser eine Jacke anziehen sollen. Ja, jetzt sind wir tatsächlich hier, nach der ganzen mühsamen Organisation, den langen Nächten und zahllosen Stellenabsagen. Nach sämtlichen Drecksjobs, die ich hatte annehmen müssen – all das hat sich gelohnt, denn jetzt sind wir tatsächlich hier in Silvertjärn.

Und einen Film wird es auch geben. *Das Dorf* wird Wirklichkeit – dieses Projekt, das mich seit meiner Teenagerzeit nicht mehr losgelassen hat.

»Wahnsinn, was für ein Ort!«, ruft Emmy in diesem Moment beeindruckt aus.

Sie und der Techniker sind auch ausgestiegen und kommen nun zu uns herüber. Emmy lehnt sich gegen unseren Wagen. Ihr ausgeleiertes weißes T-Shirt scheint mit der Farbe des Autolacks zu verschmelzen. Das hennafarbene Haar hat sie zu einem nachlässigen Pferdeschwanz zusammengebunden, und ihre Jeans sind so weit, dass sie dem Typen neben ihr passen könnten. Wenn ich so darüber nachdenke, gehören sie vielleicht sogar ihm. Ich bin mir über die Beziehung der beiden nicht völlig im Klaren, weiß nur, dass sie schon öfter zusammengearbeitet haben. Emmy hatte mich auch darauf hingewiesen, dass er diesen

Job nur ihretwegen angenommen habe und er für gewöhnlich mindestens dreimal so viel nähme, wie wir ihm für diese fünf Tage bezahlen können.

Der Techniktyp steht direkt hinter ihr. Wie hieß er noch gleich … Robin? Nein, so hieß er nicht. Er hatte sich uns zwar bei unserem ersten Treffen und dem gestrigen Teammeeting vorgestellt, aber ich konnte mir noch nie gut Namen merken. Er hat die Sorte rotes Haar, die einen dazu veranlasst, ihn länger anzustarren, als es angemessen wäre, und sein Körper ist von unzähligen Sommersprossen übersät. Wenn die nicht wären, könnte man ihn vielleicht sogar gut aussehend nennen, so hochgewachsen und breitschultrig, wie er ist. Aber sein karottenrotes Haar und die braunen Augen lassen mich eher an ein Eichhörnchen denken. Noch dazu ist er sehr mundfaul; ich glaube, ich habe ihn noch nie mehr als zwei Sätze hintereinander sagen hören.

»Wie lautet jetzt der Plan?«, fragt Emmy und sieht mich an.

Ich räuspere mich. »Wir schlagen unser Lager auf dem Marktplatz auf. Mitten im Dorf, das ist ein guter Ausgangspunkt. Und es müsste gut möglich sein, dorthin zu kommen. Die Straße verläuft zwar über den Fluss, aber ich habe gelesen, dass die Brücken noch stabil genug sind, um die Last von Autos zu tragen.«

»Und wo hat das gestanden?«, hakt Emmy nach und zieht fragend die Augenbrauen hoch. »Ich dachte, es gäbe gar kein gutes Kartenmaterial über Silvertjärn.«

In der Ferne höre ich, dass eine Autotür geöffnet wird. Max fragt sich bestimmt, weshalb wir alle ausgestiegen sind.

»Im Bericht«, entgegne ich und versuche, einen Anflug von Gereiztheit zu unterdrücken.

Du wusstest doch, auf was du dich einlässt, als du sie ins Team geholt hast, sage ich mir selbst.

»In dem Bericht der Grubengesellschaft vom Ende der Neunzigerjahre, als sie die Bodenqualität begutachten ließen«, stelle ich klar. »Ihr habt eine Kopie davon in eurer Infomappe.«

»Bist du dir sicher, dass diese Infos noch immer Gültigkeit haben?«, hakt Emmy nach. »Die sind immerhin schon zwanzig Jahre alt. Nur weil die Brücken damals als sicher galten, sind sie das ja nicht zwangsläufig heute noch, oder?«

»Lasst uns doch einfach runterfahren und die Lage checken«, erwidere ich knapp. »Zur Not müssen wir eben umdisponieren.«

Jetzt hat Max uns erreicht. »Was ist los?«

»Nichts!«, sage ich schnell.

Emmy wirft einen Blick über ihre Schulter und scheint ihn, sowie sie seine Anwesenheit registriert, als nicht weiter beachtenswert einzustufen.

Max' blonder Pony fällt ihm in die Stirn, sein Hemdkragen ist knittrig. Ich kenne Max schon, seit er abgetragene T-Shirts mit Namen von Rockbands trug, die niemand außer ihm kannte. Obwohl er inzwischen so erfolgreich ist, um als Kapitalgeber an der Fahrt teilzunehmen, und Hemden trägt, die mehr kosten als meine gesamte Garderobe, sieht er immer noch so aus, als würde er sich in jenen verwaschenen Band-Shirts wohler fühlen.

Tone blickt zum Himmel. »Wir sollten einen Zahn zulegen«, sagt sie, und da fällt auch mir auf, dass die Dämmerung bereits einsetzt.

»Los, lasst uns den Hang runterfahren!«, fordere ich die anderen auf.

Max hebt den Daumen, und auch Emmy nickt zum Glück.

»Du kannst ja jetzt das Steuer übernehmen, Robert«, sagt sie an den Techniker gewandt.

Ich setze mich wieder auf den Fahrersitz. Bevor ich die Tür schließe, höre ich Emmy rufen: »Fahrt ja vorsichtig, damit ihr die Ausrüstung nicht beschädigt!«

»Als ob sie selbst für das Zeug gezahlt hätte«, brumme ich missmutig und knalle die Tür hinter mir zu.

Heute

Ich fahre langsam und hochkonzentriert den Hang hinunter. Irgendwo hier soll es offenbar einmal eine Landstraße gegeben haben, doch wie sehr ich auch danach gesucht habe, ich habe sie auf keiner Karte verzeichnet finden können. Der Großteil des Güterverkehrs wurde offenbar über die Schiene abgewickelt. Auf einmal fällt im Laderaum des Wagens etwas mit lautem Krachen um. Ich umklammere das Steuer noch fester.

»Bist du dir eigentlich sicher, dass du mit ihr zusammenarbeiten kannst?«, fragt Tone mich.

Mir ist klar, dass sie die Frage aus Besorgnis stellt, aber mir kommt es vor wie Kritik. Tone ist selten besonders taktvoll.

»Mir blieb ja wohl kaum eine andere Wahl«, erwidere ich nur.

Der Wagen rumpelt heftig, ich muss ein Schlagloch übersehen haben.

»Nein – jedenfalls nicht im Augenblick«, gibt Tone mir recht.

Emmy war meine letzte Hoffnung gewesen. Ich hatte versucht, sämtliche meiner Kontakte in der Filmbranche anzuzapfen, hatte in den sozialen Medien Stellenangebote und Suchanfragen gepostet – ohne Erfolg. Es gab zwar einige Interessenten, doch die machten einen Rückzieher, sobald sie erfuhren, wie wenig wir ihnen zahlen konnten und wie wenig Erfahrung wir besaßen. Ein Abschluss von der Filmhochschule und vereinzelte, projektgebundene Stellen als Produktionsassistentin – was ich vorweisen konnte, war nicht sonderlich beeindruckend. Es ist ohnehin nicht leicht, Mitstreiter für ein noch nicht finanziertes Herzensprojekt zu finden, und ich brauchte wirklich ein paar erfahrene Leute, die sich auf ihren Job verstanden.

Eines Abends also, als ich schon vollkommen erledigt und der Verzweiflung nahe war, und meine letzte Chance – der Ex-

Freund eines ehemaligen Klassenkameraden, der an einigen recht bedeutenden Produktionen für TV4 beteiligt gewesen war – wegen eines anderen, besser bezahlten Jobangebots abgesagt hatte, gab ich auf. Und brachte Tone gegenüber Emmy ins Spiel.

Vor diesem Abend hatte ich kein Wort über Emmy verloren. Doch trotz meiner beharrlichen Versuche, so zu tun, als hätte es Emmy Abrahamsson nie gegeben, hatte sie doch immer noch in meinem Hinterkopf herumgespukt. Ich hatte in regelmäßigen Abständen einen Blick auf ihre Facebook-Seite geworfen, ihren Namen spätabends in die Maske der Suchmaschine getippt.

Für Emmy war es nach dem Examen gut gelaufen – jedenfalls besser als für die meisten anderen Absolventen unseres Abschlussjahrgangs. Die Hälfte unserer ehemaligen Kommilitonen hatte der Filmbranche nach ein paar Jahren wieder den Rücken gekehrt, aber nicht Emmy.

Überrascht hat es mich eigentlich nicht. Clever war sie schon immer gewesen.

Ich schalte in einen niedrigeren Gang, als der Untergrund ebener wird, und seufze erleichtert auf. Mir war gar nicht bewusst gewesen, dass ich vor Anspannung die Luft angehalten hatte. Eingehend mustere ich die Holzhäuser, die jetzt vor uns in Sicht kommen. Sie wurden nach typischer schwedischer Bauweise errichtet, mit Satteldächern und kleinen Fenstern. Das erste Häuschen, das wir passieren, ist winzig klein, kaum mehr als ein Schuppen. Es liegt abseits, etwa hundert Meter von den Nachbarhäusern entfernt. Seine Wände mussten einst falunrot gewesen sein, jetzt aber blättert der Anstrich großflächig von den Holzbrettern ab, und die Fensteröffnungen starren uns schwarz und leer an. Nur noch ein paar Überreste von einigen zersprungenen Scheiben sitzen in den Fensterrahmen, deren weiße Farbe längst verwittert ist. Hinter dem Haus geht gerade die Sonne unter, und das schräg abfallende Dach wirft lange Schatten. Man kann nicht in das Häuschen hineinsehen.

Beinahe unbewusst bremse ich ab.

»Ob dies das Haus von …?«, setzt Tone an.

»Ja, das muss Birgitta Lidmans Haus sein«, beende ich ihren unvollendeten Satz. »Schwachkopf-Gittas Haus.«

Am liebsten würde ich hierbleiben und es mir genauer anschauen, aber wir sollten vor der Dunkelheit unser Lager aufschlagen. Unserem Zeitplan zufolge wollen wir morgen früh das Dorf erkunden. Längere Szenen wollen wir erst an Tag zwei und drei filmen. Aber wir müssen jede Minute der fünf Tage nutzen, danach ist unser Budget erschöpft.

Müssen geeignete Drehorte ausfindig machen und herausfinden, welche Szenen am besten wiedergeben, wie die fertige Dokumentation später aussehen soll.

Der kleine Trailer, den wir auf unserer Crowdfunding-Plattform hochgeladen haben, ist uns erstaunlich gut gelungen, obwohl wir kaum Material hatten, auf das wir uns stützen konnten. Tone hatte einen Freiberufler aus ihrer Zeit in der Werbebranche dafür gewinnen können, der ihn für sie zum Freundschaftspreis gemacht hat. Doch so gut der Trailer auch ist, bietet er doch nur 45 Sekunden lang lose Sequenzen von Naturaufnahmen, Bilder von alten Dokumenten und ein unheilvolles Voiceover. Ein »richtiger« Trailer mit dramatischen Aufnahmen aus Silvertjärn selbst würde unserer Crowdfunding-Kampagne vielleicht den entscheidenden Kick geben.

Wir hätten eine Drohne mieten sollen, denke ich, während ich meinen Blick über die Häuser schweifen lasse. *Das* wäre ein eindrucksvoller Auftakt gewesen! Silvertjärn von oben gesehen, eine pittoreske Kleinstadt im Frühlingssonnenschein – bis man näher an die Häuser heranzoomt und erkennt, dass das Idyll trügt und der Verfall ersichtlich wird: eingestürzte Hauswände, in den Boden gesunkene Grundmauern, einst makellose kleine Veranden, die sich bei näherem Hinsehen als morsch und zusammengebrochen erweisen …

Ich hatte das für unnötig gehalten, hatte gedacht, dass wir uns das für die eigentlichen Filmaufnahmen aufsparen konnten, aber jetzt, da wir hier sind, bereue ich diese Entscheidung. Tatsächlich hängt alles von diesem kurzen Trip ab. Uns bleibt nur dieser eine Versuch. Gelingt es uns nicht, etwas daraus zu machen, kann ich wohl kaum darauf setzen, dass Max einen weiteren Dreh finanzieren würde.

»Da vorne ist sie!«, ruft Tone aus.

Zuerst verstehe ich nicht, worauf sie da zeigt. Aber dann sehe ich sie plötzlich hinter der wild wuchernden Vegetation – eine Straße. Sie ist nicht asphaltiert, aber das hatte ich auch nicht erwartet.

»Das muss die Hauptstraße sein«, sage ich aufgeregt.

Auf diesem Weg kommen wir spürbar einfacher voran, obwohl auch er überwuchert und voller Schlaglöcher ist. Keine von uns beiden spricht, während wir in das Dorf hineinfahren. Wir sind vollauf gefesselt von dem Anblick, der sich uns bietet.

Zuerst sehen wir vor allem Reihenhäuser: weiße, rote und gelb gestrichene. Sie starren uns aus leeren Fensterhöhlen an wie vorwurfsvolle Skelette – gespenstische Überreste des schwedischen Traumes vom »Volksheim.«

Heidekraut und Sträucher haben sich überall breitgemacht, dazwischen knorrige, kleine Kiefern. Sie schießen aus rissigen Vortreppen und umgefallenen Lattenzäunen. Wann die Vegetation den Ort wohl endgültig verschluckt haben würde? In weiteren sechzig Jahren? In hundert?

Flüchtig überfällt mich eine verblüffend lebendige Vision, sie erscheint mir realer als der uns umgebende Verfall: dieselben, jedoch frisch gestrichenen Häuser mit üppig blühenden Gärten. Spielende Kinder auf der Straße, die sich nicht nach Autos oder auch nur Fahrrädern umsehen müssen. Frauen, die frisch gewaschene Bettlaken vor dem Haus zum Trocknen aufhängen. Unrasierte, schweißüberströmte Männer, die sich nach Beendigung ihrer Grubenschicht mit Wasser aus einem Eimer im Garten waschen, bevor sie sich in der einfach eingerichteten, aber gemütlichen Wohnküche an den grob gezimmerten Esstisch setzen, auf dem schon die dampfenden Teller stehen. Hier im Dorf isst man früh zu Abend, nicht später als um fünf.

Als wir über einen Stein fahren, macht unser Wagen einen Satz und reißt mich aus meiner Fantasievorstellung. Ich sollte mich lieber auf das konzentrieren, was vor uns liegt, als auf die Vergangenheit.

Die Sonne ist nun endgültig hinter den Bäumen verschwunden. Uns bleibt nicht mehr viel Zeit, bis uns die Dunkelheit umhüllen wird.

Als wir eine einstige Kreuzung überqueren, macht Tone mich wortlos auf etwas aufmerksam. Ich gebe einen Fluch von mir, bremse ab und bleibe mit laufendem Motor stehen.

Schnell lasse ich die Seitenscheibe herunter und signalisiere den anderen hinter uns stehen zu bleiben.

»Was ist?«, ruft Robert mir durchs Fenster zu. Hinter ihm hält Max' blauer Volvo, wie ich im Seitenspiegel sehe. Er scheint es ohne größere Probleme den Hang herunter geschafft zu haben.

»Da ist die Brücke!«, rufe ich. »Oder … jedenfalls die Überreste davon.«

Aufgrund des Berichtes der Grubengesellschaft hatte ich angenommen, dass die westliche Brücke aus Eisen gewesen wäre, aber sie musste wohl doch aus Holz gewesen sein. Mir ist unbegreiflich, wie die Gutachter sie vor zwanzig Jahren als stabil bewerten konnten. Nur ein paar verrottete schwarze Stumpen diesseits und jenseits des Flusses sind noch von ihr übrig. Der Fluss hat sich breiter und tiefer ins Flussbett eingegraben, als ich erwartet hätte, und das Gewässer strömt schneller in Richtung See, als es die dunkle, ruhige Wasseroberfläche auf den ersten Blick vermuten ließe.

»Verdammt!«, murmele ich.

»Und jetzt? Was sollen wir machen?«, fragt Tone. Sie knipst ein paar Fotos von den Überresten der Brücke.

»Keine Ahnung«, erwidere ich.

»Sollen wir unser Lager vielleicht doch lieber woanders aufschlagen?«, sagt Tone. »Nur für diese eine Nacht. Und dann sehen wir morgen, wie wir ans andere Ufer kommen.«

»Nein, lieber nicht.« Ein kleiner Schauder läuft mir über den Rücken. Aus dem Augenwinkel sehe ich, wie die Häuser mich aus toten Augenhöhlen anstarren. »Nein. Wir schauen nach, ob die andere Brücke noch steht. Falls nicht, müssen wir uns etwas anderes einfallen lassen.«

Tone sieht mich verwundert an. »Hatte in dem Bericht nicht gestanden, dass die Konstruktion nicht trägt?«

»Ich weiß, was in dem Bericht stand«, falle ich ihr ins Wort. »Aber was diese Brücke angeht, haben sie sich ja schon mal geirrt. Vielleicht also auch bei der anderen Brücke? Oder sie haben die beiden womöglich miteinander verwechselt.«

Tone presst verärgert die Lippen zusammen.

»Ich informiere die anderen«, sage ich und verlasse rasch den Wagen. Die Abgase der Automotoren steigen mir in die Nase, als ich schnell zum anderen Kastenwagen gehe. Robert sieht vollkommen entspannt aus, wie er da am geöffneten Fenster sitzt und wartet. Wortlos sieht er mich an.

»Wir müssen es mit der anderen Brücke versuchen, die ein Stück weiter vorne liegt.«

Er nickt zum Zeichen, dass er verstanden hat.

Emmy wirft mir einen kalten Blick zu.

Ich winke zu Max hinüber, zeige zum Fluss, gestikuliere. Hoffentlich hat er begriffen, dass er uns folgen soll.

Als ich wieder auf dem Fahrersitz Platz nehme, knabbert Tone an ihrem Daumennagel. Sie starrt das Haus auf der linken Seite an, ein kleines Einfamilienhaus, das früher sicherlich einen bilderbuchartigen Charme besessen hat. Es ist eines von den größeren Häusern. Vielleicht hat es früher ja einem Grubenvorarbeiter gehört.

»Was ist mit dir?«, frage ich und hoffe, dass sie nicht mehr wegen meines Tonfalls vorhin eingeschnappt ist.

Sie zuckt zusammen, lässt die Hand in den Schoß sinken. »Hm? Was?«, erwidert sie geistesabwesend.

»Du siehst aus …«, beginne ich und mustere das Haus. Es ist in besserem Zustand als die Nachbarhäuser. Die Haustür steht einen Spalt offen und hängt schief an einem einzigen verrosteten Scharnier, aber die Wände des Hauses stehen noch, das Dach ist noch heil und der Großteil der Fassade unbeschädigt. »… du siehst aus, als hättest du irgendetwas Bestimmtes entdeckt«, beende ich meinen Satz.

Mit überraschtem, noch immer etwas leerem Ausdruck sieht Tone mich an. Dann verzieht sie die Mundwinkel zu einem schiefen Lächeln, das ihre Augen nicht ganz erreicht. »Ich war nur in Gedanken.«

Ob das wirklich stimmt? Aber dann schüttele ich das mulmige Gefühl, das mich auf einmal beschlichen hat, ab. Eigentlich gibt es keinen Grund zur Sorge. Es ist nicht immer leicht, Tone zu verstehen, und sie tut sich schwer mit diesem Trip. Teilt meine Begeisterung über Silvertjärn nicht im gleichen Maße.

In gemächlichem Tempo zuckeln wir die Straße entlang, und der Fluss verschwindet hinter den Häuserzeilen. Die Schatten der Nacht haben sich mittlerweile über den Ort gesenkt.

Die Bebauung auf der linken Seite endet, und ich erspähe einen willkommenen Umriss. Erleichterung durchströmt mich.

»Ha!«, rufe ich triumphierend aus und deute auf die kleine Brücke vor uns.

Tone gibt ein leises Pfeifen von sich. »Wie malerisch!«

Die geschwungene Brücke aus Granitstein sieht aus wie einem Märchen entsprungen. Sie ist dicht von Moos bewachsen, macht allerdings einen stabilen Eindruck. Sie scheint älter zu sein als die meisten Gebäude im Ort.

»Das muss die ursprüngliche Brücke gewesen sein, oder?«, sagt Tone. »Bevor der Staat den Grubenbetrieb übernahm und der Ort erweitert wurde.«

»Ja, genau. Die müssen sich im Bericht vertan haben. Es muss diese Brücke sein, die als solide galt.«

Tone zieht ungläubig die Augenbrauen hoch, als ich auf die Brücke zuhalte. »Bist du dir da auch wirklich sicher? Wenn sie wirklich schon so alt ist, wie du sagst, ist es doch gut möglich, dass sie uns nicht trägt. Wie stabil konnte man damals schon bauen? Die Brücke da ist doch sicherlich für Pferd und Wagen und nicht für Autos erbaut worden …«

Ich bin kurz verunsichert. Dann schüttele ich den Kopf und gebe vorsichtig wieder Gas. »Sie hält«, sage ich voller Überzeugung und fahre auf die Brücke.

Für einen flüchtigen Moment rechne ich beinahe damit, dass der Boden unter uns nachgibt. Aber es geschieht nichts, und im nächsten Augenblick befinden wir uns schon auf der anderen Seite.

Tone schüttelt nur fassungslos den Kopf. Ich verspüre Triumph, grinse übers ganze Gesicht. Ich wusste es! Ich wusste, dass sie halten würde.

Was es doch für einen Kampf für mich bedeutet hat, hierherzugelangen! Wie ich um jeden kleinen Fortschritt gerungen habe. Aber jetzt kann mich nichts mehr stoppen, dieser Film muss einfach kommen!

Von der Brücke verläuft die Straße schnurgerade auf den Marktplatz zu. Das Kopfsteinpflaster des Platzes ist von Heidekraut überwuchert.

Ein Gebäude mit ergrauter Steinfassade beherbergt anscheinend das Rathaus, und auf der gegenüberliegenden Seite erhebt sich ein großes Holzhaus, das mich unmittelbar an Pippi Langstrumpfs Villa Kunterbunt erinnert – das muss die alte Volksschule von Silvertjärn sein.

Der Marktplatz ist kleiner, als ich angenommen hatte. Aus den Fugen des Kopfsteinpflasters sprießen vergilbte Gräser – Überbleibsel des vergangenen Sommers –, und ein paar besonders ehrgeizige Kiefernsprösslinge haben einige Pflastersteine aufgeworfen, bevor sie sich dem Winter ergaben.

Auf der Mitte des Platzes halten wir an. Ich ziehe die Handbremse an, der Motor erstirbt. Emmys Wagen parkt neben uns, der Volvo unmittelbar dahinter.

»Da sind wir also«, sagt Tone. Wir sehen beide an der Kirche empor, kaum noch zu erkennen in der Dunkelheit. Die Kirchturmspitze versinkt in der blauen Abenddämmerung.

Ich versuche, mir alles ringsherum genau einzuprägen und mit allen Sinnen aufzunehmen: die hereinbrechende Nacht, den leichten Kieferduft, die kalte Luft, die beim Aussteigen auf meinen Wangen spürbar wird.

Silvertjärn. Nun haben wir unser Ziel endlich erreicht.

Und das ist erst der Anfang.

Heute

Es ist kälter, als ich dachte. Die leise Aprilwärme ist mit dem letzten Tageslicht verschwunden, die Kälte des Winters sitzt noch immer tief im Boden, und das Kopfsteinpflaster ist geradezu eisig. Frostgeruch erfüllt die Nacht.

Wir haben ein kleines Lagerfeuer entfacht. Die gesamte Situation hat etwas bizarr Gemütliches an sich. Auf Emmys Bitte hin hat Robert an den von uns mitgebrachten Generator einen kleinen Lautsprecher angeschlossen, aus dem blecherne Rockmusik schallt. Wer von den beiden die Musik ausgesucht hat, weiß ich nicht, aber sie weckt alte Erinnerungen an zugige Studentenbuden und schales Bier in mir. Erinnerungen an Emmys Kopf an meiner Schulter und an ausgelassenes, berauschtes Partygeplapper.

Die Isomatte, auf der ich sitze, ist eigentlich zu dünn. Ich spüre die Heidebüschel unter meinen Schenkeln, die Unebenheiten des Kopfsteinpflasters. Tone sitzt links neben mir und löffelt den rasch erwärmten Eintopf. Wir haben Lebensmittel für eine Woche im Gepäck – zur Sicherheit nur –, aber Delikatessen sind nicht dabei. Tone und Emmy essen zudem strikt vegetarisch, weshalb unsere Nahrungsvorräte vor allem aus Linsen und Bohnen bestehen.

Rechts neben mir sitzt Max. Seine Schulter streift meine. Er hat einen dicken grauen Strickpulli über sein Hemd gezogen, der an den Ärmeln eine Spur zu lang ist. Er hat die Zubereitung der Mahlzeit übernommen. Mit wichtiger Miene rührt er in regelmäßigen Abständen den Eintopf über dem Feuer um. Das ist so typisch für Max: Er möchte immer, dass alles auch ja richtig gemacht wird, und traut anderen nie zu, dass sie es so machen könnten, wie er es eben für richtig hält. Aus diesem Grund wollte er auch sein eigenes Auto nehmen, statt in einem der

Lieferwagen mitzufahren, und vermutlich hat er auch deshalb darauf bestanden, uns bei den Aufnahmen zu begleiten, obwohl er keinerlei Erfahrung mit Filmproduktionen hat.

Max und ich haben uns nach meinem Examen kennengelernt. In dem verwirrenden Alter um Mitte zwanzig, als noch niemand so richtig seinen Platz im Leben gefunden hatte, gehörten wir derselben losen Clique an. Er war ein Computernerd mit einer Vorliebe für Indie-Pop und hatte einen schier unendlichen Vorrat an Wortspielen auf Lager. Und schon damals war er extrem pedantisch. Aber das hat sich bezahlt gemacht – gerade weil er ein Mensch ist, der alles so genau nimmt, hat er schon mit neunundzwanzig mit Blockchain-Transaktionen ein kleines Vermögen gemacht. Und deshalb hat er für unser Filmprojekt auch so viel Kapital dazuschießen können, dass wir überhaupt mit der Umsetzung anfangen konnten.

Ich lächele Max zu. Er erwidert mein Lächeln, sein jungenhaftes, leicht asymmetrisch geschnittenes Gesicht leuchtet im Schein der Flammen auf.

»Was ist?«, fragt er.

»Ach, ich kann immer noch nicht richtig fassen, dass wir jetzt endlich hier sind. Hier, mitten in Silvertjärn«, versuche ich ihm meine Empfindungen zu erklären.

Da sehe ich, dass Emmy ihre gedämpfte Unterhaltung mit Robert unterbricht und uns anblickt. »Ja, das kommt einem ganz unwirklich vor.«

Emmy hält einen Flachmann in der Hand. Sie nimmt einen kleinen Schluck, während sie in die Dunkelheit späht. Über uns breitet sich der Sternenhimmel aus, und der dunkle Neumond gleicht einem geschlossenen Auge, das den Blick vor dem Himmel verschließt. Nur ein leiser Windhauch zieht durch den Ort, trotzdem schlüpft er unter unsere Kleidung, es schüttelt mich vor Kälte. Max blickt mich fragend an und macht Anstalten, seinen Pulli auszuziehen, wohl um ihn mir zu überlassen.

Ich komme ihm schnell zuvor. »Nein danke, ist schon okay. Ich habe nur ein kleines bisschen gefröstelt.«

Emmy trinkt noch einen Schluck, bevor sie den Flachmann an Robert weiterreicht. Ihm fällt auf, dass ich ihn ansehe. Fragend hebt er die Augenbrauen. Ich bin versucht, auch einen Schluck zu nehmen, bis ich Emmys Blick auf mir spüre. Ich zögere.

»Nein danke«, sage ich und merke, dass ich gereizt bin. »Ich trage hier schließlich für alles die Verantwortung, da will ich lieber nichts trinken, so lange wir hier sind.«

»Sehr klug«, bemerkt Emmy mit heiserer Stimme, und ich bin mir sicher, einen spöttischen Unterton herauszuhören.

»Ja, das finde ich nun mal«, sage ich so sachlich wie möglich.

»Silvertjärn hat nur diesen einen Marktplatz, oder?«, wechselt Emmy das Thema. Und ehe ich antworten kann, fährt sie in bedeutungsvollem Ton fort: »Auf diesem Platz also …«

»Ja«, sage ich. »Das ist der Marktplatz. Hier haben sie sie gefunden. Birgitta.«

Nachdem wir die Autos geparkt hatten, war es schon derart dunkel gewesen, sodass uns keine Zeit mehr geblieben war, um den Marktplatz richtig zu erkunden. Trotzdem hatte ich nicht widerstehen können und nach dem Zeltaufbau noch eine kurze Runde über den Platz gedreht –, um alles in mich aufzunehmen, die Stille und die Gerüche, und um mir überhaupt ein Bild davon machen zu können.

Den Schandpfahl habe ich nicht gefunden, aber das hatte ich auch gar nicht erwartet. Er war beim Abschneiden des Leichnams sicherlich gefällt worden, und selbst wenn man dies wider aller Annahmen nicht getan hatte, wäre von so einem Holzpfahl nach über sechzig Jahren nichts mehr übrig. Aber ich habe ein Loch im Boden gefunden, in dem er einst verankert gewesen sein musste.

»Wo ist sie bestattet worden?«, fragt mich Max.

Aus meinen Gedanken gerissen, zucke ich zusammen. »Ich

weiß es nicht. Ich habe nach Informationen darüber gesucht, aber nirgends etwas finden können.«

»In dem Material, das du uns gegeben hast, hat so gut wie nichts über sie gestanden«, bemerkt Emmy.

»Nein, über sie ist nicht viel verzeichnet. Der Großteil der Informationen über sie stammt aus den Briefen meiner Großmutter und lässt sich nur schwerlich bekräftigen. Ich habe im Melderegister nach ihr gesucht und eine Birgitta Lidman, 1921 geboren, Tochter von Kristina Lidman, gefunden. Und das ist auch schon alles, was bei den Behörden über sie vermerkt wurde. Es gibt keine Dokumentation von Arztbesuchen, keine Schulzeugnisse, gar nichts.«

»Jemand namens Schwachkopf-Gitta wird auch wohl kaum die Schule besucht haben«, wendet Max ein. »Erst recht dann nicht, wenn es so schlimm um sie stand, wie es in den Briefen beschrieben wird.«

»Den Briefen nach zu urteilen scheint sie an irgendeiner Form von Autismus gelitten zu haben«, ist Roberts tiefe Bassstimme zu hören.

»Das wäre möglich«, erwidere ich. Ich hatte stundenlang im Internet zu den Symptomen recherchiert, die bei Birgitta beobachtet worden waren. »Oder an einem Chromosomenfehler.«

»Man kann Menschen nicht auf so eine Art einer Diagnose unterziehen«, ermahnt uns Tone. Der Feuerschein hat tiefe Schatten auf ihr Gesicht gezeichnet; es sieht gespenstisch aus.

»Natürlich nicht. Davon kann auch gar keine Rede sein«, stimme ich ihr zu.

Die Musik ist verhallt. Nur noch das Knistern des Feuers ist zu hören. Die meisten Äste sind schon zu Asche verbrannt, andere scheinen durch und durch zu glühen. So ins Feuer zu starren hat eine beinahe hypnotische Wirkung.

»Hast du herausfinden können, was aus dem Findelkind wurde?«, wendet sich Emmy mit hochgezogenen Augenbrauen an mich.

»Die Behörden haben sich ihrer angenommen«, erwidere ich in hoffentlich ebenso sachlichem Ton wie gerade eben, als die Rede auf Birgitta kam. »Sie kam vermutlich in ein Kinderheim oder zu Pflegeeltern. Solche Angaben sind nicht mehr länger öffentlich zugänglich.«

»Wurde sie eigentlich jemals auf ihre Abstammung hin untersucht?«, hakt Emmy nach.

»Inwiefern untersucht?« Ich kann eine Spur von Sarkasmus nicht ganz unterdrücken. »In den Sechzigern war die Kriminaltechnik noch nicht gerade weit entwickelt. Es gab noch keinen DNA-Test. Und mit wem hätte der Abgleich auch erfolgen sollen?«, fahre ich schulterzuckend fort. »Es gab ja niemanden mehr.«

»Aber deine Großmutter lebte doch zum Beispiel noch«, kontert Emmy. »Es muss doch noch andere wie sie gegeben haben – Menschen, die Verwandte in Silvertjärn hatten. Angehörige.«

»So einfach ist das nicht«, entgegne ich genervt.

Emmy ignoriert meinen Tonfall und lässt ihren Blick über die leeren Fensterhöhlen des Schulhauses schweifen. »Wurde das Mädchen nicht in einem der Klassenzimmer gefunden?«

»Bei der Schulkrankenschwester«, antworte ich. »Jedenfalls in ihrem Zimmer, von der Schwester fehlte da schon jede Spur. Da war nur der Säugling.«

Ich blicke ebenfalls suchend zu den Fenstern des Schulhauses hinüber, obwohl ich weiß, dass es zwecklos ist. Als würde ich erwarten, dass die Fenster zu mir sprechen könnten, mir etwas zu sagen hätten.

»Wirklich schade, dass du sie nicht aufstöbern konntest«, sagt Emmy und dreht ihren Kopf wieder zu mir. »Es wäre supercool gewesen, wenn sie in der Dokumentation dabei gewesen wäre. Das hätte dem ganzen Projekt einen persönlicheren Anstrich verliehen.«

»Du gehst davon aus, dass sie bedenkenlos eingewilligt hätte«, sage ich. »Aber sie muss heute schon an die sechzig sein.

Wer weiß, wo sie heute lebt. Vielleicht ist sie auch schon gestorben.«

»Ja. Vielleicht«, sagt Emmy.

»Außerdem hat die Dokumentation ja schon einen persönlichen Anstrich«, wende ich ein. »Es ist ja nicht so, als hätten wir keinerlei persönliche Verbindungen zu Silvertjärn. Von der gesamten, dort einst lebenden Familie meiner Großmutter existiert kein Lebenszeichen mehr«, sage ich beinahe verzweifelt, mit rauer Stimme.

Ich will gerade weitersprechen – *deshalb sind wir ja hier, wegen ihr und ihrer Geschichte über Silvertjärn* –, als Robert eine Frage einwirft: »Wer hat noch mal gleich die Briefe an deine Großmutter geschrieben?«

Emmy kommt mir mit der Antwort zuvor. »Aina. Die kleine Schwester von Alices Großmutter«, erwidert sie, ihre grünen Augen fest auf mich gerichtet.

13. November 1958

Geliebte Margareta,

wie ergeht es Dir in der Großstadt? Wie gefällt Dir die neue Wohnung? Ach, könnte ich sie doch mit eigenen Augen sehen! Vielleicht kann ich Nils und Dich nun nach Eurem Umzug ja endlich einmal besuchen. Ich gebe mich auch mit Eurem Sofa zufrieden! Du weißt ja, wie klein gewachsen ich bin, und es ist leider auch nicht anzunehmen, dass ich noch so viel größer werde. Ich weiß, was Du sagen wirst, wenn Du diese Zeilen liest: »Sei nicht albern, Aina, als ich in deinem Alter war, war ich kaum größer als ein Däumling, bis ich plötzlich in die Höhe geschossen bin!« Ich glaube aber doch, dass Du damit die Zeit meintest, als Du zwölf warst und nicht sechzehn, so wie ich. (Du glaubst sicherlich, dass ich nicht einen Tag älter geworden bin, seit Du weggegangen bist!) Aber ich bin seit unserem letzten Wiedersehen nicht um einen Zentimeter gewachsen, und das ist inzwischen beinahe vierzehn Monate her. Ich glaube, ich muss die Hoffnung wohl aufgeben.

Ach, wie ich Dich vermisse, Margareta!

~~Kannst Du nicht einfach~~

Ich wünschte, Du könntest uns öfter besuchen kommen. Seitdem das Bergwerk erneut geschlossen wurde, ist es so langweilig hier! Anfangs war das beinahe schön, so als ob jeden Tag Sonntag wäre. Es waren tagsüber so viele Leute auf den Straßen, und Vati war immer zu Hause. Er hat gemeint, dass sich bestimmt bald wieder Arbeit ergeben wird. Aber mittlerweile herrscht eine ganz seltsame Stimmung. So viele Menschen ziehen von hier fort. Janssons aus dem Eckhaus sind erst letzte Woche fortgegangen, und deine alte Klassenkameradin Vera hat Mutter gestern gesagt, dass sie und ihre Familie auch ihre Sachen packen würden, um andernorts ihr Glück zu suchen.

Und Vati ist so furchtbar still geworden. Mutter dagegen

hat so viel um die Ohren, dass sie gar keine Zeit mehr für uns zu haben scheint. Stattdessen bittet sie mich um alle möglichen Erledigungen. Das treibt mich in den Wahnsinn! Sie scheint zu glauben, dass nichts von dem, was ich tue, von Bedeutung wäre, und wenn ich ihr sage, dass ich keine Zeit habe, sieht sie mich scharf an – Du weißt ja, wie sie das immer tut – und sagt, dass nichts wichtiger sei, als unseren Nachbarn und Mitmenschen zu helfen. Ich hasse es, wenn sie das sagt!

Heute hat Mutter mich gebeten, mit einem Korb voller Lebensmittel zu Gitta zu gehen. Ich habe sie gefragt, weshalb sie das nicht selbst tun könne, und da hat sie gesagt, dass sie die Schulkrankenschwester zu irgendeiner kranken, betagten Dame begleiten müsse, die im Sterben liegt. Ich habe erwidert, dass die Krankenschwester das doch auch allein tun könne, und dass ich selbst durchaus auch etwas vorhätte. Daraufhin hat Mutter mich gefragt, was das denn sei, und ich habe gesagt, dass Lena und ich uns verabredet hätten, um zum Fluss hinunterzugehen. Und da hat Mutter gesagt, dass der Fluss und Lena auch noch da seien, nachdem ich mit dem Korb bei Gitta gewesen wäre, und da wusste ich nicht, wie ich ihr erklären sollte, dass ich mir da nicht sicher war – nicht sicher, ob Lena auf mich warten würde, wenn ich nicht mitkommen könnte, nachdem ich ihr das doch vorher versprochen hatte. Wir wollten natürlich nicht nur dorthin, um einen Blick auf das Wasser zu werfen, sondern weil Veras großer Bruder Emil und seine Freunde immer dorthin gehen, um zu rauchen, und weil Lena so verliebt in ihn ist. Aber das konnte ich Mutter natürlich nicht sagen! Also habe ich ihr gesagt, dass ich Lena mein Versprechen gegeben hätte und Mutter selbst immer sagt, wie wichtig es sei, seine Versprechen zu halten. Aber das hätte ich lieber nicht sagen sollen, denn da blies sie sich auf und fragte mich, ob ich glaubte, dass mein Versprechen Lena gegenüber denn schwerer wiege als das Versprechen, um das Birgittas Mutter sie auf dem Sterbebett gebeten habe, nämlich sich um ihre Tochter zu kümmern. Und da fühlte ich mich so klein und erbärmlich, dass ich es nicht wagte, noch mehr Einwände zu erheben. Aber ich habe auf dem ganzen Weg zu Birgittas Haus vor Wut gekocht und musste immer daran denken, was ich Mutter hätte erwidern sollen.

Es wäre besser, wenn Du hier wärst, Margareta. Wenn wir gemeinsam zu Birgitta gegangen sind, fand ich das sogar ganz lustig. Ich glaube, sie konnte Dich besser leiden als mich. Erinnerst Du Dich noch an das summende Geräusch, das sie immer von sich gab, wenn sie die Tür öffnete und sah, dass Du es warst? Wenn ich sie dagegen allein besuche, macht sie das nie.

Ich weiß, dass Mutter und Du gesagt haben, dass Birgitta nicht wütend wird, solange ich mich an ihre Regeln halte. Aber ich muss zugeben, dass ich nicht gern allein dorthin gehe. Wenn ich ihr Häuschen erblicke, flattert mir das Herz wie ein Vogel in der Brust, und mein Mund wird ganz trocken. Mutter behauptet ja, Birgitta sei nur deshalb jenes eine Mal so rasend gewesen, weil ich ohne anzuklopfen ihre Haustür geöffnet hätte und einfach eingetreten sei – sie meint, Birgitta habe mehr Angst vor mir als ich vor ihr. Aber Birgitta ist so groß wie ein ganzer Kerl und kräftig wie ein Bär! Die Kratzwunden, die ich damals davongetragen habe, waren erst Wochen später wieder verheilt. Ich dachte schon, ich würde auf ewig entstellt sein.

Oh, jetzt klingt es so, als ob ich kein Mitleid mit Birgitta hätte, aber Du weißt, dass das nicht so ist! Ich kann Dir eine Freude machen, indem ich Dir erzähle, dass sie heute sehr munter auf mich gewirkt hat. Sie hatte Schmutz von ihren Streifzügen im Wald mit hereingetragen – ich fürchtete, ich könnte sie verärgern, wenn ich vorschlüge, ihn für sie aufzukehren, und Mama hatte mich auch nicht gebeten, bei ihr reinezumachen, sie hält mich wohl für zu nachlässig und macht das lieber selbst. Aber Birgitta hatte Farbe auf den Wangen und hat ihr Hähnchen und die Lebkuchen mit gutem Appetit gegessen. Sie hat sogar jene seltsamen Handbewegungen gemacht, die sie immer dann macht, wenn sie sich freut, wie Du mir einmal erklärt hast.

Es ist nur so, dass ich immer noch Angst vor ihr habe. Sie ist so groß und bewegt sich so seltsam, und so wie ihr langes Haar vor ihrem Gesicht herunterhängt, sieht sie aus wie ein Waldtroll aus den Märchen, die Großmutter uns immer erzählt hat. Vielleicht darf man das nicht sagen, aber es stimmt. Sie riecht ja sogar nach Wald. Ich habe Mutter gesagt, dass wir ihr die Haare schneiden und ihr neue Kleidung geben sollten, etwas anderes als diese alten Fetzen, in denen sie tagein, tagaus herumläuft. Dass die Leute aus dem Ort sie dann vielleicht nicht für so wunderlich halten würden. Und dann könnte sie auch in einem anständigen Haus wohnen, und wir müssten nicht ständig nach ihr sehen.

Aber Mama meint, das sei nicht so einfach. Manchmal glaube ich, ihr gefällt es, sich um Birgitta kümmern zu müssen. Birgitta ist nie frech oder kann ihr auf die Nerven gehen, wie ich es tue, denn sie kann ja nicht sprechen.

Na ja, heute ist es jedenfalls gut gegangen, und Lena war gar nicht so eingeschnappt wie erwartet, als ich endlich von Birgitta zurückkam. Sie hat mir sogar ihren Lippenstift geliehen, bevor wir zum Fluss hinuntergegangen sind. Das hat richtig hübsch ausgesehen. Vielleicht werde ich mir auch so einen Lippenstift kaufen, wenn ich Nils und Dich besuchen komme, oder was meinst Du?

Schreib bald wieder!

Deine Schwester Aina

Heute

Mein Schlafsack raschelt, als ich mich auf die andere Seite drehe. Das Zelt ist ziemlich groß, aber Hotelzimmerkomfort bietet es natürlich nicht. Es dünstet einen unangenehmen Geruch nach Plastik und nach etwas anderem Undefinierbarem aus, von dem mir leicht übel wird, und es ist kalt und ungemütlich darin.

Trotzdem ist das besser, als auf der Autorückbank zu schlafen, wie Max es tut. Aber das war seine Entscheidung. Ich bin mir sicher, dass er die gesamte Zeit, die wir hier sein werden, unter einem steifen Nacken und Rückenschmerzen leiden wird. Robert und Emmy haben auch kein Zelt dabei, aber Emmy hat gemeint, sie seien es gewohnt, in einem Kastenwagen zu schlafen. Mag ja sein, dass man so was als Filmprofi halt macht – aber ich bin dennoch froh, dass ich dem entgehe. Laderäume haben etwas Klaustrophobisches an sich. Obwohl wir unsere Ausrüstung gründlich festgezurrt haben, hätte ich trotzdem immer das Gefühl, als könne sie im Schlaf auf uns runterkippen.

Zumindest unsere neuen Schlafsäcke sind von guter Qualität und halten die Wärme so passabel, dass ich die kalte Luft in meinem Gesicht als ganz angenehm empfinde. Ich schlafe gern unter einer warmen Decke in kalten Räumen, lasse gern das Fenster offen stehen, um – selbst im Winter – einen Windhauch zu spüren. Jetzt aber bekomme ich kein Auge zu, obwohl ich furchtbar erschöpft bin. Die Aufregung hält mich wach; ich spüre sie mit jeder Faser meines Körpers.

»Kannst du nicht schlafen?«, höre ich Tones Stimme in der Dunkelheit. Ich drehe mich wieder zu ihr um, obwohl ich die Augen einer Katze haben müsste, um in dieser Finsternis mehr als nur Schatten zu erkennen.

»Habe ich dich geweckt?«, frage ich.

»Nein. Du weißt doch, wie das ist …«, erwidert sie gedämpft.

Tone leidet unter Schlafstörungen. Das gehörte zu den ersten Dingen, die ich über sie erfuhr, als wir uns vor über zwei Jahren das erste Mal in einem Café in Vasastan trafen. Ich hatte draußen auf sie gewartet, war mir unsicher gewesen, ob sie überhaupt kommen würde, und wusste auch nicht, nach wem ich Ausschau halten sollte – ihr Profilbild auf Facebook war damals schon nicht mehr aktuell gewesen und noch dazu verschwommen.

»Ich kann irgendwie nicht richtig abschalten. Mir geht so vieles im Kopf herum«, sage ich.

»Du kannst Emmy ja um einen Schluck Whiskey bitten, das hilft vielleicht«, bemerkt Tone trocken.

»Ha, ha. Und überhaupt – wer greift denn als Erstes zur Flasche und betrinkt sich, kaum dass man angekommen ist?«

»Nach dem, was du von ihr erzählt hast, sollte das doch eigentlich keine Überraschung für dich gewesen sein.«

Es raschelt, als Tone sich im Schlafsack umdreht.

»Nein, eigentlich nicht«, sage ich. Ich überlege kurz. »Du hast wohl nicht zufällig irgendwas dabei, oder? Schlaftabletten oder so?«, frage ich sie dann.

»Nein. So was kann ich nicht nehmen. Wegen – du weißt schon«, sagt Tone.

»Ach ja, natürlich nicht. Ich Idiot! Entschuldige.«

»Schon okay«, sagt Tone amüsiert. Ihre Stimme, obwohl kaum mehr als ein Flüstern, scheint in dem kleinen Raum anzuschwellen. »Ich erwarte nicht, dass du auf dem Laufenden darüber bist, welche Medikamente ich nehmen darf und welche nicht.«

»Nein – aber trotzdem. Das hätte ich wissen müssen«, sage ich.

Schweigen breitet sich zwischen uns aus. Ich setze mich auf, um meinen Pulli – den ich als Kopfkissen benutze – zurechtzuboxen, und lege mich wieder hin, ohne dass es viel bewirkt hätte.

»Weiß sie Bescheid?«, fragt Tone plötzlich. Jetzt schwingt keine Amüsiertheit mehr in ihrer Stimme mit.

»Wer? Emmy?«, frage ich.

Tone erwidert nichts.

»Ich habe ihr nichts erzählt, über was auch immer«, sage ich, als sich das Schweigen zwischen uns ausdehnt. »Sie weiß nur das, was in der Infomappe steht.«

»So hat sich das vorhin aber nicht angehört«, wendet Tone ein. Ihre Stimme klingt angespannt. »Als sie angesprochen hat, ob wohl ein DNA-Test an dem Säugling gemacht wurde oder ob man versucht hat, das Findelkind aufzuspüren …«

Tone verstummt.

»Ich habe ihr jedenfalls nichts gesagt«, bekräftige ich noch einmal. »Darum hattest du mich gebeten, und daran habe ich mich gehalten.«

»Max weiß es, aber er hat es ja schon vorher gewusst«, sage ich, als sie nichts erwidert. »Und er hat versprochen, dichtzuhalten.«

»Wie viel weiß er?«, fragt Tone ungewöhnlich scharf.

»Wie meinst du das – wie viel? Er weiß, dass es sich bei dem Baby aus Silvertjärn um deine Mutter handelt. Schon vor deiner und meiner ersten Begegnung hatte ich ihm erzählt, dass ich euch gefunden hatte. Er hat mich gefragt, ob deine Mutter oder du in der Dokumentation mitwirken würdet. Ich habe ihm gesagt, dass ich nicht davon ausging.«

»Meine Mutter würde das nie tun«, erklärt Tone wie schon unzählige Male davor.

»Das weiß ich doch, und ich hatte dich ja auch gar nicht darum gebeten, sie zu fragen«, stelle ich klar.

Ich hatte natürlich daran gedacht. Es mir erhofft. Aber gefragt habe ich sie nie. Tone hatte mir gegenüber deutlich klargestellt, dass ihre Mutter an jenem Teil ihrer Vergangenheit nicht rühren wollte. Sie wollte nicht das »Kind aus Silvertjärn« sein, die einzige Überlebende eines rätselhaften Verschwindens.

Wollte nicht das Neugeborene sein, das schreiend in der verlassenen Volksschule gefunden wurde, nur einen Steinwurf von dem Zelt entfernt, in dem wir jetzt liegen.

Tones Mutter hatte ich sogar zuerst aufgespürt. Trotzdem war das, was ich den anderen gegenüber behauptet hatte, nüchtern betrachtet keine Lüge gewesen. Jegliche Informationen darüber, was aus dem Säugling aus Silvertjärn geworden war, waren zur Verschlusssache erklärt worden, ein Zugang zu diesen Infos unmöglich. Ich bin mir noch nicht einmal sicher, ob sie heute noch existieren. Falls doch, so liegen sie sicherlich tief in irgendeinem Archiv begraben.

Anders als die Briefe meiner Großmutter.

Aber ich habe nicht von jedem Brief Kopien für die Infomappen der anderen gezogen, habe manche für mich allein behalten. Unter anderem den Briefwechsel zwischen meiner Großmutter und Albin Jansson.

Jansson war einer der Polizisten, die im Mordfall Birgitta Lidman ermittelt hatten – und später im Fall Silvertjärn. Meine Großmutter und er mussten sich im Zuge der Ermittlungen begegnet sein. Vorübergehend hatte ich sogar einmal den Verdacht, dass vielleicht mehr zwischen den beiden gewesen sein könnte – eine heimliche Liebelei oder dergleichen – aber das war wohl nur eines meiner Hirngespinste. In den Papieren meiner Großmutter befanden sich sechs Briefe von ihm, sie waren sachlich und nüchtern und erweckten den Eindruck, als hätte Großmutter Albin Jansson leidgetan. Deshalb hielt er sie wohl über die Ermittlungen auf dem Laufenden.

Ermittlungen, die sich auch auf das Findelkind erstreckten.

Meine Großmutter muss sich bei ihm nach dem Mädchen erkundigt haben – oder Albin Jansson nahm einfach an, dass sie gerne wissen wollte, was aus dem Mädchen geworden sei –, denn das Kind nahm in seinen Briefen viel Raum ein. So schrieb er, dass es gesund und munter wirkte, dass mehrere Hundert Familien im ganzen Land angeboten hatten, es in ihre Obhut zu nehmen, er persönlich aber der Ansicht sei, dass diese Familien sich in Wahrheit nur gern im Scheinwerferlicht sonnen wollten. In seinem fünften Brief stand, dass sie ein Paar gefunden hätten, das sich bereit erklärt habe, die Herkunft des Mädchens anonym zu halten und »sie so aufzuziehen, als wäre sie ihr eigen Fleisch und Blut«.

In jenem Brief stand auch der Name der Familie, »... eine Familie namens Grimelund ...«, sowie der Name, auf den das Kind getauft worden war.

»Sie dürfen sich freuen. Sie haben dem Kind einen Namen gegeben. Es heißt Helene.«

Hätte die Familie Andersson geheißen, hätte ich Tone womöglich nie gefunden. »Helene Grimelund« dagegen war ausreichend ungewöhnlich, dass ich sie aufspüren konnte.

Ich hatte Helene mehr E-Mails geschickt, als angemessen war, bis mir endlich klar wurde, dass sie nicht antworten würde. Damals war ich kurz davor gewesen, aufzugeben. Die Trauer über den Tod meiner Großmutter hatte mich zu jenem Zeitpunkt eingeholt, und wohin ich mich auch wandte, alles erschien mir in einer Sackgasse zu enden. Ich hatte mich in einem Pool für Leiharbeitskräfte registrieren müssen, um über die Runden zu kommen, nachdem meine Bewerbungen keinen Erfolg gezeigt hatten. Jedes Mal, wenn ich einen Blick in die sozialen Medien warf, wuchsen meine Minderwertigkeitskomplexe: Es kam mir vor, als würden sämtliche meiner ehemaligen Kommilitonen gleich zwei Stufen auf der Karriereleiter auf einmal erklimmen, Preise für ihre Kurzfilme gewinnen, Anstellungen in Paris oder London bekommen – während ich an irgendwelchen Rezeptionstresen meine Zeit vertat und mein Traumprojekt sich nach und nach in Luft auflöste.

Aber als ich einen weiteren Abend sinnlos die sozialen Netzwerke durchscrollte, stach mir ein Bild auf Helenes Facebook-Seite ins Auge. Es war weit unten, beinahe ganz am Ende, und sie hatte es auch gar nicht persönlich hochgeladen. Jemand hatte sie darauf getaggt. Es zeigte eine unscheinbare Frau mit starrem Lächeln und mit ergrautem Haar, zu einem Pferdeschwanz gebunden. Sie hatte den Arm um ein junges Mädchen im Teenageralter gelegt.

»Helene und ihre hübsche Tochter haben uns die Freude gemacht, an unserem Geburtstagsessen teilzunehmen! <3« stand unter der Aufnahme.

Das Mädchen war als »Tone Grimelund« getaggt.

Das ist inzwischen zwei Jahre her, und ich habe Tones Mutter bis heute nicht kennengelernt. Ich weiß nicht, wie viel Tone ihr über das Projekt erzählt hat, und habe sie auch nicht danach gefragt. So wie ich Tones spärliche Äußerungen und Helenes Funkstille interpretiere, findet es nicht gerade ihren Beifall, dass ich in der Geschichte, die sich um Silvertjärn rankt, herumstochere.

Meine Freundschaft zu Tone gehört zu den seltsamsten menschlichen Beziehungen, die ich in meinem Leben eingegangen bin. Tone wollte auch sehr lange nichts mit meinem Filmprojekt zu tun haben, hat mir aber freiwillig ein bisschen über ihre Mutter erzählt. Aber schon bei unserer ersten Begegnung – als wir faden Kaffee tranken und uns in der Unterhaltung unsicher vortasteten –, schon da ahnte ich, dass Tone von einer widerstrebenden Neugierde getrieben wurde.

Ob sie sich wohl auch gestattet hätte, ihr nachzugeben, wenn nicht das passiert wäre, was später geschah?

Ich weiß es nicht.

Damals

Als Elsa sich der Kirche nähert, ist sie überrascht, dass die Türen offen stehen. Selbst für Ende November ist es heute sehr kalt, mehrere Grade unter null, und im Lauf des Tages sind vereinzelt Schneeflocken vom Himmel gefallen. Um die Mittagszeit ist die Sonne durch die Wolken gebrochen, und auf ihrem Spaziergang zu Agnetas Haus hatte sie bemerkt, dass Leute auf den Straßen waren. Elisabet Nyman hatte mit ihrer kleinen Tochter einen Nachmittagsspaziergang gemacht. Sie hatte so frisch und munter gewirkt wie schon lange nicht mehr. Nach der Entbindung war sie so lange bettlägerig gewesen, dass Elsa sich mit Elisabets Mutter und der Schulkrankenschwester Ingrid darauf verständigt hatte, ihr mit der Kleinen zu helfen.

Heute aber waren die Wangen der jungen Mutter ganz rosig gewesen, und sie hatte einen entzückenden Winterhut getragen. Das kleine Mädchen trug eine selbstgestrickte Mütze und brabbelte zahnlos vor sich hin. Elisabet hatte erwähnt, dass sie noch keinen Namen für das Kleine hätten, sich jetzt aber sputen müssten, da sie bald drei Monate alt würde. Kinder durften nicht ewig namenlos bleiben. Elsa hatte Elisabet gesagt, dass sie Pastor Einar Eriksson darauf ansprechen würde, eine Taufe für das Mädchen anzuberaumen.

Sein erstes Kind zu bekommen war nicht immer einfach, vor allem dann nicht, wenn man noch so jung war wie Elisabet – erst achtzehn, und bei ihrer Hochzeit mit Albert schon im vierten Monat schwanger. Kaum älter als Elsas Tochter Aina und schon Mutter. Nicht verwunderlich, dass Elisabet nach der Geburt schwermütig wurde, und erst recht nicht, nachdem Albert keine Arbeit finden konnte. Eigentlich sollten sie aus Silvertjärn fortziehen, Menschen wie sie, die nichts an den Ort band. Aber diese Vorstellung schmerzte. Was würde aus dem Dorf werden, wenn alle jungen Leute Silvertjärn verlassen würden?

Es hatte schon angefangen: Die Engelssons waren schon vor wenigen Wochen in den Norden nach Kiruna gezogen, um sich dort Arbeit zu suchen. Sie waren so verzweifelt gewesen, dass sie vorher noch nicht einmal mehr ihr Haus verkauft hatten. Nun stand es wie ein böses Omen mit dunklen Fenstern und verriegelten Türen in der Nachbarschaft.

Rasch geht Elsa die Kirchenstufen hinauf und richtet sich mit einer Hand ihren Hut. Steht es inzwischen so schlimm um Einar, dass er in seiner Trunksucht nicht einmal mehr daran denkt, die Kirchenpforten zu schließen, dann ist es an der Zeit, etwas dagegen zu unternehmen. Er war schon immer dem Alkohol zugetan gewesen – schon in ihrer Jugend, als sie beide in einer denkwürdigen Nacht die fixe Idee gehabt hatten, nackt in den See zu springen –, aber er hatte sein Trinken immer einigermaßen unter Kontrolle gehabt. Frau und Kinder hat er nicht, er muss nur nach der Kirche sehen, aber wenn er selbst das nun nicht mehr kann …

»Einar?«, ruft Elsa an der Tür. »Ich bin es, Elsa.«

In der Kirche ist es dunkel, lange Schatten fallen über die Bänke. Die geschnitzte Jesusgestalt über dem Altar wirkt ungewöhnlich streng an ihrem Kreuz. Obwohl es so finster ist, kann Elsa sehen, dass sich vor dem Altar etwas rührt. Diskret wischt sie sich den Schmutz von den Schuhen, bevor sie die Kirche betritt. Sie fröstelt leicht, als sie im Eingangsbereich stehen bleibt.

»Einar?«, ruft sie noch einmal, aber die Gestalt da vorne sieht nicht aus wie Einar, wie sie jetzt bemerkt. Dieser Mann hat weder Einars schlurfenden Gang noch seine ungeschlachte Figur.

Der Mann, der jetzt den Altargang zu ihr herunterkommt, ist adrett in Hemd und Hose gekleidet. Er ist auch um einiges jünger als Einar – kaum älter als dreißig –, und sein kurzes blondes Haar lockt sich leicht in der Stirn. Er verzieht sein Gesicht zu einem scheuen Lächeln.

»Frau Kullman?« Er ergreift Elsas Hand. Sein Händedruck ist fest, seine Handfläche kühl und trocken.

Sie mustert sein Gesicht, um ihn irgendwie einordnen zu können, aber sie hat ihn noch nie zuvor gesehen. »Ich glaube nicht, dass wir uns schon einmal begegnet sind«, erwidert sie.

»Oh, ich bitte um Verzeihung!« Er schüttelt den Kopf. »Aber Sie sind doch Frau Kullman, oder? Elsa Kullman?«

Elsa nickt und löst ihre Hand aus seinem Griff. »Wie …?«

»Einar hat Sie lobend erwähnt«, sagt er und lächelt wieder, breiter diesmal.

»Wie schön, aber Sie haben sich mir immer noch nicht vorgestellt«, erwidert Elsa mit einem feinen, scharfen Unterton.

Er errötet und wirkt peinlich berührt. Das zumindest spricht dafür, dass er eine gute Erziehung genossen hat. »Ich bitte vielmals um Entschuldigung! Manchmal packt mich der Eifer, und ich vergesse mich. Mein Name ist Mattias Åkerman. Ich bin der neue Pastor.«

Elsa runzelt die Stirn. »Der neue Pastor?«

Er nickt voller Ernst. »Ich soll Einar zur Hand gehen. Nachdem die Zeiten nun so schwer geworden sind und Einar – nun, da Einar …« Er kommt ins Stocken.

Elsa nickt. »Ich weiß, wie es um Einar steht«, sagt sie, um dem jungen Mann die Verlegenheit zu nehmen. Er scheint sich wieder zu entspannen. »Wie lange sind Sie schon hier in Silvertjärn, Herr Pfarrer?«, fragt sie.

Er will schon antworten, macht dann aber Anstalten, die Türen zu schließen. »Wollen Sie nicht richtig hereinkommen?«, schlägt er vor. »Ich möchte nicht dafür verantwortlich sein, dass Sie eine Lungenentzündung bekommen, weil Sie so in der Zugluft stehen.«

Elsa folgt ihm ins Kirchenschiff. Er scheint den Altar gerade mit einem Wischtuch gesäubert zu haben, was auch dringend nötig war, wie sie zugeben musste.

»Darf ich Ihnen etwas zu trinken anbieten, Frau Kullman?«,

fragt er. Elsa will schon ablehnen, besinnt sich dann aber eines anderen. Sie fröstelt immer noch ein wenig. »Ich wollte gerade eine Kanne Kaffee aufsetzen«, erklärt er, als ob er ihre Gedanken gelesen hätte.

Sie lächelt. »Zu einer Tasse Kaffee würde ich nicht Nein sagen.«

Elsa ist schon häufiger in Einars Arbeitszimmer in der Sakristei gewesen. Als sie es jetzt betritt, sieht es anders aus. Es ist sauber und ansprechend, alles steht an seinem Platz, und der unverkennbare Schnapsgeruch, der immer im Zimmer hing, ist nicht mehr zu riechen.

Der junge Pastor setzt Kaffee auf und zieht einen Stuhl für sie hervor. Sie nimmt auf dem vertrauten, viel zu dünn gepolsterten Stuhlkissen Platz und wartet, während er eilig Papiere beiseite räumt und die Gardinen zurechtzieht. Es ist geradezu rührend, wie fürsorglich er das Zimmer herrichtet.

»Ist das hier Ihre erste Pfarrstelle?«, erkundigt sich Elsa, als er Kaffee in Einars abgestoßene Kaffeetassen einschenkt. Er lächelt, als er ihr den Kaffee serviert, erwidert aber nichts auf ihre Frage.

Obwohl sie kaum mehr als zehn, zwölf Jahre älter sein kann als er, fühlt sie sich beinahe so, als wäre sie seine Mutter.

»Wo bleibt denn Einar?«, fragt sie und hebt die Tasse an die Lippen. Der Kaffee ist heiß und stark, besser als Einars Gebräu.

»Er hält ein Nickerchen im Pfarrhof«, erwidert der junge Pastor. »Ich glaube, dass ... hm, ich fürchte, er hat gestern Abend mehr als gewöhnlich getrunken.«

»Dann ist es sicherlich nur gut, dass Sie ihn von nun an unterstützen«, erwidert sie.

»Ich hoffe, dass ich ihn so viel wie möglich entlasten kann«, sagt der Pastor. Jetzt, als sie ihn aus der Nähe sieht, bemerkt sie seine sanften grauen Augen. Vielleicht sind es diese Augen, die ihn so charmant wirken lassen. Sie sind groß und rund wie Kinderaugen und lassen ihn jünger wirken, als er vermutlich ist.

»Warum haben Sie nach Einar gesucht? Vielleicht kann ich Ihnen ja stattdessen behilflich sein«, sagt er.

Ja, das können Sie vermutlich, denkt sie bei sich.

Früher hatte Einar ihr immer bei dem Nötigen, das in der Gemeinde getan werden musste, geholfen. Hatte die Ehemänner beiseitegenommen und zur Vernunft gebracht, die ihre Frauen nicht so behandelten, wie sie es sollten, hatte Trauernden eine Schulter zum Anlehnen geboten und immer ein offenes Ohr gehabt für diejenigen, die etwas auf dem Herzen hatten. Obwohl Einar nicht besonders scharfsinnig war, besaß er doch ein gutes Herz und einen aufrichtigen Gottesglauben. In den letzten Jahren jedoch hatte er immer stärker dem Alkohol zugesprochen, und Elsa hatte einen zunehmend größeren Teil der Bürde allein schultern müssen.

»Eine ältere Frau aus dem Dorf – Agneta Lindberg – ist sehr krank und liegt im Sterben«, erklärt Elsa.

Aufmerksam sieht Mattias Åkerman sie an. »Wie alt ist sie?«, fragt er.

»Siebenundsechzig«, erwidert Elsa. »Sie hat Krebs. Magenkrebs. Sie hat Angst und müsste mit jemandem sprechen, der ihr die Furcht nimmt. Vor dem Sterben selbst hat sie keine Angst, sie hat Angst vor … nun ja …«

Er nickt wortlos. Sein Blick lässt den ihren nicht los, und Elsa merkt, wie etwas in ihr nachgibt.

Sie kann ihm vertrauen. Er kann ihr helfen.

»Sie hat Angst vor dem, was danach kommt«, beendet er ihren Satz. »Und Sie möchten, dass jemand ihre Hand hält und ihre Ängste stillt. Ihr von dem Reich Gottes erzählt, das sie nach dem Tod erwartet, und dass Gott der Vater sie in Empfang nehmen wird.«

»Ganz genau«, erwidert Elsa. »Um sie zu beruhigen. Und um ihr die Sorgen zu nehmen.«

Ein feines Lächeln huscht über sein Gesicht. »Wenn Sie meinen, dass das gestattet ist, tue ich das gerne an Einars Stelle«, sagt er.

Elsa erwidert sein Lächeln. »Ja, das ist es gewiss.«

Heute

Ein lauter Schrei reißt mich aus dem Schlaf.

Mein Herz rast, als ich mich schlaftrunken aus dem Schlafsack schäle und versuche, mich in der Dunkelheit zu orientieren.

Als ich aus dem Zelt krieche, fällt mir auf, dass niemand außer mir wach geworden zu sein scheint.

Draußen ist es ganz und gar still, nichts rührt sich in der Nacht. Für einen flüchtigen Moment höre ich nichts als meinen eigenen Herzschlag. Doch dann – auf einmal – das unverkennbare Geräusch einer Autotür.

Draußen ist es finster, aber im schwachen Mondlicht kann ich Emmy erkennen, die aus dem Kastenwagen stürzt. Das Haar fällt ihr wild und zerzaust auf die Schultern. Sie trägt nur einen Slip und dasselbe große, weite T-Shirt, das sie schon tagsüber getragen hat.

»Habt ihr das auch gehört?«, frage ich sie und sehe, dass Robert nun ebenfalls aus dem Kastenwagen steigt. Emmy sieht ihn nicht an, sie läuft geradewegs los in Richtung Schule.

»Emmy?«, rufe ich ihr hinterher, während Robert ihr nachsetzt. Ich folge ihnen widerstrebend.

Als ich Emmys und Roberts Wagen erreicht habe, sehe ich, dass Emmy nach wenigen Schritten schon wieder stehen geblieben ist. Ihre Atemzüge klingen schwer, wie ein Echo meiner eigenen. Ihr Blick irrt über den leeren Marktplatz, dann schweift er zu Max' Volvo, über die Fassade des Schulhauses und schließlich zu den Sträuchern auf dem Kopfsteinpflaster.

Robert bleibt hinter ihr stehen. Vorsichtig legt er eine Hand auf ihre Schulter – zögernd, wie um einen verängstigten Hund zu beruhigen. Sie lässt die Berührung zu.

»Was ist denn, Emmy?«, rufe ich ihr zu. Erst jetzt macht es

bei mir Klick. »Hast du da eben so geschrien?« Ich hatte den Schrei nicht mit Emmys Stimme in Verbindung gebracht. Aber als sie sich jetzt zu uns umdreht, wird mir klar, dass sie es gewesen sein muss.

»Ich habe jemanden gesehen«, sagt sie. Emmy wirkt sehr blass, aber vielleicht sehen wir ja alle wie Gespenster aus, wie wir hier so auf dem Marktplatz stehen. »Da war gerade jemand«, wiederholt sie und blickt wieder zum Schulhaus.

»Wo? Am Fenster?«, fragt Robert.

Emmy schüttelt den Kopf und rückt dichter an ihn heran. »Nein. Mitten auf dem Marktplatz. Vor dem Auto«, sagt sie mit dünner, angespannter Stimme.

Zuerst denke ich, dass sie gereizt ist und das sarkastisch meint, bis mir klar wird, dass ihre Stimme vor Angst verzerrt ist.

Sie fürchtet sich.

»Was genau hast du gesehen?«, frage ich nach. Auf einmal werde ich mir unangenehm der vielen dunklen Fensterhöhlen bewusst, die uns anstarren, der Gassen, die sich spinnennetzartig vom Marktplatz in alle Richtungen erstrecken. So viele verwaiste Winkel. So viele Wände, hinter denen man sich verbergen kann. Lass es gut sein, da ist niemand, ermahne ich mich.

Emmy wendet sich mir zu. »Ich bin wach geworden, weil ich ein Geräusch gehört habe. Da bin ich aufgestanden, um nachzugucken. Und da stand jemand vor dem Auto und hat mich angesehen«, sagt sie. Sie schluckt.

»Hast du feststellen können, wer es war?«, fragt Robert.

»Nein, dafür war es zu dunkel. Es war nur eine Silhouette. Aber da war jemand, ganz ohne Zweifel. Ich habe die Augen gesehen. Sie haben mich geradewegs angesehen.« Emmy schluckt erneut. »Wer oder was auch immer es war – es hat mich *angesehen.*«

Ich schüttele den Kopf, will nicht glauben, was ich da höre. Mich überläuft ein Schauder. »Vielleicht war da ja trotzdem niemand«, wende ich ein. »Es klingt ein bisschen so, als hättest du eine Schlafparalyse gehabt. Im Dämmerzustand zwischen Wachen und Schlaf sieht man manchmal unbestimmte, dunkle Gestalten, die einen anschauen, wenn das Gehirn …«

Emmy unterbricht mich fauchend. »Was eine Schlafparalyse ist, weiß ich auch, Alice! *Das da eben*, ist ganz bestimmt keiner Schlafparalyse entsprungen. Ich war aufgestanden. Ich war wach. Ich habe jemanden gesehen.«

Ich will gerade etwas entgegnen, als ich erschrecke. Da – auf der anderen Seite des Platzes. An der Ecke des Schulgebäudes. Da steht jemand.

Eine dunkle, schmale Gestalt – sie ist unverkennbar menschlich.

Ich versuche, etwas zu sagen, irgendetwas, während mir unaufhörlich durch den Kopf geht: Da ist niemand. Da ist niemand. Da kann niemand sein.

Ich blinzele, aber die Gestalt ist noch immer da.

Jetzt kommt sie auf uns zu. Emmy und Robert haben sie nicht bemerkt – ihre Blicke sind auf mich gerichtet. Ich mache eine überraschende und unliebsame Entdeckung über mich selbst – ich hatte mich immer für einen Menschen gehalten, der gut mit Krisensituationen umgehen kann, der bei Gefahr schreien, sich wehren oder wegrennen würde. Aber jetzt fühle ich mich noch nicht mal in der Lage, Emmy und Robert zu warnen.

Doch dann fällt Mondlicht auf die Gestalt, und ich erkenne, wer das ist.

Meine Knie geben unter mir nach, vor lauter Erleichterung muss ich lachen.

»Was zum Teufel …«, beginnt Emmy und verzieht vor Wut und Verwirrung das Gesicht. Ich bedeute Emmy, sich umzudrehen.

»Tone!«, rufe ich, um meine Entdeckung bestätigt zu bekommen.

»Ups! Hallo«, erwidert Tone. Sie hat sich in ihre Jacke gehüllt. Ihre nackten, langen Beine stecken in Gummistiefeln. Als sie näher kommt und vor uns stehen bleibt, wirkt sie beinahe desorientiert. Fragend sieht sie uns an, blickt von mir zu Emmy. »Haltet ihr hier irgendeine mitternächtliche Konferenz ab?«

»Nein, nein«, sage ich. »Ich glaube, du hast Emmy einen riesigen Schrecken eingejagt, Tone. Warst du mal pinkeln?«

Tone nickt. »Wieso Schrecken eingejagt?«

»Sie muss dich gesehen haben, als du zum Schulhaus gegangen bist. Sie meint, jemand hätte von dort zum Auto gesehen.«

Emmy sagt immer noch nichts. Aus schmalen Augen mustert sie Tone.

»Entschuldige, ich wollte dich nicht wecken«, sagt Tone.

»Bist du vor dem Auto stehen geblieben?«, fragt Emmy sie. Ihre Stimme klingt gedämpft.

»Nein. Beziehungsweise – ich bin mir nicht sicher. Ich war todmüde, als ich aus dem Zelt gekrabbelt bin. Vielleicht habe ich mich zuerst nach einem geeigneten Ort umgesehen«, ergänzt Tone.

»Du hattest recht, Emmy«, sage ich und will sie ein wenig aufziehen. »Es war keine Schlafparalyse – aber auch kein Gespenst.«

Ich bin furchtbar müde, unterdrücke ein Gähnen. Das war alles ein bisschen viel: plötzlich aus dem Schlaf gerissen zu werden, der Schreck und nun die Erleichterung.

»Ich habe nie behauptet, dass ich ein Gespenst gesehen habe«, wendet Emmy schroff ein, ohne mich anzusehen. »Die Gestalt, die ich gesehen habe, hat reglos dagestanden«, fährt sie dann fort und wendet sich Robert zu. »Er oder sie hat völlig reglos dagestanden und das Auto angeschaut – hat mich angeschaut.«

Ich merke plötzlich, dass ich für dieses ganze Theater keine Geduld mehr habe. »Jetzt mach aber mal einen Punkt! Du warst übermüdet, du hast Tone gesehen, hast einen Schreck gekriegt und gedacht, es wäre irgendein mystisches Wesen, und hast geschrien. Das ist doch nicht so schwer nachzuvollziehen. Lasst uns jetzt einfach wieder schlafen gehen, morgen wird ein langer Tag«, sage ich und stapfe auf Tones und mein Zelt zu.

Emmys Gesicht ist zu einer Maske erstarrt. Es ist unmöglich zu erraten, was ihr gerade durch den Kopf geht. Aber ich habe jetzt keine Kraft mehr dafür übrig, um weiter darüber zu diskutieren.

Als ich das Zelt fast erreicht habe, sehe ich mich nach Emmy und Robert um. Sie stehen noch immer an derselben Stelle. Er hat ihr einen Arm um die Schultern gelegt, und sie scheint ihm etwas zuzuflüstern, so leise, dass ich die Worte nicht hören kann. Beide sehen wieder zum Schulhaus hinüber.

Entnervt drehe ich mich um und schlüpfe ins Zelt.

MITTWOCH

Heute

Ich wache vor allen anderen auf, obwohl ich kaum mehr als nur ein paar Stunden Schlaf hatte. Ich war schon immer ein Morgenmensch. Das ist am schlimmsten, wenn ich verkatert bin. Dann kann ich nur so lange schlafen, bis die Morgendämmerung einsetzt, liege mit offenen Augen, trockenem Mund und jagendem Herzen da, bis ich kapituliere, mich in die Küche schleppe und mich auf einen langen, anstrengenden Tag gefasst mache.

Aber nicht so heute. Heute bin ich voller Energie und Tatendrang, trotz der aufregenden nächtlichen Ereignisse.

Denn heute beginnen wir damit, das Dorf zu erforschen.

So leise wie möglich krieche ich aus meinem Schlafsack, streife mir meinen Pulli über den Kopf und ziehe den Reißverschluss am Zelteingang hoch. Draußen ist die Luft klar und kalt, viel frischer als die stickige, abgestandene Luft im Zeltinneren.

Ich atme tief ein.

Die Sonne ist gerade über den Horizont gestiegen, die Morgendämmerung taucht den Ort in einen zarten rosafarbenen Schein. Im Licht des neuen Tages wirkt er wie verzaubert, beinahe märchenhaft. Ich wünschte, ich könnte jetzt mit der Kamera in den Gassen auf Streifzug gehen, ganz allein in der Stille, und den Ort so auf Film bannen, wie ich ihn jetzt – an diesem ersten Morgen – wahrnehme. Wie unberührt und schlafend. Er ist kaum mehr als eine lebendig gewordene Fotografie, ein Relikt aus entschwundener Zeit.

Das Lagerfeuer auf dem Kopfsteinpflaster ist mittlerweile zu Asche verglüht. Ich sehe zur verfallenen Fassade des Schulhauses und der Kirche hoch, die über den Dächern der Häuser aufragt. Grazil und makellos hebt sie sich vor dem Wald ab.

Plötzlich muss ich an meine Großmutter denken und verspüre einen Kloß im Hals.

»Als ich meine Schwester Aina das letzte Mal sah, war sie erst siebzehn Jahre alt.«

Als ich klein war, war die Geschichte von Silvertjärn nur eine Geschichte unter vielen für mich. Es dauerte lange, bis mir klar wurde, dass diese Geschichte nicht nur der Wahrheit entsprach, sondern dass es auch genau diese Ruinen waren, auf denen meine Großmutter ihr Leben errichtet hatte. Meine Oma war eine kräftig gebaute Frau mit starken Händen und breiten Schultern, die einen immer mit festem Blick ansah, worum es auch ging. So als wollte sie ganz sichergehen, dass man auch die Wahrheit sagte. Nichts konnte meine Großmutter so aufbringen wie Lügen, und waren sie auch noch so klein und unbeabsichtigt.

»Aber jetzt werden wir herausfinden, was damals geschah, Oma«, sage ich leise vor mich hin. »Du und ich.«

Ja, meine Großmutter hat einem immer in die Augen gesehen. Nur dann nicht, wenn sie von Silvertjärn erzählte. Dann war ihr Blick in die Ferne gerichtet.

Ich war achtzehn, als ich nach Stockholm zog, um eine Ausbildung zur Krankenschwester zu machen. Meine Schwester Aina war damals zwölf. Zu jener Zeit herrschte im Bergwerk von Silvertjärn noch reger Betrieb.

Meine Familie lebte weiterhin in dem Haus, in dem ich meine Kindheit verbracht hatte. Es war ein kleines gelbes Häuschen unten am Fluss, ein paar Straßenzüge von der Kirche entfernt. In unserer Straße waren sämtliche Häuser gelb gestrichen. Unseres aber hatte als einziges eine grüne Tür. Als ich ein kleines Mädchen war, war ich immer stolz auf diese grüne Haustür. Sie gab mir das Gefühl, etwas Besonderes zu sein.

Wenn ich mir die Zugfahrt nach Hause leisten konnte, habe ich meine Familie besucht. Damals flog man nicht mal eben kreuz und quer so wie heute. Silvertjärn wurde nur zweimal pro Woche von einem Zug angefahren, und die Fahrkarten waren teuer.

Meine Großmutter hatte schöne Augen. Hellgrau meliert, wie polierter Granit. Bevor das Glaukom ihr wie ein Nebelschleier die Sicht raubte, so wie die Demenz ihren Verstand.

»Was hast du gesagt?«, höre ich eine Stimme hinter mir.

Erschrocken fahre ich herum.

Es ist Max. Er hat sich in eine dicke Strickjacke gehüllt und reibt sich den Nacken.

»Du meine Güte, hast du mir einen Schrecken eingejagt!«, keuche ich.

Er lächelt. »Du dachtest wohl, ich sei der Geist aus Silvertjärn, der uns von hier vertreiben will, hm?«

»Ha, ha, sehr witzig.«

»Na ja, ein bisschen unheimlich ist es hier schon«, fügt Max hinzu. Er stellt sich neben mich und blickt zum Schulhaus hinüber. »Man kann schon verstehen, warum die Leute glauben, der Ort werde von Geistern heimgesucht.«

»Mm«, gebe ich ihm recht und stecke meine kalten Hände in die Bauchtasche meines Pullis. »Emmy ist heute Nacht davon wach geworden, dass Tone mal zum Pinkeln raus war, hat sie durch die Autoscheibe gesehen und gedacht, es wäre ein böser Geist. Hast du gar nichts davon mitbekommen?«

»Oh, shit! Nein, ich hab geschlafen wie ein Stein.«

»Typisch!«, erwidere ich amüsiert.

Max grinst. Sein Blick gleitet über die eingefallenen Häuserdächer. »Schon seltsam, dass niemand vor uns auf diese Idee gekommen ist«, sagt er nachdenklich. »Das ist doch eine super Story, und die Szenerie ist perfekt. Komisch, dass kein Filmteam von dieser Geisterjägersendung, die vor ein paar Jahren so beliebt war, hier jemals eine Folge gedreht hat.«

»Dafür liegt der Ort zu weit ab vom Schuss«, wende ich ein. »Im Umkreis von Malmö und Stockholm gibt es genügend Herrenhäuser, in denen es spukt.«

»Stimmt«, sagt Max. Er sieht, dass ich fröstele, legt mir die Arme auf die Schultern und versucht, mich ein bisschen warm zu rubbeln. »Soll ich uns Frühstück machen?«, fragt er. »Ich will ja nicht angeberisch klingen, aber ich war vier Jahre am Stück der Campingkocherheld unserer Pfadfindertruppe.«

Ich lache und löse mich vorsichtig aus seiner Umarmung. »Du und Pfadfinder? Ich glaub's nicht!«

Max grinst erneut. »Na ja, das stimmt nicht ganz«, gibt er zu. »Aber ich kann uns was zusammenschustern. Ich will schließlich nicht nur eine Last sein und als Sponsor mitfahren. Ich kann auch meinen Beitrag leisten.«

»Als Teamkoch?«

Er lächelt schief. »Als Teamkoch, Augenschmaus und Traum aller Schwiegermütter«, witzelt er. »Was immer du willst.«

Während Max ein kleines Lagerfeuer entfacht und Brot röstet, stehen nach und nach die anderen auf. Emmy trägt ein fast genauso verschossenes T-Shirt wie gestern und Roberts Jacke. Sie sind bestimmt ein Paar.

Ich erwarte, dass sie irgendeine scherzhafte Anspielung auf die nächtlichen Geschehnisse macht, um der ganzen Sache die Spitze zu nehmen. Aber Emmy würdigt mich kaum eines Blickes. Ich verspüre einen schmerzhaften Stich. Andererseits ist ihr Verhalten auch nichts Neues für mich. Nach unseren chaotischen, bis spät in die Nacht andauernden Flurpartys im Studentenwohnheim war sie auch nie sonderlich gesprächig gewesen. Während sie vormittags noch schlief, hatte ich, um etwas gegen meine innere Unruhe zu tun, immer schon geputzt, Wäsche gewaschen und ein riesiges Frühstück aufgetischt, das sie kaum jemals anrührte.

Damals hat mich das nie gestört. Wir befanden uns auf einer Wellenlänge. Sogar unsere Atmung war im Gleichklang.

Ich will mich den Erinnerungen, die mich zu überwältigen drohen, entgegenstemmen. Diese Kraftanstrengung, Emmy aus meinen Gedanken zu verbannen, dauert inzwischen schon sieben Jahre. Ich bin gut darin geworden. Jetzt aber, wo sie wieder in meiner unmittelbaren Nähe ist, fällt es mir schwer.

Nachdem wir alle gefrühstückt und schwarzen Instantkaffee aus Pappbechern getrunken haben, räuspere ich mich, um die Aufmerksamkeit der anderen auf mich zu ziehen. Die Sonne steht mittlerweile höher am Himmel, die Dämmerstunde hat sich gelegt. Ich gebe mir Mühe, meine Nervosität herunterzuschlucken, und setze mich auf meiner Isomatte zurecht. Richte mich auf.

»Na, alle satt und zufrieden?«, sage ich und bereue meine Worte sofort, ich klinge ja wie eine übereifrige Kindergartentante. Dass Emmy die Augenbrauen hochzieht und die anderen mich verdutzt ansehen, macht es auch nicht besser. Max immerhin nickt lächelnd.

»Ich dachte mir, dass wir jetzt noch mal unseren Ablaufplan durchgehen könnten. Anschließend verteilen wir dann die heutigen Aufgaben und legen los. Was meint ihr?«

Emmy zuckt mit den Schultern. »In Ordnung.«

»Gut.« Ich schaue auf meine Papiere.

Der von mir entworfene Ablaufplan wirkt ziemlich amateurhaft, wenn ich mir ihn so ansehe. Times New Roman, Schriftgröße 12, auf billigem DIN-A4-Papier. Ich hätte ihn vielleicht laminieren lassen sollen.

Ich muss einfach versuchen, überzeugend zu klingen.

»Heute und morgen soll es vor allem darum gehen, ein Gespür für den Ort zu gewinnen. In euren Infomappen findet ihr acht Schlüsselorte verzeichnet – die Schule, die Eisenhütte, die Kirche, den Bahnhof, Elsas und Ainas Haus, Schwachkopf-Gittas Haus, den Pfarrhof und den Waldsee. Diese Orte, so schätzen Tone und ich, sind für unsere Erkundung und die Filmaufnahmen am relevantesten. Den See untersuchen wir am letzten Tag, falls wir länger Zeit dafür brauchen – soweit wir wissen, wurde er noch nie von Tauchern erkundet. Wir haben eine Tauchausrüstung dabei.«

Robert meldet sich, was mich ganz aus dem Konzept bringt. »Äh … ja?«

Er reibt sich den Nacken auf eine so verlegene Art, dass ich ihm seine Unterbrechung verzeihe. Obwohl er Emmys Kumpel – oder Partner, Lover oder was auch immer – ist, macht er einen sympathischen Eindruck. Er wirkt schüchtern, fast altmodisch in seiner Höflichkeit.

»Nach welchen Kriterien habt ihr die Relevanz festgelegt?«, fragt er.

Ich werfe Tone einen kurzen Seitenblick zu, aber sie scheint nicht geneigt, mir zu Hilfe zu eilen.

»Es sind Plätze im Dorf, an denen wir auf neue Erkenntnisse oder Hinweise auf das, was geschehen sein könnte, stoßen könnten«, erwidere ich.

Emmy blickt mich skeptisch an. »Das wollte ich auch gerade fragen. In der Projektpräsentation schreibst du, dass wir herausfinden wollen, was aus den Menschen in Silvertjärn wurde. Wie groß ist die Chance, dass uns das wirklich gelingt? Es kommt mir heikel vor, so etwas zu behaupten. Hat es nach dem Verschwinden nicht eine Polizeiermittlung gegeben? Es erscheint mir unwahrscheinlich, dass wir über Indizien stolpern sollen, die auch die Ermittler nicht gefunden haben. Wir sind hier ja nicht bei Mankells *Mittsommermord*. Die Wahrscheinlichkeit ist doch ziemlich gering, dass wir plötzlich Pfarrer Mattias Åkermans geheimes Tagebuch oder so was finden.«

Ich spüre, wie meine Wangen vor Verlegenheit ganz heiß werden. Denn sie hat recht – sowohl in ihrer Einschätzung der Situation als auch was unsere geheimen Hoffnungen betrifft, die sie jetzt kühl und gelassen aufs Korn nimmt. Natürlich ersehne ich mir irgendeinen Durchbruch, möchte etwas finden, was noch niemand vorher herausgefunden hat, möchte das Geheimnis von Silvertjärn ergründen. Und natürlich weiß ich auch, dass es unwahrscheinlich, ja, vielleicht unmöglich ist. Aber das heißt nicht, dass ich nicht davon träumen würde.

»Wir versprechen gar nichts«, schneide ich ihr das Wort ab. »Und die Polizeiermittlungen beliefen sich vor allem darauf, die Wälder ringsum zu durchforsten. Es ist durchaus möglich, dass den Ermittlern damals etwas entgangen ist.«

Emmy erwidert meinen Blick, ohne mit der Wimper zu zucken.

»Wie auch immer, so haben die von uns ausgesuchten Orte den größten thematischen Bezug«, schließe ich und bemühe mich, nicht übellaunig zu klingen.

»Heute sollten wir uns auf die Schule, die Eisenhütte und den Bahnhof konzentrieren. In euren Mappen sind Kopien der Karten, die die Grubengesellschaft im Rahmen ihres Gutachtens anfertigen ließ. Ich habe die entsprechenden Orte darauf markiert. Über die genaue Lage einiger Orte sind wir uns nicht genau im Klaren. Vor allem unsere Angaben, bei welchen Gebäuden es sich um den Pfarrhof und um das Haus meiner Urgroßmutter handelt, beruhen nur auf Annahmen, die wir aus den Briefwechseln und den Beschreibungen meiner Großmutter gewonnen haben. Deshalb nehmen wir uns diese Orte zuletzt vor.«

Ich bin kaum fertig, da meldet sich Emmy wieder zu Wort. Ihre Mappe liegt aufgeschlagen auf ihrem Schoß, und sie fängt an zu reden, ohne mich anzusehen, den Blick mit gerunzelter Stirn auf die Landkarte gerichtet.

»Warum steht das Bergwerk nicht auf der Liste? Auf der Karte ist es jedenfalls nicht markiert. Dort sollten wir unbedingt Aufnahmen machen. Das wäre packend, vor allem, wenn wir es in den Kontext stellen würden, welche Veränderung die Gemeinde nach der Schließung der Grube durchgemacht hat.«

»Es ist zu gefährlich«, erkläre ich. »Der Untergrund ist zu instabil, vor allem, wenn man sich der eigentlichen Stollenanlage nähert. Das Eisenerz in dieser Gegend wurde offenbar sehr dicht unter der Erdoberfläche gewonnen, und niemand hat die Stollen instand gehalten. Sie sind stark einsturzgefährdet. Unter anderem deshalb haben die Grubeninspektoren in den Neunzigerjahren ja auch empfohlen, den Bergbau in dieser Gegend nicht wieder aufzunehmen – das steht alles schon im Bericht«, füge ich noch hinzu.

Emmy blättert in der Mappe. Ich frage mich besorgt, was sie als Nächstes kritisieren wird.

»Deshalb gibt es hier offenbar auch keinen Mobilfunkempfang«, fahre ich fort.

Emmy blickt verwundert auf. »Weil der Boden ausgehöhlt ist?«

»Nein. Weil das Eisenerz so dicht unter der Erdoberfläche liegt und das irgendwie das Magnetfeld beeinflusst.«

»Ach so ...«, sagt Emmy gedehnt und grinst. »Magnetfeld. Natürlich.«

»Ja«, bekräftige ich. Ich merke, dass ich den Faden verloren habe, versuche mich aber zusammenzureißen und schaue wieder auf meinen Ablaufplan. »Ja«, wiederhole ich. »Sodass ...«

Tone kommt mir zu Hilfe. »Macht viele Aufnahmen. Wir haben drei tolle Systemkameras im Gepäck.«

Robert meldet sich noch einmal.

»Ja, bitte?«, sage ich.

»Es wäre gut, so viele Fotos wie möglich von den Orten zu machen, an denen wir filmen wollen. Damit ich mir ein Bild davon machen kann, wie die Lichtverhältnisse dort sind und wo man zu welcher Tageszeit am besten filmen kann. Ich weiß nicht, ob ihr einen detaillierteren Plan für die Gestaltung der Filmaufnahmen gemacht habt, aber diese Information könnte nützlich sein.«

»Da hat er recht. Und Tone auch«, sage ich zu Max und Emmy. »Schießt viele Fotos. Sowohl dekorative Motive als auch welche, die der Logistik dienen.«

»Sollen wir bei der Erkundung der Orte schon gleich Filmmaterial aufnehmen oder wollt ihr damit noch abwarten und heute einen reinen Erkundungstag machen?«, fragt Emmy.

»Und könnten wir das vorläufige Drehbuch und den langfristigen Produktionsplan bekommen? Die waren nicht in der Mappe enthalten.«

Ich sehe Tone an. Das vorläufige Drehbuch und der langfristigere Produktionsplan sind noch im Entwurfsstadium, kaum mehr als lose Ideen, die jede von uns in ihrem jeweiligen Word-Dokument gesammelt hat, und definitiv nichts, das ich Emmy zeigen möchte. Tones Blick ist unleserlich, er verrät nichts. Entweder bemerkt sie meine Nervosität nicht oder sie wahrt die Fassade, um den anderen nicht zu zeigen, was ihr durch den Kopf geht.

Ich sehe von Tone zu Emmy. »Wir … haben nicht alles mit hergebracht. Aber du darfst selbstverständlich einen Blick auf das werfen, was wir haben.«

»Prima!«, sagt Emmy.

Ich streiche mir ein paar Haarsträhnen hinter die Ohren. Obwohl ich meine Haare gestern erst gewaschen habe, fühlen sie sich platt und fettig an.

»Wir gehen immer zu zweit«, sage ich. »Ich möchte nicht, dass sich irgendjemand allein in irgendwelche Gebäude hineinwagt. Die Häuser stehen seit fast sechzig Jahren leer, sind also möglicherweise einsturzgefährdet. Seid besonders vorsichtig, was Treppen und Keller betrifft. Meidet sie bitte, falls ihr auch nur den kleinsten Verdacht habt, dass sie nicht sicher sein könnten. Wir haben für alle eine rudimentäre Schutzausrüstung mitgenommen. Die Atemmasken sind etwas klobig, aber es ist wichtig, dass ihr sie beim Betreten der Gebäude aufsetzt. Es ist sehr wahrscheinlich, dass einige der Häuser asbestverseucht sind – vor allem die Häuser, die während des Krieges erbaut wurden, als die Grube expandierte – und wir wissen auch nicht, wie es mit Schimmel und anderem steht. Also setzt die Atemmasken auf, auch wenn sie unbequem sind.« Ich denke kurz nach, ob ich noch etwas vergessen habe. Weil ich nicht weiß, wie ich meine Ausführungen beenden soll, sage ich nur: »Und jetzt wünsche ich euch viel Spaß!« Im nächsten Moment kommt es mir schrecklich idiotisch vor.

»Wie sollen wir miteinander kommunizieren?«, fragt Emmy.

»Mein Handy gibt keinen Ton mehr von sich. Seit unserer Abfahrt von der Autobahn hatte ich keinen Empfang mehr.«

»Ach ja, genau, wir haben Walkie-Talkies mit!«, rufe ich aus.

»Und wieso funktionieren die, während die Handys kein Lebenszeichen mehr von sich geben?«, will Emmy wissen.

Ich sehe zu Tone hinüber. Sie lächelt schief.

»Wir wissen nicht genau, ob sie wirklich funktionieren«, sagt Tone. »Der Techniker, mit dem wir gesprochen haben, meinte aber, sie müssten es. Seine Erklärung habe ich nicht ganz verstanden, aber die Verbindung ist offenbar lokaler, sodass das Funksignal wohl nicht so wie das Mobilfunksignal abgeschnitten wird.«

»Er hat aber gesagt, dass wir mit Störungen rechnen müssten«, werfe ich erklärend ein. »Und wenn alles nach Plan läuft, werden wir die Walkie-Talkies auch gar nicht brauchen. Es ist wie mit den Atemmasken – sie sind nur zur Sicherheit da.«

Emmy nickt. »Gut. Dürfen wir uns selbst aussuchen, mit wem wir ein Team bilden?«

»So viel gibt's da nicht auszusuchen«, bemerkt Tone trocken. »Alice und ich hatten vor, mit dem Schulhaus anzufangen. Es wäre gut, wenn zwei von euch sich die Eisenhütte vornehmen könnten und ihr euch von dort aus weiter vorarbeitet.«

Ich wende mich an Max. »Würdest du bei den Autos und der Ausrüstung Wache schieben? Sie sollten nicht unbewacht bleiben. Bloß zur Sicherheit. Wir können uns ja täglich dabei abwechseln.«

Max salutiert. »Du bist die Produzentin. Dein Wunsch ist mir Befehl.«

Dankbar lächele ich ihn an. Ich mustere die anderen und spüre, wie sich das Lächeln auf meinem Gesicht ausbreitet. Ein aufgeregtes Kribbeln erfasst mich. »Ausgezeichnet. Schnappt euch die Ausrüstung, und los geht's!«

Heute

Ich wünschte, es gäbe Filmmaterial von Silvertjärn aus der Zeit, wie es früher ausgesehen hat, während seiner Blütezeit, bevor das Bergwerk stillgelegt wurde. Aber Tone und ich haben nur ein paar verschwommene, verwackelte Schwarz-Weiß-Aufnahmen ausfindig machen können. Ich möchte sie später auf Instagram hochladen, sie in unsere Präsentation für das Einwerben von Sponsoren- und Stipendiengeldern einschließen. Die Aufnahmen elegant in die Dokumentation selbst zu integrieren wird schwierig. Wir müssen einfach darauf bauen, dass unsere eigenen Filmaufnahmen so eindrucksvoll sind, dass sie für sich stehen können.

Der raue Putz des Schulhauses ist zu einem fahlen schmutzig grauen Ton verblasst. Leere Fensterhöhlen starren uns an, die Rahmen sind morsch und die Farbe blättert von ihnen ab. Ich schwitze unter der Atemmaske; das Haltegummi sitzt unangenehm eng über den Ohren. Die Maske löst ein beinahe klaustrophobisches Gefühl in mir aus, aber nachdem Tone und ich die halb zerfallene Eingangstreppe hochgegangen sind und im Türrahmen des Schulhauses stehen bleiben, bin ich froh, dass ich sie trage.

Im Licht, das durch die großen Fenster hereinfällt, werden die durch die Luft wirbelnden Staubkörner sichtbar, und selbst durch den Atemfilter der Maske nehme ich Schimmelgeruch wahr. Vorsichtig betreten wir die kleine, unpersönliche Eingangshalle und blicken uns um: cremeweiße Wände und unbehandelte Dielenbretter. Würde die Farbe nicht von den Wänden abblättern und hätten die Fußbodenbretter sich nicht so gehoben, hätte dies auch das Wartezimmer eines Zahnarztes sein können.

Ich höre ein zittriges Lachen und drehe mich zu Tone um. Ihr Blick ist auf die große Treppe zum ersten Stock gerichtet.

»Worüber lachst du?«, will ich wissen.

Tone löst ihren Blick von der Treppe und sieht mich an. »Was hast du gesagt?«

»Worüber lachst du?«, wiederhole ich.

»Ich habe nicht gelacht«, erwidert Tone. »Ich habe gar nichts gesagt.«

»Ich habe aber etwas gehört«, wende ich ein. Ich sehe, wie Tones Augen hinter der Maske schmal werden.

»Hier spukt's.«

Leicht genervt verdrehe ich die Augen. »Max hat heute Morgen auch schon von Geistern gesprochen. Vielleicht sollten wir keinen Dokumentarfilm, sondern lieber einen Horrorfilm drehen.«

»Mit der Maske da siehst du wirklich aus wie jemand aus einem Horrorstreifen«, sagt Tone gedämpft unter ihrer Maske. Aber ich höre ihren scherzhaften Ton. »Michael Myers trifft auf Darth Vader.«

»Das kann ja Plan B sein, falls sich uns nichts bietet, das sich für einen Dokumentarfilm eignet«, sage ich und nehme die Treppe vor uns näher in Augenschein.

»Deshalb musst du dir sicherlich keine Sorgen machen«, höre ich Tone brummeln.

In der Stille des verlassenen Gebäudes glaube ich, erneut die Stimme meiner Großmutter zu vernehmen.

Silvertjärn war nur ein kleiner Ort, aber es gab alles, was man brauchte. Eine Kirche, in der jeden Sonntag Gottesdienste abgehalten wurden und in der meine Eltern sich einst trauen ließen, einen kleinen Tante-Emma-Laden und eine Apotheke. Zweimal im Monat hielt ein Arzt dort Sprechstunde und besah sich die großen und kleinen Wehwehchen der Einwohner, und handelte es sich um etwas Ernsteres, musste man ins Krankenhaus nach Sundsvall fahren. Und natürlich gab es in Silvertjärn auch eine Schule.

Die Treppe vor uns ist aus Holz, nicht aus Stein – ein schlechtes Zeichen. Allerdings scheint sie trotzdem in einem besseren Zustand zu sein als der Rest des Gebäudes. Der Teppichboden auf den Stufen, der einst dunkelrot gewesen sein muss, ist dünn und fadenscheinig.

Vor unserer Reise habe ich bis spät in die Nacht im Internetforum für Urban Explorers gesurft. Die meisten »Urbexer« scheinen in den USA und in Deutschland zu leben und verbringen ihre Freizeit damit, verlassene Häuser und andere nicht mehr genutzte Bauwerke zu erkunden. Bei der Wahl unserer Atemmasken und unserer Ausrüstung habe ich mich auf ihre Tipps gestützt und bin ihren Sicherheitsregeln gefolgt. So sollte man nie Treppen betreten, die man nicht vorher auf ihre Stabilität überprüft hat. Man sollte jeden Fuß mit Bedacht setzen. Nach eventuellen Schimmelflecken oder feuchten Flecken Ausschau halten, die die Statik von tragenden Balken und Wänden beeinträchtigt haben könnten.

Von der Eingangshalle der Schule gehen zwei Flure ab, nach links und nach rechts. Ich deute auf den rechten Flur. Tone nickt.

Hinter der ersten Tür auf dem Gang befindet sich ein Waschraum mit vier Kabinen. Tone macht ein paar Schnappschüsse mit ihrer Kamera, aber der Anblick ist nicht sonderlich bemerkenswert: Kacheln mit verdreckten Fugen und altmodische Waschbecken aus gesprungenem Porzellan. Die Kabinentüren hängen schief an verrosteten Scharnieren.

Rasch gehen wir weiter zum ersten Klassenzimmer. Reihenweise Schulbänke, dazu Holzstühle, die zwergenhaft klein wirken. Irgendwie macht ihr Anblick auf mich einen schaurigen Eindruck. Einige Bänke sind zusammengebrochen. An der gegenüberliegenden Wand hängt eine große, unbeschriebene Schiefertafel.

Die folgenden beiden Klassenräume sehen beinahe identisch aus, daran schließt sich eine kleine Putzkammer an. Und damit haben wir schon das Ende des Flures erreicht. Tone knipst ein

Bild von dem Korridor, dann gehen wir entlang einer Fensterfront mit zerbrochenen Scheiben zurück.

Der linke Flur bietet dasselbe Bild. In einem Klassenzimmer ist die Tafel von der Wand gefallen und liegt in schwarzen Bruchstücken auf dem Boden. Tone hebt die Kamera und macht ein paar Aufnahmen. Ich versuche, das seltsame Gefühl abzuschütteln, das mich auf einmal durchströmt.

»Sollen wir uns mal ins Obergeschoss wagen?«, schlage ich vor.

»Ja, warum nicht?«, erwidert Tone.

In der Eingangshalle mustert sie mit zusammengepressten Lippen die Treppe.

»Bist du bereit?«, frage ich.

Wortlos nickt sie.

Ich schwitze unter meiner Jacke und dem Gewicht des Rucksacks und öffne den Reißverschluss ein wenig. Am Treppenfuß drehe ich mich nach Tone um. Sie hat sich nicht vom Fleck gerührt und sieht mich mit festem Blick an. Normalerweise wirkt das immer beruhigend auf mich.

»Okay, auf geht's!«, sage ich, um mir selbst Mut zuzusprechen.

Vorsichtig setze ich einen Fuß auf die erste Treppenstufe, um zu testen, ob sie mich trägt. Die Stufe knarrt etwas, aber es klingt nicht so, als würde sie gleich nachgeben. Als ich mein Gewicht verlagere, bin ich schon darauf gefasst, dass das Holz brechen wird, aber jetzt gibt die Treppe gar kein Geräusch von sich. Ich mache einen weiteren zaghaften Schritt. Die Teppichfasern lösen sich und bleiben an meinen Schuhsohlen hängen.

Ich blicke über meine Schulter. »Ich glaube, sie hält.«

Tone nickt. »Sei trotzdem vorsichtig«, ermahnt sie mich. »Bleib dicht an der Wand. Da müsste die Treppenkonstruktion am stabilsten sein.«

»Ich weiß.«

Die Treppe führt in einer langgezogenen Kurve aufwärts. Mit

jedem Schritt erwarte ich, dass sie unter mir nachgeben und ich ins Bodenlose fallen werde, aber das tue ich nicht. Als ich den ersten Stock erreiche, lässt meine Anspannung etwas nach, aber ich lasse Tone nicht aus den Augen, während sie hinter mir die Treppe hochkommt. Erst als Tone neben mir steht, kann ich mich richtig entspannen.

Die Fußbodenbretter sind morsch und verstaubt. Früher einmal aber muss der Holzboden einen schönen Anblick geboten haben. Zu unserer Rechten befindet sich eine große zweiflüglige Eichentür, die beinahe unversehrt aussieht. Ich drücke die Messingklinke herunter, die Tür öffnet sich quietschend.

Im Raum sind acht kleine Stehpulte aufgereiht. Vor der Tafel steht ein Katheder. Stühle gibt es keine, aber die Wände sind von hohen Regalen gesäumt, auf denen sich sorgsam geordnet Glasflaschen und Glaskolben drängen – Ausrüstung für einfache Chemieexperimente. Auf dem obersten Regalboden aber …

Langsam gehe ich in den Raum hinein, meinen Blick auf die zuoberst im Regal arrangierten Glasgefäße gerichtet. Die bräunliche Konservierungsflüssigkeit verleiht den still in den Gefäßen schwimmenden Dingen einen sepiafarbenen Ton: Pflanzen und Wurzeln, unförmige Klumpen – womöglich Pilze oder Organe. Und am Ende der Reihe drei Gefäße, die eindeutig Föten irgendwelcher Art beherbergen.

Ich höre ein Knipsgeräusch hinter mir. Tone macht Fotos von den Regalen, tritt näher, zoomt dichter an sie heran und stellt die Kamera scharf, fängt die drei Gefäße am Regalende ein.

Dann lässt sie die Kamera sinken und starrt sie einfach nur an.

»Brrr, die sind ja wirklich gruselig!«, sage ich in dem Versuch, die Stimmung ein wenig aufzulockern.

Zwischen Tones Augenbrauen hat sich eine steile Falte gebildet. »Wofür brauchten die denn so was?«

»Um den Schülern etwas über Anatomie und so beizubringen, nehme ich an«, sage ich.

Ein Gefäß in der Mitte des Regals ist – womöglich unter Frosteinwirkung – zersprungen, und sein zähflüssiger Inhalt hat sich über die darunterliegenden Regale ergossen. Das muss bereits länger zurückliegen, die Flüssigkeit ist schon eingetrocknet. Man kann noch nicht einmal mehr sehen, was früher in dem Gefäß gewesen ist.

Tone betrachtet die Glasgefäße endlos lange, ich werde etwas ungeduldig.

»Ich glaube, wir sind hier drinnen fertig, oder?«, sage ich schließlich etwas lauter als nötig. Meine Stimme scheint den ganzen Raum auszufüllen.

»Wir sollten hier in der Abenddämmerung filmen. Dann müssten die Lichtverhältnisse perfekt sein. Das gibt sicher eindrucksvolle Bilder«, bemerkt Tone.

Meine Aufmerksamkeit richtet sich wieder auf die unförmigen, geschrumpften, zeitlosen Wesen in den Gläsern. Ein Schauer läuft mir über den Rücken. Aber an und für sich hat Tone recht. Es hat etwas Ergreifendes an sich.

Wieder im Flur wenden wir uns der Eichentür auf der anderen Seite des Korridors zu. Sie hängt ein wenig schief in den Angeln. Durch den Türspalt dringt helles Licht in den Flur.

Ich öffne vorsichtig die Tür. Ein leichter Windhauch streift mein Gesicht, ich kneife die Augen zusammen. Vom Luftzug und dem jähen gleißenden Sonnenlicht im Raum beginnen meine Augen zu tränen.

Der Raum ist groß und nur spärlich möbliert. Einige größere Bildtafeln zieren die Wände: Buchstabentafeln, um die Sehkraft der Schüler zu messen, Querschnitte des menschlichen Skeletts und detailliertere Abbildungen des Herz- und des Augenmuskels. Es ist das Zimmer der Schulkrankenschwester.

Neben der Tür steht ein Sekretär aus Eiche, daneben ein ungepolsterter alter Holzstuhl. In der Zimmerecke befindet sich ein zierlicher Eckschrank und auf der anderen Seite der Tür ein klobiges weißes Porzellanwaschbecken mit einem verrosteten

Hahn, das von einem Spinnennetz aus feinen Rissen durchzogen ist.

An der gegenüberliegenden Seite steht eine Krankenliege mit zerknitterten, vergilbten Laken darauf. Das Fenster darüber steht als einziges im ganzen Raum offen. Es sieht aus, als hätte es jemand absichtlich geöffnet, um der Person, die die Bettlaken zerwühlt hat, Sonne und Licht zu schenken.

»Hier müssen sie sie damals gefunden haben«, sage ich. Ohne mir dessen bewusst zu sein, bin ich ein paar Schritte ins Zimmer hineingegangen. Vage stelle ich fest, wie heftig mein Herz klopft. Ich sehe mich nach Tone um. »Hier müssen sie das Baby gefunden haben, oder? Also, deine Mutter.«

Tone ist im Türrahmen stehen geblieben. In dem starken Sonnenlicht nehmen sich ihre Pupillen ganz klein aus. Ihre Stirn ist schweißnass.

»Tone?«, sage ich noch einmal verunsichert.

Tone hebt die Kamera, lässt sie aber gleich darauf wieder sinken. »Das hier musst du übernehmen, Alice«, sagt sie mit kaum hörbarer Stimme. »Ich kann nicht …«

Mit einer raschen Bewegung legt sie die Kamera auf den Boden und kehrt zurück in den Flur.

»Tone!«, rufe ich und will ihr schon folgen, halte dann aber inne.

Tone möchte in Frieden gelassen werden, möchte sich sammeln und sich beruhigen können. Sie ist anders als ich, die in ihren schwachen Momenten am liebsten in den Arm genommen werden möchte.

»Na gut«, murmele ich und spähe durch den Sucher.

Ich sehe zur Tür. Sollte ich ihr doch lieber nachgehen?

Ich hätte wissen müssen, dass dies hier schwer für sie ist. Hätte mich bei ihr danach erkundigen sollen. Aber sie ist manchmal so schrecklich verschlossen.

Nein, versichere ich mir. Mach ein paar Aufnahmen und lass sie in Ruhe. Das ist es, was sie will. In ein paar Minuten wird sie sich wieder gefasst haben, und dann können wir zur Kirche weiterziehen.

Ich gehe noch weiter ins Zimmer hinein, knipse aufs Geratewohl ein paar Bilder und bin mir peinlich bewusst, dass Tone ihnen später nicht viel wird abgewinnen können. Staubpartikel tanzen im Zimmer umher, aufgewirbelt von meinen Schuhen, das Licht fängt sich in ihnen. Seit beinahe sechzig Jahren hat niemand einen Fuß in dieses Zimmer gesetzt. Die Grubengesellschaft hatte den nach Silvertjärn entsandten Inspektoren nur vorgegeben, das Gelände zu kartografieren und den Boden zu untersuchen, nicht aber die Gebäude. Wir kennen ihre Angaben über die Beschaffenheit der Brücken, der Straßen und der geologischen Formation aus den Neunzigern, aber sie geben keinen Aufschluss über den Zustand der Gebäude.

Die Aprilsonne hat gleich ihren Zenit erreicht. Ich mache durch das offen stehende Fenster ein Foto von dem Dorf, nehme die Atemmaske kurz ab und rieche den herannahenden Frühling in der Luft – und etwas anderes. Es riecht ein bisschen so wie Rost.

Ich will eine Aufnahme der Krankenliege machen, doch dann senke ich die Kamera wieder. Meine Hand verharrt über den vergilbten Betttüchern, verziert mit einer zarten Spitzenborte.

Mit einer raschen Bewegung ziehe ich die Laken zur Seite.

Die Matratze darunter ist von rostbraunen Flecken übersät. Blut.

Sekundenlang starre ich darauf, bis urplötzlich ein gewaltiges Krachen – wie von einem Einsturz – die geräuschvolle Stille zerschlägt. Und ein langgezogener, ohrenbetäubender Schrei erklingt.

Heute

»Du kannst dich ruhig stärker auf mich stützen«, sage ich zu Tone. »Du musst den Fuß nicht belasten, ich kann dein Gewicht tragen.«

Tone nickt mit zusammengebissenen Zähnen. Sie hat sich die Atemmaske vom Gesicht gezogen, sie baumelt um ihren Hals. Tones Gesicht ist zu einer schiefen Grimasse verzogen, als sie über das Kopfsteinpflaster hüpft.

Max sieht uns schon von Weitem. Ob er wohl schon nach uns Ausschau gehalten hat?

Blitzschnell ist er bei uns. »Was ist passiert?«

»Ich bin in die Treppe eingebrochen«, sagt Tone kurz angebunden. »Im Schulhaus. Das Holz war morsch.«

»Du hast dir ordentlich den Fuß verletzt, was?«, fragt Max.

Tone nickt.

»Kannst du irgendwas auftreiben, worauf sie sitzen kann?«, bitte ich Max.

Max läuft schon zum nächsten Auto, bevor ich den Satz beendet habe. Er wühlt im Laderaum unseres Kastenwagens und zieht eine Kühlbox heraus. Ich helfe Tone, sich darauf zu setzen. Trotz der Kälte hier draußen glänzt ihre Stirn schweißnass, und an ihrer Schläfe tritt eine blaue Ader hervor.

Ich setze mich vor Tone auf den Boden. »Wir müssen dir den Schuh ausziehen«, sage ich.

Sie schließt kurz die Augen, dann nickt sie gefasst.

»Warte!«, ruft Max hinter mir.

Ich drehe mich um. Er drückt gerade zwei Tabletten aus einem silbern glänzenden Blister und reicht sie Tone.

»Was ist das?«, frage ich.

»Paracetamol«, erwidert Max.

Tone schüttelt nur den Kopf und gibt ihm die Pillen zurück.

Als sie dabei versehentlich ihren verletzten Fuß bewegt, verzieht sie das Gesicht.

»Wir müssen jetzt den Schuh ausziehen«, sagt sie mit zusammengebissenen Zähnen. »Die Tabletten werden vorher sowieso nicht mehr wirken.«

»Aber …«, setzt Max an.

Ich unterbreche ihn. »Kannst du bitte den Erste-Hilfe-Koffer holen? Er ist in Emmys und Roberts Wagen. Guck unter dem Vordersitz nach.«

Max nickt. »Klar. Ich kümmere mich darum.«

Die Feuchtigkeit des Kopfsteinpflasters dringt durch meine Jeans. Ich mustere Tones Trekkingstiefel; sehe dann zu ihrem Gesicht hoch. Ihre Lippen sind blass.

»Vielleicht gibt es ja doch irgendein Mittel, das du nehmen könntest«, sage ich.

»Lieber nicht. Ich weiß nicht, welche Schmerzmittel ich vertrage. Zieh ihn einfach aus.«

Ich löse die feste Schnürung, versuche, die kleinen, erstickten Laute auszublenden, die sie von sich gibt, wenn eine meiner Bewegungen ihr Schmerzen zufügt, obwohl ich ganz vorsichtig bin.

Nach dem Lösen der Schnürsenkel packe ich mit beiden Händen den Schuh. Ich sehe noch einmal zu ihr hoch. »Bist du bereit?«

Tone nickt.

Langsam ziehe ich den Schuh von ihrem Fuß. Tone gibt keinen Mucks von sich, beißt nur die Zähne fest zusammen. Als nur noch die Fußspitze im Schuh steckt, kann sie sich nicht länger beherrschen und gibt ein langgezogenes Wimmern von sich, das beinahe schlimmer klingt als ihr Schrei beim Einbruch in die Treppe. Der Schreck, den ich in jenem Moment verspürt habe, sitzt mir noch immer in den Gliedern.

Ich stelle den Schuh beiseite und mustere Tone. Ihre Augen glänzen vor ungeweinten Tränen. Ich fahre mir in einer hilflosen Geste übers Gesicht.

»Jetzt hast du das Schlimmste schon hinter dir«, flunkere ich, und sie versucht zu lächeln.

Ich rolle den Strumpf von ihrem Fuß. Bluten tut er nicht – das zumindest ist eine Erleichterung –, aber ihr Fußgelenk ist schon angeschwollen und die Haut brennend rot.

»Ich habe etwas gehört«, sagt Tone.

»Bestimmt Max, der nach dem Erste-Hilfe-Koffer sucht.«

»Nein. Ich meine im Schulhaus«, sagt Tone tonlos. »Ich habe etwas im Erdgeschoss gehört. Deshalb bin ich auch runtergegangen.«

Ich sehe sie an. »Was hast du denn gehört?«

Tone hält ihren Blick fest auf mich gerichtet. Ihre Lippen sind immer noch blass.

»Schritte. Ich habe jemanden dort unten umhergehen gehört.«

»Aber es war doch niemand außer uns dort?«, wende ich erstaunt ein.

Tone starrt mich finster an. »Nein, da dürfte niemand gewesen sein.«

Ich stutze. Emmys leichenblasses Gesicht von gestern Nacht kommt mir in den Sinn. Ich muss Tone diese Frage einfach stellen. »Bist du dir sicher, dass … ähm, bist du dir sicher, dass das, was du gehört hast … echt war?«

Da kommt Max mit dem Verbandszeug angelaufen und unterbricht uns. »Hier, bitte«, sagt er und stellt den Koffer neben mich. »Er war hinter ein Kamerastativ gekullert, deshalb musste ich erst ein bisschen danach suchen.«

»Danke.« Ich nehme eine Mullbinde heraus. Aus dem Augenwinkel sehe ich, wie sich Emmy und Robert im Laufschritt nähern. Robert trägt die Ausrüstung, Emmy erreicht uns zuerst. Keuchend bleibt sie vor uns stehen, die Atemmaske hängt ihr wie eine bizarre Kette um den Hals.

»Was ist los? Was ist passiert?«, fragt sie. Ihr Blick heftet sich auf Tones geschwollenes Fußgelenk.

»Tone ist auf der Treppe eingebrochen«, sagt Max.

»Hast du uns vorhin angefunkt?«, fragt Emmy Tone.

Tones Augen sind glasig, ihr Blick verständnislos. »Ich habe niemanden angefunkt.«

»Irgendjemand hat das aber getan«, beharrt Emmy. »Jemand hat vor Schmerz ins Walkie-Talkie gestöhnt.« Ihr Blick richtet sich auf Robert, dann wieder auf Tone.

Tone steckt suchend eine Hand in ihre Gesäßtasche.

»Nein. Ich habe mein Walkie-Talkie nicht einmal mehr bei mir. Es muss mir beim Sturz heruntergefallen sein.«

Emmy sieht wieder zu Robert.

»War es vielleicht das, was wir gehört haben? Vielleicht ist sie ja beim Einbruch gegen den Sendeknopf gekommen.«

Robert zuckt mit den Schultern, sieht zu Boden. »Vielleicht. Oder es ist kaputtgegangen und hat dabei eine Frequenzstörung gesendet.«

Emmy kniet sich dicht vor Tones Fuß. »Darf ich ihn mal abtasten?«

»Alice wollte gerade …«, erwidert Tone mit dünner Stimme.

»Ich habe einen Erste-Hilfe-Kurs absolviert.«

Ich merke, wie Gereiztheit in mir aufsteigt, höre Tones Stimme aber auch an, dass sie Schmerzen hat. Ihr Fuß ist mittlerweile dick angeschwollen. Also schlucke ich meinen Stolz herunter. »Na klar, mach doch«, fordere ich Emmy auf.

Emmy fährt vorsichtig mit den Fingerspitzen über Tones Haut, sieht sie an. »Entschuldige!«, sagt sie, als Tone dabei ein leises Stöhnen von sich gibt. »Hast du schon ein Schmerzmittel genommen?«

Tone verneint.

»Sie verträgt keine Schmerzmittel. Sie schlagen ihr auf den Magen«, erkläre ich.

»Echt jetzt?« Emmy schaut ungläubig drein. »Na, sonst nimm doch ein paar Schlucke von meinem Whiskey. Es mag eine altmodische Form der Schmerzlinderung sein, aber es hilft.«

Wundersamerweise verzieht Tone das Gesicht zu einem schiefen Lächeln. Emmy sieht Robert auffordernd an; wortlos geht er zu ihrem Wagen. Emmy nimmt eine weitere Mullbinde aus dem Verbandskasten und wickelt sie fest um Tones Knöchel.

»Ich kann nicht feststellen, ob er gebrochen oder nur verstaucht ist«, sagt sie. »Aber ein Stützverband sollte den Knöchel bis auf Weiteres erst mal stabilisieren. Besser wäre es natürlich, wir könnten einen kalten Umschlag um den Fuß machen, aber …«

Emmy sieht mich an. »Hast du zufällig irgendwelche Tiefkühlwaren dabei?«

»Nein.«

»Dann muss es so gehen. Du solltest den Fuß jetzt aber hochlegen, Tone.« Emmy befestigt das Ende der Binde mit einer kleinen Sicherheitsnadel. »Wie fühlt sich das an?«

»Es ging mir schon besser, aber ich werd's überleben«, erwidert Tone, inzwischen wieder mit etwas mehr Farbe im Gesicht.

Emmy lächelt sie an. »Ausgezeichnet!«

Diesen Austausch zwischen den beiden mitzuerleben flößt mir ein seltsames Gefühl ein. Es ist eine Mischung aus Beunruhigung und Eifersucht. Ich beiße mir in die Innenseite meiner Wange.

Robert kommt mit Emmys leicht verbeultem Flachmann zurück. Tone nimmt ein paar tiefe Schlucke. Ich bin mir nicht sicher, ob das eine so gute Idee ist, sage aber nichts.

»Was meint ihr, sollen wir nicht alle eine kleine Pause einlegen, um uns wieder etwas zu beruhigen?«, schlägt Emmy vor, steht auf und klopft sich den Staub von den Knien. »Wir könnten etwas essen und besprechen, wie wir weitermachen wollen.«

»Klingt gut«, sagt Robert.

Ich habe das Gefühl, als hätte ich das sagen sollen, als hätte Emmy mir etwas weggenommen. Ich bin hier die Projektleiterin, nicht sie. Aber Emmy und Robert gehen schon zum Auto, um etwas für das Mittagessen zu holen. Die Gelegenheit, etwas zu sagen, ist schon verstrichen.

Ich sehe Emmy nach. In mir brodelt es.

Ich kann mich nicht daran erinnern, dass mein oder Tones Walkie-Talkie Geräusche von sich gegeben hätten. Kann mich an kein Stöhnen von Tone erinnern.

Aber wieso wären Emmy und Robert sonst angelaufen gekommen? Woher hätten sie wissen sollen, dass bei uns etwas passiert ist?

Ich habe etwas im Erdgeschoss gehört.

War es vielleicht doch nicht nur Einbildung gewesen? Oder könnten es Emmy und Robert gewesen sein, die unten im Gebäude herumgingen?

Aber wenn das so wäre – aus welchem Grund sollten sie dort gewesen sein?

1. Dezember 1958

Geliebte Margareta!

Einen schönen ersten Advent wünsche ich Dir! Oder sollte ich lieber sagen, einen schönen zweiten? Wenn Du diese Zeilen liest, wird er sicherlich schon verstrichen sein.

Der erste Advent war in diesem Jahr so schön hier bei uns! Mama hat Safranwecken zum Frühstück gebacken. Und Du wärst stolz auf mich gewesen, ich bin nämlich ganz von allein auf die Idee gekommen, nachmittags Birgitta eine mitzubringen, ohne dass Mutter mich darauf bringen musste! Aber Mutter hat gesagt, dass Birgitta sie sowieso nicht essen würde. Sie nimmt ja nichts anderes zu sich außer ihrem kalten Hähnchen, ihren Lebkuchen und ihrem Johannisbeersaft. Aber Mutter hat gelächelt und mir über die Wange gestrichen und gesagt, dass das nett von mir sei und wir Birgitta ja sowieso Lebkuchen mitbringen würden, und das sei ja auch schon weihnachtlich genug. Wir sind also zusammen zu Birgitta gegangen, und sogar Birgitta schien besserer Dinge zu sein als sonst. Mutter und ich haben ihr Weihnachtslieder vorgesungen, und es schien beinahe so, als wollte sie die Melodie mitsummen.

Aber, ach, ich kann nicht länger an mich halten, ich muss Dir von den großartigen Neuigkeiten berichten! (Vielleicht hat Mutter es schon in ihren Briefen an Dich erwähnt? Nein, das kann sie nicht getan haben. Erfreuliches findet sie ja nie erwähnenswert.)

Wir haben nämlich einen neuen Pastor!

Nun fragst Du Dich sicherlich, was daran denn nun so aufregend ist. Dass Einar ein Saufbold ist, ist schließlich allseits bekannt, und es ist schon seltsam, dass er so lange seinen Dienst als Pfarrer hier verrichten durfte. Mutter wird böse auf mich, wenn ich so daherrede – sie sagt immer, er sei ein Mann Gottes und dass man über andere nicht schlecht sprechen solle –, aber in den letzten Jahren ist Einar immer mehr dem Alkohol verfallen.

Lena hat mir erzählt, dass ihr Vater ihn vor ein paar Wochen auf der Straße liegen und schlafen gesehen hat, und das ohne Hose! Man redet doch wohl nicht schlecht über jemanden, wenn man einfach nur sagt, wie es ist?

Nun ja. Aufregend ist nicht nur, dass wir also einen neuen Pastor haben, sondern auch, dass niemand vorher über sein Kommen Bescheid wusste. Hier im Ort sind doch immer alle über alles informiert (Albert aus der Apotheke hat mich kürzlich erst gefragt, wie es Dir in Deiner neuen Wohnung ergehen würde), aber das hier kam wie aus dem Nichts!

Mutter hatte mir schon von dem neuen Pastor erzählt – sie hatte ihn unter der Woche schon kennengelernt –, aber ich hatte angenommen, dass jener junge Mann, von dem sie gesprochen hatte, irgendein Helfer wäre und kein neuer Pastor. Als wir in die Kirche kamen, haben alle getuschelt. Vergangenen Sonntag hatte Einar noch die Predigt gehalten, fauchend und zischend, aber als wir jetzt zum Adventsgottesdienst in die Kirche gingen, saß er ruhig und in sich gekehrt in der ersten Bankreihe und Pfarrer Mattias Åkerman stand auf der Kanzel.

Er ist so fesch, Margareta! Du musst mir verzeihen – darf man so etwas überhaupt über einen Pastor sagen? Aber es stimmt! Er sieht aus wie ein Filmstar, hat dichte blonde Locken und hellgraue Augen, umrahmt von langen, dunklen Wimpern, die aussehen wie die Wimpern eines Mädchens. Besonders hochgewachsen ist er nicht – Mutter ist beinahe größer als er –, aber das bin ich ja auch nicht, das kommt mir also ganz gelegen.

Pastor Mattias Åkerman hat erzählt, dass man ihn von Stockholm hierher gesandt habe, um Einar in diesen schweren Zeiten in der Gemeinde etwas zu entlasten, und dass er sich darauf freue, Silvertjärn kennenzulernen. Und er hat so schön gepredigt! Ich war ja nie besonders aufmerksam, wenn Einar die Predigt gehalten hat (Du ja auch nicht!), aber dieser Predigt habe ich geradezu gebannt gelauscht. Er hat eine so angenehme, samtweiche Stimme und hat so gedämpft gesprochen, dass alle mucksmäuschenstill sein mussten, um ihn zu verstehen. Man hätte eine Stecknadel fallen hören können! Er hat vom Himmelreich gesprochen – nicht so wie Einar von flügelschlagenden Engeln und goldenen Pforten –, sondern von dem Himmelreich als einem Gefühl. Und dass wir das Himmelreich bereits hier auf Erden erschaffen können. Mich überlief ein Schauer, so schön war das.

Nach dem Gottesdienst, beim Verlassen der Kirche, kam er sogar zu uns, um uns zu begrüßen. (Das war der Moment, als ich seine langen Wimpern bemerkt habe!) Mutter und er hatten etwas zu besprechen – über eine alte, kranke Frau –, aber er hat mich auch begrüßt, mir in die Augen gesehen und meine Hand geschüttelt. Puh, ich bin von Kopf bis Fuß errötet, Margareta! Es war schrecklich peinlich. Aber er hat keine dumme Bemerkung gemacht, sondern nur gelächelt und gesagt, dass Aina ein hübscher Name sei und auf Hebräisch »Schönheit« bedeute. Kannst Du Dir das vorstellen? Ich dachte, ich müsste auf der Stelle in Ohnmacht fallen!

Pastor Mattias Åkerman hat auch erzählt, dass er einen kleinen Jugend-Bibelkreis gründen wolle und er sich freuen würde, wenn ich ihm dabei behilflich wäre. Natürlich habe ich sofort Ja gesagt! Auf dem Heimweg hat Mutter gemeint, dass es gut sei, wenn ich etwas zu tun hätte. Oh, das ist so aufregend, es macht mich ganz kribbelig, Margareta! Du musst uns an Weihnachten unbedingt besuchen kommen, dann wirst Du verstehen, was ich meine. Aber Du musst Dich in Acht nehmen – sonst verliebst Du Dich mit Haut und Haaren in ihn, verlässt Nils, kehrst hierher zurück und heiratest stattdessen den neuen Pfarrer!

Ich muss jetzt schließen, Mutter ruft mich. Schreib bald wieder ausführlicher!

Deine kleine Schwester Aina

Heute

Max wirft den Kopf in den Nacken.

»Haaallo!«, ruft er so ohrenbetäubend laut, dass seine Stimme von der gewölbten Decke und den dicken Wänden des Bahnhofsgebäudes widerhallt.

Das Gebäude ist nicht groß, kommt mir aber seltsam bekannt vor. Sämtliche schwedischen Bahnhöfe scheinen im selben Stil gebaut worden zu sein, selbst in einer kleinen Bergarbeiterstadt im Nirgendwo – mit hohen Fenstern, einem Steinfußboden und Wartebänken in der Mitte des Raumes.

»Lass das!«, sage ich scharf.

Max wirft mir einen erstaunten Blick zu. »Was denn?«

Ich kann nicht genau sagen, warum ich möchte, dass er schweigt. Tone hat es, im Gegensatz zu ihm, intuitiv verstanden, als wir im Schulhaus waren.

»Entschuldige«, sage ich stattdessen. »Ich nehme an, ich bin nach allem, was passiert ist, ein bisschen fertig mit den Nerven.«

»Du musst dich nicht bei mir entschuldigen, Alice«, sagt Max. »Ich kann gut verstehen, dass deine Nerven blank liegen. Ich bin beeindruckt, wie gut du trotz allem die Fassung wahrst.«

Mir entschlüpft ein kleines Lachen. Wenn er das schon als die Fassung wahren bezeichnet, frage ich mich, was er erwartet hatte.

Der Whiskey hatte Tone ziemlich schnell benommen und schläfrig gemacht. Von dem Mittagsimbiss, den Emmy zubereitet hatte, wollte sie kaum etwas essen. Nach der Mahlzeit hatte Emmy erneut die Führungsrolle für sich beansprucht und eine Frage aufgeworfen. Sie hatte sich an alle gewandt, aber Tone dabei angesehen. »Sollen wir die Sache lieber abblasen und wieder nach Hause fahren?«

Aber das wollte Tone nicht, und so sind wir immer noch hier.

Max hat inzwischen die Türen zum Bahnsteig erreicht. Er winkt mich zu sich. »Komm mal her und sieh dir das an. Davon sollten wir unbedingt ein Foto machen.«

Rasch gehe ich zu ihm, Schutt knirscht unter meinen Schuhen. Viele Steinplatten sind zerbrochen. Die Nachmittagssonne taucht den Bahnsteig, auf dem Max jetzt steht, in sanftes Licht. Es ist viel angenehmer als das grelle Morgenlicht von heute früh.

»Sei vorsichtig!«, warne ich ihn.

Der Bahnsteig ist aus Beton, aber wie die Vortreppe der Schule ist er brüchig und weist breite Risse auf. An der Wand des Bahnhofsgebäudes stehen zwei gusseiserne Bänke, oder vielmehr: verrostete Skelette derselben.

Unbeholfen knipse ich ein paar Bilder von ihnen. Ich sehe hoch, als Max auf die von Sträuchern überwucherten Bahngleise herunterspringt.

Ihn so auf den Schienen stehen zu sehen, löst ein mulmiges Gefühl bei mir aus, obwohl seit mehr als einem halben Jahrhundert kein Zug mehr in den Bahnhof eingefahren ist.

Ich male mir aus, wie es hier ausgesehen haben muss, als der Bahnhof noch von Reisenden bevölkert war: müde Kinder, die sich zankten, während sie mit ihren Vätern oder Müttern auf die Ankunft des Zuges warteten. Frauen in feinster Sonntagskleidung, die ihre Verwandtschaft in Südschweden besuchen wollten. Meine Großmutter, erst achtzehn und schon auf dem Weg nach Stockholm, um dort ein neues Leben anzufangen.

Und später arbeitslose Männer ohne jede Perspektive, die nicht wussten, wohin sie gehen sollten. Männer, die auf den harten Bahnhofsbänken campierten und versuchten, ihre Zukunftsangst im Alkohol zu ertränken.

Max schirmt seine Augen mit der Hand ab und sieht zum Wald, wo sich die Gleise zwischen den Bäumen verlieren.

»Unglaublich, dass dies die einzige Verbindung in den Ort war«, bemerkt er.

Ich setzte mich auf die Bahnsteigkante. Max streckt mir eine Hand entgegen und ich springe etwas linkisch zu ihm hinunter.

»Na ja, es gab ja auch noch die Straße«, wende ich ein und mache weitere Aufnahmen.

Durch die Linse der Kamera wirkt der Schienenstrang ganz weit weg, und auch der Wald scheint eine halbe Ewigkeit entfernt zu sein. Der goldene Schein der jetzt allmählich untergehenden Sonne bringt den Rost auf den Gleisen zum Schimmern. An den Heidesträuchern sind vereinzelt rosa Knospen aufgeblüht.

Max hat sich geirrt. Ich möchte diese Szenerie weder fotografieren noch filmen. Möchte lieber die Stille, die über allem liegt, einfangen. Diese unnatürliche Stille. Oder will die Kamera verweilen lassen, eine lange Einstellung filmen, damit sich die Zuschauer dieses Mangels an Geräuschen bewusst werden. Sie sollen sich hierher versetzt fühlen. Ich möchte sie dasselbe schaurige Gefühl verspüren lassen, das mir in diesem Augenblick den Rücken hinunterrinnt.

Ich drehe mich um und mache noch einige Schnappschüsse von der Fassade des Bahnhofsgebäudes. Es sieht mit seinen Bogenfenstern und dem sandig braunen Putz aus wie ein verfallenes Pfefferkuchenhaus.

»Wir müssen uns jedenfalls keine Sorgen machen. Wenn wir wollen, können wir jederzeit wieder fahren«, sage ich. Aber die Worte hinterlassen einen bitteren Nachgeschmack in meinem Mund.

Max weiß, worauf ich anspiele; so gut kennt er mich immerhin.

»Tone hat gesagt, dass sie nicht ins Krankenhaus will«, sagt er beschwichtigend. »Sie wollte hierbleiben.«

»Ja, das wollte sie«, erwidere ich.

Doch als Tone das gesagt hat, ist ihr Blick vor Schmerz ganz verschleiert gewesen. Und davor hatte ihr Blick lange auf mir geruht. Ich wünschte, sie hätte nicht die Anspannung in meinem Gesicht gelesen, hätte nicht mein stilles Flehen bemerkt.

Um es unmissverständlich zu sagen: Dies ist unsere einzige Chance. Wir haben die Ausrüstung nur für fünf Tage gemietet, und obwohl Max Geld dazugeschossen hat, deckt das kaum unsere Mindestkapitalmenge ab. Würde einer von uns Tone ins Krankenhaus bringen, würden uns einen Tag lang zwei Personen fehlen. So eine Reduzierung von fünf auf drei Leute würde unser Vorhaben stark beeinträchtigen, innerhalb des geplanten Zeitrahmens wäre es unmöglich mehr umzusetzen.

Dessen ist sich auch Tone bewusst. Als sie also sagte, dass sie nur eine Verstauchung habe und wir hierbleiben sollten, habe ich eine Mischung aus Erleichterung und Scham verspürt.

»Es handelt sich ja nur um ein paar Tage«, fährt Max fort. »Tone ist erwachsen. Sie wird es uns sagen, wenn die Schmerzen sich erheblich verschlimmern sollten.«

»Das hoffe ich«, sage ich, bin mir aber nicht sicher, ob ich das auch wirklich meine.

Ich klettere wieder auf den Bahnsteig und gehe zurück in das Bahnhofsgebäude. Erst jetzt, aus dieser Perspektive, fällt mir die große Bahnhofsuhr über den Eingangstüren auf. Die Zeiger der Uhr sind auf neun Minuten nach drei stehen geblieben; ein hässlicher Riss hat das Ziffernblatt gespalten. Instinktiv sehe ich auf meine Armbanduhr – es ist siebzehn Minuten nach fünf –, bevor ich eine Aufnahme von der Wanduhr mache.

»Diese Produktionsassistentin scheint ja ganz gerne das Kommando zu übernehmen, was?«, sagt Max plötzlich hinter mir.

Ich drehe mich zu ihm um. »Meinst du Emmy?«

»Ja.« Max geht in die Hocke, um seine Wasserflasche aus dem Rucksack zu ziehen, setzt sich auf den Boden und trinkt gierig. »Ich hatte den Eindruck, als wollte sie die ganze Angelegenheit am liebsten an sich reißen«, sagt er und wischt sich den Mund ab.

»Und ich dachte, das hätte ich mir nur eingebildet!«, erwidere ich überrascht.

Max schüttelt den Kopf. »Nein, das glaube ich nicht.«

»So war sie schon immer«, kann ich mir nicht verkneifen zu sagen. »Sie … Sie will immer gern bestimmen. Auch über andere.«

»Schon immer? Wie meinst du das?«, fragt Max. »Ich dachte, dass sie und der Kameramann nur für dieses Projekt eingestellt sind?«

Ich höre das Erstaunen in seiner Stimme und zögere. Außer Tone habe ich nie jemandem von Emmy erzählt. Schon viele Jahre nicht mehr.

»Ja, das sind sie auch. Aber wir – ähm, ich – kenne Emmy von früher«, räume ich widerstrebend ein. »Deshalb habe ich jetzt auch Kontakt zu ihr aufgenommen. Eigentlich ist sie für dieses Projekt überqualifiziert, sie hat schon für eine Menge toller Produktionen gearbeitet. Nach diesem Job hat sie einen Vertrag für eine Dramaserie für C-More.«

»Und woher kennt ihr euch?«, will Max wissen.

Ich seufze, reibe mir besorgt die Stirn und setze mich neben Max auf den Boden. Jetzt wird bestimmt meine Hose dreckig, aber das ist mir in diesem Augenblick egal.

»Wir haben zusammen studiert«, sage ich zögernd und trinke ebenfalls einen kleinen Schluck aus Max' Wasserflasche, um meinen Widerwillen damit runterzuschlucken. »Sie war früher mal meine allerbeste Freundin«, erkläre ich ihm.

Unaufgefordert und überwältigend stark brechen die Erinnerungen über mich herein. Erinnerungen an durchfeierte Nächte und morgendliche Hangover, an Insiderwitze und schallendes Gelächter. Ich hatte Emmy immer die Nägel lackiert, obwohl sie protestierte und sagte, der Lack würde bei ihr sowieso nicht lange halten. Zum Vorglühen mischte sie immer ein säuerlich prickelndes Hexengebräu – Drinks, die gar nicht nach Alkohol schmeckten, aber geradezu euphorisierend wirkten.

»Du hast sie noch nie erwähnt«, bemerkt Max.

»Nein, das habe ich wohl nicht«, erwidere ich leise.

In meinen ersten beiden Jahren an der Uni habe ich häufiger auf ihrem Sofa als in meinem eigenen Bett übernachtet.

Vom dritten Jahr an der Uni sind in meinem Gedächtnis nur noch verschwommene Bilder vorhanden. Ich erinnere mich noch an die Dunkelheit vor dem Fenster, an ausgeschaltete Lampen. An still fließende Tränen, die ich in mein Kopfkissen geweint habe. Und an Emmy, die Brot röstete und Tee kochte. Mir über den Rücken strich, bis ich erschöpft einschlief.

»Wir waren einmal sehr eng miteinander«, sage ich zögernd. »Wir haben viel darüber gesprochen, wie wir uns unsere Zukunft nach dem Examen vorstellen – dass wir zusammenarbeiten wollten, die schwedische Filmindustrie revolutionieren und so weiter – du weißt schon. So wie man das eben macht.« Auf einmal habe ich einen dicken Kloß im Hals. »Du weißt ja, dass ich auf der Uni … Probleme hatte.« Ich werfe Max einen flüchtigen Blick zu.

Er nickt schnell.

»Ich hatte Depressionen. Ziemlich schwere Depressionen sogar.« Ich bringe das Wort »Depressionen« nur mühsam über die Lippen. Verabscheue es zu sagen, verabscheue seinen Klang – »Depressionen«. Es ist ein sperriges, ein tristes Wort, mit einer traurigen Konnotation, das besagt, dass jemand sein Leben nicht länger im Griff hat. »Anfangs war Emmy noch für mich da, aber sie wurde es bald leid. Es war wohl nicht so toll, dass ihre Freundin nicht mehr länger mit ihr um die Häuser zog, sondern nur noch im Bett lag und heulte. Nach einiger Zeit kam sie nicht mehr damit klar. Und danach …«

Die Erinnerung schmeckt bitter. Meine Augen brennen, aber ich weigere mich, den Tränen freien Lauf zu lassen.

Die Erinnerung an das Wasser, das unter der Brücke hindurchrauschte.

An das Handy, das ich ans Ohr halte.

An mein Flehen. »Bitte!«

An das Gelächter, die Musik im Hintergrund. Es war ein Song von Kent.

Und hinter den Mauern am Fluss hinterließ ich Spuren
Schrieb meinen Namen ins Wasser
Damit du mich finden kannst.

Ich kann dieses Lied bis heute nicht mehr hören.

»Ich habe versucht, mir das Leben zu nehmen«, sage ich leise – so leise, dass es kaum mehr als ein Flüstern ist. »Ich wollte von einer Brücke springen.«

»Verdammt!«, flucht Max leise. Er streckt seine Hand nach mir aus, aber ich weiche zurück.

»Ich habe Emmy angerufen«, sage ich. »Als ich dort oben am Brückengeländer stand. Habe sie angerufen und sie gebeten, zu mir zu kommen. Es war ein Freitagabend. Sie war anscheinend auf irgendeiner Party.« Ich muss schlucken. »Sie hat gesagt …«, setze ich an, aber dann schnürt sich mein Hals zu. Ich ringe mir die Worte trotzdem ab. »Sie hat gesagt, dass sie nicht mehr die Kraft dazu hätte«, fahre ich fort. »Dass ich ›so nicht weitermachen könne‹. Und dann hat sie einfach aufgelegt.«

Den letzten Satz flüstere ich nur noch. Der Schmerz in meiner Brust ist zwar nicht verflogen, aber es ist ein gutes Gefühl, sich Luft verschafft zu haben. So als wäre eine große Last von mir abgefallen.

Max schüttelt fassungslos den Kopf. Ich zucke leicht mit den Schultern. »Und warum ist sie dann hier?«, fragt er.

Wieder zucke ich die Schultern. »Weil uns keine andere Wahl blieb. Wir brauchten jemanden mit Emmys Kompetenz. Jemand, der Erfahrung mit Filmproduktionen hat. Emmy ist eine gute Cutterin und Redakteurin, außerdem hat sie gute Kontakte. Und darauf sind wir angewiesen.«

»Nein, das meinte ich nicht … Warum hat sie sich dann bereit erklärt, mitzumachen?«

Ich will schon etwas sagen, ändere dann aber meine Meinung. »Ich weiß es nicht«, sage ich schließlich. »Ich hatte eigentlich erwartet, dass sie ablehnen würde. Ich bin immer noch ganz überrascht, dass sie das nicht getan hat.«

Max rührt sich nicht, dreht nur einen Grashalm zwischen den Fingern, der zwischen den zersprungenen Steinplatten wächst. »Du hättest mich um Hilfe bitten können ... « Er sieht mich aus großen, blanken Augen an. Er hat erstaunlich dichte, lange Wimpern, wie mir gerade wieder einmal bewusst wird. Bei unserer ersten Begegnung trug er eine Brille. Ich nehme an, dass er heute Kontaktlinsen trägt. Manchmal trauere ich diesem hässlichen, klobigen Brillengestell hinterher, so wie ich manchmal auch den kleinen Pickeln auf seiner Stirn hinterhertrauere. Eigentlich hat dieses seltsame Verlustgefühl aber nichts mit ihm zu tun – sondern mit mir. Mit jener Zeit in meinem Leben. Mit der Person, die ich damals war, als frischgebackene Uni-Absolventin – heute bin ich jemand ganz anderes, und die Person von damals hat nicht mehr viel mit mir gemein.

»Ich weiß«, sage ich. »Aber ich wollte nicht, dass du jemanden für mich auftreibst. Und ich kann auch nicht jedes Mal zu dir rennen und dich um mehr Geld bitten, sobald irgendwas schiefläuft. Ich wollte jemanden einstellen, der wirklich etwas auf dem Kasten hat, jemanden mit Kompetenzen. Was auch immer ich für Emmy empfinde, dieses Projekt war mir wichtiger. Dieser Film bedeutet mir alles.«

Es ist die Geschichte meiner Großmutter. Und meine Geschichte. Silvertjärn ist meine Vergangenheit und meine Zukunft. Ich habe seit meiner Kindheit mit der Vorstellung von Silvertjärn gelebt, und dieser Film soll mein großer Durchbruch werden. Ich will keine Jobs an der Rezeption mehr machen, keine Leiharbeit. Will keine armseligen Untermietverträge mehr und keine erniedrigenden Gespräche mit meinen Eltern, damit sie mir meine Telefonrechnung bezahlen, obwohl ich in diesem Jahr neunundzwanzig werde – während meine ehemaligen

Klassenkameraden alle befördert werden, Gehaltserhöhungen bekommen, heiraten und Kinder kriegen.

Das Dorf der toten Seelen soll meine Fahrkarte in ein anderes Leben sein.

Max nickt langsam. »Ich kann nur nicht fassen, wie du ihr nach all dem noch vertrauen kannst«, sagt er.

»Ich muss ihr nicht vertrauen. Ich muss nur sicher sein, dass sie ihre Arbeit macht. Und das wird sie – sie ist ein Profi.«

Ich schlucke den bitteren Geschmack herunter, der mir plötzlich auf der Zunge liegt.

Ich wünschte, ich könnte selbst glauben, was ich da sage.

Heute

Die Nacht senkt sich allmählich über Silvertjärn. Noch bevor Max und ich wieder zurück in unserem Lager sind, leckt der Sonnenuntergang mit flammend roten Zungen über den Himmel, und als ich unsere Kameraaufnahmen auf den Laptop heruntergeladen habe, ist die Sonne schon halb hinter dem Horizont verschwunden.

Ich gehe die Aufnahmen durch, während Max das Abendessen vorbereitet. Robert scheint beschlossen zu haben, ihm zu helfen. Ich kann hören, wie sie sich murmelnd über die Bleibelastung in Konservenbüchsen unterhalten. So über den Gaskocher gebeugt, erinnern sie an zwei kleine Jungs, die sich in der Sandkiste schüchtern gegenseitig ihr Spielzeug anbieten.

Ich muss bei ihrem Anblick lächeln, richte meinen Blick dann wieder auf den Bildschirm. Ich gehe nicht davon aus, jetzt sämtliche Bilder sichten zu können – das werde ich im Zuge der Postproduktion tun, und dabei wohl ziemlich eng mit Emmy zusammenarbeiten müssen. Vor unserer Ankunft kam mir dieser Gedanke nicht völlig unvorstellbar vor, aber jetzt, nach nur einem Tag in Silvertjärn, frage ich mich doch, ob wir nicht lieber einen Teil des technischen Produktionsprozesses outsourcen sollten. Emmys Anwesenheit löst ungeahnte Reaktionen in mir aus.

Bedauerlicherweise ist Emmy eine äußert talentierte Cutterin und Redakteurin. Sie ist sich ihrer Sache leider immer etwas zu sicher, ist immer etwas zu überzeugt von sich selbst, aber sie ist auch sehr belesen, und fast immer erweist sich ihre Herangehensweise als sinnvoll. In unserem zweiten Seminar in Dramaturgie an der Filmhochschule Stockholm war sie mir zum ersten Mal richtig aufgefallen. Ich hatte die zierliche, lässig gekleidete junge Frau mit den grünen Augen und den zerzausten Haaren schon früher gesehen, aber mir kaum Gedanken über sie gemacht. Bis ich in diesem Seminar ein paar Argumente vorbrachte, die ich für gut durchdacht und begründet hielt, und die diese so verschlafen wirkende Person mit dem Kautabak unter der Lippe zu meinem Schrecken komplett auseinandernahm. Sie fegte alle meine Einwände gegen eine konventionelle Drei-Akte-Struktur vom Tisch, bis kaum mehr Krümel davon übrig waren.

Später an jenem Abend kam sie plötzlich im Studentenpub wie aus dem Nichts mit einem kleinen Lächeln und einem Bier in der Hand zu mir, stellte sich als Emmy Abrahamsson vor und entschuldigte sich für das, was im Seminar vorgefallen war. Sie sagte, sie könne manchmal »etwas zu engagiert rüberkommen«.

Ich weiß bis heute nicht, ob ich es bereue, dieses Bier angenommen zu haben.

Nach jener Nacht auf der Brücke wurde ich nie wieder die, die ich einmal gewesen war. An jenem Abend habe ich etwas über die Menschen gelernt – und auch über mich selbst.

Seitdem sind sieben Jahre vergangen, ein Viertel meines bisherigen Lebens. Emmy war in dieser Zeit so etwas wie eine Wunde, die nie vollständig verheilte.

Es war naiv von mir zu glauben, dass es mir jetzt gelingen würde, mit alldem abzuschließen.

Ich schüttele den Kopf, versuche, die Erinnerungen zu vertreiben, mich wieder auf die Bilder vor mir auf dem Laptop zu konzentrieren. Sie sind gut. Die Aufnahmen aus der Schule sind enorm eindrucksvoll. Manche sind etwas unscharf geraten – Tone scheint noch nicht richtig mit der Kamera vertraut zu sein –, aber die anderen sind scharf und ergreifend. Die Aufnahmen von den Klassenzimmern haben einerseits etwas sehr Wiedererkennbares an sich – Tafeln und Schulbänke, eine typische Kindheitserinnerung. Andererseits sind diese Erinnerungen entstellt bis zur Unkenntlichkeit, die Szenerie bietet ein Bild von Verlassenheit und Verfall.

Ich bin überrascht, als plötzlich ein Video kommt.

»Wie läuft's?«, höre ich in diesem Moment eine Stimme hinter mir, zucke zusammen und schaue hoch. Fragend beugt Max sich über mich.

»Mann, hast du mich erschreckt!«, sage ich mit einem Lachen, um meinen Worten die Schärfe zu nehmen.

»Du hast vollkommen hypnotisiert gewirkt«, sagt Max mit einem entschuldigenden Lächeln. »Ich wollte dir nur sagen, dass das Essen gleich fertig ist.«

»Ah, cool.«

»Sollen wir Tone wecken?«, fragt er.

»Ach nein, lass sie lieber schlafen. Das ist sicher besser.«

Max nickt. Ich richte meinen Blick wieder auf den Bildschirm. Klicke auf das Play-Symbol auf dem Video.

Es sieht nicht so aus, als hätte Tone absichtlich gefilmt. Die Kamera schwenkt über den Fußboden, hin und her, über morsche Holzdielen und zersprungene Fensterscheiben. Ich kann vage das Geräusch von Schritten hören und drehe am Lautstärkeregler des Laptops. Die Kamera zeigt immer noch zu Boden, da bleibt das Geräusch der Schritte plötzlich aus.

Als ich mich selbst sagen höre: »Bist du bereit?«, fahre ich erschrocken zusammen.

Jetzt kommt eine Fußleiste ins Bild. Eine von der Wand herabgefallene Tapete.

»Okay, auf geht's«, höre ich meine eigene Stimme.

Erst als die Kamera weiterschwenkt und der Ausschnitt einer Treppenstufe und ein Stück vergammelten Teppichs zu sehen sind, wird mir klar, wo die Aufnahme entstanden sein muss – als wir die Treppe zum Obergeschoss des Schulhauses hochgingen. Diese verfluchte Treppe!

Die Aufzeichnung ist gleich zu Ende. Nur noch zwölf Sekunden. Ich sehe ein verwackeltes Bild, als Tone hinter mir die Stufen erklimmt. Meine Turnschuhe sind kurz zu sehen.

Noch vier Sekunden.

Da höre ich auf einmal etwas.

Irritiert runzele ich die Stirn und klicke auf »Pause«. Lasse das Video ein paar Sekunden zurücklaufen und drücke wieder auf »Play«.

Die Kamera schwenkt hin und her. Ein roter Teppich, ein dunkler, morscher Holzfußboden, feuchte Wände.

Da.

Bei vier Sekunden.

Da war es wieder.

Ich klicke erneut auf »Pause«. Zögere. Aber dann stelle ich den Lautsprecher des Laptops so laut wie möglich und lasse die Aufzeichnung noch einmal zurücklaufen. Jetzt höre ich Tones Atemzüge auf der Aufnahme, das Knarren der Treppe unter unseren Sohlen. Und dann …

Ist das ein Husten?

Kann ich da gehustet haben? Aber so richtig klingt es eigentlich nicht wie Husten. Das Geräusch klingt so, als käme es aus weiter Ferne. Ist blechern und gedämpft. Leise und irgendwie … glucksend.

Nein, kein Husten. Es klingt wie ein Lachen. Wie ein heiseres, gedämpftes Lachen oder unterdrücktes Kichern. Als würde sich ein Kind im Schrank verstecken.

Es ist kalt geworden auf dem Marktplatz. Ich reibe mir die Arme, versuche den Schauer zu ignorieren, der mir den Rücken herunterläuft. Wie albern!

Trotzdem bin ich mir plötzlich unangenehm des nur unweit von mir aufragenden Schulhauses und seiner offen stehenden Eingangstüren bewusst. Wie ein klaffender Mund, der uns zu verschlingen droht …

Ach, alles bloß Einbildung! Vermutlich sind das, was ich da auf der Aufnahme höre, nur meine eigenen Atemzüge. Die Lautsprecherqualität des Rechners ist nicht sonderlich gut; wenn man sich ein kleines bisschen Mühe gibt, kann man meinen, alles Erdenkliche zu hören. So als würde man in Wolken Gesichter erkennen.

Trotzdem kann ich es nicht lassen.

Ich spule noch einmal zurück und horche.

In dem Moment erlischt der Bildschirm, ich zucke zusammen.

»Verdammt noch mal!«, fluche ich.

»Was ist?«, fragt Max, der am Lagerfeuer sitzt.

Verärgert knalle ich den Deckel des Laptops zu.

»Der Laptop ist ausgegangen. Der Akku ist leer.«

»Das passt ja. Das Essen ist fertig«, sagt Max.

»Ich komme«, erwidere ich und verstaue den Rechner in meinem Gepäck.

Nach einem letzten zögernden Blick zur Schule schlendere ich zu den anderen hinüber und tue mein Bestes, das unbehagliche Kribbeln zu ignorieren, das in mir aufsteigt.

Heute

Als wir mit dem Essen fertig sind, funkeln schon die ersten Sterne am Himmel. Da öffnet sich die Tür des Kastenwagens und Tone hüpft auf einem Bein heraus.

»Tone!«, rufe ich und stehe auf. »Wie geht's dir?«

Sie lächelt zaghaft und reibt sich das Gesicht. »Ich habe Hunger«, sagt sie.

Ihre Augen sind noch ganz klein und verschlafen, ihre Kurzhaarfrisur zerzaust. Sie stützt sich auf meinen Arm, als ich ihr helfe, zum Lagerfeuer zu humpeln.

»Wie ist die Lage, Tone?«, fragt Max und breitet eine Decke auf einer Kühlbox aus, damit sie halbwegs bequem sitzen kann.

»Ging mir schon mal besser«, erwidert sie. Ich reiche ihr eine Suppenschale. Tone kostet von dem Gericht und verzieht das Gesicht. »Das ist wohl Minestrone aus der Dose, oder?«

»Nur das Beste«, witzelt Emmy und verdreht die Augen.

Ich kann mich nicht zurückhalten. »Tut mir leid, wenn du die Lachsschnittchen vermisst. Im Gegensatz zu deinen sonstigen Produktionen gibt unser Budget nun mal kein luxuriöses Catering her.« Bevor Emmy etwas erwidern kann, wende ich mich schon an Tone: »Wir haben auch Brot. Wenn du möchtest, röste ich es dir über dem Feuer.«

Tone nickt. »Danke. Gern.«

Ich hole zwei Scheiben von dem faden Weißbrot aus der Plastiktüte und stecke sie auf einen Spieß, während ich mit halbem Ohr den anderen lausche.

»Wie ist es heute Nachmittag gelaufen?«, erkundigt Tone sich, während sie lustlos die Suppe in sich hineinlöffelt.

Emmy kommt mir mit ihrer Antwort zuvor. »Gut. Wir haben das Bergwerk abgearbeitet und hatten sogar noch Zeit, um noch ein paar Wohnhäuser zu erkunden.«

»Ihr habt *was* getan?«, sage ich fassungslos und drehe mich mit einer hastigen Bewegung zu ihr um.

»Wir sind in zwei Reihenhäuser hineingegangen. Wir hatten noch Zeit«, erklärt Emmy. »Es ist bizarr – sie gleichen sich wirklich wie ein Ei dem anderen. So als hätte man einen Mehrfachbausatz bei IKEA gekauft und sie nebeneinander aufgestellt.«

»Ist das nicht sogar ganz ähnlich abgelaufen?«, richtet Max seine Frage ganz bewusst an mich. »Hat die Grubengesellschaft nicht die Häuser für die Arbeitskräfte erbauen lassen, die während des Zweiten Weltkriegs hier dringend gebraucht wurden?«

»Ja, das ist richtig«, erwidere ich. Als ich plötzlich einen Brandgeruch wahrnehme, fällt mir auf einmal das Brot ein, und ich wende gerade noch rechtzeitig die Scheiben über dem Lagerfeuer, bevor sie in Flammen aufgehen. Sie sind leicht angebrannt, aber wohl noch einigermaßen genießbar.

»Wir haben supergute Aufnahmen gemacht«, sagt Emmy. »Eine zeigt einen Apfelbaum, der durch ein Fenster in ein Haus hineingewachsen ist und eine halbe Wand zum Einsturz gebracht hat. Ein schaurig-schönes Bild.«

»Die Wohnhäuser standen aber noch gar nicht auf dem Plan«, kann ich mir nicht verkneifen zu sagen.

Ich bin schon darauf gefasst, dass Emmy einen zickigen Kommentar abgibt, doch stattdessen meldet sich der sonst so stumme Robert zu Wort.

»Es war meine Idee. Ich wollte mal schauen, wie es darin aussieht.«

»Ach so«, erwidere ich.

»Man wird einfach so neugierig, ob man will oder nicht«, sagt er entschuldigend und kratzt sich im Nacken. Roberts Hände und Füße sind sehr groß, was unter anderem dazu beiträgt, dass man ihn leicht als linkisch und unbeholfen wahrnimmt. Er sieht aus wie ein Teenager, der sich noch nicht richtig in seiner eigenen Haut wohlfühlt, dabei ist er Emmy zufolge nur ein paar

Jahre jünger als wir. Vielleicht fällt es einem deshalb so schwer, böse auf ihn zu sein.

»Man fragt sich ja schon, was damals passiert ist …«, fährt er fort. »Auf einer Bank stand sogar noch eine Tasse. Als hätte jemand einfach nur kurz seine Kaffeetasse dort abgestellt, um die Zeitung aus dem Briefkasten zu holen, und ist dann einfach …«

»… ist dann einfach verschwunden«, beendet Tone leise seinen Satz.

»Ja, genau«, sagt Robert.

Ich nehme das Brot aus dem Feuer und reiche es Tone. Sie wirft einen Blick darauf. »Gut gegrillt«, sagt sie, bevor sie ein Stückchen davon abbeißt. Obwohl ich die Scheiben halb zu Asche verbrannt habe, bin ich erleichtert. Tone klingt wieder wie sie selbst, auch wenn sie müde aussieht und sicher Schmerzen hat.

»Existieren irgendwelche Theorien über das Verschwinden?«, fragt Emmy mich.

Ich ziehe die Pulliärmel über meine Hände und setze mich auf der Isomatte zurecht. »Das steht alles in der Mappe.«

»Ja, ja. Alles steht in der Mappe«, erwidert Emmy. »Aber du bist doch über alles, was diesen Ort betrifft, im Bilde. Kannst du es uns nicht einfach sagen?«

Ich beiße mir verunsichert in die Wange, aber als ich merke, wie Max und Robert mich ansehen, kapituliere ich. »Natürlich kann ich das.«

Ich frage mich, wo ich beginnen soll. Grabe in meinem Kopf nach einem Anfangspunkt. Während ich noch so überlege, bin ich mir wieder unangenehm der leeren Fensterhöhlen bewusst, die uns von allen Seiten des Marktplatzes anstarren, und des kalten Kopfsteinpflasters unter meinem Po. Des unendlich weiten Himmels über uns. Der unzähligen Sterne. Ich habe die Milchstraße noch nie richtig gesehen, erst jetzt, hier, in Silvertjärn.

»Die Polizeiermittlung kam zu keinem befriedigenden Ergebnis …«, beginne ich tastend. »Das steht alles in der …«

Ich sehe Emmy erneut spöttisch den Mund verziehen und presse die Lippen aufeinander.

»Egal«, sage ich. »Natürlich gibt es Theorien. Die meisten gehen davon aus, dass es sich um eine Art Massensuizid gehandelt hat. So wie in Jonestown. Ihr wisst doch, dieser religiöse Kult in Südamerika, wo ein irrer Prediger fast tausend Menschen zum Suizid gezwungen hat.«

»Wenn er sie gezwungen hat, hat es sich wohl eher um einen Massen*mord* gehandelt …«, brummt Emmy.

Ich gehe nicht darauf ein.

»Es existieren unverkennbar Parallelen«, sagt Max. »Eine Sekte, ein abgeschiedener Ort, ein charismatischer Irrer.«

»Ich bin mir nicht sicher, ob man die Gemeinde hier in Silvertjärn als Sekte bezeichnen kann«, wende ich ein. »Die meisten haben von einer Freikirche gesprochen, wenn überhaupt. Sie haben sich nie vom protestantischen Glauben losgesagt. Rein formell betrachtet handelte es sich bei ihnen nur um eine gewöhnliche religiöse Gruppierung.«

»Wir müssen ja nicht jedes Wort auf die Goldwaage legen«, antwortet Emmy. »Es war eine Sekte, wie auch immer die sich genannt haben.«

Bevor ich etwas erwidern kann, meldet sich Tone zu Wort: »Ja, dafür hat es Anzeichen gegeben. Das ist unter anderem aus dem Briefwechsel herauszulesen.«

»Du meinst Ainas Briefe?«, sage ich.

Tone nickt.

»Wir wissen nicht viel über das, was in den letzten Monaten vor dem Verschwinden in Silvertjärn geschah«, erkläre ich. »Ainas letzter gewöhnlicher Brief stammt aus dem Mai 1959. Ich habe nach Briefen anderer Einwohner aus jener Zeit gesucht – denn außer meiner Familie mussten ja auch noch andere Familienmitglieder gehabt haben, die nicht hier im Dorf lebten – aber nichts gefunden. Entweder haben die Menschen sie nicht aufbewahrt oder sie sind im Laufe der Jahre verloren gegangen.

Es gibt Zeugenaussagen von Angehörigen in den Ermittlungsunterlagen, aber sie geben nicht viel Aufschluss. Sämtliche Annahmen über die Kirche und den Pfarrer basieren also auf reiner Spekulation.«

»Aber es muss doch etwas damit zu tun gehabt haben, oder?«, beharrt Emmy. »Es ist doch nicht nur ein Zufall, dass um diesen Typen eine fanatische Bewegung entstand und die Menschen danach einfach verschwanden.«

»Sag das nicht«, wirft Tone gespielt ernst ein. »Es gibt Leute, die glauben, dass sämtliche Einwohner von Außerirdischen gekidnappt wurden.«

Ich muss grinsen. »Das ist auch meine Lieblingstheorie. Also sagt Bescheid, wenn ihr heute Nacht eine fliegende Untertasse seht.«

Emmy verdreht die Augen. Ihre Mundwinkel scheinen zu zucken. Ihre Reaktion löst ein seltsames Gefühl in mir aus. Sie hat so etwas Vertrautes an sich.

»Nein, aber das steht wahrscheinlich miteinander in Verbindung«, sage ich. »Die verbreitetste Theorie lautet, dass es sich um eine freiwillige Migration gehandelt hat. Dass der Pfarrer beispielsweise gesagt habe, Gott hätte ihm befohlen, mit der versammelten Gemeinde in den Norden zu gehen, und sie unterwegs gestorben sind. So etwas ist kein Einzelfall. In dem Geschichts-Blog *Unsere dunkle Vergangenheit* wird das mit den Kinderkreuzzügen des 13. Jahrhunderts verglichen. Religiöser Fanatismus kann seltsame Blüten treiben.«

»Trotzdem ist es eigenartig, dass die Ermittler nichts haben finden können«, wendet Max ein. »Beinahe neunhundert migrierende Menschen müssten doch eigentlich Spuren hinterlassen haben, zumindest in der unmittelbaren Umgebung.«

»Und das erklärt auch nicht die Sache mit dem Säugling, der in Silvertjärn gefunden wurde, oder?«, sagt Emmy.

Ich schüttele den Kopf. »Nein, das tut es nicht. Es erklärt auch nicht die Sache mit den Hunden und den Katzen. Oder die Ermordung Birgitta Lidmans. Und auch nicht, weshalb niemand etwas von seiner persönlichen Habe mitgenommen hat. Es ist tatsächlich so, wie du gesagt hast, Robert – es stehen immer noch Kaffeetassen auf Küchentischen, Töpfe auf dem Herd. Dem Polizeibericht zufolge hing selbst noch Wäsche zum Trocknen auf den Wäscheleinen vor den Häusern, als sie in den Ort hineinfuhren. Die Menschen scheinen von einem Moment auf den anderen verschwunden zu sein. Wenn es eine Massenmigration gewesen wäre, dann hätten sie doch bestimmt ein paar Dinge mitgenommen.«

»Es gibt da auch noch die Theorie von einer Massenpsychose«, wirft Tone ein.

Ich nicke beipflichtend. »Es gibt in der Geschichte Beispiele für so etwas. Im 16. Jahrhundert kam es in Straßburg zu einer sogenannten ›Tanzwut‹, bei der bis zu vierhundert Menschen über einen Monat ununterbrochen in den Straßen tanzten. Viele von ihnen starben an Erschöpfung. Man nimmt an, dass es eine Form von Massenpsychose war, die durch Stress aufgrund von Hungersnöten und allgemeiner andauernder Nervosität ausgelöst wurde. Angesichts der Perspektivlosigkeit, die die Einwohner Silvertjärns nach der Grubenschließung befallen hat, könnte es sich hier um etwas Vergleichbares handeln.«

»Aber das erklärt immer noch nicht, was aus ihnen geworden ist«, sagt Tone. »Ähnlich wie bei der Migrationstheorie.«

»Stimmt«, gebe ich ihr recht. »Wenn sie einfach nur fortgegangen sind, passt da vieles nicht zusammen. Es gibt noch weitere Annahmen – zum Beispiel dass Grubengas ausgetreten sein könnte. Deshalb wurde von den Gutachtern der Grubengesellschaft in den Neunzigerjahren auch die Luftqualität gemessen. Sie konnten aber nichts Auffälliges feststellen. Und selbst wenn das erklären würde, weshalb sämtliche Einwohner Silvertjärns gleichzeitig ums Leben kamen, erklärt das nicht die Existenz des Findelkinds oder weshalb im Ort bis auf Birgittas Leichnam keine weiteren Toten gefunden wurden. Birgitta Lidman ist ja offensichtlich nicht an Erstickung gestorben. In jenem Jahr war es sehr heiß im August. Hätte es einen Gasaustritt gegeben, hätten beim Eintreffen der Polizei verweste Leichen in den Straßen herumliegen müssen.«

Max verzieht bei dieser Vorstellung angewidert das Gesicht.

Ich werfe einen Blick zu Tone hinüber. »Habe ich noch irgendwas vergessen?«

»Nichts Nennenswertes«, erwidert sie. »Mein persönlicher Favorit ist ja die Theorie von der russischen Invasion.«

»Ach ja, genau – die! Die ist echt schräg«, sage ich. »Sie handelt davon, dass die Sowjets hier einmarschiert sein sollen und an Silvertjärn eine Art Generalprobe für eine Invasion Schwedens gemacht haben und die gesamte Ortsbevölkerung gekidnappt haben sollen.« Ich zucke nonchalant die Achseln. »Ehrlich gesagt fallen mir dazu auch nicht viele Gegenargumente ein. Ich hoffe geradezu, dass diese Theorie wahr ist. Das wäre doch der Knüller!«

Emmy lacht. Erneut löst ihr Lachen etwas Vertrautes, ein angenehmes Gefühl in mir aus.

Ein Gefühl, das ich zu verdrängen versuche.

»Es gibt also im Grunde keine plausible Erklärung …«, brummt Robert.

»Nein. Deshalb ist die ganze Angelegenheit ja auch so ein großes Rätsel. Nahezu neunhundert spurlos verschwundene Personen … und niemand weiß, ob sie noch am Leben oder tot sind. Niemand weiß, ob sie sich das Leben genommen haben, eine Krankheit um sich gegriffen hat oder ob sie den Ort freiwillig verlassen haben. Niemand weiß, warum die bedauernswerte Birgitta Lidman zu Tode gesteinigt wurde. Und niemand weiß, um wessen Kind es sich bei dem Baby aus der Schule handelte oder warum es zurückgelassen wurde.«

Eine merkwürdige, drückende Stille breitet sich nach meinen letzten Worten zwischen uns aus, als würde die ungeschminkte Wahrheit alle zugleich betroffen machen. Der Windhauch, der jetzt über den Marktplatz streicht, hat nichts Frühlingshaftes mehr an sich, er ist rau und eisig kalt, dringt geradewegs durch meine Kleider. Eine Gänsehaut überläuft mich. Ich erschauere.

»Aber es ist doch davon auszugehen, dass sie tot sind, oder nicht?«, sagt Emmy in gedämpftem Ton, der gar nichts mehr mit ihrem sonstigen trotzigen Tonfall gemein hat.

Ich verspüre einen dicken Kloß im Hals.

»Das nehme ich an«, bestätige ich. »Aber wie oder warum weiß ich nicht. Ich hoffe, dass wir vielleicht irgendeinen kleinen Hinweis finden werden.«

Doch in Wahrheit erhoffe ich mir mehr als das – ich erhoffe mir eine Antwort. Oder jedenfalls einen Hinweis, der in eine bestimmte Richtung weist. Ein Brief, der nicht mehr abgeschickt werden konnte, fossile Spuren, die in den Wald führen, oder etwas Ähnliches.

Auch wenn ich nicht glaube, dass wir etwas finden werden, kann ich die Hoffnung darauf nicht aufgeben.

Max nickt. Tone sitzt reglos da. Als mein Blick auf ihren Knöchel fällt, sehe ich, dass er oberhalb des Stützverbands stark geschwollen und gerötet ist. Tone hat das geröstete Brot nicht aufgegessen – eine kümmerliche, halb angeknabberte, angebrannte Scheibe liegt neben ihr.

»Gut«, sagt Emmy und klingt jetzt wieder so wie immer. »Dann wissen wir ja, was morgen der Plan ist.« Sie steht auf und zieht Robert hoch. »Ich leg mich jetzt aufs Ohr. Gute Nacht!«

Robert nickt uns zu und folgt Emmy zum Kastenwagen.

Mit verblüfftem Gesichtsausdruck sieht Max mich an. »Du meine Güte, es ist doch noch nicht mal neun!«, sagt er leise, damit Emmy und Robert ihn nicht hören können.

Ich sehe zu Tone hinüber. Sie hat die Lippen angestrengt aufeinandergepresst. Tiefe Schatten liegen unter ihren Augen.

»Ich schlage vor, dass wir jetzt auch schlafen gehen. Es war ein langer Tag«, sage ich.

Tone erwidert nichts.

»Was meinst du, Tone?«, frage ich.

Sie sieht auf, einen erstaunten Ausdruck auf dem Gesicht, so als hätte sie mich gerade erst gehört. »Schlafen gehen?«, wiederholt sie. »Ja, das ist eine gute Idee.«

Ich rolle die Isomatte zusammen und reiche Tone meinen Arm, schlinge ihr zusätzlich noch den anderen um die Taille und ziehe sie hoch. Das ist schwieriger als erwartet. Schwer stützt sie sich auf mich.

»Gute Nacht, Max. Schlaf gut«, sage ich über die Schulter. Max bleibt allein am Lagerfeuer sitzen.

Ich merke, dass er uns hinterhersieht. Dann legt er ein weiteres Scheit ins Feuer.

Tone ins Zelt zu schleppen bringt mich ins Schwitzen. Auch Tone selbst ist nass vor Schweiß. Ich verspüre einen schmerzhaften Stich, als mir auffällt, wie blass sie ist. Während sie schweigend die Jeans aus und die lange Unterhose anzieht, um nicht zu frieren, putze ich mir die Zähne. Beobachte, wie jede noch so kleine Bewegung ihr Schmerzen zu bereiten scheint.

Ich stecke meinen Kopf aus dem Zelt, um den Zahnpastaschaum auszuspucken, und zucke erschrocken zusammen, als urplötzlich Max vor mir auftaucht.

»Entschuldige, ich wollte dir keinen Schreck einjagen«, sagt er mit einem schiefen Lächeln.

»Kein Problem«, sage ich und wische mir den Mund ab. »Was wolltest du denn?«

»Darf ich mir ein bisschen Zahncreme von dir leihen? Ich kann meine nicht finden.«

Ich hole unsere voluminösen Kulturbeutel aus dem Zelt. Darin findet sich alles von Pflastern über Shampoo bis hin zu Zahncreme.

»Feste drücken«, sage ich und reiche ihm die Zahnpastatube. »Sag mal, du willst damit doch nicht sagen, dass du dir bisher nicht die Zähne geputzt hast, oder?«

Ein Grinsen huscht über Max' Gesicht, während er mein Necessaire durchwühlt, bis er fündig wird. Er entleert den halben Inhalt der Tube in seinen Mund und bedankt sich nuschelnd.

Ich muss lachen.

»Geh schlafen, du Aas«, sage ich und deute einen Luftkuss an, bevor ich ins Zelt zurückkrieche. Ich streife meine dicken Socken über und mustere Tone. »Sag mal …«, beginne ich zögernd.

»Ja? Was?«

»Willst du nicht doch lieber ins Krankenhaus?« Diese Frage widerstrebt mir, aber es hätte mir noch mehr widerstrebt, sie ihr nicht zu stellen. »Ich weiß, dass du hart im Nehmen bist, Tone, aber – ehrlich gesagt – du hast starke Schmerzen. Was ist, wenn der Knöchel nun doch gebrochen ist? Wenn er falsch zusammenwächst?«

Tone schüttelt verbissen den Kopf. »Das ist er nicht, er ist nur stark verstaucht«, sagt sie kurz angebunden.

»Bist du dir sicher? Er sieht nicht gut aus«, wende ich ein.

»Ich spüre das«, sagt Tone knapp. »Ich will nicht ins Krankenhaus, und das ist auch nicht nötig.« Sie gräbt im Kulturbeutel, ohne mich anzusehen.

»Ich möchte nur nicht, dass du meinetwegen bleibst«, erkläre ich. »Nichts ist wichtiger als deine Gesundheit. Auch mein Film nicht.«

Jetzt sieht sie mich an.

»Das ist nicht *dein* Film, Alice. Du bist nicht die Einzige, die viel in dieses Vorhaben investiert hat. Du bist nicht die Einzige, der es viel bedeutet.«

Ihre Erwiderung schmerzt. Ich sage nichts mehr.

Wenn uns nichts Schlimmeres als eine Verstauchung widerfährt, wird vielleicht doch noch alles gut ausgehen.

Sie geht, noch etwas benommen, die Treppe zur Küche hinunter. Im Türrahmen bleibt sie stehen. Ein seltsames Gefühl erfasst sie. Ein Gefühl, das ihr sonst fremd ist: Hoffnungslosigkeit.

Vor ihm auf dem Tisch steht eine halbleere Schnapsflasche.

Wo er die wohl herhat? Sie will so etwas nicht im Haus haben, das weiß er. Sie verabscheut den Geruch, und wann immer er betrunken und mit einer Fahne von Petterssons nach Hause kam, hat er im Esszimmer auf dem Sofa schlafen müssen. Deshalb hat er vermutlich auch gar nicht erst Anstalten gemacht, zur Schlafkammer im ersten Stock hochzugehen.

Sie hofft zumindest, dass es daran lag.

Wenn er aufwacht, wird er Schmerzen haben. Mit Anfang dreißig hatte er einmal einen Unfall, seitdem will sein Rücken nicht mehr so richtig, aber solange Elsa ihn abends massiert, geht es immer noch leidlich.

Wären seine blonden Haare nicht so dünn geworden, könnte man ihn für einen jungen Mann halten, wie er da so halb über dem Küchentisch liegt. Er ist immer noch schlank, nur am Bauch hat er etwas zugelegt.

Eine Veränderung, die sich erst in den letzten Monaten gezeigt hat. Er isst jetzt mehr. Er hat sonst nicht viel zu tun.

Schnell wirft Elsa einen Blick zur Treppe. Welch ein Glück, Aina ist noch nicht aufgewacht. Ausnahmsweise einmal ist Elsa dankbar dafür, dass ihre Tochter den gesamten Vormittag verschläft. In den letzten Wochen war sie zwar früh auf – sogar sonntags, wenn sie nicht zur Schule gehen musste –, weil sie sich für den Gottesdienst hübsch gemacht hatte. Elsa glaubt, dass sie eine Schwärmerei für den neuen Pastor hegt, was ja auch durchaus verständlich ist. Er ist fesch, und für ein junges Mädchen gibt es in Silvertjärn sonst nicht viele stattliche Kerle, nach denen man sich umsehen kann.

Elsa geht zum Küchentisch und legt Staffan eine Hand auf die Schulter.

»Staffan«, sagt sie leise.

Er gibt keinen Laut von sich. Behutsam streichelnd fährt sie über seinen Rücken.

»Staffan«, wiederholt sie.

Jetzt bemerkt Elsa eine Bewegung. Mit einem kleinen Stöhnen hebt er den Kopf von der Tischplatte. Es dauert einen Moment, bis er sie erkennt. Im nächsten Moment sieht sie Scham in seinem Blick aufblitzen.

Sie scheint jetzt ständig darin zu liegen.

Seine Augen sind blutunterlaufen. Seine Wangen unrasiert. Er sieht aus wie ein Trunkenbold. So wie sie Einar manchmal im Kirchenschiff vorgefunden hatte, bevor sie ihn in die Sakristei gezogen hat, damit er seinen Rausch ausschlief.

Elsa wartet darauf, dass sie wütend wird. Das tut Staffan auch, sie kann es daran sehen, wie er ihrem Blick ausweicht. Aber sie hat keine Kraft dazu, wütend zu werden. Sie verspürt keinen Zorn. Nur Kummer.

»Geh hoch und leg dich ins Bett, Staffan«, fordert sie ihn leise auf und streicht ihm über den Kopf.

Staffan presst die Lippen aufeinander. Nickt kurz. Seine Augen glänzen.

Während er mit schweren Schritten die Treppe hinaufgeht, heftet sich Elsas Blick auf seinen Stuhl. Er braucht einen neuen Anstrich – alle Stühle brauchen einen neuen Anstrich. Die Küchenstühle sind leuchtend türkis. Wenn Besuch in die Wohnküche kommt, bringt ihn das immer zum Schmunzeln. Es liegt daran, dass es so unerwartet ist, so wie die grün gestrichene Haustür. Elsa liebt es bunt. Wenn sie entscheiden könnte, würde das ganze Haus nur so vor Farben leuchten, in Blau und Lila und Rot und Orange und Türkis. Aber das würde völlig verrückt aussehen, weshalb sie sich auf einen bunten Klecks hier und da beschränkt hat – auf die Haustür, die Küchenstühle, die Blumenbeete.

Elsa kratzt mit dem Fingernagel an der abblätternden Farbe des Küchenstuhls. Darunter kommt tristes graues Holz zum Vorschein.

Sie schließt die Augen.

Sie hatte immer gewusst, was zu tun war. Selbst in ihren dunkelsten Stunden hatte sie das. Sie kümmerte sich um ihre Mutter auf dem Totenbett, fütterte sie, wechselte ihre Windeln. Verlor nie vor den Augen der Mutter die Fassung.

Elsa hatte anderen Menschen immer einen guten Rat erteilen können. War jemand, auf den man sich immer stützen konnte. »Frag Elsa, wenn du Rat oder Hilfe brauchst oder auch nur ein offenes Ohr – frag Elsa!«, so sagt man unten im Dorf. Und darauf ist sie stolz.

Jetzt aber wacht sie morgens mit Beklemmungen auf.

Was sollen wir nur tun?

Noch hatten sie ein wenig Geld, aber das würde bei Weitem nicht ausreichen, um sich andernorts ein neues Haus zu kaufen. Sie konnten noch ein paar Monate von dem Geld leben, wenn sie einige Rechnungen später begleichen könnte, dann aber …

Es gab keine Arbeit mehr – nicht hier in Silvertjärn. Aber woandershin zu gehen, das kann sie sich auch nicht vorstellen.

Sie öffnet die Augen wieder. Sie hat keine Zeit für so etwas. So zu denken bringt nichts.

Rasch packt Elsa die Lebkuchen und das, was von dem Hähnchen und dem Johannisbeersaft noch übrig ist, in einen Korb. Sie muss schon wieder etwas nachkaufen gehen. Sie versucht auszublenden, was es kostet, Birgitta mit Essen zu versorgen, während sie selbst kaum genug haben.

Draußen ist es an diesem Morgen eisig, die Kälte so beißend, wie es nur im Spätwinter der Fall ist. Die Silhouette des Dorfes zeichnet sich deutlich vor dem heller werdenden Himmel ab. Er ist blau und klar, nur am Horizont sind ein paar helle Wolken zu sehen. Der Schnee knirscht unter Elsas Schuhsohlen, als sie den Weg zu Birgittas Kate einschlägt.

Der Dorfkern ist noch wie ausgestorben. Im letzten Jahr um diese Zeit hätte selbst vor Sonnenaufgang dort schon reges Treiben geherrscht. Die Arbeiter der Sonntagsschicht wären längst unterwegs zur Arbeit gewesen, und wenn Elsa zu Birgitta gegangen war, hatte sie immer gern einen kleinen Plausch mit den jungen Männern gehalten, um zu erfahren, wie es ihren Müttern und Ehefrauen erging. Wenn Elsa jetzt auf dem Weg zu Birgittas Häuschen ist, fürchtet sie die frühe Morgenstunde beinahe. Wenn sie jetzt Leuten begegnet, haben diese sich meistens die Nacht um die Ohren geschlagen, sind betrunken und müde oder treiben sich draußen herum, weil sie sonst nicht wissen, wohin. Wie tote Seelen.

Die Kälte ist heute noch grimmiger, als Elsa befürchtet hat. Sie hätte sich vor ihrem Aufbruch besser einen Schal um den Hals schlingen sollen. Doch nichtsdestotrotz liegt schon ein Hauch Frühling in der Luft. Der Fluss fließt schneller dahin, und obwohl es morgens lange dunkel war, wärmt die Mittagssonne nun schon ein wenig. Während sie so dahinspaziert, merkt Elsa, wie ihr wieder etwas leichter ums Herz wird. Es würde schon alles wieder in Ordnung kommen – das tat es immer. So schlimm einem alles auch erscheinen mochte, es würde wieder in Ordnung kommen.

Als sie Birgittas Häuschen erreicht, klopft sie rasch ein paarmal hintereinander an die Tür.

»Ich bin es, Birgitta! Elsa.«

Birgitta erkennt ihre Stimme und öffnet. Sie wirkt noch scheuer als sonst, und als Elsa eingetreten ist, sieht sie, dass Birgitta sich wieder selbst verletzt hat. Ihr Gesicht ist voller blauer Flecken.

»Oh Birgitta!«, sagt sie sanft.

Manchmal wünscht sich Elsa beinahe, sie könne Birgitta in den Arm nehmen und sie wie ein kleines Kind hin- und herwiegen, obwohl Birgitta nicht viel jünger ist als sie selbst. Aber würde sie das versuchen, würde Birgitta in Panik ausbrechen, das weiß Elsa. Körperliche Berührungen kann sie nicht leiden, das hat Elsa mit den Jahren gelernt.

Während sie zusieht, wie Birgitta ihrem persönlichen Ritual entsprechend die Lebensmittel auspackt, hallt jenes trostlose Gefühl von heute Morgen in ihrer Brust wider. Nicht nur wegen des Hauses können sie Silvertjärn nicht verlassen. Denn wenn sie fortzögen – was würde dann aus Birgitta werden?

DONNERSTAG

Heute

Die Kirche liegt nur ein paar Straßenzüge vom Marktplatz entfernt, doch hier in Silvertjärn bedeutet das beinahe auf der anderen Seite des Dorfes. Der Wind ist im Laufe des Morgens aufgefrischt und die Gebäude wirken mit den schweren bleigrauen Wolken dahinter unheilvoll.

Die Kirche ist unser erstes Ziel für heute, tatsächlich aber flößt der düstere Himmel einem das Gefühl ein, als stünde die Abenddämmerung kurz bevor.

Ich habe beschlossen, dass wir gemeinsam – zu viert – die Kirche erforschen; aufteilen können wir uns später immer noch. Sie ist einer unserer wichtigsten Schlüsselorte. Tone war ganz meiner Meinung. Während wir das Gebäude untersuchen, will sie die gestrigen Aufnahmen durchgehen. Tone hat heute besser ausgesehen als gestern, hatte wieder etwas mehr Farbe auf den Wangen, und ihre Augen waren klar. Ich habe gesehen, dass sie beim Frühstück zwei Ibuprofentabletten geschluckt hat, hatte aber nicht das Gefühl, sie darauf ansprechen zu müssen.

Die großen Bleiglasfenster über dem Kirchenportal sind bis auf eine kleine blaue Scheibe heil, auch die Tür sieht bemerkenswert stabil aus. Selbst die getünchten Wände sind noch strahlend weiß.

»Ist die Tür verriegelt?«, fragt Emmy.

Wir stehen jetzt unmittelbar vor der Vortreppe; sie ist übersät von Kiefernnadeln und der Beton weist Risse auf.

Ich gehe die Stufen hinauf und drücke die Türklinke hinunter. Die Tür ist verzogen und recht schwergängig, öffnet sich aber schließlich mit einem leichten Quietschen.

Im Inneren der Kirche riecht es muffig und ein wenig nach Schimmel, aber weniger stark als im Schulgebäude. Vermutlich konnte die Feuchtigkeit hier noch nicht so viel Schaden anrichten wie in den übrigen Häusern. Stumm reihen sich die Kirchenbänke aus dunklem Holz aneinander; am Ende des Ganges thront scheinbar unangetastet der Altar. Ein abgemagerter, blutender Jesus starrt uns mit leeren Augen von dem darüberhängenden Kruzifix an. Man kann nicht umhin, es anzustarren, so groß und schwarz wie es ist – um vieles größer als sämtliche, die ich jemals gesehen habe. Die geschnitzte Jesusgestalt hat mindestens meine Größe. Darüber hinaus ist die Darstellung der Figur schrecklich naturgetreu. Die Wangenknochen und die Rippen treten deutlich hervor, der Bauch ist eingefallen wie nach einer monatelangen Hungersnot. Diesem Jesus sieht man wirklich an, wie unerträglich sein Leid ist, sein Blick wirkt bodenlos tief, düster und vorwurfsvoll. Wie der Waldsee unter einer Wolkendecke.

Emmy entfährt beim Anblick des Kruzifixes ein Fluch. Ich drehe mich zu ihr um.

»Man kann schon verstehen, dass die Leute an einen zornigen Gott glauben, wenn so einer da einen beim Gottesdienst ständig anstarrt«, bemerkt sie. Emmys Worte mögen flapsig sein, aber ihre Stimme klingt belegt, und sie kann ihren Blick kaum vom Kruzifix lösen.

Ein Klicken lässt mich zusammenzucken. Robert macht ein Foto von dem Kreuz, danach vom übrigen Kircheninterieur.

Ich sehe zur Decke hoch. Weit oben über unseren Köpfen ist massives Holzgebälk zu erkennen. Seltsamerweise hallen unsere Worte nicht im Kirchenschiff wider. Langsam nähere ich mich dem Altar.

Ich kann mir gut ausmalen, wie er einst dagestanden hat: die Hemdsärmel hochgekrempelt, die engelsgleichen Züge vor Eifer gerötet. Ich sehe sein Gesicht so deutlich vor mir, als hätte ich es tatsächlich schon einmal gesehen – auch wenn es nur ein Fantasiebild ist, das ich mir von dem jungen Pastor gemacht habe. Ein glattes Gesicht mit einer hohen Stirn und strahlenden Augen mit langen, dichten Wimpern. Mit markanten Augenbrauen und einer schmalen Nase. Wie die Engelsdarstellung in einer Renaissancemalerei – oder wie ein skandinavischer Prophet für die entlegenen Wälder.

Die Person des Pastors hat mich in den Erzählungen meiner Großmutter immer am stärksten fasziniert.

Er war ein junger Mann von dreißig Jahren mit einem glatten, jungenhaften Gesicht. Er sah stattlich aus, auch wenn er nicht besonders groß war. Aber er hatte breite Schultern und ein freundliches Lächeln. Mit einem Mal setzten sich die Frauen des Dorfes jeden Sonntag in der Kirche in die erste Reihe, zogen ihre feinsten Kleider an und lauschten mit funkelnden Augen den Predigten von Pfarrer Mattias Åkerman.

Vorübergehend habe ich sogar mal mit dem Gedanken gespielt, die Geschichte für die Dokumentation wieder aufleben zu lassen, wie in einem Living-History-Format. Mit extra dafür engagierten Schauspielern vor Ort nachgestellte Filmszenen zu drehen. Ich habe sogar schon ein Drehbuch für ein paar kurze Szenen geschrieben – für eine Predigt und eine Szene mit Schwachkopf-Gitta. Aber so ein Vorhaben ist leider völlig unrealistisch. Wir haben nicht das Budget, um solche Filmszenen ausreichend aufwendig zu gestalten. Wir halten uns besser an das reine Dokumentarfilmformat und bauen darauf, dass die Geschichte an sich genügend Potenzial hat.

Heute, in Zeiten von Netflix und HBO, ist es schwierig, die Aufmerksamkeit der Zuschauer auf sich zu lenken. Das Medienklima ist von Übersättigung geprägt, und wir müssen alle Register ziehen, um hervorzustechen.

Ich sehe wieder zur Decke. Wie wohl die Stimme des Pastors hier drinnen geklungen haben mochte? Ich habe meine Großmutter dann und wann einmal gefragt, ob er einen Dialekt sprach, aber sie hat mir diese Frage nie beantworten können. Hatte nur vage gesagt, dass seine Stimme fremd geklungen habe, dass er nicht aus der Gegend stammen konnte, aber mehr habe ich nie aus ihr herausbekommen.

Mein Blick heftet sich auf eine kleine Tür neben dem Altar. Ob das wohl eine Abstellkammer ist? Nein, vermutlich eine Sakristei oder wie man das nennt. Ich gehe hin und drehe den runden Türknauf aus Messing.

Dahinter kommt ein kleiner, behaglicher Raum zum Vorschein. Auch hier ist das Fensterglas noch weitestgehend unversehrt. Trübes graues Licht fällt durch die verdreckten Scheiben. Dahinter kann ich verschwommen einen ansprechenden Kirchhof sehen, der mit seinem üppigen Frühlingsgrün geradezu absurd idyllisch wirkt.

Der Raum muss jemandem einmal als Wohnküche gedient haben. Es gibt eine kleine Küchenzeile und einen schlichten Kieferntisch. Auf dem Fensterbrett steht ein leeres Glasgefäß mit verblichenen Trockenblumen. Ein altertümlicher Kaffeekessel steht auf der Herdplatte. Ich hebe den Deckel des Kessels an und sehe die eingetrocknete schwarze Brühe darin. Ich schnüffele leicht – und rieche tatsächlich noch vage den Kaffeesatz.

Ob hier wohl die Bibelkreistreffen stattgefunden haben?

Pastor Mattias Åkerman glaubte fest an die Bibel. Er sagte, er habe sie vier Mal von Anfang bis Ende gelesen und sei der Ansicht, dass jeder gute Christ dasselbe tun sollte. So begann auch Aina, sich durch die Bibel zu kämpfen. Sie schrieb mir, sie würde jeden Abend darin lesen. Der Pastor hatte sie um Hilfe bei der Gründung eines Jugend-Bibelkreises gebeten. Sie war so stolz, dass sie vor Freude hätte zerspringen können.

Wenn meine Großmutter von Aina sprach, wurde ihre Stimme immer ganz ausdruckslos. Als wäre es dann einfacher, ihre Gefühle in Schach zu halten.

»Und was ist das hier?«, höre ich plötzlich Emmy hinter mir fragen.

Überrascht fahre ich zusammen, sehe mich aber weiter im Zimmer um. »So eine Art Gruppenraum, nehme ich an – oder vielleicht auch ein Büro.« Mein Blick fällt auf einen Stapel Papiere auf einem Stuhl.

Vorsichtig nehme ich sie in die Hand. Sie sind mit einer krakeligen, eng stehenden Füllfeder-Handschrift beschrieben. Die Papierbögen sind über die Jahre vergilbt und die Tinte ausgeblichen, das Geschriebene aber ist immer noch zu entziffern.

Weil ich befürchte, dass die Blätter unter meinen Fingern zerbröseln könnten, lege ich sie vor mir auf den Tisch und fange an, das zuoberst liegende zu lesen:

Wer Gott gegenüber ehrlich und treu ist, braucht keine Geheimnisse.

»Was ist das?«, fragt Emmy. Sie hat sich neben mich gestellt, sie überfliegt die Sätze.

»Anscheinend eine Predigt«, erwidere ich, plötzlich atemlos.

Wer ein reines Herz hat, muss nichts verbergen, weder vor Gott noch vor seinen Mitmenschen. Ihr wollt euch verstecken, wollt dem scharfen Blick und dem wahren Licht entfliehen, die Dunkelheit in euch verbergen. Ihr wollt das unter den Teppich kehren, für das ihr euch schämt. Doch es ist der Teufel, der aus euch spricht. Es ist die Verdorbenheit in euch, die das Licht scheut, denn eure Seelen kennen keine Furcht. Sie ersticken unter dem Gewicht des Bösen. Sie wollen sehen und von Gott gesehen werden.

Erst wenn ihr euch ganz und gar in Gottes Hände begebt, könnt ihr eins mit ihm werden. Erst wenn ihr eure weltlichen Besitztümer, eure armseligen weltlichen Gedanken und Sorgen aufgebt, werdet ihr rein. Und erst wenn ihr rein seid, seid ihr frei.

Erst wenn ihr rein seid, könnt ihr zu Gott aufsteigen und euch verwandeln. Wer rein ist, versinkt nicht in der Finsternis, sondern wird wie Jesus selbst über das Wasser gehen.

»Nicht besonders versöhnlich«, bemerkt Emmy leise.

»Nein«, gebe ich ihr recht.

Da ertönt ein lautes Donnern über unseren Köpfen. Ich zucke zusammen, blicke auf und sehe ein paar vereinzelte Regentropfen auf der Fensterscheibe.

»So ein Mist!«, entfährt es mir. Ich beiße die Zähne zusammen. Ich hatte so gehofft, dass es nicht regnen würde. »Wir müssen uns in die Fahrzeuge zurückziehen.« Vorsichtig verstaue ich die Papiere in meinem Rucksack. »Bei Starkregen ist es gefährlich, sich in verlassenen Gebäuden aufzuhalten. Manchmal hält die Statik das nicht aus und das Gewicht des Wassers kann das Gebäude zum Einsturz bringen.«

Emmy nickt einvernehmlich. »Ich sage Max und Robert Bescheid.«

Schon ist sie an der Tür. »Hört mal her, wir müssen zurück zu den Autos!«, ruft sie den beiden Männern im Kirchenschiff zu.

»Warum?«, höre ich Max erwidern.

»Bei Regen sind wir hier nicht sicher. Packt alles zusammen, dann gehen wir«, fordert Emmy sie noch einmal auf.

Sie scheinen nicht zu protestieren. Natürlich tun sie das nicht – wenn Emmy etwas sagt, dann gehorchen die Leute ihr, einfach, weil sie es von ihnen erwartet.

Um diese Gabe habe ich sie immer beneidet.

Ich schließe den Reißverschluss des Rucksacks und richte mich auf, nur um zu sehen, wie der Himmel draußen von einem Blitz erhellt wird.

Sieht ganz so aus, als würde ein ordentliches Frühjahrsunwetter aufziehen. Typisch, dass so etwas ausgerechnet während meiner kostbaren fünf Tage hier im Ort passieren muss!

Aber mit etwas Glück ist es nur von kurzer Dauer. Meistens ziehen solche Unwetter ja rasch wieder vorbei.

»Bist du so weit?«, fragt Emmy und sieht zur Tür hinein.

»Ja«, erwidere ich. Dann schlage ich die Kapuze meiner Jacke hoch und laufe los, während der Gewitterdonner über unseren Köpfen hallt.

Heute

Regen prasselt aufs Autodach. Im Wageninneren ist es kalt, viel kälter als heute Morgen, aber ich habe eine Decke um mich geschlungen und eine kleine batteriebetriebene Lampe eingeschaltet. Ich nutze die Zeit, um einen Blogeintrag über unseren ersten Tag zu schreiben. Ob Tone wohl damit einverstanden ist, dass wir ein Foto von ihrem Knöchel posten? Es ist vielleicht geschmacklos, gibt unserem Projekt aber die nötige Authentizität und Berechtigung, macht es irgendwie greifbarer.

Falls sie nicht einverstanden ist, genügen sicherlich auch die Aufnahmen von der eingebrochenen Treppenstufe. Mit etwas Glück können wir heute Nachmittag Fotos davon machen, wenn der Regen aufgehört hat. Wir müssen sowieso noch einmal zurück ins Schulhaus, um nach Tones verloren gegangenem Walkie-Talkie zu suchen.

Ich starre jetzt bestimmt schon zehn Minuten auf ein und denselben Satz. Das Geräusch des auf das Dach trommelnden Regens ist seltsam einschläfernd. Ich unterdrücke ein Gähnen. Ich kann gut verstehen, dass Tone eingeschlafen ist. Am liebsten würde ich selbst ein Nickerchen machen. Ich komme hier gerade kein bisschen weiter.

Neben meinen Füßen liegt der Rucksack. Ob ich mir mal die Papiere aus der Kirche genauer ansehen soll? Sie üben eine magische Anziehungskraft auf mich aus. Außerdem gehört das ja auch mit zu unserer Arbeit – sie sind der Stoff für unsere Story.

Ich schalte den Laptop aus und öffne vorsichtig den Rucksack.

Den Papierstapel wage ich kaum anzufassen, so hauchdünn ist das Papier. Ich will ihm ja keinen Schaden zufügen. Archivare und Bibliothekare ziehen sich Handschuhe an, wenn sie es mit derart alten Unterlagen zu tun haben, aber so etwas habe ich nicht dabei. Und ich bin so begierig darauf, sie zu lesen, dass meine Hände zittern.

Das Göttliche
~~Das göttliche Licht hereinzulassen~~
Man muss Gott nicht fürchten. Gott ist Liebe.

Die ersten Papierbögen auf dem Stapel sehen aus wie die, die Emmy und ich uns in der Kirche angesehen haben, es scheinen Predigten zu sein. Pastor Mattias Åkerman hat Predigtentwürfe verfasst, hat etwas durchgestrichen und geändert, hat seinen Ideen wie ein Journalist Form gegeben. Sein Ton ist schwülstig, aber fesselnd.

Ich blättere um.

Diese Zeilen müssen bei einer anderen Gelegenheit verfasst worden sein. Alles sieht aus wie in einem Zug geschrieben. Selbst die Handschrift des Pastors weicht hier von seiner vorigen ab. Sie ist ausladender, so als hätte er die Zeilen in einem frenetischen Rausch verfasst.

Gott hat von den Seinen stets Opfer verlangt. Erlösung ist weder einfach noch billig zu haben. Der wahre Weg führt durch die Finsternis. Nur wer das Tal der Todesschatten überwindet, wird wieder rein und neu geboren. Nur wer in die Finsternis hinabsteigt, findet das Licht.

Der wahre Weg ist weder verlockend noch eben. Er ist gewunden und von Mühsal gekennzeichnet. Er scheidet die Treuen von den Schwachen und Faulen.

Die Würdigen von den Unwürdigen.

Abseits des Weges lauert der Teufel. Er harrt mitten unter euch aus, hinter unschuldigen Gesichtern und milden Stimmen. Er wird euch in Versuchung führen wollen: Folgt mir, wird er flüstern. Wählet die weltlichen Vergnügungen, die glitzernden, oberflächlichen Dinge, die euch vorüber-

gehend Ablenkung verschaffen. Wen kümmert schon die Ewigkeit?

Ihr müsst seine Diener unter euch aufspüren. Sie werden an das Böse in euch appellieren. Sie werden flehen und betteln, aber ihr müsst eure Herzen stählen und nur Gottes Stimme Gehör schenken. Schenkt nicht den Lügen Gehör, die wie Honig von ihren Lippen perlen, sich um eure Herzen legen und Bedrückung und Zweifel säen. Wappnet euch und folgt dem wahren Licht.

Ihr seid die Armee des Herrn. Ihr seid seine Auserwählten. Aber ihr müsst euch dafür entscheiden, Gott dem Herrn zu folgen. Ihr könnt euch nicht zurücklehnen und der Seligkeit harren. Das Himmelreich ist keine Selbstverständlichkeit. Ihr müsst eurem weltlichen Leben entsagen. Müsst den Mut aufbringen, die Reise durch die Finsternis anzutreten, um das Licht zu erblicken. Ihr müsst willens sein, seine Feinde zu durchschauen und sie mit göttlichem Zorn und göttlicher Kraft zu vernichten.

Ich schlucke, mein Mund ist ganz trocken. Ich blättere um. Draußen zucken Blitze über den Himmel. Ihr Aufleuchten kann ich durch das kleine Plexiglasfenster zwischen Fahrerkabine und Lastraum sehen. Langsam zähle ich die Sekunden – eins, zwei –, dann folgt schon der Donner, gnadenlos. Das Unwetter muss sich genau über uns befinden.

Die folgenden Seiten liegen wild durcheinander, als hätte jemand sie eilig zusammengeklaubt. Auf dem nächsten Blatt befindet sich nicht die Fortsetzung der so frenetisch zu Papier gebrachten Predigt. Zuerst ist mir gar nicht klar, was das da auf dem Papier sein soll. Es sieht aus wie eine Zeichnung aus Kinderhand. Wie unzusammenhängendes Gekritzel. Einige Gestalten darauf ähneln unbeholfenen Strichmännchen.

Ich mag gar nicht daran denken, dass sich ein Kind dort in dem Raum aufgehalten haben könnte – zusammen mit dem

Pastor, aus dessen Feder sicherlich das auf den restlichen Seiten Geschriebene stammt.

Seine harten, unbarmherzigen Worte lassen mich an die arme zerschundene Birgitta Lidman denken. Sie galt schon als Sonderling und als Ausgestoßene, bevor Pastor Mattias Åkerman ins Dorf kam. Waren diese Worte des Pastors etwa der Anlass dafür gewesen, dass sich die Gemeinde gegen sie gewandt hatte?

Die Stimme meiner Großmutter hallt in meinem Kopf wider.

Sie hieß Birgitta und war schwachköpfig, wie es damals hieß. Deshalb wurde sie nur Schwachkopf-Gitta *genannt. Ihre Mutter war einige Jahre zuvor gestorben. Auf dem Totenbett hatte sie meine Mutter Elsa gebeten, sich um Birgitta zu kümmern. Meine Mutter war die Sorte Mensch, die allen gegenüber hilfsbereit war, und so ließ sie sich darauf ein.*

Birgitta war eine hochgewachsene, kräftig gebaute Frau mit strähnigem Haar und dunklen Augen, die immer den Blicken der anderen auswichen. Bevor ihre Mutter starb, hatte man die beiden manchmal zusammen im Dorf sehen können. Als sie jedoch allein zurückblieb, verließ sie ihr Haus so gut wie gar nicht mehr. Bevor ich nach Stockholm ging, wechselten meine Mutter und ich uns damit ab, jeden Tag mit einem Essenskorb zu Birgitta zu gehen. Darin befanden sich stets die gleichen Dinge, etwas anderes rührte Birgitta nicht an, denn mit Veränderungen konnte sie nicht umgehen.

Birgitta konnte sehr furchteinflößend wirken, wie sie so vor sich hinbrummte, und mit all ihren Wahnvorstellungen. Manchmal wurde sie vor Wut so rasend, dass sie sich selbst Verletzungen zufügte. Ich erinnere mich noch an eine Gelegenheit, bei der Mutter und ich ihr einen Tisch und zwei Stühle brachten, die ein paar junge Männer aus dem Dorf auf Bitte meiner Mutter hin für sie getischlert hatten. Sie waren ein bisschen schief und verzogen, aber besser als nichts, dachten wir, denn Birgitta besaß in ihrem Häuschen nur ein Bett und einen Nachttopf. Aber als wir damit ankamen, gebärdete Birgitta sich wie irre, begann, wild den Kopf hin- und herzuwerfen und wiegte sich vor und zurück, bis aus ihrem Brummen ein Schreien wurde und sie wild um sich schlug. Meine Mutter fing sich einen kräftigen Schlag ein, aber die größte Leidtragende war Birgitta selbst, die ihren Kopf so lange gegen die Wand stieß, bis ihre Stirn ganz blutig war.

Hatte der Pastor Birgitta Lidman gemeint, als er sagte, dass die Diener des Teufels unter ihnen seien?

War dies der Beginn von allem gewesen, diese Seiten, die ich nun in den Händen halte? War dies der Beginn des Vorgangs, der damit endete, dass Birgitta an einen Schandpfahl gebunden und auf dem Marktplatz von Silvertjärn zu Tode gesteinigt wurde?

Die Vorstellung, dass Menschen diesem Geschwafel Gehör schenken sollten, ist schier unfassbar. Dieser in schwülstigem, blumigem Ton über das Übersinnliche und das Böse verfassten Predigt. Doch manche hatten ihr Gehör geschenkt.

Aina hatte ihr Gehör geschenkt.

Ich blättere weiter. Wieder erhellt ein Blitz den Himmel, und der Donner folgt nach nur zwei Sekunden. Ich zucke zusammen und schüttele dann den Kopf über meine eigene Schreckhaftigkeit.

Ich lege die Seiten neben mich und ziehe die sperrigen, schweren Mappen mit den Nachforschungen meiner Großmutter aus dem Rucksack. Sie entgleiten beinahe meinen Fingern.

Die Unterlagen sind mehrere Hundert Seiten stark. Für die anderen Crewmitglieder habe ich nur das Wichtigste daraus zusammengefasst. Meine Großmutter hatte jeden einzelnen Zeitungsartikel aufbewahrt, der jemals über Silvertjärn und das unerklärliche Verschwinden erschienen war, vieles davon nutzlos, weil voller leerer Spekulationen und ergebnisloser Spuren.

Ein Teil der Unterlagen aber hat mich sehr überrascht.

Heute

Ich suche aus den Mappen meiner Großmutter die heraus, die mich am meisten interessiert, und lege die anderen auf den Boden – »MATTIAS ÅKERMAN«. Sie liegt hinter »SKANDIJÄRN –92«, dem Bericht der Grubengesellschaft.

Ich frage mich wirklich, wie es meiner Großmutter gelungen ist, eine Kopie davon zu ergattern. Als ich den Nachfolgekonzern der ursprünglichen Grubengesellschaft in einer E-Mail um eine Kopie des Berichtes bat, wurde mir das umgehend verwehrt. Als ich später auf ein vergilbtes, aber voll und ganz lesbares Exemplar davon in den Ordnern meiner Großmutter stieß, war mir, als hätte ich einen Schatz gefunden.

Die mit »MATTIAS ÅKERMAN« etikettierte Mappe ist so alt, dass die Pappdeckel beinahe völlig zerfleddert sind. Von den anderen Unterlagen habe ich größtenteils Kopien gezogen und sie mit einem neuen Einband versehen. Diese Mappe aber hatte meine Großmutter selbst mit einem Etikett versehen und beschriftet, und ich konnte mich deshalb nicht überwinden, sie wegzuwerfen. Die Schrift meiner Großmutter ist kantig und schnörkellos. Ich fahre mit den Fingern über die verblichene Bleistiftschrift, dann schlage ich die Mappe auf.

Zuoberst liegt ein Ausschnitt aus einer Lokalzeitung:

> Den Eheleuten Nils und Edda Åkerman wurde am 12. September 1928 ein Sohn namens MATTIAS ÅKERMAN geboren. Die Taufe wird am kommenden Sonntag, den 23. September, in der Kirche von Forshälla abgehalten.

Wie meine Großmutter Pastor Mattias Åkerman aufgespürt hat, weiß ich nicht. Ihr Archiv habe ich erst nach ihrem Schlaganfall entdeckt, und da war es schon zu spät, um sie danach zu fragen.

Ich hatte gedacht, dass uns mehr Zeit bliebe. Das denkt man wohl immer.

Bei dem folgenden Ausschnitt handelt es sich um die Kopie einer Patientenakte aus einem Krankenhaus – Mattias Åkerman, 11 Jahre. Ihr zufolge war Mattias Åkerman in den Jahren 1939 und 1940 dreimal im Krankenhaus – einmal mit einem Rippenbruch, einmal mit Bauchschmerzen und einmal mit einem Armbruch. Über die Ursache der Beschwerden und Verletzungen wurde nichts verzeichnet, nur darüber, dass sie behandelt wurden und der Patient anschließend wieder entlassen wurde.

In den ersten beiden Patientenakten ist Nils Åkerman als Erziehungsberechtigter aufgeführt. In der dritten ist das entsprechende Feld leer. Ob das aus reiner Nachlässigkeit geschah oder ob mehr dahintersteckte, bleibt unklar. Meine Großmutter hat am Rand »Zu Onkel mütterlicherseits gezogen?« notiert.

Jetzt folgt eine Todesanzeige aus derselben Lokalzeitung:

Wir trauern um EDDA ÅKERMAN, die nach langer
Krankheit verstorben ist.
In Liebe
Ehegatte NILS ÅKERMAN.
Das Begräbnis wird am kommenden Samstag, den 5. Juni,
in der Kirche von Forshälla abgehalten.

In der Anzeige ist ein düsteres Bild von Edda Åkerman abgedruckt. Ihre Gesichtszüge sind verschwommen, die Augen sind zwei dunkle Flecken in einem blassen Oval. Kein Lächeln scheint auf ihrem Gesicht zu liegen.

Daneben hat meine Großmutter vermerkt: »Schon umgezogen? Kein Sohn erwähnt.« Und unter dem Bild: »Todesursache?«

Die Antwort auf die Frage bleibt offen.

Auf dem nächsten Blatt hat meine Großmutter eine Zeitleiste erstellt. Ob sie auf dem Material basiert, das zwischen ihren Papieren verloren ging, oder ob es sich bei den Angaben um bloße Vermutungen ihrerseits handelt, weiß ich nicht.

12. September 1928: Geburt; Eltern: Nils und Edda Åkerman aus Forshälla, Blekinge.

1928–?: Kindheit im Haushalt der Eltern. Zeitpunkt des Umzugs unklar. Gründe nicht genannt. Mögliche Ursachen: Tod der Mutter. Finanzielle Sorgen. Einiges deutet auf Gewalt in der Familie hin.

1939–1940: Mindestens drei Krankenhausaufenthalte wegen Knochenbrüchen und möglichen inneren Blutungen. Keine weiteren Ermittlungen werden veranlasst.

1940?–1944: Auszug aus dem elterlichen Zuhause und Umzug zu Gustaf Larsson, Onkel mütterlicherseits, und seiner Familie. Genauer Zeitpunkt des Umzugs unklar.

Juni 1942: Mutter Edda verstirbt Anfang Juni. Zu diesem Zeitpunkt muss Mattias 13 Jahre alt gewesen sein. Ob er da noch im Haus der Eltern lebte oder schon bei seinem Onkel, steht nicht fest. Todesursache der Mutter unbekannt.

21. Oktober 1944: Erster offizieller Beleg dafür, dass Mattias Åkerman bei seinem Onkel und dessen Familie lebt. Siehe Auszug aus dem Melderegister. Derselbe Auszug gibt Aufschluss darüber, dass sich Gustafs Familie aus Ehefrau Berit und den Töchtern Linnea und Sofia, geb. 1934 und 1936, zusammensetzt. Siehe auch Heirats- und Geburtsurkunden.

Mai 1946: Krankenhausaufenthalt von Linnea Larsson. Mutter Berit Larsson wird als begleitende Erziehungsberechtigte angegeben. Der Patientenakte zufolge soll die Tochter über Bauchschmerzen geklagt haben. Linnea hat Hämatome am linken Arm und beiden Schenkeln. Will keine Angaben darüber machen, woher sie stammen. Eine Behandlung wird nicht für nötig erachtet und sie wird mit der Ermahnung entlassen, bei ihren Spielen achtsamer zu sein.

November 1946: 2. Krankenhausaufenthalt Linnea Larssons. Mutter Berit Larsson wird erneut als begleitende Erziehungsberechtigte angegeben. Die Tochter wird nach einer Ohnmacht infolge einer starken Monatsblutung eingewiesen. Die Blutungen erweisen sich während der Untersuchung als frühe Fehlgeburt. Linnea weigert sich, den Namen des Kindsvaters anzugeben. Wird drei Tage stationär zur Beobachtung eingewiesen.

Juli 1947: Ein Auszug aus dem Melderegister gibt Aufschluss darüber, dass Mattias nicht länger bei der Familie Larsson wohnhaft ist. Er lebt auch nicht bei seinem Vater Nils Åkerman. Von seinem Aufenthaltsort fehlt jede Spur.

16. Februar 1951: Mattias Åkerman wird in Stockholm wegen Vagabundierens festgenommen. Wird zu einer Geldbuße verurteilt. Scheint diese nicht beglichen zu haben.

9. Juli 1953: Ein junger Mann, laut Beschreibung von »mittlerer Größe, blond, graue Augen, in fadenscheinigem Hemd und zerlumpter Hose« wird mit dem Verdacht der sexuellen Nötigung eines jungen Mädchens in Falun festgenommen. Seinen Namen gibt er als »Mattias Larsson« an, führt jedoch keine Ausweispapiere mit sich. Am darauffolgenden Tag wird er wieder freigelassen, da das Mädchen ihn nicht mit Sicherheit identifizieren kann. Es wird nicht genau aufgeführt, worin die Verdächtigungen bestanden. Und es ist zweifelhaft, ob es sich bei dieser Person tatsächlich um Mattias Åkerman handelte. Äußerliche Kennzeichen treffen jedoch zu. Name »Mattias Larsson« kann von der Familie des Onkels entlehnt sein.

Juni 1955: Mattias Åkerman bewirbt sich um eine Ausbildung zum Pastor. Bewerbung wird abgelehnt.

Juni 1956: Bewirbt sich erneut um eine Ausbildung zum Pastor. Bewerbung abgelehnt.

An dieser Stelle endet die Zeitleiste.

In der Mappe befinden sich noch weitere Dokumente – die Geburtsurkunden der Cousinen Sofia und Linnea, Krankenhausakten von Linnea. Die erste Akte enthält Bilder von ihren

Hämatomen – verschwommene, dunkle Stellen auf dünnen weißen Gliedern.

Ich habe die Unterlagen viele Male studiert. Habe mir die Artikel angesehen, die Auszüge aus dem Melderegister, habe die Patientenakten gelesen und die Polizeiberichte. Ich kann nicht sagen, weshalb meine Großmutter so überzeugt davon war, dass es sich bei diesem Mattias Åkerman um den Mann handelte, der später Pastor von Silvertjärn wurde. Vielleicht kam sie ihm durch seine abgelehnten Bewerbungen auf die Spur. Oder die Profile stimmten einfach überein. Wie sehr ich auch danach gesucht habe, ich habe in ihren Papieren keinen eindeutigen Beweis finden können.

Vieles ist immer noch unklar. Gleichzeitig fällt es einem nicht schwer, aufgrund der anzunehmenden Faktenlage eine Geschichte zu rekonstruieren. Eine von Gewalterfahrungen geprägte Kindheit, die zum Wegzug aus seinem Elternhaus und dem Umzug zu seinem Onkel geführt hat, und eine früh verstorbene Mutter. Ein labiler junger Mann, der mit zwei jüngeren Cousinen aufwächst. Sie haben ihn sicherlich verehrt – ihren älteren, gut aussehenden Cousin, der wie ein großer Bruder für sie war und zugleich ihr erster Schwarm.

Ein junger Mann, der das ausnutzte – sie ausnutzte. Bis alles ans Tageslicht kam und er gehen musste.

Einige Jahre ziellosen Herumstromerns. Kleinvergehen. Womöglich eine weitere sexuelle Nötigung eines jungen Mädchens. Der gescheiterte Versuch, ein Mann der Kirche zu werden.

Bis er eines schönen Tages nach Silvertjärn kam, mit einem fremd klingenden, südschwedischen Dialekt und einer rätselhaften Vergangenheit, um der Prophet und der Erlöser einer ganzen Gemeinde zu werden.

Ob diese Geschichte wirklich stimmt, ist ungewiss. Aber einen Kern von Wahrheit scheint sie zu enthalten. Welche Auswirkungen das hatte, liegt ja auf der Hand: Ainas Vernarrtheit in ihn, die an Besessenheit grenzte, und woraus diese resultierte.

Ich stelle mir Silvertjärn an jenem Nachmittag im August 1959 vor. Die sengende Hitze. Die unerklärliche Ausgestorbenheit des Ortes. Das einsame Findelkind.

Manchmal habe ich in Tones Gesichtszügen nach Übereinstimmungen mit denen meiner Großmutter gesucht, habe mich gefragt, ob ihr kühler Blick etwas von dem festen Blick meiner Großmutter an sich hat.

Könnte es sich bei dem Kind um Ainas Tochter gehandelt haben?

Ich habe mir nie richtig erlaubt, diesen Gedanken zu Ende zu denken.

Der Regen prasselt noch immer aufs Autodach. Wie lange dauert dieses Unwetter bloß noch?

Da erhellt sich flüchtig der Himmel, und ich sehe, wie sich Max dem Auto nähert. Er trägt eine weite Jacke und geht schnell, ist kaum mehr als ein diffuser Schatten im trüben Licht des Unwetters.

Bestimmt hat er sich allein in seinem Wagen gelangweilt und sucht jetzt Gesellschaft. Ich spüre einen Anflug von Gereiztheit. Wir sind hier, um zu arbeiten, das hier ist kein Campingurlaub. Ich kann ihm nicht immer gleich Gesellschaft leisten, sobald er sich unterfordert fühlt.

Ich höre Schritte, die sich dem Auto nähern. An der Tür zum Laderaum verharren sie. Ich will mal nicht so sein. Vielleicht kommt er ja auch nur rüber, weil er etwas mit mir besprechen will.

Ich warte darauf, dass er anklopft, aber nichts passiert.

Die Sekunden vergehen. Der Regen trommelt ohrenbetäubend laut auf das Autodach. Ich höre nichts weiter als das Trommeln und meine eigenen Atemzüge.

Will er denn einfach so da draußen stehen bleiben?

Gerade will ich ihm von innen die Tür öffnen, als ich plötzlich zögere.

Meine Nackenhaare sträuben sich. Warum rührt er sich nicht?

Warum klopft er nicht an, warum bleibt er da einfach im Regen stehen?

Irgendetwas stimmt hier nicht.

Meine Atmung ist ganz flach geworden.

Woher ist er eben gekommen?

Max' Volvo parkt rechts von meinem Auto, aber von dort kam er nicht. Er ist quer über den Marktplatz gekommen – vom Schulhaus her.

Alles scheint wie in Zeitlupe vor sich zu gehen. Auf einmal werde ich mir unangenehm der Kälte im Wageninneren bewusst, wie meine Finger vor Aufregung zittern. Pastor Mattias' unvollendete Predigt liegt noch immer neben mir. Aus irgendeinem Grund kreist unentwegt ein und derselbe Satz daraus in meinem Kopf:

Ihr müsst seine Diener unter euch aufspüren.

Erneut zuckt ein Blitz über den Himmel und der Donnerknall schließt sich unmittelbar an. Ich unterdrücke einen Aufschrei. Trete im Reflex gegen die Lampe. Das Licht erlischt.

Ich habe ihn gesehen – Max.

Im Licht des Blitzes habe ich ihn im Volvo sitzen gesehen. Er hatte den Kopf über ein Buch oder das Handy gebeugt. Es war ganz zweifellos Max.

Aber wenn Max noch immer in seinem Wagen sitzt …

Es ist Emmy, rede ich mir ein. *Bestimmt steht nur Emmy da draußen. Sie will irgendwas von mir.*

Aber warum bleibt sie in dem Fall einfach nur so da stehen?

Ach, wenn ich doch jetzt bloß nicht allein hier säße! Auf einmal kommt mir der Wagen vor wie ein Käfig.

Aber die Türen sind gar nicht verschlossen.

Der Regen trommelt dasselbe Stakkato wie mein Herz.

Das Knistern kommt urplötzlich und klingt wahnsinnig laut. Für eine irrsinnige, scheinbar eine Ewigkeit anhaltende Sekunde glaube ich schon, dass jemand an der Tür kratzt, bis mir klar wird, dass das Geräusch von meinem Walkie-Talkie kommt.

Mit bebenden Fingern löse ich es von meinem Hosenbund und drücke auf den Empfangsknopf.

»Hier Alice«, melde ich mich mit dünner, zitternder Stimme.

Wieder ertönt ein Knistern, noch lauter diesmal, sodass es mir in den Ohren schmerzt. Und dazwischen ein Stöhnen.

Die Stimme eines Kindes, einer Frau – verzerrt und blechern durch die Funkstörungen.

In diesem Moment fliegen die Türen des Laderaums auf, und ich schreie lauthals und lasse das Walkie-Talkie zu Boden fallen. Das Batteriefach öffnet sich, die Akkus kullern heraus.

Die Gestalt, die vor der Tür steht, zieht sich die Kapuze vom Kopf. Emmys hennarote Haare kommen zum Vorschein.

»Was ist denn los? Ganz ruhig! Ich bin's nur!«, ruft sie.

Sie kriecht in den Laderaum. Hinter ihr sehe ich den Regen in die Pfützen auf dem Marktplatz peitschen.

»Was ist?«, fragt sie noch einmal. »Ist etwas passiert?«

Es vergehen ein paar Sekunden, bis ich meine Stimme wiederfinde. Die Panik hat mich noch fest im Griff.

»Was zum Teufel treibst du da? Warum bleibst du einfach so da stehen? Und was war das da eben mit dem Walkie-Talkie?«, schnauze ich sie wütend an.

Emmy zuckt angesichts meines Wutausbruchs zurück. Dann verhärten sich ihre Züge. »Wieso reagierst du denn so hysterisch? Dass ich zu dir rüberkomme, ist doch kein Grund, so auszuticken? Ich wollte nur fragen, ob du was zu Mittag essen willst.«

»Ich bin nicht wütend, weil du zu mir rübergekommen bist, ich bin wütend, weil du dich wie eine Psychopathin benimmst, fünf Minuten vor dem Auto stehen bleibst und wie ein Zombie in dein Walkie-Talkie stöhnst!«

Meine Hände sind schweißnass, ich habe einen metallischen Geschmack im Mund.

»Wie bitte?«, sagt Emmy ehrlich erstaunt. »Wovon sprichst du da? Wieso ins Walkie-Talkie stöhnen?«

»Jetzt tu doch nicht so!«, schreie ich angewidert.

Aber Emmy schüttelt nur den Kopf. »Nein, Alice, ich … ich weiß nicht, was ich deiner Ansicht nach getan haben soll, aber ich habe mein Walkie-Talkie nicht mal bei mir.« Sie stülpt die Taschen ihres Kapuzenpullis nach außen, um mir zu zeigen, dass sie leer sind.

Ich starre sie fassungslos an.

»Und ich bin nicht vor deinem Auto stehen geblieben, ich bin gerade direkt von unserem Wagen zu dir rübergelaufen«, fährt sie fort. »Ich wollte nicht nasser werden als unbedingt nötig.«

Gegen meinen Willen heftet sich mein Blick auf die Windschutzscheibe. Schweift weiter bis zum Schulhaus, das wie eine Fata Morgana in der Ferne zu schweben scheint.

Wieder erhellt ein Blitz den Himmel über uns, aber der Donner ertönt erst nach mehreren Sekunden. Das Unwetter zieht langsam fort. Der Regen nimmt allmählich ab.

Ich sehe wieder zu Emmy. Mustere ihren Pulli.

Er ist kaum nass.

Ihr Blick ist unergründlich, als sie meinen festhält. Mit ausdrucksloser, gedämpfter Stimme sagt sie: »Du hast jemanden gesehen, oder?«

9. Februar 1959

Geliebte Margareta!

Hoffentlich verlief Deine Zugfahrt gut und Du hast nicht allzu sehr unter Übelkeit gelitten! Als wir uns am Bahnhof voneinander verabschiedet haben, warst du ja noch ziemlich grün im Gesicht. Ich wollte nur nicht die Sprache darauf bringen, um die Angelegenheit nicht noch schlimmer zu machen. Mutter kam heute beim Frühstück darauf zu sprechen. Sie hat erzählt, dass ihr in ihrer Schwangerschaft mit Dir auch so furchtbar schlecht war, dass sie in den ersten Monaten kaum das Bett verlassen hatte.

Ach, wie aufregend das ist! Ich weiß, dass Du viel um die Ohren hast mit Deiner Arbeit und der Schwangerschaft und der neuen Wohnung, aber versuch doch bitte trotzdem, mir jede Woche einmal zu schreiben, ja? Ich werde es auch tun und Dich so daran erinnern.

Oh, mir ist ein so schöner Name für das Baby eingefallen, falls es ein Mädchen wird. Als ich heute nach Hause gekommen bin, war Dagny auf eine Tasse Kaffee hier. Sie hat gesagt, dass Du bestimmt ein Mädchen bekommen wirst, weil es einem dann immer schlechter geht als bei einem Jungen. Als sie das gesagt hat, hat Mutter nur gelächelt. Nachdem Dagny wieder fort war, hat Mutter gesagt, dass das alles Unsinn sei, kannst Du Dir das vorstellen? Ich glaube aber, dass Dagny doch recht behält, aber vielleicht ist das auch nur so, weil ich es mir so sehr wünsche. Wie entzückend es doch mit einem kleinen Mädchen wäre! Oh, ich kann es kaum erwarten! Der August kann gar nicht schnell genug hier sein.

Aber was den Namen betrifft – was hältst Du von Ruth? Wäre das nicht ein schöner Name? Ich weiß, dass Du selbst Elisabet und Charlotta erwähnt hast, aber ich persönlich finde einen kürzeren Namen schöner.

Vati hat übrigens gesagt, dass Du allmählich wie eine richtige Städterin klingst. Hat er Dir das auch gesagt? Vielleicht hätte ich Dir das gar nicht schreiben sollen. Ich glaube aber nicht, dass er es böse gemeint hat.

Der Name Ruth ist mir jedenfalls gestern im Jugend-Bibelkreis eingefallen. Nach ihr ist ein ganzes Buch in der Bibel benannt. Pastor Mattias hatte uns gebeten, aus eben diesem Buch etwas für unser nächstes Treffen zu lesen. Wir sind inzwischen zu einer ziemlich großen Schar angewachsen! Sogar Lena kommt jetzt, obwohl das wohl weniger darauf beruht, dass sie die Bibel studieren will, sondern auf ihrer Schwärmerei für den Pastor. Gestern hat sie diese Bluse mit gesmokter Taille getragen, die ihr – wie sie sagt – immer eine richtige Wespentaille beschert. Den Pastor hat das anscheinend aber überhaupt nicht interessiert, er hat nur milde gelächelt und gesagt, dass es schön sei, dass heute so viele neue Gesichter dabei seien, und hat ihr keine besondere Beobachtung geschenkt. Ich glaube, sie war deshalb beinahe ein wenig beleidigt.

Wir haben gestern im Bibelkreis über Ruth und ihre Familie gesprochen und wie schwer es sein muss, kein Zuhause zu haben. Währenddessen ist Karin Änglund auf einmal in Tränen ausgebrochen. Plötzlich war es mucksmäuschenstill und niemand wagte es mehr, noch etwas zu sagen. Der Pastor aber hat sich still neben sie gesetzt und gewartet, bis sie sich wieder beruhigt hatte. Dann hat er sie gefragt, was sie so traurig gestimmt habe. Karin hat erzählt, dass ihre Eltern womöglich nicht in Silvertjärn wohnen bleiben könnten und fortziehen müssten, um neue Arbeit zu finden, und sie nicht wisse, wohin sie gehen sollten. Sie hat gesagt, dass sie genauso wie Ruth heimatlos sein würde. Da hat der Pastor ihr ins Gedächtnis gerufen, dass Ruth aber ein neues Zuhause gefunden habe, und hat Karin gesagt, sie solle sich keine Sorgen machen, weil die Kirche und wir – ihr Bibelkreis – doch ihr Zuhause sein würden. Er hat gesagt, dass Gott und er selbst sie immer aufnehmen würden. Da hat Karin nur noch mehr ge-

weint und »Danke, danke« geflüstert. In dem Moment habe ich selbst einen schmerzhaften Stich in der Brust verspürt und hätte beinahe auch zu weinen begonnen.

Mutter glaubt, ich würde es ihr nicht anmerken, aber sie wird mit jedem Tag müder und nervöser. Als Du hier warst, hat sie getan, als sei alles in bester Ordnung, damit Du Dir keine Sorgen machst, aber ich habe mit angehört, wie sie sich mit Dagny darüber unterhalten hat – dass das Geld knapp wird und Vati keine neue Arbeit finden kann. Wenn sich das nicht bald ändert, ergeht es mir vielleicht bald wie der bedauernswerten Karin Änglund.

Und weißt Du was? Es war beinahe wie ein Wunder – denn in dem Moment, als mir neulich beim Bibelkreis all das durch den Kopf ging, hat Pastor Mattias mich angesehen, und es schien, als wüsste er genau, was ich gerade dachte.

»Alle haben bei Gott ein Zuhause«, hat er zu uns gesagt – aber es kam mir so vor, als hätte er seine Worte nur an mich gerichtet. »Niemand von euch muss sich jemals Sorgen darüber machen, von hier fortgehen zu müssen und sich zu verirren. Wenn eure Familien ihre Häuser verlieren, wird die Kirche euer Zuhause sein. Wenn eure Eltern und eure Geschwister euch verlassen, werden wir eure Familie sein. Gott sorgt für die Seinen.«

Als er das sagte, klang er so aufrichtig und sich seiner Sache so sicher, dass ich ihm sofort geglaubt habe. Und zum ersten Mal seit Monaten war ich wieder beruhigt.

Nach dem Ende der Bibelstunde hab ich noch ein wenig herumgetrödelt. Da hat Pastor Mattias mir dafür gedankt, dass ich ihm so eine große Unterstützung bei der Gründung des Bibelkreises gewesen bin und dass es mir gelungen ist, so viele junge Menschen dafür zu interessieren. Das hätte er niemals ohne mich bewerkstelligen können, hat er gesagt, kannst du dir das vorstellen? Ich wusste kaum, was ich darauf erwidern sollte. Aber er hat es anscheinend verstanden, so wie er immer alles versteht, und hat nur gelächelt. Und dann hat er gesagt, dass ich Bibelverse für unser nächstes Treffen auswählen dürfe. Er hat gesagt, dass ich wählen könne, was ich wolle, ich mir aber das Hohelied Salomos ansehen solle und er glaube, dass es mir gewiss gefallen würde. Ich habe es noch nicht geschafft, aber er wird damit sicherlich recht haben – das hat er immer.

Aber – denk über den Namen nach: Ruth! Selbst wenn er nicht so besonders modisch sein mag, so wurde aus Ruth doch später eine Königin, trotz aller Widrigkeiten, der Name hat also etwas Königliches, und das kann ja erst recht nicht schaden!

Ich werde jetzt gleich das Hohelied Salomos studieren und Verse heraussuchen.

Schreib bald wieder!

Deine kleine Schwester Aina

Heute

Ich wache auf.

Mein Herz schlägt wie wild, und ich setze mich in meinem Schlafsack auf und blinzele, um den bösen Traum abzuschütteln, berühre mit meinen Fingern das Zelttuch. Ich bin ja gar nicht im Auto. Ich bin im Zelt!

Was hat mich geweckt?

Im Zelt ist es stockfinster. Ich kann nicht sagen, wie spät es ist; das Morgenlicht schimmert jedenfalls noch nicht durch das Zelttuch. Die Luft hier drinnen ist abgestanden und stickig, es riecht leicht nach Regen.

Ich höre, wie Tones Schlafsack raschelt.

»Tone?«, flüstere ich leise.

Aber sie antwortet nicht.

Als ich Tones zusammengekauerte Gestalt so mustere, scheinen mich ihre Augen anzusehen und in der Dunkelheit zu glitzern. So als würde sie reglos daliegen und mich anstarren. Mein Herz klopft noch schneller, aber im nächsten Augenblick bin ich mir sicher, dass das nur Einbildung war. Mir hängt sicherlich nur noch der Traum nach. Tone schläft tief und fest.

Es kommt sonst nie vor, dass ich mitten in der Nacht aufwache. Bis spät in die Nacht zu arbeiten, das kenne ich, aber nicht das Gefühl, geschlafen zu haben und aus einem Traum gerissen zu werden – diese unangenehme Stille, die daher rührt, unfreiwillig wach zu sein, während alle anderen schlafen. Mein Gehör scheint heute schärfer als sonst zu sein. Auch wenn ich mich noch so sehr bemühe, ich kann nicht damit aufhören, nach etwas zu horchen.

Nach Schritten zu horchen.

Da ist niemand, sage ich zu mir selbst. *Du weißt, dass da niemand ist.*

Ich glaube es zumindest nicht.

Draußen vor dem Zelt ist kein Laut zu hören.

Ich habe das, was ich zu sehen geglaubt habe, bestritten und Emmy zum Gehen aufgefordert. Das beklemmende Gefühl aber, das mich nicht loslassen wollte, legte sich noch nicht einmal, nachdem ich die Türen des Laderaums verriegelt hatte. Selbst dann nicht, als die Wolkendecke gerade noch rechtzeitig vor der Abenddämmerung aufriss, um einen rosaroten Sonnenuntergang zu offenbaren. Auf dem durchweichten Boden ein Feuer zu entfachen war schier unmöglich, weshalb wir Sandwiches über dem Gaskocher grillten. Ich war beim Essen recht einsilbig.

Beobachtete Emmy.

Es ist trotz allem sie gewesen, die zu meinem Wagen gekommen ist, sie, die die Türen geöffnet hat. Und obwohl ihr Kapuzenpulli nicht nass gewesen ist, könnte sie das irgendwie gedeichselt haben. Ihn in einer Plastiktüte mitgenommen und ihn kurz vorher angezogen haben, um mich davon zu überzeugen, dass sie unmittelbar von ihrem Auto zu mir herübergekommen war.

Aber warum hätte sie das tun sollen?

Tone hatte gesagt, sie habe jemanden im Erdgeschoss des Schulhauses gehört, bevor sie durch die Stufe brach, und Emmy und Robert waren schneller angerannt gekommen, als es ihnen an und für sich möglich gewesen sein sollte.

Trotzdem kommt mir die Vorstellung, dass Emmy hinter der ganzen Sache stecken könnte, absurd vor. Das sähe der Emmy, die ich kenne, so gar nicht ähnlich. So sehr meine Abneigung gegen sie auch gewachsen ist, ich kann nicht leugnen, dass sie ihre Arbeit immer zutiefst ernst nimmt. Auf der Uni war sie unerträglich, so bis ins Detail pingelig in ihren Ansprüchen, dass bei Gruppenaufgaben niemand mit ihr zusammenarbeiten wollte. Sie schnitt ihre Filmversion immer so lange wieder um, bis ihre Augen vor Müdigkeit gerötet waren. War immer so zielstrebig. Nur das Ergebnis zählte.

Ich kann nicht glauben, dass sie das Projekt sabotieren würde.

Gleichzeitig aber …

Gleichzeitig frage ich mich schon, weshalb sie sich darauf eingelassen hat, mit mir zusammenzuarbeiten, obwohl wir ihr nur einen Hungerlohn zahlen können und sie unter mir arbeiten muss.

Nein. Ich schüttele den Kopf, um diese Gedanken zu vertreiben. Die Vorstellung ist hanebüchen. Emmy mag selbstsüchtig sein, kalt und pragmatisch, aber verrückt ist sie nicht. Sie will mich weder hintertreiben noch die Filmarbeiten sabotieren. Das sind alles nur Hirngespinste. Es liegt an Silvertjärn – hier zu sein macht etwas mit mir.

Wie ich mir wünschte, dass Tone jetzt wach wäre! Wie gern ich ihre vertraute Stimme doch in der Dunkelheit hören würde. Sie würde dann in skeptischem Ton bemerken, dass ich spinne; dass wir uns schlimmstenfalls darüber sorgen müssten, dass ein wilder Bär uns zum Frühstück verspeisen will.

Aber Tone schläft tief und fest, nur ich bin wach.

Und fühle mich schrecklich allein.

Ich kann nicht verhindern, dass ich wieder an Großmutter denken muss. Ich stelle mir vor, wie sie damals hochschwanger in ihrem Bett in Stockholm gelegen hat und vor Sorge außer sich war. Denke an das, was sie mir über Ainas letzten Brief erzählt hat.

Er traf im August ein, als die Geburt meines Kindes kurz bevorstand. Die Hitze in jenem Spätsommer war furchtbar – es war, als würde die Luft stillstehen. Man konnte kaum atmen und sich noch weniger rühren. Seit beinahe einem Monat hatte ich schon nichts mehr von Aina oder meiner Mutter gehört, und das beunruhigte mich, aber die beschwerliche Schwangerschaft und die unerträgliche Hitze drängten letztlich alle anderen Sorgen in den Hintergrund.

Ainas Brief war nur kurz. Ihre Schrift war kaum wiederzuerkennen; sonst war sie immer für ihre schöne Schrift gelobt worden. Aber dieser Brief war nur ein Geschmiere auf tintenbeflecktem Papier, unverständlich und unzusammenhängend. Sie schrieb, dass die Stunde der Wahrheit geschlagen habe. Dass ich zu ihnen zurückkehren müsse, bevor es zu spät sei.

Ich war vor Sorge ganz außer mir, wie du dir vielleicht vorstellen kannst. Ich flehte deinen Großvater an, dass er mich nach Silvertjärn fahren ließ. Selbst ihn erfasste Besorgnis beim Lesen des Briefes, aber ich war nicht reisefähig. Ich war im neunten Monat schwanger und konnte kaum mehr auf meinen eigenen Beinen stehen.

Deshalb fuhr an meiner Stelle dein Großvater dorthin.

Er hatte seinen besten Freund Nils gebeten, ihn zu begleiten, falls er Hilfe benötigen sollte. Sie nahmen den 09.13-Uhr-Zug von Stockholm nach Sundsvall, wo sie in die Bahn nach Silvertjärn umstiegen. Die Reise dauerte elf Stunden. Damals fuhren die Züge noch langsamer als heute.

Als dein Großvater und Nils in Silvertjärn aus dem Zug stiegen, dämmerte es schon. Der Bahnhof war wie leer gefegt. Es war totenstill und keine Menschenseele war zu sehen.

Langsam gingen sie in Richtung Ortszentrum, die Schatten waren schon lang. In den Häusern war kein Lebenszeichen auszumachen. Hier und da klopften sie an eine Haustür, um jemanden nach dem Weg zu fragen – dein Großvater war schon lange nicht mehr in Silvertjärn gewesen und konnte mein Elternhaus nicht wiederfinden –, aber niemand öffnete.

Erst als sie den Fluss überquerten und den Marktplatz erreichten, sahen sie es.

Auf der Mitte des Platzes war ein Schandpfahl errichtet worden, an den eine leblose Gestalt gefesselt war. Schwachkopf-Gitta musste schon länger dort gehangen haben; ihr Leichnam war ganz aufgedunsen und von Fliegen umschwirrt. Ihr Gesicht war blutüberströmt und bis zur Unkenntlichkeit verstümmelt. Die Steine, die man für ihre Hinrichtung verwendet hatte, lagen auf dem Boden um sie herum verstreut – runde, glatte Steine vom Ufer des Waldsees. Blut und Haarreste klebten noch an ihnen.

Dein Großvater und Nils waren wie erstarrt. Wussten nicht, was sie tun sollten. Im allerersten Moment wollten sie Birgitta vom Schandpfahl abschneiden, aber ihnen wurde schnell klar, dass für sie ohnehin jede Rettung zu spät kam. Stattdessen liefen sie zum nächstbesten Haus. Doch es war offensichtlich verlassen, so wie das nächste und das übernächste auch. Die Haustüren standen offen und in den Räumen herrschte gähnende Leere.

Dein Großvater und Nils packte jetzt eine solche Furcht, dass sie glaubten, durchzudrehen. Sie liefen wieder zurück zum Marktplatz. Inzwischen war die Nacht hereingebrochen. Birgittas Leichnam hing immer noch am Pfahl, aber als sie sie so betrachteten, da – und das hat dein Großvater bei Gott geschworen – drehte sie den Kopf und starrte sie an.

Die ganze Nacht hindurch liefen sie durch den Wald, bis sie am Morgen die nächste Kleinstadt erreichten. Als sie an den Ortsrand kamen, brach Nils vor Erschöpfung zusammen. Doch beide konnten noch Hilfe holen und sagen, dass sie die Polizei nach Silvertjärn schicken müssten. Dort sei etwas Schreckliches geschehen.

Als die Polizisten nach Silvertjärn kamen, fanden sie Birgittas Leichnam auf dem Marktplatz vor, so wie dein Großvater es gesagt hatte. Im Ort herrschte eine grausige Stille, die nur jäh von den Schreien eines Säuglings unterbrochen wurde.

Das Kind lag nackt auf dem Boden im Zimmer der Schulkrankenschwester. Es war erst wenige Tage alt. Wer immer es dort abgelegt und wer immer es zur Welt gebracht hatte – von dieser Person fehlte jede Spur.

Die Polizisten durchsuchten jedes noch so kleine Haus, konnten aber niemanden finden. Es schien, als hätte sich jeder einzelne der etwa neunhundert Einwohner in Luft aufgelöst. Die meisten Haustüren standen offen. Die Fenster waren angelehnt. Der Fluss schlängelte sich friedlich hinunter zum See, wie immer. Aber das Dorf war menschenleer.

Suchtrupps durchkämmten den Wald, fanden aber nicht die geringste Spur von den Einwohnern. Aina, meine Mutter und mein Vater waren verschwunden, ebenso wie unsere Nachbarn, Freunde und Bekannten. Verschwunden, als hätte es sie nie gegeben.

Hier war meine Großmutter verstummt und hatte nur den Kopf geschüttelt, als weigere sie sich noch immer, dieses ungeheuerliche Mysterium zu akzeptieren.

FREITAG

Heute

Der Morgen bricht an. Die Luft ist so frisch und klar, wie sie nur nach einem kräftigen Frühlingsschauer sein kann, riecht erdig-würzig nach Kiefernnadeln. Der hellblaue Himmel ist wolkenlos.

Das Flusswasser ist eisig kalt und bemerkenswert klar. Es kommt angeblich direkt aus den Bergen. Wir haben uns mit einem Two-in-One-Duschgel gewaschen, das organisch und ökologisch vollkommen abbaubar sei, wie mir die Verkäuferin im Outdoorgeschäft versichert hat. Ich richte mich auf, wringe mir das Wasser aus den Haaren und verfolge, wie die Seifenblasen mit der Strömung flussabwärts zum See fließen. Der Waldsee glitzert im Morgenlicht. Vielleicht hätten wir uns lieber im See waschen sollen – sein Wasser wäre ein klein wenig wärmer gewesen –, aber Emmy meinte, dass stillstehende Gewässer nicht ganz so sauber seien. Ehrlich gesagt war ich erleichtert, als sie das sagte. Die unergründliche Tiefe des Waldsees wirkt wirklich alles andere als einladend.

Ich friere so sehr, dass ich kaum noch meine Füße spüre, als ich zurück ans Ufer wate und mich in mein hässliches Coca-Cola-Handtuch wickele. Nach der Eiseskälte des Wassers kommt mir die Luft beinahe lau vor, und ich fühle mich – trotz der langen, unruhigen Nacht – hellwach.

Bei Tageslicht erscheint alles einfacher. Meine nächtlichen Ängste scheinen weit entfernt. Mein Misstrauen hat sich noch immer nicht völlig gelegt, aber als ich Emmy sehe, die sich gerade fröstelnd und fluchend den Schaum aus den Haaren spült, kann ich sie mir kaum noch als den Schatten aus meinen Albträumen vorstellen. Ich beobachte sie verstohlen, während sie sich wäscht. Auf ihrer Hüfte prangt ein Tattoo, das ich nicht kenne – eine stilisierte Eule –, und Emmy ist muskulöser, als ich sie in Erinnerung habe.

Als ich ein unterdrücktes Stöhnen höre, drehe ich mich um. Tone hat Schwierigkeiten, allein aus dem Fluss ans Ufer zu gelangen. Ich schlüpfe rasch in frische Unterwäsche und reiche ihr meine Hand. Sie hängt sich mit solchem Gewicht auf meinen Arm, dass ich um Haaresbreite die Balance verliere. Als ich ihren Fuß von Nahem sehe, wird mir klar, weshalb sie gestöhnt hat. Ihr Knöchel ist grotesk angeschwollen und die Haut stark gerötet.

»Wie geht es deinem Fuß?«, frage ich. Die Frage ist an und für sich überflüssig. Ich kann es mir denken, wenn ich ihn mir so anschaue. Ich habe das auch nur gefragt, weil ich hoffe, etwas Gegenteiliges von ihr zu hören.

»Es ist nicht so schlimm. Du hast ihn nur noch nicht wieder ohne den Stützverband gesehen«, antwortet Tone. Ihre Lippen sind ganz blau vor Kälte, aber ihre Hand ist fieberheiß.

Emmy kommt auch aus dem Wasser und fängt an, sich anzuziehen.

Tone lässt sich schwer auf ihr Handtuch sinken und wickelt sich wieder die Bandage um den Knöchel.

Da höre ich Max' Stimme aus der Ferne. »Seid ihr immer noch nicht fertig?«

»Wir sind gleich so weit«, ruft Tone zurück. Ihre Stimme zittert nicht, sie scheint also nicht so große Schmerzen zu haben wie von mir befürchtet. Sie klingt so wie immer.

Rasch ziehe ich mir Pulli und Jeans an. Ich bin gerade fertig, als Robert und Max ankommen.

»Wie war das Wasser?«, fragt Max.

»Kalt«, beantwortet Emmy seine Frage, während sie sich ihr T-Shirt über den Kopf zieht. »Scheißkalt.«

Ich muss über Max lachen, als mein Blick auf ihn fällt. »Du hast dir den Pulli falschrum angezogen«, kläre ich ihn auf.

Max sieht an sich herunter und wird rot. »Ach, egal! Ich ziehe ihn ja sowieso gleich wieder aus.«

Ich lächele amüsiert.

Robert steht nur ein paar Schritte hinter ihm. Das Morgenlicht lässt sein Haar goldrot schimmern. Irgendwie hat er etwas Androgynes an sich.

»Ihr müsst euch mit der Morgentoilette beeilen, Männer«, sage ich. »Es gibt heute viel zu tun nach dem Wetter gestern. Wir haben einen ganzen Tag verloren.«

Max hebt den Daumen. »Wir sind schneller als der Blitz!«

Mit Emmy und Tone schlage ich den Weg zurück zum Marktplatz ein. Wir gehen langsam, damit Tone mithalten kann. Mir kommt der Gedanke, wie beschaulich Silvertjärn in diesem Moment wirkt – gerade so wie jede x-beliebige verschlafene Kleinstadt an einem frühen Samstagmorgen.

»Wartet!«, sage ich und bleibe stehen.

Birgittas Häuschen liegt vor uns, linker Hand des Weges, den wir genommen haben. Aus dieser Perspektive wirkt der kahle Baum an der Hausecke beinahe wie ausgehöhlt. Die zerbrochenen Fensterscheiben üben eine starke Faszination auf mich aus.

»Sollen wir mal rasch einen Blick hineinwerfen?«, frage ich Tone. »Wir wollten ja sowieso heute Nachmittag dorthin, aber es kann ja nicht schaden, jetzt schon einmal hineinzuschauen.«

Tone nickt zustimmend. »Na klar!«

Emmy mustert Tone scharf und runzelt die Stirn. »Bist du dir sicher, dass du das schaffst?«

Tone nickt noch einmal. »Wir können es uns genauso gut jetzt ansehen – und die Zeit nutzen.«

Ich zögere ein wenig, aber meine Neugier gewinnt die Oberhand, obwohl ich Tone gegenüber ein schlechtes Gewissen habe. Ich stütze sie auf dem Weg zu der kleinen Kate. Versuche mir auszumalen, wie es gewesen sein mochte, Tag für Tag mit einem Lebensmittelkorb hierherzukommen, die zugezogenen Gardinen vor den Fenstern zu sehen, in dem Wissen um die Frau, die dort drinnen auf einen wartete.

Die Haustür ist offen, sie hängt ein wenig schief in den Angeln. Zaghaft stoße ich sie an, und sie schwingt mit einem Knarren auf.

Das Häuschen ist noch kleiner als man, von außen betrachtet, vermuten könnte. Zu dritt finden wir kaum Platz im Inneren. Es ist dunkel und unheimlich hier drinnen; durch die kleinen Fenster fällt nur wenig Sonnenlicht, und das Dach ist tief heruntergezogen. Der tote Baum beschattet das Haus zusätzlich.

Birgittas Bett ist klein und schäbig, steht seit sechzig Jahren ungemacht da. Ein kleines Kopfkissen liegt am Kopfende, die Bettbezüge sind ergraut. Die ausgeblichene Matratze ziert kein Bettlaken, nur ein paar unbestimmte braune Flecken sind darauf zu sehen. Das Bett kann kaum mehr als achtzig Zentimeter breit sein, nimmt aber trotzdem beinahe die Hälfte des Zimmers ein.

»Du musst weiter hineingehen«, fordert Emmy mich hinter mir auf.

Tone quetscht sich hinter mir ins Haus, humpelt zu einem Tisch mit zwei Sprossenstühlen und lässt sich schwer auf einen sinken. Ich will sie noch daran hindern, sich zu setzen, doch es ist schon zu spät. Aber der Stuhl hält, trotz eines knarrenden Protestes der schiefen Stuhlbeine.

Zu dritt kann man sich hier drinnen kaum rühren. Emmy lässt ihren Blick durch die Kammer schweifen.

»Kein Waschbecken. Und auch keine Toilette«, sagt sie.

Ob uns wohl allen gerade dasselbe durch den Kopf geht? In diesem kleinen, dunklen Raum ist die düstere Realität wirklich besonders beklemmend.

»Was für ein Leben – was für ein armseliges Leben Birgitta doch geführt haben muss«, sagt Emmy gedämpft und spricht damit aus, was auch ich gerade denke.

Ich bin überrascht, dass sie sich so betroffen davon zeigt. Aber sie hat anderen Menschen schon immer gern geholfen, solange es sie nichts kostete. Mitgefühl für Verstorbene zu hegen, für tragische, längst dahingeschiedene Opfer, verlangt einem nicht so viel ab – sie fordern nichts von einem.

Allerdings ist es nahezu unmöglich, angesichts von Birgittas traurigem Dasein keine Betroffenheit zu verspüren.

Tones Atmung hat sich etwas beruhigt. Es scheint ihr gut zu tun, sich auszuruhen. Nach vorn gebeugt, fährt sie mit den Fingern über die Tischplatte.

»Da ist etwas«, sagt sie.

Ich trete dichter an den Tisch und mustere mit zusammengekniffenen Augen das dunkle Holz.

Es sieht aus wie ein mit den Fingern gemaltes Bild. Als hätte jemand mit seinen Fingerspitzen dicke, unbeholfene Striche gezeichnet. Die Farbe ist über die Jahre eingetrocknet und in die raue Tischoberfläche eingezogen, trotzdem kann ich sehen, was die Striche darstellen – Strichmännchen. Sie sehen aus wie die rastlosen Kritzeleien eines Kindes. Die Münder der Männchen sehen aus wie schwarze Löcher, als seien sie wie im Zorn gezeichnet.

Auf einmal halte ich das hier nicht länger aus.

Ohne etwas zu sagen, dränge ich mich an Emmy vorbei und gehe hinaus. Draußen an der Luft wird es mir sicherlich gleich wieder besser gehen. Ich blicke in die Ferne, versuche tief ein- und auszuatmen, um die beklemmenden Eindrücke der düsteren Hütte von mir abzuschütteln. Versuche, nicht daran zu denken, welche kindliche Naivität den Bildern auf der Tischplatte innewohnt. Versuche, nicht an das Kind zu denken, das sie gemalt hat, gefangen im Körper einer erwachsenen Frau, mit der Kraft einer erwachsenen Frau. Nicht daran zu denken, welche Angst sie umgetrieben haben muss; die Angst, nicht zu verstehen, was vor sich ging, und darüber, auf dem Marktplatz an einen Schandpfahl gebunden zu werden, und an den ersten Stein, der …

In dem Moment spüre ich eine Hand auf meiner Schulter. Ich drehe mich um.

Ich bin darauf gefasst, Tone zu sehen, aber es ist Emmy. Ich erkenne ihren Gesichtsausdruck wieder, habe ihn schon Tausende Male gesehen – habe ihn gesehen, wann immer ich spätabends im Studentenwohnheim vor Angst außer mir in ihr

Zimmer gekommen war, wann immer die Düsterkeit von mir Besitz ergriffen hatte und sie mich mit ruhigem, unerschütterlichem Augenausdruck angesehen hatte und ihr Blick den meinen festhielt, bis sich mein Herzschlag und meine Atmung wieder beruhigten.

»Wir sollten Tone zurück zu unserem Lager bringen. Sie sollte ein bisschen was in den Magen bekommen«, sagt sie.

Das hatte ich nicht erwartet. »Ja, das sollten wir selbstverständlich«, sage ich, nachdem ich mich wieder etwas gefasst habe.

Ich bleibe auf der Türschwelle stehen. Tone liegt halb über dem Tisch. Das Haar ist ihr ins Gesicht gefallen. Den verletzten Fuß hat sie vor sich ausgestreckt.

Als ich in den Raum hineingehe, höre ich sie etwas Unbestimmtes murmeln. Es klingt nicht so, als würde sie vor sich hin reden; sie erwidert etwas auf eine Frage hin, es ist wie ein Ausschnitt aus einer längeren Konversation.

»Tone?«, sage ich leise mit ersterbender Stimme.

Tone sieht nicht auf. Ihr Blick ist starr auf die Tischplatte gerichtet. Mit der Hand führt sie immer wieder dieselbe Bewegung aus, wie nach einem Muster. Als ich näher komme, sehe ich erst, was sie da tut.

Sie zeichnet hochkonzentriert mit einem Finger die Linien eines Strichmännchens nach – immer und immer wieder.

»Tone!«, sage ich noch einmal, lauter diesmal. Sie hält inne und blickt auf.

Blinzelt, wie um sich dazu zu zwingen, wieder klar zu sehen. Ihr sonst so kühler Blick ist wie verschleiert. Geistesabwesend. Wie der Blick meiner Großmutter, nachdem der graue Star sie halb erblinden ließ.

Ein seltsames Kribbeln steigt in mir auf. Ich räuspere mich.

»Wir wollten jetzt zurückgehen, um zu frühstücken. Bist du hungrig?«, frage ich. Es klingt, als würde ich mit einem Kind sprechen, das höre ich selbst.

Tone nickt, macht Anstalten aufzustehen und verzieht vor Schmerz das Gesicht. »So ein Mist!«, flucht sie. Der seltsame Moment von gerade eben ist vorbei. Tone wirkt wieder wie immer. Sie sieht nur müde aus.

»Komm, du kannst dich auf mich stützen«, sage ich. »Wir wollen heute noch zum Pfarrhof, wir schauen mal, ob wir dort irgendwo einen Stock oder eine Krücke für dich auftreiben können!«

»Wenn nicht, erwarte ich von dir, dass du mir einen 1-a-Gehstock aus einem Kiefernast schnitzt«, brummt Tone, und ein dünnes Lächeln huscht über ihre Lippen.

Heute

Als wir unser Lager erreicht haben, stützt Tone sich mit ihrem ganzen Gewicht auf meinen Arm.

»Willst du dich nicht ein klein wenig im Zelt ausruhen? Wir sorgen währenddessen für das Frühstück«, sage ich, eher auffordernd als fragend.

Tone presst die Lippen aufeinander. Ich erwarte Protest, aber sie nickt. Der Pony klebt ihr an der schweißnassen Stirn. »Gute Idee«, erwidert sie.

Ich helfe ihr ins Zelt, bevor ich auf Emmys und Roberts Auto zusteuere. Emmy wühlt im Laderaum in einem Karton mit Konservenbüchsen.

»Holst du den Gaskocher raus?«, frage ich.

Beim Klang meiner Stimme hält Emmy inne. Dann reicht sie mir nach einem kurzen, vernichtenden Blick über die Schulter den Karton mit dem Kocher. Ihre grünen Augen feuern wütende Blitze auf mich ab.

Ich bleibe für einen flüchtigen Moment wie gelähmt stehen, bevor ich mich umdrehe und zu unserem Lager gehe. Hinter mir höre ich, wie Emmy mit Geschirr klappert und das Frühstück vorbereitet. Als sie den Instantkaffee und den Wasserkessel neben mir abstellt, sehe ich hoch.

»Wir müssen reden, Alice«, sagt sie und setzt sich mit einer geschmeidigen Bewegung im Schneidersitz auf den Boden. Früher war sie nicht so gelenkig. Sie war eher steif und etwas faul; ein Nachtmensch, der morgens nur schwer in Gang kam.

Wie oft haben wir zusammen gefrühstückt? Hundert Mal? Tausend? Sie frisch geduscht mit feuchtem Haar, ich mit Spuren von der Schminke des Vortags in den Wimpern. Heute dagegen ist mein Gesicht ungeschminkt und ihres verschlossen.

Der Gaskocher steht wie eine Barrikade zwischen uns.

Ich entfache die Flamme.

»Worum geht's denn?«, erwidere ich so professionell und sachlich wie möglich. Ich bin hier trotz allem die Produzentin und Projektleiterin.

Emmys Unterarme ruhen entspannt auf ihren Knien. Ihre Jeans ist übersät von Grasflecken.

»Ich weiß, dass du bemerkt hast, wie schlecht es Tone geht«, sagt sie kurz angebunden. »Und ich weiß, dass du das Projekt nicht abbrechen willst, aber ihr Zustand ist unhaltbar. Sie muss umgehend ins Krankenhaus.«

Emmy sagt das nicht aggressiv, nur wie eine nüchterne Feststellung. Trotzdem spüre ich, wie sich mein Magen zusammenzieht.

»Sie hat mir gesagt, dass sie das nicht möchte«, sage ich und stelle den Kaffeekessel auf den Kocher. »Tone ist erwachsen, sie weiß selbst, was am besten für sie ist.«

Emmy verdreht die Augen. »Mensch, Alice! Komm mir nicht so, du merkst doch, wie schlecht es ihr geht!«, sagt sie gereizt. »Wir haben sie doch beide in Birgittas Haus gesehen, sie war doch ganz weggetreten. Vermutlich hat sie hohes Fieber und deliriert. Sie muss zu einem Arzt – und zwar dringend.«

»Sie fühlt sich aber gar nicht heiß an«, wende ich unnachgiebig ein. Paradoxerweise sorgen Emmys Worte dafür, dass sich meine eigene Besorgnis abschwächt. Ich hatte jedenfalls nicht das Gefühl, dass Tone Fieber hatte. »Sie sagt doch selbst, dass es nur eine Verstauchung ist.«

»So sieht eine Verstauchung aber nicht aus, Alice«, beharrt Emmy.

»Und das weißt du, weil du ja Expertin auf dem Gebiet bist, oder wie?«, fauche ich sie an. Ich kann mich nicht länger beherrschen.

»Man muss keine Expertin sein, um zu merken, dass Tone kaum gehen kann und sich ihr Zustand zusehends verschlechtert!«, erwidert Emmy, jetzt die Hände zu Fäusten geballt.

»Ich bin nicht Tones Mutter«, sage ich. »Glaubst du etwa, ich hätte nicht mit ihr geredet? Ich habe sie das immer wieder gefragt, aber sie bleibt dabei. Was soll ich denn deiner Meinung nach tun? Sie in den Laderaum des Kastenwagens schleifen, die Tür hinter ihr zusperren und sie wegbringen? Sie ist erwachsen, das müssen wir respektieren.«

»Wenn du das sagst ...«, entgegnet Emmy, und ich höre zwischen den Zeilen alles Unausgesprochene mitschwingen.

Ich kann meine Wut kaum mehr im Zaum halten. »Was willst du damit andeuten?«, frage ich überdeutlich mit Betonung auf jeder Silbe.

Emmy steht auf und klopft sich den Schmutz vom Hosenboden. Ich kann es nicht ertragen, dass sie auf mich herabsieht, weshalb ich mich auch erhebe.

»Nichts, Alice. Ich will gar nichts damit andeuten«, erwidert Emmy spitz. »Ich sage nur, dass ich mich darüber wundere, dass du nicht sonderlich beunruhigt über Tones elenden Zustand zu sein scheinst, obwohl du ihre Freundin bist.«

Der ungeschminkte Vorwurf in ihren Worten lässt mich nach Luft schnappen. Angestrengt bemühe ich mich, meine Wut zu bändigen.

»Wage es ja nicht zu behaupten, dass ich mir keine Sorgen mache!«, schnappe ich zurück. »Und was erlaubst du dir überhaupt, so mit mir zu reden!«

Emmy zieht die Augenbrauen hoch und will etwas sagen, aber ich komme ihr zuvor. Der Reiz, ihr all das an den Kopf zu werfen, was ich seit unserem Wiedersehen so lange in mir verschlossen gehalten habe, ist beinahe zu stark. Wie der Schock, die Wut und das wehmütige Wiedererkennen.

»Interessant, dass du so um Tone besorgt bist. Du hast nie den Eindruck auf mich gemacht, als läge dir das Wohlergehen anderer sonderlich am Herzen. Aber vielleicht sorgst du dich ja auch gar nicht in erster Linie um Tone? Vielleicht willst du dadurch ja nur die Gelegenheit wahrnehmen, mir unter die Nase zu reiben, für wie selbstsüchtig du mich hältst und dass ich zu hohe Ansprüche stelle.«

Emmys Augen werden schwarz vor Wut, und ich weiche einen Schritt zurück.

Kein Ton kommt von ihr. Auf einmal wird mir bewusst, dass wir ganz unter uns sind. Tone liegt drüben im Zelt und schläft. Nur Emmy und ich sind hier. Stark und muskulös steht sie mir gegenüber, mit grimmigem Blick und geballten Fäusten.

Ich halte die Luft an, meine Kehle ist wie zugeschnürt. Die Zeit scheint stillzustehen.

»Na, wie läuft's?«, höre ich plötzlich Max rufen.

Ich kriege solch einen Schreck, dass ich beinahe ins Straucheln gerate. Noch nie war ich so erleichtert darüber, Max' Stimme zu hören, wie jetzt.

»Alles in Ordnung!«, rufe ich mit heiserer Stimme quer über den Marktplatz zurück und werfe Emmy einen schnellen Seitenblick zu. Sie ist sich mit den Fingern durchs Haar gefahren, hat ihre Zornesmaske wieder abgelegt. Nur noch ein kleiner Rest von Anspannung liegt auf ihren Zügen.

»Wie war das Wasser?«

Max und Robert kommen auf uns zu, mit nassem Haar und erfrischten Gesichtern. Ich gehe ihnen ein paar Schritte entgegen und kann nicht anders – ich schlinge Max vor Erleichterung die Arme um den Hals.

Max erwidert lachend meine Umarmung.

»Was für ein Empfang! Und dazu noch frischer Kaffee!«, sagt er.

Als ich mich aus der Umarmung gelöst habe, sehe ich, dass Emmy Instantkaffee in den heißen Kessel gegeben hat.

»Holst du das Brot, Robert?«, bittet Emmy ihn, als er neben ihr steht. »Und auch etwas Öl und eine Bratpfanne, ja?«

Robert holt alles Nötige und hilft Emmy, Bohnen auf Toast vorzubereiten. Ich fühle mich immer noch ein wenig zittrig, aber zumindest dem Schein nach ist plötzlich alles wieder in bester Ordnung. Die Sonnenstrahlen dringen durch meine Jacke und wärmen mich, der Himmel ist klar und blau, abgesehen von ein paar dünnen Wolkenbändern am Horizont.

Als wir uns zum Frühstück hinsetzen, erkundigt sich Max bei mir nach den heutigen Plänen.

»Wir nehmen uns den Rest der Kirche vor. Ich möchte sie gern zu Ende auskundschaften und dort drinnen Filmaufnahmen machen. Und vom Pfarrhof«, sage ich. »Danach müssen wir dann sehen, wie wir in der Zeit liegen.«

»Wieder in Zweierteams?«, fragt Max.

»Ich bleibe heute hier«, sagt Emmy rasch mit vollem Mund, bevor ich etwas erwidern kann.

Robert sieht sie erstaunt an. Ich verharre mitten in der Bewegung.

»Jemand sollte bei Tone bleiben«, sagt sie und sieht mich unverwandt an. »Und ich möchte gerne unser bisheriges Material sichten und einen detaillierteren Produktionsplan für die kommenden Tage aufstellen.«

Ihr Blick ist fest und unleserlich. Ihre Augen sehen aus wie grüne Glasmurmeln.

Der Moment scheint sich endlos auszudehnen, aber schließlich signalisiere ich ihr mit einem Nicken Zustimmung. Natürlich. Das soll sie von mir aus gern tun, wenn sie sich dadurch abregt. Die Erkundungsarbeit können wir auch ohne sie in ein paar Stunden durchführen. Und sie hat ja durchaus recht bei dem, was sie sagt – auch hier gibt es genug zu tun, und es ist keinesfalls verkehrt, wenn jemand bei Tone wacht.

»Einverstanden«, sage ich.

Damals

Elsa rutscht unruhig auf der Kirchenbank herum. Die Bänke sind hart und durchgesessen, und sie bekommt seit einigen Jahren Hüftschmerzen, wenn sie zu lange in ein und derselben Position verharrt. Ihre Mutter hatte immer über ihre schmerzenden Hüftgelenke geklagt, und auch über schmerzende Knie und Knöchel. Elsa hatte sich jedoch nie vorstellen können, dass sie selbst auch einmal darunter leiden würde.

Nun ja. So furchtbar alt ist sie ja noch nicht. Dass ihr nach einer Stunde auf dieser kargen Holzbank die Hüfte schmerzt, ist ja kein Wunder.

»… wie viele von Euch gedenken eigentlich in ihrem täglichen Leben der Taten Jesu?«, hört sie den Pfarrer die Frage an die Gemeinde richten.

»Viele nennen sich Christen, tun aber zu wenig dafür, um diesem Namen gerecht zu werden. Sie lassen sich von der Mühsal des Alltags ablenken und vergessen …«

Die Predigt kommt ihr heute sehr lang vor. Die Kirche ist bis auf den letzten Platz besetzt; ein durchaus erfreulicher Anblick. Viele der Menschen, die sie in den ersten Bankreihen erblickt, waren früher keine so eifrigen Kirchgänger – ein Sammelsurium aus Jugendlichen und älteren alleinstehenden Männern –, aber Elsa macht sich Sorgen, dass Pastor Åkerman für sie heute zu weitschweifig ist. Einar beschränkt sich meistens auf zwanzig Minuten, seine Predigten sind kurz und prägnant. Er weiß, dass der Sonntag für die Einwohner von Silvertjärn kein freier Tag ist, selbst wenn es so in der Bibel steht.

Allerdings haben wohl die meisten Menschen in Silvertjärn inzwischen an den meisten Tagen frei.

Elsas Magen krampft sich bei diesem Gedanken zusammen. Aber dann versucht sie ihn von sich abzuschütteln. So darf sie nicht denken. Es wird sich schon eine Lösung finden. *Sie* wird eine Lösung finden, das tut sie immer. Sie wird einen Brief an ihren Vetter in Südschweden schreiben. Man weiß ja nie ... Vielleicht kann er Staffan ja Arbeit in einer Fabrik beschaffen?

Die Vorstellung, aus Silvertjärn fortgehen zu müssen, ist ihr beinahe unerträglich. Aber Elsa merkt, dass sie selbst auch immer stärker ein Opfer der Schwermut wird, die wie ein zäher Nebelschleier über dem Dorf hängt.

In der Kirche ist es empfindlich kühl. Die beißende Frühjahrskälte dringt durch die großen Kirchenfenster. Elsa zieht ihr Schultertuch enger um sich.

»... es geht nicht darum, dass Jesus nur die Würdigen liebt, sondern dass die einzige Art, sich Jesus würdig zu erweisen, darin besteht, ganz und gar in Christus aufzugehen. Eine jede Menschenseele hat die Möglichkeit, im Göttlichen aufzugehen. Welche Sorte Mensch könnte dieser Gelegenheit schon widerstehen? Nur jemand, der sich schon von Gott abgewandt hat. Der sich schon dafür entschieden hat, sich an den Schmutz und die Verlockungen des irdischen Lebens zu hängen. Die Seele, die dem wahren Weg folgt, ist so klar und rein wie das Wasser, derjenige aber, der sich versuchen und verführen lässt, wird befleckt, unrein und schwarz wie Asche.«

Elsa runzelt die Stirn. Die Stimme des Pfarrers ist angeschwollen, seine Worte sind hitzig, steigen zur Decke und werden von dem Gewölbe zurückgeworfen. Er klingt beinahe wie besessen, wie er so seine Stimme erhebt, auch seine Gestik ist ausladend. Trotz alledem scheint sein Blut nicht über die Maßen in Wallung zu geraten, sein Gesicht ist nicht gerötet und seine Augen leuchten klar und silbergrau.

Elsa lehnt sich leicht zu Staffan hinüber. »Ist er heute nicht ein wenig zu hart in seinem Ton?«, fragt sie gedämpft.

Doch bevor Staffan etwas erwidern kann, fährt Aina dazwischen. »Psst! Leise!«, faucht sie ihre Mutter an.

Als Elsa den entflammten Blick ihrer Tochter sieht, zuckt sie erschrocken zurück. Ainas Augen lodern vor Zorn. Elsa sucht noch nach einer Erwiderung, aber Aina hat sich schon wieder von ihr fortgedreht und dem Altar zugewandt. Auf einmal ist ihr Gesicht wie verwandelt. Kein Zorn liegt mehr darin, nur noch Anbetung. Sie wirkt wie entrückt.

Elsa sieht Staffan mit hochgezogenen Augenbrauen an, aber er zuckt nur mit den Schultern und schüttelt den Kopf. Hat er denn nicht bemerkt, was da gerade vor sich gegangen ist? Vielleicht hat er das nicht. Er war noch nie ein besonders aufmerksamer Mann.

Elsa lässt ihren Blick durch das Kirchenschiff und die hier versammelten Gemeindemitglieder schweifen. Als sie genauer hinsieht, fällt ihr auf, dass Aina bei Weitem nicht die Einzige ist, die den Pfarrer mit entrücktem, geradezu verzaubertem Blick ansieht. Mehrere Personen in den umliegenden Bankreihen bieten dasselbe Bild – viele der Kirchgänger hängen an seinen Lippen.

Als sich Elsas Magen jetzt zusammenkrampft, hat das nichts mehr mit ihren vormals düsteren Gedanken über die Grubenschließung oder Staffans Gemütszustand oder einem drohenden Wegzug aus dem Ort zu tun. Diese Warnung ist schärfer – und schmerzhafter.

Vielleicht sollte sie einfach mal mit dem Pastor sprechen. Er und sie haben ja viel miteinander zu tun. Er hatte sie unterstützt, als es mit der bedauernswerten Agneta Lindberg zu Ende ging, und er hatte ihr mit Pär Nilsson geholfen, der allein mit seiner kleinen Elinor zurückgeblieben war und nicht wusste, wie er ihr ein guter Vater sein sollte.

Pastor Åkerman scheint ihr nichtsdestotrotz ein vernünftiger Mann zu sein. Aina hat er in seinen Bann geschlagen – sie ist ganz vernarrt in ihn –, aber sie ist ja auch jung, und er ein gutaussehender Mann. Dass sein anziehendes Äußeres und seine Ausstrahlung einigen Gemeindemitgliedern den Kopf verdrehen, ist schließlich nicht sein Fehler.

Elsa wird ihn bitten, sich in seinen Predigten etwas zu mäßigen, womöglich gar Einar die nächste Predigt halten zu lassen. Das wäre gut – eine kleine Kursjustierung. So ist sie in all den Jahren schon vielen Einwohnern des Dorfes behilflich gewesen, um den Frieden im Ort zu wahren.

Nun scheint sich seine Predigt Gott sei Dank endlich dem Ende zuzuneigen. Sie singen gemeinsam ein kurzes Kirchenlied, dann erhebt sich die Gemeinde einmütig. Elsa legt Staffan eine Hand auf den Arm.

»Ich will nur noch kurz ein Wort mit dem Pastor wechseln. Geh du mit Aina schon mal nach Hause, ich komme gleich nach.«

Staffan nickt, doch als er sich suchend nach Aina umsieht, zieht er die Stirn kraus. »Wo ist das Mädchen denn?«

Elsa dreht den Kopf und entdeckt Ainas langen dunklen Haarschopf inmitten einer Gruppe von Gemeindemitgliedern, die sich vor dem Altar um den Pastor scharen. Etwa zwanzig bis dreißig Personen drängen sich dort vorn.

So etwas hat Elsa noch nie erlebt.

Oder hat sie das doch? Elsa erinnert sich vage an kleine Beobachtungen, die sie kürzlich gemacht hat, an Dinge, die sie gehört und gesehen hat, über die sie sich bis jetzt aber keine großen Gedanken gemacht hat.

Und was Aina betrifft – hat sie sich in letzter Zeit nicht ein wenig seltsam verhalten? Ist stiller gewesen und abweisender? Pastor Mattias Åkerman war natürlich für viele ein Gesprächsthema – wie gütig er war, wie viel er für die Gemeinde tat, und dass er das Böse aus Silvertjärn vertriebe. »Das Böse« – als wäre das etwas, das man im täglichen Leben thematisierte.

Elsa strafft ihre Schultern, um die Beunruhigung von sich abzuschütteln. Es ist alles in Ordnung. Sie wird damit fertig. Das wird sie immer.

Sie geht zum Altar und findet sich plötzlich von der Gruppe eingeschlossen, die sich um den Pastor gebildet hat. Elsa räuspert sich höflich, aber niemand rührt sich oder sieht sie auch nur an. Worüber der Pastor da spricht, kann sie nicht hören. Er führt ein Gespräch im Flüsterton mit einer Jugendlichen dort vorn und hat seine Hand auf ihren blonden Schopf gelegt.

Es ist die kleine Lena, wie Elsa schockiert erkennt – Ainas Freundin Lena. Und sie weint still, während sie den Pastor mit geweiteten Augen wie gebannt anstarrt.

Da hat Elsa sich nicht länger in der Gewalt.

»Pastor Åkerman!«, sagt sie mit durchdringend schriller Stimme.

Der Pastor blickt auf und sieht sie. Seltsam … Seine Mundwinkel verziehen sich zu demselben vertrauten milden Lächeln, das sie von ihm kennt, aber seine Augen blicken hart und kalt.

»Dürfte ich ein paar Worte mit dem Herrn Pfarrer wechseln?«, sagt Elsa, ohne sich davon einschüchtern zu lassen. Sie hat von diesem jungen Mann und seiner kleinen Schar schließlich nichts zu befürchten. Elsa kennt von klein auf jede Menschenseele in Silvertjärn, während Pfarrer Mattias Åkerman erst seit einigen Monaten hier weilt. Sie muss ihm einfach zeigen, wie die Dinge hier in Silvertjärn geregelt werden!

Zuerst erwidert der Pastor nichts. Das Schweigen dehnt sich aus. Elsa wird sich unangenehm der vielen Menschen bewusst, die zwischen ihr und dem Pastor stehen, während dieser sie weiterhin aus kühlen Augen anstarrt.

»Selbstverständlich, Frau Kullman«, sagt er dann. »Worüber möchten Sie denn mit mir sprechen?«

»Könnten wir uns darüber vielleicht in der Sakristei unterhalten?«, bittet Elsa.

Der Pastor sieht sie ruhig und unverwandt an. »Wir können das ebenso gut hier tun«, entgegnet er.

Elsa muss schlucken. Sie weigert sich, sich einschüchtern zu lassen, aber es fällt ihr schwer, sich nicht von den Blicken der anderen beirren zu lassen, die jede ihrer Regungen genauestens zu verfolgen scheinen.

»Ich habe mich nur gefragt, ob es nicht eine nette Geste wäre, am kommenden Sonntag Einar die Predigt halten zu lassen?«, sagt Elsa. »Er war ja lange unser Pfarrer. Und obwohl Sie sehr engagiert sind, wäre es schön, einmal wieder eine Predigt von Einar zu hören, der so viele Jahre unser Seelsorger war.«

Wieder tritt dieser seltsam kalte Ausdruck in die Augen des Pfarrers.

»Einar Eriksson hat sich entschieden, als Pastor in den Ruhestand zu treten, Frau Kullman«, erklärt er. »Er ist zu seiner Schwester nach Südschweden gezogen. Um seiner Gesundheit willen.«

Elsa blinzelt ungläubig. »Zu … seiner … Sch-sch-schwester?«, wiederholt sie, hört sich selbst stottern und kann es doch nicht verhindern.

»Ja. Wir alle werden ihn natürlich sehr vermissen«, sagt Pastor Mattias. »Aber Einar hat mir vor seiner Abreise versichert, dass er volles Vertrauen in mich habe.«

Elsa will gerade keine passende Erwiderung einfallen.

»War das alles, Frau Kullman?«, fragt der Pastor.

»Ja.« Elsa muss abermals schlucken. Ihr Hals ist wie zugeschnürt. »Ich …«

Der Pastor fällt ihr ins Wort. »Dann wünsche ich Ihnen einen guten Tag, Frau Kullman«, beendet er die Unterhaltung. Seine Augen funkeln. »Wir sehen uns kommenden Sonntag.«

Sie meint, einen leichten Schubser zu verspüren. Aber das ist es nicht; es ist eher so, als würde die Menge einen kleinen Schritt zurücktreten und Elsa auf einmal ins Straucheln geraten.

Sie ringt nach Worten, um noch etwas zu erwidern. Es behagt ihr nicht, dass der Pastor das letzte Wort behält. Aber die anderen haben sich schon von ihr abgewandt. Niemand würdigt sie noch eines Blickes. Niemand scheint sich überhaupt noch ihrer Gegenwart bewusst zu sein. Auch nicht der Pastor.

Noch nicht mal Aina, deren abgewandter Haarschopf eine schmerzhaftere und deutlichere Sprache spricht als jeder Schubser.

Heute

Ich ziehe die Atemmaske herunter, als ich aus der Kirche komme. Spüre die warme Aprilsonne in meinem Gesicht. Sie brennt heute geradezu vom Himmel, und Frühlingsduft liegt über dem Dorf.

»Sollen wir jetzt zum Pfarrhof gehen?«, fragt Max. Seine Stimme klingt dumpf unter der Atemmaske.

»Ja. Wenn die Karte aus dem 19. Jahrhundert stimmt, müsste er sich in unmittelbarer Nähe befinden«, erwidere ich. Ich halte kurz inne.

»Nimm doch so lange die Atemmaske ab, Robert«, sage ich.

Robert zuckt die Achseln. Max zieht sich lächelnd die Maske vom Gesicht. Sie hat einen roten Abdruck um seinen Mund hinterlassen. Ob ich auch so einen Abdruck habe?

Dieser Ortsteil – einst zwischen der Kirche und dem Marktplatz entstanden – ist älter als die retortenartigen Reihenhäuser auf der anderen Seite des Dorfes. Die Häuser hier sind nach unterschiedlicher Bauweise errichtet, sind mal größer, mal gedrungener. Sie sind in mittlerweile verblichenem Falunrot und Sonnengelb gestrichen und haben Fensterrahmen, an denen die weiße Farbe abblättert. Obwohl sie um ein Vielfaches älter sind als die Reihenhäuser, sind sie weitaus weniger vom Zahn der Zeit in Mitleidenschaft gezogen.

Wir konnten in der Kirche ein paar Filmaufnahmen machen und haben vieles fotografiert, haben Details eingefangen, die uns bei unserem ersten Besuch dort entgangen waren. Es ging schneller, als ich dachte. Ich fühle mich auch nicht mehr so gestresst wie vorher, aber noch sind der Druck und die Anspannung nicht ganz von mir gewichen. Und wenn wir heute noch so gut vorankommen – trotzdem haben wir schon ein Fünftel von unserer veranschlagten Zeit eingebüßt. Wir müssen Prioritäten setzen. Vermutlich muss eine der Kontextszenen in der Eisenhütte dafür draufgehen. Wenn ich ehrlich bin, ist es auch nicht so spannend, den wirtschaftlichen Zusammenbruch einer kleinen Bergwerksstadt zu dokumentieren. Lieber tauche ich in die sensationelleren Aspekte der Geschichte ein: den Mord, das Kind, den Pastor.

Wir sind ja auch noch nicht hier, um einen ganzen Film zu drehen – wir sind jetzt hier, um zu zeigen, warum wir Spenden und Unterstützung brauchen, um einen Film zu drehen. Um bei der Internetgemeinde so viel Interesse dafür zu wecken, dass sie das Endergebnis sehen will. Wir wollen Fragen aufwerfen, noch keine Antworten geben.

Nach dem heutigen Tag bleiben uns nur noch zwei Tage, was mir schier unmöglich vorkommt. Wie ist die Zeit bloß so schnell verronnen? Trotzdem habe ich die vorsichtige Hoffnung, dass unser Projekt gelingen wird.

Noch zwei Tage – zwei Tage, die Tone möglichst schmerzfrei überstehen muss, zwei Tage, um Emmy im Auge zu behalten. Zwei Tage, um Material zu sammeln, das uns hoffentlich genügend Schub gibt, um jemanden zu finden, der Emmys Platz bei diesem Projekt einnehmen kann.

Zwei Tage kann ich – können wir – noch überstehen.

Das hübsche Haus, das ich jetzt vor mir sehe, hebt sich nicht nennenswert von den es umgebenden Häusern ab. Trotzdem klopft mein Herz plötzlich schneller. Ich überprüfe ein weiteres Mal den Kartenausdruck. Sämtliche Orte darauf sind mit einer verschnörkelten, kaum zu entziffernden Schrift bezeichnet. Die Proportionen wirken nicht ganz maßstabsgetreu – der Fluss scheint auf der Karte länger als in Wirklichkeit, der Marktplatz liegt weiter östlich –, aber das kleine Viereck, das den Namen »Pfarrhof« trägt, scheint an derselben Stelle wie auf der Karte vermerkt zu liegen.

»Schaut mal, das hier müsste es sein«, sage ich zu den beiden anderen und bleibe stehen.

Es ist ein gelbes Haus mit einer kleinen Veranda. Die Holztreppe, die zu der geschlossenen Haustür hinaufführt, wirkt morsch.

»Ich gehe mal versuchsweise hoch, Alice«, sagt Max und setzt schon einen Fuß auf die unterste Treppenstufe.

»Nein, warte!«, rufe ich noch, als er schon mit einem überraschten Ausruf eingebrochen ist.

Ich lege ihm eine Hand auf die Schulter. »Alles in Ordnung mit dir?«

»Sei vorsichtig!«, fügt Robert hinzu, als Max sein Bein aus dem Loch ziehen will.

»Man darf nie in die Stufenmitte treten, da ist die Stabilität immer am geringsten«, sage ich in vor Besorgnis ganz scharfem Ton.

»Das hab ich gemerkt!«, erwidert Max mit einem kleinen Auflachen, zieht sein Hosenbein hoch und mustert seine schmale, weiße Wade. Sie scheint unverletzt.

»Ist auch wirklich alles in Ordnung mit dir? Jag mir doch nicht einen solchen Schrecken ein!«, sage ich zu ihm.

Prüfend stelle ich einen Fuß auf die zweite Stufe und gehe dann vorsichtig am Treppengeländer entlang die Treppe hinauf. Sie knarrt, aber sie hält.

Ich warte nicht auf die anderen, sondern drücke die Türklinke herunter. Es ist eine Klinke aus Bronze mit Verschnörkelungen – altmodisch, aber schön. Das Haus ist nicht groß, und doch merkt man, dass hier jemand von Bedeutung gewohnt hat.

Die Tür lässt sich nur schwer öffnen, gibt aber schließlich nach. Ich setze meine Atemmaske wieder auf. Sie fühlt sich feuchtwarm auf meinem Gesicht an.

Als ich den Hausflur betrete, höre ich das Klicken von Roberts Kamera hinter mir. Die Decke im Flur ist überraschend hoch; ein kleiner, verstaubter Kristalllüster hängt von ihr herab.

Als hätten wir ein stillschweigendes Einverständnis getroffen, biegt Robert in die kleine Küche ab und Max und ich gehen auf die Tür am Ende des Flures zu. Dahinter befindet sich eine kleine Schlafkammer. Bis auf ein Bett mit vergilbten Bettlaken und einen großen Schrank ist sie leer. Keine Gardinen zieren die leicht schiefen Fenster. Als ich neben dem Bett auf die Knie gehe und darunter schaue, sehe ich zwei leere Flaschen.

»Die müssen noch von Einar Eriksson stammen«, sage ich und mache ein Foto davon.

»Einar Eriksson?« Max runzelt die Stirn.

Ich richte mich auf und klopfe mir den Staub von den Knien.

»Der ehemalige Pastor, vor der Zeit von Pastor Mattias Åkerman«, erkläre ich. »Ich habe keine Spuren von ihm finden können. Er muss zusammen mit den anderen Einwohnern verschwunden sein.«

Wir gehen zurück in den Flur, wo wir auf Robert treffen.

»Hast du etwas Interessantes gefunden?«, frage ich ihn.

Er schüttelt den Kopf. »Die Küche war ziemlich leer. Und wie sieht's mit dem Schlafzimmer aus?«

»Auch leer«, erwidere ich. »Gibt es hier etwas, für das wir noch Zeit einplanen sollten? Etwas, das sich zu filmen lohnt?«

Robert reibt sich nachdenklich das Kinn und schüttelt dann den Kopf. »Später vielleicht. Könnte einen tollen Hintergrund für den Film darstellen«, sagt er. »Aber hier ist nichts für das vorläufige Material zu holen.«

»Gut«, stimme ich zu, erleichtert darüber, meine eigene Einschätzung bestätigt zu bekommen. »Ich melde mich mal eben bei Tone und Emmy. Wir können ebenso gut etwas früher Mittagspause machen und uns noch einmal den Produktionsplan anschauen.« Ich nehme das Walkie-Talkie zur Hand. »Alice hier. Emmy bitte melden.«

Ich höre meine Worte blechern in Roberts Walkie-Talkie widerhallen und warte auf Antwort, aber es kommt keine.

»Emmy«, wiederhole ich. »Alice hier! Kannst du mich hören?«

Nichts.

»Emmy?«, sage ich noch einmal.

»Es könnte an den Wänden liegen«, sagt Robert und mustert sie aus zusammengekniffenen Augen. »Zwischen uns dreien hier drinnen scheinen die Walkie-Talkies ja zu funktionieren. Das Signal kann nicht raus. Manchmal ist das so.«

Ich nicke, bin aber immer noch beunruhigt – obwohl es einleuchtend klingt.

Wir wenden uns zur Haustür. Kaum wieder draußen auf der Veranda, unternehme ich einen weiteren Versuch, um Emmy zu erreichen.

»Hallo. Kannst du mich hören, Emmy?«

Nichts, nur ein leises statisches Rauschen in der Leitung.

Ich muss schlucken.

»Könnte sie das Walkie-Talkie abgelegt haben?«, frage ich Robert.

Ich hoffe darauf, dass er die Achseln zucken und mit seiner brummenden Stimme und in selbstsicherem Ton sagen wird, dass es keinen Grund zur Sorge gibt, aber das tut er nicht. Zwischen seinen Augenbrauen hat sich eine steile Falte gebildet.

Jetzt zieht er sein eigenes Walkie-Talkie aus der Tasche, um sie anzufunken. »Emmy?«

Auch keine Antwort.

»Glaubt ihr, dass etwas passiert ist?«, fragt Max und fasst in Worte, was wir alle denken.

Ich schüttele den Kopf, wie um mich selbst davon zu überzeugen.

»Ach nein, bestimmt nicht. Das sind bloß Störungen, die Walkie-Talkies haben ja schon die ganze Zeit Probleme gemacht. So wie die Handys eben auch.«

Ich sehe zu Robert hinüber. Er erwidert meinen Blick, und ich bin mir sicher, dass wir dasselbe denken.

»Wir sollten zurückgehen«, sagt er leise.

Ich nicke. »Ja. Hier gibt es sowieso nichts weiter Bemerkenswertes.«

Eigentlich sollte ich noch hierbleiben und ein paar Außenaufnahmen von dem Pfarrhof selbst machen, aber das komische Gefühl in meinem Bauch will sich nicht legen. Ich stecke das Walkie-Talkie zurück in die Hosentasche und gehe zügig in Richtung Marktplatz. Erst als mich die Haltebänder im Gesicht scheuern, merke ich, dass ich immer noch die Atemmaske trage. Mit einem Ruck ziehe ich sie mir vom Gesicht.

Wir passieren ein völlig verrostetes Straßenschild. Nur noch Reste des Namens sind zu lesen.

Ich höre Max' keuchende Atemzüge hinter mir. Er verfällt in einen leichten Trab, um mit mir Schritt zu halten. Die Straße zweigt ab zur Hauptstraße, und der Marktplatz kommt vor uns in Sicht.

Die überwucherte Landstraße wird von Kopfsteinpflaster abgelöst.

»Wo …«, beginne ich erstaunt und bleibe fast stehen. Dann renne ich los.

Ein Auto fehlt. Wo vorher zwei Autos standen, steht jetzt nur eins.

»Emmy!«, ruft Robert gellend.

Niemand antwortet.

In der Mitte des Platzes bleibe ich stehen und sehe mich in der trügerischen Hoffnung um, dass der Wagen nur an anderer Stelle parkt.

»Wo zum Teufel stecken die denn?«, sagt Max hinter mir.

Robert läuft zum Kastenwagen und reißt die Tür auf. Meine Hoffnung zerstreut sich, als ich sehe, dass der Wagen leer ist.

Als Robert sich umdreht, steht ihm nackte Angst ins Gesicht geschrieben. Er ist kaum wiederzuerkennen, keine Spur seiner sonstigen Gelassenheit ist mehr zu sehen. Er ist so blass, dass seine Sommersprossen sich flammend von seiner Haut abheben.

»Wo sind sie bloß?«, sagt er hilflos.

Ich lasse meinen Blick über den leeren Marktplatz schweifen. Über das Heidekraut auf dem Kopfsteinpflaster, die weiß getünchten Wände des Rathauses, die offen stehenden Türen des Schulhauses.

»Verdammt noch mal!«, fluche ich lauthals und massiere meine Schläfen. Ich Idiotin. Ich hätte es wissen müssen. »Emmy muss Tone ins Krankenhaus gebracht haben.«

Robert wirkt verdutzt, aber die Verzweiflung in seinen Zügen weicht zaghafter Erleichterung.

Ich bemühe mich angestrengt, meine Wut zu beherrschen. Ich darf jetzt nicht die Kontrolle verlieren – nicht ausgerechnet jetzt.

»Ohne uns ein Wort davon zu sagen?«, wendet Max ungläubig ein.

»Sie haben es bestimmt versucht«, sagt Robert, und seine Stimme klingt mit jedem Wort sicherer. »Aber wenn die Wände den Ausgang des Walkie-Talkie-Signals blockiert haben, dann …«

»Wir wissen ja gar nicht, ob das wirklich so war …«, wendet Max ein. »Ich glaube nicht, dass …«

»Es war bestimmt dringend«, unterbreche ich ihn.

Die Wut in meinem Innern hadert mit meiner Erleichterung und meinem schlechten Gewissen.

Wie feige, wie schrecklich feige! Ich habe Emmy ja vieles zugetraut, aber Feigheit hat nie dazugehört.

Doch Emmy hatte schon immer einen großen Siegeswillen. War immer über die Maßen zielstrebig. Sie wollte Tone ins Krankenhaus bringen, und ich habe nicht kooperiert. Also hat sie dafür gesorgt, sich so zu positionieren, dass ich mich ihr nicht in den Weg stellen konnte.

Vielleicht ist das sogar ganz gut so. Ich kann nicht leugnen, dass ich auch um Tone besorgt war.

Nimmt sie eigentlich noch ihre Medikamente?

Dieser Gedanke drängt sich mir urplötzlich auf.

Wir können die Sache auch ohne Tone durchziehen, versuche ich mich selbst zu überzeugen. Wir können ohne sie filmen, haben genügend Material, um das Projekt auch ohne ihre Beteiligung am Laufen zu halten. Was macht es schon, wenn sie ein paar Tage früher nach Hause fahren muss? Ihr wird es nicht gefallen, aber es ist besser so. Sie kann dafür bei den eigentlichen Filmaufnahmen dabei sein.

Da höre ich ein Geräusch, kann es zunächst aber nicht richtig einordnen. Ich blicke zur Straße, wie auch Max und Robert.

Es stammt von einem Motor.

Als am anderen Ende des Marktplatzes der eben noch fehlende Kastenwagen in Sicht kommt, wirkt er geradezu animiert – scheint vor der stillen Kulisse wie aus einer anderen Zeit zu kommen. Was er ja auch tut.

Emmy sitzt hinter dem Steuer, sie schlägt das Lenkrad ein und bremst ab. Mit viel Geschick parkt sie exakt neben dem anderen Kastenwagen und löst den Sicherheitsgurt.

»Es tut mir leid, ich kann alles erklären …«, beginnt sie, als sie aussteigt. »Ich …«

Sie sieht uns an, dann schaut sie sich nach allen Seiten um. Ihr Blick heftet sich auf den anderen Kastenwagen und die weit offen stehenden Laderaumtüren. Wie in Zeitlupe schweift ihr Blick zu uns zurück, um auf mir liegen zu bleiben.

»Und wo ist Tone?«

Heute

Ich kann nichts erwidern, bin stumm vor Entsetzen.

Max gelingt es als Erstem, seine Stimme wiederzufinden. »Ist sie denn nicht bei dir?«

Emmy sieht uns an, so als hielte sie das alles für einen schlechten Witz – so als würde Tone jeden Augenblick zwischen uns hervorspringen.

»Nein«, sagt sie und schüttelt fassungslos den Kopf. Ihr Blick wandert zu dem anderen Kastenwagen. »Nein, sie war … sie war hier, sie …«

Ich kann kaum glauben, was ich da höre, blicke von Emmy zum Auto und über den Marktplatz.

»Was willst du damit sagen? Wart ihr denn nicht im Krankenhaus?«

Emmy leckt sich über ihre gesprungenen Lippen, dann sieht sie uns an. »Nein, ich …« Wieder schaut sie sich um. »Als ich losgefahren bin, war sie noch hier. Das ist höchstens eine Stunde her.«

Ich weiß, dass es Wunschdenken ist – trotzdem gehe ich rasch zum Zelt und schlage das Zelttuch zur Seite.

Es ist leer. Na klar, wie könnte es anders sein.

Ich richte mich auf. Dann trifft mich der Ernst der Situation wie ein Schlag. Mir wird schwindelig.

»Und wo zum Teufel bist du dann gewesen?«, frage ich Emmy.

Emmy antwortet nicht. Sie hat sich ein paar Schritte vom Auto entfernt und ruft leise, als würde sie ihrer eigenen Stimme kaum trauen: »Tone? Bist du da, Tone?«

Bedeutungsschwere Stille dehnt sich zwischen uns aus.

»Wenn du Tone nicht ins Krankenhaus gebracht hast, Emmy …«, setze ich an. Ich bringe ihren Namen gerade nur mit großem Widerwillen heraus. »... wo bist du dann gewesen?«

Bevor Emmy antworten kann, wendet sich Robert an sie.

»Wie lange hat es gedauert? Wie lange warst du weg?«, fragt er. Es ist seltsam, irgendwie wirkt er kein bisschen erstaunt. Nun beginne ich vor Zorn zu kochen.

»Was habt ihr getan?«, flüstere ich.

»Das, was getan werden musste!«, schleudert Emmy mir entgegen. Ihre Augen, in denen gerade noch Sorge lag, funkeln jetzt wild.

»Und was ist das?«, will Max wissen.

Emmy weicht seinem Blick aus und sieht mich an.

»Irgendjemand musste etwas unternehmen, Alice. Du wolltest mir ja nicht zuhören«, sagt sie.

Ich schüttele nur sprachlos den Kopf, dann dringt ein schrilles Lachen aus meiner Kehle. »Wie sollte das auch anders sein – natürlich bin wieder mal ich an allem schuld, das war ja klar!«

»Wir sind hier nicht allein, Alice!«, bricht es aus Emmy hervor.

Ihre Worte lassen mich stutzen. Ich starre sie an. »Was sagst du da?«

»Irgendetwas stimmt hier doch nicht«, sagt Emmy. »Etwas stimmt ganz und gar nicht. Ich weiß, dass du neulich auch jemanden gesehen hast, als du im Auto gesessen hast. Und mich hat in unserer ersten Nacht hier jemand angestarrt. Und es hat auch andere Vorkommnisse gegeben. Robert und ich haben so seltsame Dinge gehört.« Sie schüttelt den Kopf, als wolle sie die Erinnerung vertreiben. »Und als es Tone jetzt immer schlechter ging ... ich wollte sie selbstverständlich nicht zwingen, zum Arzt zu gehen, aber ich konnte auch nicht einfach nur die Hände in den Schoß legen. Wir sind hier völlig von der Außenwelt abgeschnitten. Ich musste etwas tun.« Entschieden presst Emmy die Lippen aufeinander. »Ich war kaum eine Stunde lang fort. Als ich losgefahren bin, schlief Tone noch. Wir haben mehr als genug Benzin, ich habe also nichts verschwendet. Ich wollte nur dieses Funkloch hier verlassen und ein Telefongespräch führen.«

»Und mit wem hast du telefoniert?«, presse ich mühsam hervor.

Emmy muss schlucken. »Mit meiner Mutter. Wie du ja weißt, ist sie Krankenschwester. Ich wollte sie wegen Tones Fuß um Rat fragen. Und eine Verbindung zur Außenwelt aufnehmen. Nur für den Fall, dass uns hier irgendetwas zustößt. Wir sind hier so furchtbar hilflos. Haben keine funktionierenden Handys, keine Möglichkeit, Hilfe zu rufen …«

»Willst du damit sagen …«, beginne ich ganz langsam und übertrieben deutlich, »… willst du damit sagen, dass du so beunruhigt darüber warst, dass hier irgendetwas Seltsames vor sich geht, dass du Tone in ihrem Zustand allein zurückgelassen hast? Während sie schlief? Eine ganze Stunde lang?«

Es ist wohl das erste Mal, dass es Emmy die Sprache verschlägt. Ihre ganze Haltung signalisiert Schwäche und Hilflosigkeit.

Aber ich empfinde keine Befriedigung dabei, sie so zu sehen.

»Und jetzt ist sie fort«, schließe ich. Es ist eine Feststellung, zugleich aber ein Vorwurf.

»Vielleicht überreagieren wir ja auch alle nur ein bisschen«, wendet Max ein. »Vielleicht ist Tone ja nur mal pinkeln gegangen?«

»Dann hätte sie uns aber hören müssen«, entgegne ich. »Wir sind doch schon fast eine halbe Stunde hier.«

»Aber sie hat sich den Fuß verletzt«, wendet Max ein. »Wenn sie nun irgendwo gestürzt ist und jetzt nicht mehr von allein aufstehen kann? Das wäre doch denkbar.« Er legt eine Hand auf meinen Arm. »Komm, wir gehen sie suchen. Wir finden sie bestimmt bald. Ich kann mit dir gehen.« Er fasst mich leicht am Ellbogen, wie um mich zu stützen.

Ich schüttele den Kopf. »Nein. Geh lieber mit *ihr*«, sage ich mit einem Nicken zu Emmy. »Behalte sie im Auge. Sonst nimmt sie nachher einfach wieder ein Auto und fährt damit weg.«

Ich bin auf eine Zornesäußerung von Emmy gefasst, aber sie bleibt reglos stehen. Dann sieht sie Robert an.

»Schon okay. Geh du mit Alice«, sagt sie. »Hauptsache, wir finden Tone, bevor sie in ernste Schwierigkeiten gerät.«

Heute

»Tone!«, rufe ich und biege in eine Gasse ein. Robert fasst nach meinem Arm – ganz vorsichtig nur, aber mir kommt es vor, als würde ich zurückgerissen.

»Wir sollten die Sache lieber systematisch angehen und eine Straße nach der anderen absuchen«, gibt Robert zu bedenken. »Sonst übersehen wir sie vielleicht.«

Obwohl seine Stimme sanft ist, kommen mir seine Worte vor wie eine Provokation.

Ich bleibe stehen und sehe ihn an. »Wusstest du, dass Emmy wegfahren wollte?«

Robert weicht mir aus, sein Blick flackert.

In mir regt sich ein Gefühl, das an Abscheu grenzt. »Natürlich hast du davon gewusst!«

Hätte Emmy doch nur nicht angeboten, bei Tone zu bleiben. Max oder ich hätten bei ihr ausharren können. Wenn Emmy mir bloß gesagt hätte, dass sie wegfahren wollte, um jemanden anzurufen, wenn sie mir gesagt hätte, dass sie sich Sorgen machte. Dann hätte ich es ihr doch zugestanden.

Oder etwa nicht?

Das grelle Sonnenlicht sticht mir in die Augen. Die Wände der Häuser scheinen sich aufeinander zuzubewegen, zu schrumpfen und miteinander zu verschmelzen. Bald wird Silvertjärn uns verschluckt haben – der Boden wird uns hinabziehen, die Wände uns aufsaugen, wir werden zu Staub zerfallen und in der Stille aufgehen. Wie Tone. Wie Staffan, Elsa und Aina.

Und werden keine einzige Spur hinterlassen.

Ich bemühe mich, diese Vorstellung zu verdrängen. Sie ist morbide, und so zu denken bringt uns jetzt nicht weiter.

»Tone!«, ruft jetzt auch Robert. Seine Stimme klingt klarer und nicht ganz so verzweifelt wie meine.

Meine Nerven sind bis zum Zerreißen gespannt, meine Ohren scheinen jeden noch so kleinen Laut zu registrieren. Und das wird erst aufhören, wenn ich sie schwach, kläglich und mit unterdrücktem Schmerz in der Stimme »Hier!« rufen hören werde.

Bestimmt ist sie gestürzt und hat sich den Fuß noch stärker verletzt. Bestimmt liegt sie irgendwo, mit Tränen in den Augen, die Zähne vor Schmerz zusammengebissen.

Sobald wir sie gefunden haben, werden wir unsere Zelte hier abbrechen. Sie ins Krankenhaus bringen. Diesem verfluchten Dorf den Rücken kehren.

Die uns umgebenden Häuser machen einen geradezu malerischen Eindruck, aber dieses Idyll trügt. Rasch überquere ich die Straße und trampele gnadenlos die frisch aufgeblühten Blausterne und Krokusse nieder, die mit Mühe in dem kargen, ausgedörrten Boden Wurzeln geschlagen haben. Verrostete Briefkästen hängen an mageren Holzpfählen herab wie zur Brust gesunkene Köpfe.

»Tone!«, rufe ich noch einmal mit versagender Stimme. Glaube ich wirklich noch, dass sie mir antworten wird?

Wo kann sie nur sein?

Gegen meinen Willen hallt gedämpft das seltsame Lachen der Videoaufzeichnung in meinem Kopf wider. Ich sehe wieder die ominöse Gestalt im Regen vor mir. Da ist er wieder, dieser Gedanke, den ich nicht denken will.

Wir sind hier nicht allein.

Ich kann diesen Gedanken, dass Silvertjärn – »mein« verlassener Ort – womöglich doch nicht so verlassen ist wie angenommen, nicht zu Ende denken. Dass uns hier etwas erwartet. Dass dieses Etwas – oder dieser Jemand – Tone geraubt haben soll, in den Schatten lauert und uns vielleicht gerade jetzt, in eben diesem Moment, klammheimlich beobachtet.

Eine Gänsehaut überzieht meine nackten Oberarme.

Robert holt mich ein. Ich bleibe vor einem ergrauten Haus mit schief hängenden Blumenkästen stehen.

Als ich flüchtig die Augen schließe, dringt die gleißende Aprilsonne grell durch meine Lider.

Robert legt mir eine Hand auf die Schulter. Ich schüttele sie ab.

»Lass mich!«

»Sie hat es nicht böse gemeint«, erklärt Robert.

Ich öffne die Augen wieder. »Was?«

»Emmy und ich haben vorher darüber gesprochen«, sagt er leise und zögernd.

»Ich wusste, was sie vorhatte. Sie war beunruhigt. Sie hat mir gesagt, dass sie sich nicht sicher wäre, ob du auf sie hören würdest, deshalb … Sie hat es nur aus Sorge um Tone getan. Das schwöre ich.«

Er wirkt so ehrlich und aufrichtig. Ich bin mir nicht sicher, ob ich ihm glauben kann, obwohl seine Miene so vertrauenerweckend ist und ich ihm glauben möchte.

Ich erwidere nichts. Blicke nur zurück zur Straße, dann hole ich noch einmal tief Luft.

»Tooone! Tooone, hörst du mich?«, rufe ich mit ganzer Kraft. »Ich bin's, Alice. Toooone!«

Aber es kommt kein Laut. Nichts als meine abgehackten Atemzüge und das pfeifende Geräusch des Windes, der durch die zerbrochenen Fensterscheiben weht, sind zu hören.

Ich halte es nicht aus, so stillzustehen. Ich sehe mich nach allen Seiten um und schlage dann den Weg zur Kreuzung ein. Schirme mein Gesicht gegen das blendende Sonnenlicht ab, um besser sehen zu können, bleibe stehen und werfe mit zusammengekniffenen Augen einen Blick die andere Querstraße hinunter.

In diesem Moment höre ich ihn, in dieser aufgeladenen Stille.

Die ganze Welt scheint für einen Moment stillzustehen. Dann geht alles wie in Zeitlupe vor sich. Es ist so, als würde ich mich selbst von außen betrachten. Ich bleibe abrupt stehen. Halte mir die Ohren zu. Gehe in die Hocke, ducke mich. Kneife die Augen zusammen, versuche, sämtliche Sinne gegen das ohrenbetäubende Geräusch zu verschließen. Einen Knall, der über ganz Silvertjärn widerhallt.

Den Knall einer gewaltigen Explosion.

Heute

Ich rieche den beißenden Rauch schon, bevor ich ihn sehe.

Ich muss husten. Wir rennen zum Marktplatz. Eigentlich bin ich ziemlich gut in Form, aber das Atmen fällt mir schwer, sodass ich zurückfalle. Robert wartet nicht auf mich.

Eine dicke schwarze Rauchsäule erhebt sich über dem Platz.

Robert schert sich nicht darum, was aus Tone oder mir wird oder ob er sich selbst in Gefahr damit bringt. Er läuft geradewegs zu Emmy.

Ich atme einige Male tief ein, inhaliere zu viel Rauch und muss wieder husten, während ich versuche, ihn einzuholen.

Vor uns bietet sich ein Bild wie aus einem Kriegsfilm. Die verkohlten Überreste des einen Kastenwagens sind über den gesamten Platz verstreut.

Unsere Habseligkeiten brennen noch immer, von ihnen kommt der himmelwärts steigende Qualm. Der zweite Wagen wurde von der Druckwelle erfasst, er liegt auf der Seite. Die weiße Karosserie ist von Rußflecken übersät und die Reifen scheinen vor Hitze geschmolzen zu sein. Max' Volvo ist von der Druckwelle beiseite gefegt worden und klebt an der Wand des Rathauses. Die blaue Metallkarosserie sieht aus wie von der Hand eines Riesen zerdrückt.

Die Heidebüschel auf dem Pflaster haben Feuer gefangen. Ihre flackernden, dünnen Flammen sehen aus, als wollten sie nach Luft schnappen.

In meinen Ohren klingelt es noch immer.

Ich sehe Max und Emmy, die vom anderen Ende des Marktplatzes her angelaufen kommen. Wie sie plötzlich stehen bleiben. Emmys Haare haben sich aus dem Pferdeschwanz gelöst und bauschen sich hennarot und zerzaust um ihren Kopf. Über das Chaos hinweg begegnen sich unsere Blicke.

Unsere Sachen brennen noch immer so, als hätten sie gerade erst Feuer gefangen, aber ich kann sehen, dass sie allmählich von den Flammen verzehrt und schwarz werden. Es lässt sich kaum noch erkennen, um welche Gegenstände es sich gehandelt hat.

»Emmy!«, ruft Robert lauthals.

Ich kann erkennen, dass Emmy nach Max' Arm fasst und etwas zu ihm sagt. Jetzt gehen sie vorsichtig auf uns zu. Sie halten sich dicht an den Gebäuden, in weiträumigem Abstand zu den Flammen, die immer noch über das Kopfsteinpflaster lecken.

Als sie uns erreicht haben, reißt Robert Emmy in seine Arme und umschlingt sie so fest, als wollte er sie zerquetschen. Emmy erwidert die Umarmung mit geschlossenen Augen. Keiner von beiden sagt etwas.

Ich verspüre einen leisen Stich bei ihrem Anblick, und der Schmerz verstärkt sich, als Max mich ebenfalls in den Arm nimmt. Es kommt mir komisch vor und fühlt sich irgendwie falsch an. Ich löse mich aus seiner Umarmung.

Emmy lässt Robert los und sieht mich scharf an.

»Hier können wir nicht bleiben. Das zweite Auto könnte auch noch explodieren.«

»Was geht hier bloß vor?«, sage ich. An wen ich meine Worte richte, weiß ich nicht. An Emmy? An die anderen? Oder gar an diesen ganzen Ort, Silvertjärn?

»Ich habe keine Ahnung«, erwidert Emmy. »Aber wir sollten uns zuerst in Sicherheit bringen, bevor wir der Sache auf den Grund gehen.«

Sie streicht sich ein paar Haarsträhnen hinter die Ohren und sucht Roberts Blick. Er nickt.

Ein metallisches Knacken ertönt, als etwas in dem auf der Seite liegenden Kastenwagen nachgibt.

Ich kenne mich mit Explosionen nicht aus. Ich weiß nur, dass ich lieber mehr Abstand zwischen mich und den Wagen bringen will. Irgendwo habe ich einmal gehört, dass die größte Gefahr nicht vom Feuer ausgeht, sondern von der Druckwelle. Dass sie es ist, die unsere Organe zermalmt.

Ich schiebe den Gedanken weg.

Emmy rennt los, ich setze ihr nach.

Damals

»Elsa!«, ruft Dagny hinter ihr. Elsa zögert und will schon so tun, als habe sie sie nicht gehört, aber dann gewinnen ihre guten Manieren die Oberhand. Sie dreht sich um.

Dagny ist wie für gewöhnlich ein wenig zu fein für einen Spaziergang durch das Dorf gekleidet; sie trägt einen engen Rock, und ihren Mantelkragen ziert eine prunkvolle Brosche. Ihr dunkler Lippenstift ist in den Mundwinkeln ein wenig zerlaufen. Als sie beide noch jünger waren, war Dagny die Schönste in ganz Silvertjärn. Auch heute sieht sie noch gut aus, aber die Jahre haben an ihr gezehrt. Sie und ihr Mann sind kinderlos geblieben und Elsa ahnt, dass das nicht willentlich so war.

»Guten Tag, Dagny. Wie geht es dir?«, fragt Elsa, als Dagny sie eingeholt hat.

Dagny deutet vage nach oben. Der wolkenverhangene Himmel und die beißende Kälte sind selbst für den April sehr unwirtlich.

»Na ja, du weißt schon. Bei diesem schrecklich trüben Wetter …«, sagt sie, als wäre das etwas, das nur sie persönlich beträfe und nicht den ganzen Ort. »Und selbst?«

Elsa weiß nicht, was sie darauf antworten soll. Wie geht es ihr eigentlich? Ihre Tochter weigert sich, mit ihr zu sprechen, ihr Mann trinkt zu viel, ihre Erstgeborene wohnt tausend Kilometer weit entfernt und ist mit Schwangerschaftsvergiftung bettlägerig und Elsa kann nicht einmal zu ihr fahren, um ihr zur Seite zu stehen, weil sie es nicht wagt, ihren Schützling Birgitta auch nur ein paar Tage allein zu lassen.

»Gut. Es geht mir gut«, sagt sie schließlich.

»Hast du vielleicht Axelssons Hund gesehen?«, fragt Dagny. Es scheint, als wolle Dagny sie auf ihrem ganzen Weg zu Birgittas Kate begleiten.

»Nein. Hätte ich das tun sollen?«, fragt Elsa zurück.

Dagny schüttelt den Kopf.

»Er ist ihm offenbar vor ein paar Tagen entlaufen. Das wird zumindest behauptet. Ich persönlich glaube ja eher, dass wir Bären im Wald haben.«

»Bären?«, sagt Elsa ungläubig.

»Ja.« Dagny nickt eifrig. »Klaes Ekmans Hund ist auch vor ein paar Wochen verschwunden. Einfach weggelaufen, sagt er. So schrecklich betrübt ist er deswegen eigentlich nicht, denn er hatte ihn vor allem der Ratten wegen gehalten, aber ich glaube, dass der Bär sie geholt hat. Ich habe einen Vetter oben in Lappland, der vergangenen Winter seinen Hund an einen Bären verloren hat. Es liegt daran, dass sie so wenig zu fressen finden.«

»Aber kommt so etwas nicht vor allem im Winter vor? Und nicht im Frühjahr?«, kann Elsa sich nicht verkneifen zu erwidern.

»Ach was!« Dagny winkt ab. »Bei diesem Wetter macht das wohl keinen Unterschied.«

Elsa will Dagnys falsche Behauptung schon korrigieren, aber dann lässt sie es bleiben. Heute ist ihr nicht danach, Dagny über die Natur des Bären aufzuklären.

Sie nähern sich Dagnys Haus. Dagny verlangsamt ihre Schritte. Elsa fühlt sich dazu genötigt, es ihr gleichzutun.

»Eigentlich wollte ich etwas mit dir besprechen, Elsa«, sagt Dagny mit sorgenvoller Miene. »Es ist so, dass Birgitta sich in der letzten Zeit sehr laut gebärdet.«

Elsas Herz fängt an, wie wild zu klopfen. »Laut gebärdet?«

»Abends spät und während der Nacht. Man hört es bis zu uns«, sagt Dagny und presst die Lippen aufeinander. »Du weißt ja, dass ich nicht zu denen gehöre, die ... also, ich laufe nicht umher und rede schlecht über Birgitta«, sagt sie. »Ich finde es empörend, wie sich manche aus unserer Gemeinde über sie äußern. Birgitta ist eben krank. Sie kann nichts dafür, dass sie so ist, wie sie ist.«

Dagny hat eine fromme Miene aufgesetzt, die so scheinheilig ist, dass Elsa sie am liebsten scharf zurechtweisen würde, aber sie zwingt sich, die Worte, die ihr auf der Zunge liegen, zu unterdrücken.

»Aber versuch doch bitte, Birgitta begreiflich zu machen, dass sie nicht solch einen Radau machen darf«, sagt Dagny mit gesenkter Stimme und sieht sich lauernd nach allen Seiten um. »So wie die Leute über sie reden …« Sie schüttelt den Kopf. »Sie sollte besser Vorsicht walten lassen.«

Dagny wirft einen langen, besorgten Blick in Richtung von Birgittas Häuschen.

Heute

Emmy bleibt erst drei Straßen weiter stehen. Biegt zwischen den umliegenden Gebäuden nach rechts ab. Ich folge ihr. Ich höre nur das Klingeln in meinen Ohren und wie unsere Sohlen laut auf dem Kopfsteinpflaster widerhallen, sehe nur Emmys Beine vor mir und wie ihr Haar im Rhythmus ihrer Schritte schwingt.

Jetzt bleibt sie in einer Seitenstraße stehen, beugt sich nach vorn und hustet laut und abgehackt. Mein Hals ist rau vor lauter Rauch, aber irgendwie gelingt es mir nicht zu husten. Meine Lungen sind wie verkrampft.

Ich kann hören, wie sich Max und Robert hinter mir nähern, und bleibe stehen. Beuge mich tief nach vorn und erlaube mir, für eine Sekunde die Augen zu schließen. Innezuhalten. Mir kommt es vor, als betrachtete ich alles aus großer Distanz. Als wäre ich eine Unbeteiligte. Alles kommt mir so unwirklich vor.

Ein Kribbeln steigt in mir auf und dringt als schrilles Kichern aus meiner Kehle. Verwundert lasse ich es geschehen. Dann öffne ich wieder die Augen und presse die Hand auf meinen Mund, um es zu unterdrücken, um es zum Ersterben zu bringen.

»Was ist da gerade passiert?«, fragt Max.

Etwas an seinem neutralen, vernünftigen Ton hilft mir, das irrsinnige Gelächter in mir in den Griff zu bekommen. Ich lasse die Hand wieder sinken. Ich sehe Emmy ein letztes Mal husten, dann richtet sie sich wieder auf.

»Was war das da eben?«, höre ich eine weit entfernt klingende Stimme sagen. Da wird mir erst klar, dass ich selbst es bin, die das sagt.

»Wie konnten die so einfach explodieren? Autos explodieren nicht einfach so!«

Ich möchte, dass jemand etwas unternimmt. Mich an den Schultern packt, mich schüttelt, mir eine Ohrfeige gibt – mich dazu zwingt, wieder zur Vernunft zu kommen.

Aber niemand rührt sich. Wir alle bleiben einfach da stehen, bestürzt und atemlos, und starren einander an.

»Der Flüssiganzünder«, sagt Emmy da leise.

Ich blicke auf und sehe, dass Emmy wie gebannt auf die Rauchfahnen über den Häuserdächern starrt.

»Was?«

»Der Flüssiganzünder«, wiederholt sie. »In den Autos standen Behälter mit Flüssiganzünder. Und wir hatten noch einen Ersatzkanister mit Benzin für die Fahrzeuge.«

Das stimmt.

»Jemand muss sie in Brand gesteckt haben. Das ist die einzige Erklärung.«

Wir sehen uns an. Es ist einer dieser seltenen Momente, in denen alle das Gleiche denken. Mein Blick schweift von Robert zu Max.

»Emmy war bei mir«, sagt Max.

»Und ich bei Alice«, meldet sich Robert zu Wort.

»Das war keiner von uns«, mischt Emmy sich ein. »Von uns vieren kann es keiner gewesen sein«, sagt sie mit unheilvoller Betonung.

»Tone.« Max spricht es aus.

Übelkeit steigt in mir auf. Ich starre ihn angstvoll an.

»Max …«, sage ich.

»Komm schon, Alice. Sie haben ein Recht darauf, es zu erfahren.«

Er kann nicht auf das anspielen, was ich glaube. Woher soll er es denn auch wissen können?

Aber etwas an dem Zug um seinen Mund und seinem Stirnrunzeln sagt mir, dass er es weiß. Und dass ich ihn nicht dazu bringen kann, dazu zu schweigen.

»Was denn erfahren?«, fragt Emmy scharf.

Max' Blick ruht noch immer auf mir. Seine Lippen sind schmal, Anspannung liegt auf seinem Gesicht.

Als er sich zu Emmy umdreht, weiß ich schon, was er sagen wird.

»Tones Mutter ist das Findelkind aus der Schule«, sagt er. »So haben Alice und sie sich kennengelernt – Alice hat sie im Zuge der Recherche für den Film ausfindig gemacht.«

»Ist das wahr?«, fragt Emmy leise, aber scharf.

»Ihr musstet das nicht unbedingt wissen«, sage ich. »Tone wollte es nicht, und das habe ich respektiert. Wenn, dann hätte sie selbst es euch erzählen müssen, und nicht ich.«

»Aber du hast noch mehr für dich behalten, Alice«, wendet Max ein.

In der Luft liegt immer noch Brandgeruch – ein beißender, durchdringender Geruch, der einem die Tränen in die Augen treibt. Er verfolgt uns, setzt sich in unsere Kleidung, sticht in der Nase.

»Max, bitte …« Ich schaue ihn flehend an.

»Ich habe die Tabletten doch gesehen, Alice«, sagt er.

Ist das wirklich Max? Mein Max, mein Kumpel, der mich immer zum Lachen bringt, der jederzeit bereit ist, mit mir ein Bier trinken zu gehen, mir zuzuhören oder mit mir herumzualbern? Max, der mir in jeder Situation den Rücken stärkt? Ich erkenne meinen Freund nicht wieder.

Es sieht allerdings nicht gerade so aus, als ob ihm das hier Spaß machen würde. Im Gegenteil, Max sieht so aus, wie ich mich fühle, scheint den Tränen nahe zu sein. Vielleicht meint er wirklich das, was er da sagt – dass sie seiner Meinung nach ein Recht darauf haben, es zu wissen.

Vielleicht ist es auch wirklich so.

»Ich habe sie in eurem Zelt gesehen. Im Kulturbeutel, als ich die Zahncreme von euch geliehen hatte«, fährt er fort. »Aripiprazol.« Er macht eine Pause. »Aripiprazol wird bei Psychosen verschrieben, oder? Das stand zumindest auf der Verpackung«, sagt er mit niedergeschlagener Stimme. »Tone leidet an einer Psychose«, erklärt er, als ich nichts erwidere, und macht die Sache mit seiner Klarstellung noch schlimmer.

Ich will es nicht hören, will es nicht wahrhaben.

»So ist das nicht.« Mit aller Kraft versuche ich, die nun aufsteigenden Tränen wegzublinzeln. »Sie hatte nur eine Episode, und die liegt schon mehr als ein Jahr zurück. Sie ist nicht psychotisch, und von ihr geht keine Gefahr aus. Sie leidet unter Depressionen und litt *ein Mal* unter einer Psychose – ein einziges Mal –, sie ist also nicht ständig psychotisch. Tone geht es inzwischen sehr viel besser. Sie wollte nicht, dass jemand davon weiß und ... nein, ich finde nicht, dass es meine Angelegenheit war, euch darüber zu informieren. Solange sie ihre Medikamente nimmt, ist sie ...«

Ich will den Satz beenden. Es gelingt mir nicht.

Das Schweigen zwischen uns dehnt sich aus.

»Und ihre Medizin nimmt sie noch ein, oder?«, fragt Emmy gedehnt.

Plötzlich fühlt sich mein Hals an wie zugeschnürt.

Vielleicht gibt es ja doch irgendein Mittel, das du nehmen könntest?

Ich sehe den Blister mit Ibuprofen vor mir, den sie in den Händen hielt. Tones unergründlichen Blick, wie sie beim Einnehmen von zwei Tabletten leer vor sich hin starrte. Wie sie anschließend die Lippen aufeinanderpresste.

Ich wusste, warum sie kein Schmerzmittel einnehmen wollte. Wusste, dass sie nichts nehmen wollte, was sich nicht mit ihren Medikamenten vertrug.

Aber ich habe nicht die richtigen Schlüsse daraus gezogen. Wusste nicht, welche Auswirkungen das haben konnte.

Tone ist erwachsen. Sie weiß, was sie tut.

Aber Tone hatte Schmerzen – starke Schmerzen. Und sie wusste, dass ich nicht vorzeitig abfahren wollte. Wusste, wie viel mir diese Tage in Silvertjärn bedeuteten. Hatte es in meinem Blick gelesen, als ich sie fragte, ob sie ins Krankenhaus wollte.

»Wann hat sie aufgehört, ihre Medikamente zu nehmen, Alice?« Emmys Worte sind leise, aber unmissverständlich.

Plötzlich sehe ich klar.

Das ist alles meine Schuld.

Ich hatte Tone damals während ihres Krankenhausaufenthalts besucht. Einmal pro Woche. In der letzten Zeit vor ihrer Episode hatte sie das Telefon nicht mehr abgenommen, keine SMS mehr beantwortet. Ich ging nicht unaufgefordert zu ihrer Wohnung, weil ich annahm, dass sie einfach nicht mit mir reden wollte. Mir kam nie der Gedanke, dass mit ihr etwas nicht stimmen könnte. Obwohl von allen Menschen gerade ich das hätte wissen müssen. Obwohl ich nur zu genau wusste, dass man nicht mal mehr eine Mail lesen kann, wenn einem die Furcht die Luft abschnürt.

Im Krankenhaus war Tone sehr still gewesen, noch stiller als sonst. Hatte kaum auf mein Plappern reagiert. Ich wiederum hatte schneller als sonst gesprochen, hatte versucht, die Stille mit Worten zu füllen, um sie nicht hören zu müssen. Manchmal hatte ich mich gefragt, ob Tone überhaupt Wert auf meine Anwesenheit dort legte.

Doch immer wenn ich gehen musste, umarmte sie mich so fest wie eine Ertrinkende, die sich an eine Rettungsboje klammerte. Also besuchte ich sie weiterhin, bis sie mich eines Tages anrief und erzählte, dass sie wieder zu Hause sei. So als ob nichts gewesen wäre.

Ich habe sie nie erlebt, als es ihr richtig dreckig ging. Sie hat es auch kaum jemals thematisiert. Die wenigen Male, als ihre Episode zur Sprache kam, sagte sie nur, dass sie »durcheinander« gewesen sei und schreckliche Angst gehabt habe. Manchmal habe sie geglaubt, dass sie ihre eigene Mutter sei und sich in Silvertjärn befände. Sie habe Stimmen gehört, die ihr Geheimnisse zuflüstern wollten.

Aber das hatte sie schon lange nicht mehr erwähnt, nur in Verbindung mit ihrer Bitte an mich, ihre Krankheit für mich zu behalten.

Es war ihr doch besser gegangen. Es ging ihr doch gut.

Jedoch nur solange sie ihre Medikamente nahm …

Das Bild von Tone, halb über Birgittas Küchentisch liegend, steigt in mir auf. Ich habe plötzlich einen dicken Kloß im Hals, ungewollt quellen Tränen aus meinen Augen hervor. Ich wollte es nicht wahrhaben. Wollte die Augen vor der Wahrheit verschließen, vor den Folgen.

Sie hat gesagt, dass mit ihr alles in Ordnung sei.

Das hat sie doch gesagt.

Warum habe ich bloß auf sie gehört?

Schweigen dehnt sich zwischen uns aus. Ich versuche, meine Tränen zu unterdrücken und meine Stimme wiederzufinden. Wie ich doch wünschte, dass jemand von den anderen dieses Schweigen endlich unterbrechen würde.

»Wir müssen fort von hier«, sagt Emmy schließlich mit matter Stimme. »Wir können nicht hierbleiben. Wir brauchen Hilfe.«

»Aber wie denn? Du hast die Fahrzeuge doch selbst gesehen – oder besser gesagt das, was von ihnen noch übrig ist«, sagt Max.

»Wir können ja zu Fuß gehen«, sagt Emmy.

Robert räuspert sich. »Es sind mindestens vierzig Kilometer bis zur nächsten größeren Straße, und das in schwierigem Gelände. Und auf dieser Straße gibt es so gut wie kein Verkehrsaufkommen. Wo lag denn noch gleich die nächste Tankstelle? Noch einige Kilometer weiter, oder?«

»Wir müssen ja nicht unbedingt irgendjemanden treffen, wir müssen nur raus aus diesem Funkloch«, gibt Emmy zu bedenken.

»Wo endete das noch mal?«, fragt Robert.

»Nach fünfundvierzig Minuten Autofahrt«, sagt Emmy. »Ich musste ganz vorsichtig aus dem Wald fahren, deshalb hat es auch so lange gedauert. Keine Ahnung, wie viele Kilometer das nun letztlich sind.«

Emmy zieht das Handy aus der Hosentasche und versucht, es anzustellen, schüttelt dann aber den Kopf.

»Für das Telefongespräch ist der Rest meines Akkus draufgegangen. Wie steht es mit euren Handys?«, fragt sie.

Robert schüttelt nur den Kopf. Ich muss meines gar nicht erst rausholen, um zu wissen, dass es keinen Ton mehr von sich gibt.

»Mein Akku ist auch leer«, sagt Max.

»Und wo ist dein Ladegerät, Max? Im Volvo oder im Kastenwagen?«, fragt Emmy.

»Im Volvo«, erwidert Max.

»Hast du vielleicht ein Autoladegerät, das man in den Zigarettenanzünder stecken könnte?«, fragt Emmy ihn gespannt.

In Max' Augen glimmt ein leiser Hoffnungsfunke auf. »Ich glaube schon. Im Handschuhfach.«

Robert macht eine abwehrende Geste. »Der Motor des Volvo ist hinüber. Du hast ja selbst gesehen, wie der Wagen aussah. Um nichts in der Welt kann der noch …«

»Aber nicht der Generator«, fällt Emmy ihm ins Wort. »Der hat in dem anderen Kastenwagen gelegen. Der könnte noch funktionieren. Wenn wir Max' Ladegerät mit dem Generator verbinden könnten, können wir sein Handy aufladen. Und dreißig, vierzig Kilometer wandern, bis wir wieder Empfang hätten.«

»Ist das denn nicht gefährlich? Was ist, wenn der andere Wagen jetzt auch noch explodiert?«, wendet Max ein.

Emmy lässt ihren Blick über die Häuserdächer schweifen. »Der Rauch ist weggezogen. Und Autos explodieren nicht einfach mir nichts, dir nichts. Wenn der Benzinkanister die Explosion ausgelöst hat, gibt es keinen Grund dafür, anzunehmen, dass das andere Auto auch eine Gefährdung wäre.«

»Das Auto nicht …«, sagt Robert mit gedämpfter Stimme. Mehr muss er nicht sagen.

»Ja, aber wir sind schließlich zu viert.« Emmys Stimme duldet keinen Widerspruch. Sie sieht angespannt aus. »Was kann denn eine Person schon gegen vier ausrichten? Wir müssen ja nicht lange dortbleiben. Müssen nur den Generator und das Ladegerät und das Handy aufladen. Wir passen gut auf. Nehmen das Nötigste aus dem Gepäckraum mit. Lebensmittel und Trinkwasser. Was davon noch unversehrt geblieben ist.«

Ich weiß, dass ich besser den Mund halten sollte, aber ich kann nicht anders.

»Tone war das nicht«, sage ich tonlos. »Tone kann es nicht gewesen sein. Sie ist nicht verrückt. Auch nicht gewalttätig, das war sie noch nie. Sie ist einfach nur … krank.«

»Aber wer, wenn nicht sie, Alice?«, entgegnet Max leise.

Ich höre seinem Tonfall an, dass es nur eine rhetorische Frage ist, dass er damit einen Schlusspunkt setzen will. Seine Worte treffen mich tief. Ich muss an die Gestalt im Regen denken, höre den Hauch eines Lachens auf der Videosequenz, Tones geflüsterte Worte:

Ich glaube, ich habe etwas im Erdgeschoss gehört.

Muss an Emmys unergründlichen Blick aus ihren grünen Augen denken.

Du hast jemanden gesehen, oder?

Ich sehe Emmy an.

Sie wirkt verbissen.

»Das spielt jetzt keine Rolle«, sagt sie dann zu meinem Erstaunen.

»Es kommt nur darauf an, dass wir Hilfe rufen können und von hier wegkommen. Und um das zu tun, müssen wir jetzt zurück zum Marktplatz.«

»Und was machen wir, wenn es nicht funktioniert?«, fragt Max. Sein mintgrüner Pulli mit Zopfmuster ist von Rußflecken übersät.

Emmy reibt sich den Nacken. »Im schlimmsten Fall können wir einfach abwarten«, sagt sie. »Meine Mutter hat sich solche Sorgen gemacht, dass ich ihr gesagt habe, dass sie die Polizei herschicken soll, wenn sie in den nächsten achtundvierzig

Stunden nichts von mir hört. Das haben wir so vereinbart, als ich noch annahm, dass ich einfach nur hierher zurückfahren würde, um Tone aufzulesen und ins Krankenhaus zu bringen. Jetzt aber …« Emmy zuckt die Achseln.

»Wir sollten lieber ein Handy aufladen und heute noch um Hilfe rufen«, sagt Robert.

Mit schwacher Stimme höre ich mich sagen: »Emmy hat recht. Wir müssen zurück zum Marktplatz.«

Heute

Ich gehe ein Stück hinter den anderen, als wir den Weg zurück zum Marktplatz einschlagen. Mein Blick irrt suchend durch die Gassen, scannt die Schatten. Das dumpfe Gefühl in meinem Bauch lähmt mich, ich kann mich nur ganz langsam bewegen.

Tone. Tone.

Ich will nicht glauben, dass sie hinter der Explosion steckt. Aber so sehr ich mir auch den Kopf zerbreche, ich kann keine andere Erklärung finden.

Können Autos vielleicht von selbst explodieren? Wegen eines Herstellungsfehlers? Könnte der Tank ein Leck gehabt haben, könnte der Motor nicht ausgeschaltet gewesen sein, könnte es irgendwie zu einem Funkenflug gekommen sein?

Vielleicht.

Vielleicht steckt auch ein Fluch dahinter, der Fluch von Silvertjärn. Vielleicht auch irgendwelche Geister. Oder doch Außerirdische.

Oder aber meine Freundin ist dafür verantwortlich. Meine kranke Freundin, die ihre Medikamente nicht eingenommen hat. Meine Freundin, die unter Verfolgungswahn und Verwirrtheitszuständen leidet und dachte, sie müsse sich gegen jemanden zur Wehr setzen, der gar nicht existierte.

Nackte Angst schlägt ihre Klauen in mich.

Ich will es nicht glauben.

Die anderen bleiben stehen. Wir haben den Marktplatz erreicht. Ich gehe zu ihnen. Wir geben keinen Laut von uns. Horchen.

»Seid ihr bereit?«, fragt Emmy.

Ich sehe die anderen an. Keiner sagt etwas, aber Robert nickt.

Für einen flüchtigen Moment wird mir bewusst, wie absurd das hier alles ist. Als wäre dies nur ein schlechter Film.

Ich bin nicht bereit dafür. Ich lasse mich nicht darauf ein.

Aber es spielt keine Rolle.

Wir folgen Emmy über den Marktplatz.

Das Feuer ist mittlerweile fast erloschen. Das Kopfsteinpflaster ist von verkohlten Pflanzenresten übersät. Die Wrackteile des Kastenwagens liegen noch immer an derselben Stelle, die Reste unserer Ausrüstung sind überall auf dem Platz verstreut.

Deckt unsere Autoversicherung eigentlich solche Unglücksfälle ab? Oder Brandstiftung? Das hier zählt doch sicherlich als Brandstiftung, oder?

Ich bewege mich schleichend vorwärts, warum, weiß ich nicht genau. Falls jemand in so unmittelbarer Nähe lauert, dass er meine Schritte hören kann, kann er mich schließlich auch sehen. Aber unsere urtümlichen Instinkte sind Vernunftargumenten nicht zugänglich, sie sorgen dafür, dass man leise und unauffällig in Deckung gehen und fliehen will.

So wie Tiere auf der Flucht. Vielleicht sind wir das: Freiwild.

Der Volvo steht am anderen Ende des Marktplatzes. Er stand vorher auch schon etwas abseits, weshalb ihn die Explosion wohl auch nicht so stark erfasst hat wie den anderen Kastenwagen. Die Druckwelle hat ihn zwar an die Wand geschoben, aber er ist nicht auf die Seite gekippt, und das Feuer hat ihn verschont. Die Karosserie ist verbeult und der Motor sicher kaputt, aber ansonsten ist der Wagen weitestgehend unversehrt.

»Hört ihr was?«, fragt Emmy leise. Anspannung liegt in ihren Zügen.

Aber ich höre nichts.

»Nein«, sagt Robert gedämpft.

Als Max sich dicht neben mich stellt, weiche ich vor ihm zurück. Ich kann mich nicht einmal dazu überwinden, ihn anzusehen. Als er den Türgriff des Volvos herunterdrückt, wende ich meinen Blick ab und höre nur das Klicken der sich öffnenden Tür.

»Super! Such du das Ladegerät, dann hole ich den Generator aus dem anderen Kastenwagen«, sagt Emmy.

Ich will nicht bei Max bleiben und folge Emmy wie ferngesteuert. Der Kastenwagen sieht irgendwie bedrohlich aus, wie er so daliegt – wie ein verletztes Tier, das sich, um Kraft zu tanken, auf die Seite gerollt hat.

»Aber wie sollen wir bloß ins Innere kommen?« Emmy klingt etwas mutlos, aber doch pragmatisch.

Ich weiß, was sie meint – die Türen zum Laderaum sind von der Explosion schwer in Mitleidenschaft gezogen worden und dermaßen verbeult, dass ich daran zweifle, dass man sie öffnen könnte.

»Ich versuch's mal. Und wenn die Türen nicht aufgehen, versuche ich vom Vordersitz aus in den Laderaum zu klettern«, sage ich.

Von dem Teil der Karosserie, der in der Luft hängt.

Ich bin schon darauf gefasst, Emmy protestieren zu hören, aber sie nickt.

Vorsichtig schließt sich meine Hand um den Türgriff. Er ist immer noch warm. Ich ziehe daran, aber nichts tut sich.

»Dann also nicht«, sage ich nur.

Ich gehe zur Fahrerkabine. Die Türen hängen viel höher in der Luft, als ich erwartet hatte. Von allein komme ich niemals da hoch.

Suchend sehe ich mich nach einem Gegenstand um, auf den ich mich draufstellen könnte, aber da bringt Emmy mir schon einen halb verkohlten, geschmolzenen Autoreifen.

»Danke«, sage ich und schaue ihr ins Gesicht. Emmy erwidert meinen Blick, und ohne es beabsichtigt zu haben, sehen wir einander einige Sekunden lang in die Augen.

Worum es in unserer wortlosen Kommunikation geht, kann ich nicht sagen.

Ich hole Schwung und stoße mich am Autoreifen ab. Dabei verliere ich beinahe das Gleichgewicht, schaffe es aber gerade noch den Türgriff zu packen und mich auf die oben liegende Seite des Wagens hochzuziehen. Die Karosserie ist voller Ruß und besudelt meine Kleidung. Dann sitze ich endlich oben neben der Fahrertür.

Ich gehe auf die Knie und reiße an der Tür. Sie lässt sich nur schwer öffnen, hat sich anscheinend aber nicht verzogen. Ich zerre mit ganzer Kraft daran und kann mich schließlich durch einen Spalt in die Fahrerkabine zwängen.

Im Innern ist alles um neunzig Grad gedreht. Jede Menge Zeug liegt wild durcheinander, Verstauräume haben sich geöffnet. Bleistiftstummel und Kaffeetassen sind auf der Tür des Beifahrersitzes gelandet. Dort liegen auch die Papiere aus der Kirche. Ich zögere nur kurz, dann falte ich sie und stecke sie ein.

Das kleine Fenster zwischen Fahrerkabine und Laderaum wurde durch die Druckwelle oder den Aufprall des Fahrzeugs herausgedrückt; aber die Fensteröffnung ist versperrt. Irgendetwas hat sich unverrückbar darin verkeilt.

Ist dies nun der Moment, um aufzugeben? War es das? Ist dies alles, was von meinem Traum noch übrig ist?

Nein. So darf ich jetzt nicht denken. Ich darf nicht zulassen, dass mich die Sorgen übermannen. Mit den Sorgen kommt die Angst. Die Scham. Die Furcht. Die allesverzehrende Furcht.

Ich muss mich jetzt auf das konzentrieren, was getan werden muss.

Ich stemme aus ganzer Kraft die Füße gegen das Ding, das die Fensteröffnung blockiert. Schweiß tritt mir auf die Stirn und meine Muskeln schmerzen vor Anstrengung, als es sich von einer Sekunde auf die andere löst. Ein Riesenkrach ertönt im Laderaum, als dort alle möglichen Sachen zusammenbrechen. Instinktiv kauere ich mich zusammen und verschränke schützend die Arme über meinem Kopf.

»Alice!«, höre ich Emmy draußen rufen.

»Mit mir ist alles in Ordnung!«, rufe ich zurück, ganz erstaunt darüber, dass sie sich anscheinend Sorgen um mich macht. Ich zwänge mich durch die Öffnung in den Laderaum, bewege mich zwischen der Ausrüstung und anderen undefinierbaren Gegenständen tastend vorwärts. Der Raum liegt beinahe völlig im Dunkeln, die hinteren Türscheiben aus Glas sind von einer dicken Schicht Ruß überzogen.

Ich taste nach dem Generator, einem kleinen Kubus. Als mein Fuß plötzlich abrutscht, schlage ich mit dem Knie gegen irgendetwas Spitzes. Der Schmerz ist so durchdringend, dass mir schwindlig wird. Ich stoße ein gedämpftes Wimmern aus, taste mein Knie ab. Zumindest ist es keine offene Wunde.

Wenn ich doch nur besser sehen könnte!

Ich will gerade die Handytaschenlampe einschalten, als mir einfällt, dass ja der Akku leer ist. Darum bin ich doch hier, ich Idiotin! Um von hier wegzukommen, fort von diesem verfluchten Ort.

Und da höre ich es auf einmal, ein Geräusch in der Dunkelheit.

Zuerst scheinen es nur meine eigenen Atemzüge zu sein, die von den Wänden zurückgeworfen werden, doch dann fällt mir eine kleine Abweichung auf. Die anderen Atemzüge sind flacher und schneller, kommen einen Sekundenbruchteil nach meinen.

Meine Füße sind in der unbequemen Haltung, in der ich verharre, eingeschlafen. Ich wage nicht, mich zu rühren. Das ist doch alles nur Einbildung! Bestimmt ist es das!

Aber mein Körper reagiert instinktiv.

Unwillkürlich halte ich den Atem an.

Und höre immer noch flache, heisere Atemzüge.

Ich spüre etwas Feuchtes an den Innenseiten meiner Schenkel. Urin.

Allmählich gewöhnen sich meine Augen an das Dunkel. Es ist noch immer zu finster, um Genaueres zu erkennen. Aber ich kann Konturen wahrnehmen. Sehe eine längliche Gestalt mit weichen Umrissen vor den Hintertüren.

Eine Gestalt, die sich bewegt.

»Tone?«, flüstere ich.

Da höre ich es – ein heiseres, dumpfes Lachen.

War ich gerade noch vor Angst wie gelähmt, machen sich jetzt sämtliche Überlebensinstinkte bemerkbar und lassen mich laut aufschreien. Eine heiße Schockwelle erfasst mich; ich taumele rückwärts. Mit einem nie gekannten Horror kämpfe ich mich vor zur Fahrerkabine, mit den Füßen um mich tretend. Ich fliehe wie ein Tier, das um sein Leben rennt, in nackter Todesangst.

Ich quetsche mich durch den Spalt zwischen den Vordersitzen und schwinge mich mit einer Kraft, von der ich nicht wusste, dass ich sie besitze, nach oben, aus der Tür und ins Freie. Mit einem schmerzhaften Aufprall lande ich auf dem Kopfsteinpflaster. Eigentlich dürfte ich mich gar nicht mehr rühren können, aber irgendwie rappele ich mich auf und renne los.

Ich bin nur wenige Meter weit gekommen, als mich jemand am Handgelenk packt.

Heute

»Alice! Was ist denn los?«

Ich versuche, meine Hand aus dem Griff zu lösen, aber er ist unnachgiebig. Allmählich beruhigt sich mein Herzschlag. Ich drehe mich um. Sehe, dass Emmy mich anstarrt.

»Alice?«, höre ich Max von seinem Wagen her rufen.

Die Realität hat mich wieder.

»Was ist denn, Alice? Was ist passiert?«, fragt Emmy und lässt mich los. Mit einem Stirnrunzeln mustert sie mich.

Ich muss schlucken und sehe zurück zum Kastenwagen. Er liegt noch genauso wie vorher auf der Seite; wie ein verrußter, verletzter Riese. Auf einmal spüre ich, dass mein Fuß schmerzt. Ich muss falsch aufgekommen sein, als ich aus dem Wagen gesprungen bin.

»Da drinnen …«, setze ich mit dünner Stimme an.

Da drinnen ist jemand.

Die Worte liegen mir auf der Zunge, aber ich bringe sie nicht heraus.

Ich habe jemanden da drinnen gehört. Jemanden.

Und es war nicht Tone.

Das habe ich doch?

Ich schlucke noch einmal.

»Ich konnte den Generator nicht finden. Aber im Wagen ist alles kaputt. Der Generator bestimmt auch«, presse ich hervor.

Emmy flucht leise vor sich hin. Dann sieht sie mich zögernd an.

»Bist du okay?« Ihr Blick hat etwas Abwägendes.

Was werden sie sagen, wenn ich ihnen erzähle, dass ich jemanden da drinnen gehört habe? Jemanden lachen gehört habe? Jemand anderen als Tone?

Oder …

Oder habe ich mir das doch nur eingebildet?

Ich habe nie eine Psychose gehabt, jedenfalls nicht in der Form wie Tone. Aber ihre Symptome entstanden nichts destotrotz aus Depressionen heraus, und die hatte ich auch. Schwere Depressionen. Und damals hat Emmy mir auch nicht geglaubt.

Vom Kastenwagen kommt kein noch so winziges Geräusch.

Ich könnte die anderen bitten, nachzusehen. Die Türen zu öffnen. Selbst hineinzukriechen und zu schauen. Aber ich kann jetzt schon Emmys Miene vor mir sehen, während sie kühl sagt:

»Da war nichts. Sie hat sich das nur eingebildet. Sie ist völlig hysterisch.«

Ich schlucke.

»Ich … ich bin stecken geblieben«, sage ich. »Kopfüber stecken geblieben. Es war furchtbar. Ich dachte, ich könnte mich nicht mehr selbst befreien.«

»Na, wie ist es gelaufen?«, fragt Robert in dem Moment hinter mir. Er hält ein langes weißes Ladekabel in der Hand.

»Sie sagt, der Generator ist bei der Explosion zerstört worden«, sagt Emmy.

Robert presst die Lippen aufeinander.

»Verdammt!«, entfährt es ihm.

»Wir sollten irgendwo anders ein neues Lager beziehen«, schlägt Emmy vor. »An einem sicheren Ort, am besten mit Dach. Und dann überlegen wir, was wir tun.«

»Und hinter Türen«, fügt Robert hinzu.

Damit man jemanden aussperren kann. Und sich selbst verschanzen.

Er muss es nicht erst laut aussprechen.

Emmy kneift die Augen gegen die starke Mittagssonne zusammen, lässt ihren Blick über den Ort schweifen. Die Strahlen lassen das Kreuz auf der Kirchturmspitze aufleuchten – es stellt den höchstgelegenen Punkt des Dorfes dar und erinnert gleichzeitig an einen Fixstern.

»Die Kirche«, sagt sie. »Wir gehen zur Kirche.«

Heute

»Wir sollten die Türen verbarrikadieren«, sagt Emmy zu Max und Robert. Sie macht Anstalten, eine Kirchenbank anzuheben. Es gelingt ihr kaum, die Bank auch nur zu verrücken – sie scheint aus schwerem Eichenholz zu sein –, aber Robert hilft ihr und zusammen schieben sie sie bis vor die Kirchenpforte. Ein lautstarkes Quietschen hallt von der Decke wider.

Robert tritt ein paar Schritte zurück, um ihr Werk zu betrachten. »Das sollte reichen.«

»Und was machen wir jetzt?«, fragt Max in die Runde.

Es ist Robert, der antwortet. »Wenn deine Mutter nach achtundvierzig Stunden die Polizei ruft, Emmy, und du sie vor ein paar Stunden angerufen hast, wird sie nicht vor übermorgen Vormittag hier sein«, sagt er.

»Das sind noch zwei volle Tage«, gibt Max zu bedenken. »Und wir haben keine Lebensmittel und kein Trinkwasser mehr …«

»Wasser können wir aus dem Fluss holen«, sagt Emmy. »Um diese Jahreszeit führt er hauptsächlich Schmelzwasser mit sich, das dürfte einigermaßen sauber sein.«

»Wir könnten auch zu Fuß von hier weggehen«, sagt Robert zweifelnd. »Aber wir haben keinen Kompass dabei und keine festen Schuhe … wir könnten dem Straßenverlauf folgen, aber bis zur nächsten größeren Straße sind es mindestens vierzig bis fünfzig Kilometer. Und noch länger bis zum nächsten Ort.«

Max schnaubt resigniert. Er starrt auf die Eichenbank vor der Kirchentür.

Mein Blick wird von der Jesusgestalt über dem Altar angezogen, die uns beinahe zu verhöhnen scheint. Und sind seine Mundwinkel nicht zu einem abscheulichen, spöttischen Grinsen verzogen?

»Aber wir können Tone doch nicht einfach so hier draußen zurücklassen«, wende ich ein, reiße meinen Blick von der Jesusgestalt los und sehe zu Emmy.

Sie schüttelt den Kopf. Keiner sagt noch etwas.

»Sie hat bestimmt Todesangst. Und sie ist ganz allein. Ihr könnte etwas zustoßen, sie könnte …« Ich schlucke schwer.

»Und was sollen wir deiner Meinung nach tun? Ganz Silvertjärn nach ihr absuchen?«, sagt Emmy. »Wenn sie nicht gefunden werden will, werden wir sie auch nicht finden. Und von ihr geht eine Gefahr aus, Alice.«

»Von ihr geht keine Gefahr aus!«, schreie ich.

Etwas in mir, ein letzter Rest von Vernunft, sagt mir, dass diese Reaktion nicht gerade geeignet ist, um die anderen davon zu überzeugen, aber ich kann mich nicht länger beherrschen. Wie können sie Tone nur hier draußen zurücklassen wollen? Wie können sie in einer kranken, einsamen jungen Frau, die nicht weiß, was sie tut, nur ein Monster sehen?

»Sie hat den Wagen in die Luft gesprengt, Alice! Und ihretwegen sitzen wir jetzt hier fest«, sagt Emmy ungeduldig. Auch sie scheint sich jetzt nicht länger beherrschen zu können.

»Das steht doch gar nicht fest«, entgegne ich kopfschüttelnd. »Das wisst ihr nicht mit Sicherheit, das nehmt ihr nur an.«

»Das hätten wir nicht annehmen müssen, wenn du uns von der Tatsache in Kenntnis gesetzt hättest, dass deine Geschäftspartnerin psychisch gestört ist.«

»Sie ist nicht gestört«, beharre ich. Aber meine Stimme zittert. Angestrengt bemühe ich mich, jetzt nicht die Kontrolle zu verlieren, nicht schwach zu sein. Mich auf meinen Zorn zu konzentrieren und an ihm festzuhalten.

»Sie ist nicht gestört – sie ist krank. Sie hat sicher nur gerade eine Episode und es …«

Es ist alles meine Schuld.

Emmy schüttelt nur den Kopf. »Wir bleiben hier. Und warten ab.«

»Nein«, sage ich unnachgiebig, während ich um Beherrschung ringe.

»Na gut, dann stimmen wir eben darüber ab«, sagt Emmy.

Ihr Blick schweift zu Robert und Max.

»Alle, die dafür sind, dass wir in der Kirche bleiben, bis die Polizei kommt, heben die Hände.«

Ich sehe die beiden Männer an. Robert hebt die Hand – zögernd, beinahe schüchtern. Max mustert mich stirnrunzelnd und hebt dann auch die Hand.

In diesem Moment bin ich drauf und dran, den anderen von den Atemzügen im Wagen zu erzählen. Den Atemzügen, die immer noch – flach und heiser – in meinem Kopf widerhallen.

Aber würden sie mir jetzt glauben? Würde Emmy – selbst, wenn sie vorher selbst geglaubt hat, dass jemand hier ist und ich nicht auf sie hören wollte – mir jetzt glauben, oder würde sie, würden sie alle gegen meine Überzeugung annehmen, dass es Tone dort im Auto gewesen war?

Ich weiß selbst nicht einmal mehr, ob wirklich jemand oder etwas da war. Oder ob das Hirngespinste waren, die Silvertjärn hervorbringt und deren Einflüsterungen ich aufgesessen bin. In einem Anflug von Wahnsinn.

Ich schweige.

»Dann ist die Sache entschieden«, sagt Emmy.

Heute

Ich habe mich auf einen der alten Sprossenstühle in der Sakristei gesetzt. Das Polster ist verschimmelt, die halbe Füllung quillt heraus und das einst so hübsche Blumenmuster ist kaum noch zu erkennen. Beim Hinsetzen haben die Stuhlbeine bedenklich geknarrt, aber gehalten.

Draußen geht allmählich die Sonne unter. Mit müden Augen verfolge ich ihren Gang. Ich weiß nicht, wie lange ich schon hier drinnen sitze. Doch wohl kaum länger als eine Stunde, oder?

Ich habe die Tür hinter mir geschlossen, und bisher ist mir niemand hierher gefolgt. Bin ich eigentlich darüber enttäuscht? Keine Ahnung. Die Stille im Raum ist einschläfernd, spendet mir Trost; hier gibt es niemanden, gegen den ich meine Wut richten kann. Aber die Stille bietet auch nichts, das mich von meinen quälenden Gedanken ablenkt.

Von meinen Gedanken an Tone. An Silvertjärn. Und schändlicherweise auch an meinen Film, aus dem jetzt niemals etwas werden wird. Womöglich sollte mich das gar nicht kümmern, nachdem jetzt alles den Bach runtergegangen ist und nichts mehr so ist, wie es vorher war, aber das tut es. Der Traum, diesen Film zu machen, hat mich fast zwanzig Jahre lang angetrieben. Ihn plötzlich aufzugeben, nachdem er kurz vor der Erfüllung stand, gibt mir das Gefühl, als sei eine meiner Gliedmaßen amputiert worden.

Meine Nerven liegen so blank, dass ich vor Schreck heftig zusammenzucke, als hinter mir leise die Tür knarrt. Ich drehe mich um.

»Wie geht es dir?«, fragt Max. Er hält eine halbvolle Flasche Wasser in der Hand. Bevor ich etwas erwidern kann, kommt er ganz in den Raum und schließt die Tür.

»Ich dachte, dass du vielleicht durstig bist.« Er macht ein paar zögernde Schritte auf mich zu.

Ich stehe auf. Max lächelt mich an und streckt mir die Wasserflasche entgegen.

Zuerst zögere ich. Dann greife ich danach und trinke. Das Wasser ist lauwarm und schmeckt nach Kunststoff, tut aber gut. Auf einmal wird mir bewusst, wie hungrig ich bin.

»Die hatte ich noch im Rucksack. Ein paar Proteinriegel habe ich auch noch gefunden, falls du einen möchtest«, sagt Max.

Ich lasse die Wasserflasche sinken.

»Was willst du, Max?«, frage ich.

Es klingt härter als beabsichtigt, trotzdem bereue ich meine Worte nicht.

»Ich wollte nur mal nachsehen, ob mit dir alles in Ordnung ist«, sagt er.

»Nein, es ist nicht alles in Ordnung mit mir. Nichts von alledem hier ist in Ordnung. Du kannst jetzt gehen. Hier!«

Ich will ihm die Flasche reichen, aber er nimmt sie mir nicht ab. Ein angespannter Zug liegt um seinen Mund, er sieht mich aus großen, traurigen Hundeaugen an, seine Stirn ist gerunzelt. Wie mir jetzt auffällt, sind seine Augenbrauen ganz schmal. Das habe ich früher nie bemerkt. Sie sehen aus wie aufgemalt, fast wie bei einer Puppe.

»Bist du sauer auf mich?«, fragt er.

Ungläubig starre ich ihn an. »Sauer?« Ich gebe ein heiseres Lachen von mir, das in Schluchzer überzugehen droht.

»Bitte, Alice …«, sagt Max flehend und macht einen Schritt auf mich zu, aber ich schüttele den Kopf.

»›Sauer‹ ist gar kein Ausdruck, Max. Ich fasse es nicht, wie du mir das antun konntest. Ausgerechnet du …« Mir versagt die Stimme, ich schlucke. »Ich dachte, dass ich mich von allen hier wenigstens auf dich verlassen könnte, Max. Verstehst du? Ich dachte, was immer auch geschehen wird, ich habe in jedem Fall dich«, erkläre ich erregt.

»Ich musste etwas sagen, Alice, mir blieb keine andere Wahl«, sagt Max im Gegensatz zu mir ganz ruhig und vernünftig. »Dich zu verletzen ist das Letzte, was ich will, das weißt du. Aber Robert und Emmy mussten das einfach wissen.«

»Es stand mir nicht zu, euch davon zu erzählen«, versuche ich ihm erneut klarzumachen.

Aber mit jedem Mal klingen diese Worte hohler.

In einem Punkt hat er recht, mit dem, was er sagt – oder jedenfalls teilweise recht. Die anderen mussten erfahren, dass Tone krank ist, dass es ihr nicht gut geht, dass sie nicht sie selbst ist.

»Emmy und Robert halten sie jetzt aber für gefährlich. Sie finden nichts dabei, sie hier draußen allein zurückzulassen, und Tone muss schreckliche Angst haben, Max …« Sorgenvoll schüttele ich den Kopf.

»Das Risiko ist zu groß, Alice«, wendet Max ein. »Ich weiß, dass du glaubst, dass keine Gefahr von ihr ausgeht, aber sie ist nicht länger sie selbst. Und Silvertjärn lässt sie sicherlich auch nicht ganz unbeeinflusst. Das Beste, was wir für Tone tun können, ist abzuwarten, bis Hilfe kommt.« Zögernd kommt er näher. »Ich wollte dich nicht verletzen, Alice, das musst du doch wissen. Ich habe nur das getan, was getan werden musste.«

Ich will nicht hören, was er da sagt. Wie vernünftig seine Worte auch sein mögen, spüre ich seinen Betrug doch in jeder Faser meines Körpers. Aber wie soll ich meinen Instinkten vertrauen?

Nichts von dem, was ich bisher geglaubt habe, hat sich als richtig erwiesen.

»Komm schon, Alice«, sagt er und zieht meinen steifen Körper in seine Arme. Er ist ganz warm und verschwitzt. Ein Hauch seines Deos steigt mir in die Nase. »Bald sind wir fort von hier«, murmelt er an meiner Schulter und umarmt mich fest. »Bald ist alles vorbei. Wir schaffen das.«

Ich lasse mich von ihm umarmen, kann mich aber nicht richtig dazu überwinden, seine Umarmung zu erwidern.

Schließlich lässt er mich los, tritt einen Schritt zurück und sieht mich mit einem Lächeln an.

»Hast du Hunger? Ich hol dir mal so einen Proteinriegel.«

Ich muss schlucken. Dann nicke ich. »Ja. Vielen Dank.«

Max verlässt die Sakristei und schließt die Tür.

Ich setze mich wieder auf meinen Sprossenstuhl. Vor lauter unterdrücktem Widerwillen habe ich Magenschmerzen. Aber vielleicht ist auch nur mein Hunger der Grund dafür.

Irgendetwas auf dem Stuhlpolster drückt. Ich stehe auf und taste es ab. Nichts.

Aber irgendetwas drückt noch immer, auch im Stehen.

Endlich geht mir ein Licht auf: Es müssen die Papiere sein, die in meiner Gesäßtasche stecken.

Die Papiere, die ich vor einer gefühlten Ewigkeit aus der Sakristei mitgenommen und vorhin im Kastenwagen wieder an mich gerafft habe.

Leise falte ich sie auseinander und mustere sie. Zuoberst liegen seltsam krakelige Zeichnungen, scheinbar wie aus Kinderhand, die Spiralen und Strichmännchen zeigen. Meine unsanfte Behandlung hat die Bögen stark in Mitleidenschaft gezogen.

Draußen vor der Sakristei höre ich vage Max' Stimme, er scheint sich mit Robert zu unterhalten. Hier drinnen aber ist es still. Goldenes Licht fällt durch die Fenster herein, inzwischen muss es später Nachmittag sein.

Halt. Jetzt nicht abschweifen.

Ich zwinge mich dazu, mich auf die Papiere vor mir zu konzentrieren, auf die linkisch gezeichneten Strichmännchen. Sie scheinen mit Malkreide gezeichnet worden zu sein. Ich starre auf sie hinunter.

Ein Strichmännchen hat einen großen schwarzen Mund, er sieht aus wie ein schwarzes Loch.

Die Fenster über der Spüle zeigen gen Westen, zur langsam untergehenden Sonne. Zum Kirchhof.

Mein Blick schweift von den Papieren zu dem nichtssagenden Tisch, auf dem wir sie gefunden haben. Vor meinem inneren Auge sehe ich einen Mann mit engelsgleichem Gesicht, der vor sechzig Jahren an diesem Tisch saß und seine Predigt immer wieder überarbeitete.

Wie kann es sein, dass diese Zeichnung zwischen seinen Papieren lag?

Ich weiß, wo ich solche Zeichnungen schon einmal gesehen habe. Diese unbeholfenen, kindlichen Striche.

Ich habe diese Strichmännchen heute Morgen auf Schwachkopf-Gittas Esstisch gesehen. Sie muss sie einst gezeichnet haben.

Aber soweit ich weiß, hat Birgitta sich immer im Umkreis ihres Hauses aufgehalten, hat den Dorfkern nie freiwillig betreten.

Wie also konnte eine von ihren Zeichnungen in die Kirche gelangen?

Damals

Elsa klopft an die Tür. Fester als sonst, mit zitternder Hand. Es fällt ihr schwer, in ruhigem Ton zu sprechen.

»Birgitta!«, sagt sie, so munter sie kann. »Ich bin's, Birgitta. Elsa. Ich habe Essen für dich dabei.«

Das hat sie tatsächlich, in dem üblichen Korb, aber diesmal hat sie die Sachen hastig zusammengesucht, sie werden Birgittas Ansprüchen nicht ganz genügen. Elsa ist noch immer völlig aus der Fassung. Ihr Herz klopft wie wild in ihrer Brust, und sie schwitzt, obwohl es ein kühler Tag ist.

Der ganze Sommer ist bisher kalt und trüb gewesen, der Himmel fast immer bewölkt, und ständig hing ein Geruch nach Regen in der Luft. Das Wetter passt nur zu gut zur allgemeinen Stimmung, die Menschen im Dorf irren ziellos und wie abgestumpft durch die Gassen. Die Leute unter ihnen dagegen, die sich der Kirche verschrieben haben, sind voller Tatkraft und Lebensmut.

Irgendetwas geht hier vor sich. Etwas Seltsames.

»Birgitta!«, ruft Elsa abermals, lauter und schriller diesmal, und klopft wieder lautstark an die Tür. »Komm und mach auf!«

Ach, so schlimm kann es schon nicht um sie stehen, versucht Elsa sich währenddessen einzureden. Sie selbst ist schließlich erst vor wenigen Tagen bei ihr gewesen. Und da hat Birgitta so wie immer gewirkt.

Aber etwas blass hat sie da schon ausgesehen, oder nicht? Obwohl Elsa es nicht richtig bemerkt hat – oder es besser gesagt nicht wahrhaben wollte. Schließlich war ihr Kopf zur Genüge mit anderen Dingen beschäftigt gewesen: mit Staffan und seiner Trinkerei. Mit Margareta und ihrem letzten Brief. Damit, dass sie mehr als alles andere wünschte, jetzt bei ihr in Stockholm sein zu können, ihre Hand zu halten und ihr während der

Schwangerschaftsvergiftung beizustehen. Elsa blutet das Herz, wenn sie an ihre ältere Tochter denkt.

Und bei all dem, was ihr im Kopf herumgegangen ist, hat sie nicht bemerkt, was mit Birgitta vor sich ging.

Und mit Aina.

Mit ihren beiden Mädchen.

Elsa kann sich noch nicht einmal mehr selbst verfluchen – die Wut lässt sie im Stich. Sie lässt die Hand sinken, lehnt die Stirn gegen die Tür.

»Bitte, Birgitta, so öffne doch!«, flüstert sie, obwohl sie schon ahnt, dass Birgitta das nicht tun wird.

Das Holz der Tür fühlt sich unter ihrer Stirn glatt und kühl an. Lindert auch die Hitze auf ihren Wangen etwas.

Mit der rechten Hand hämmert Elsa weiter gegen die Tür.

Und dann hört sie auf einmal, dass sich dahinter Schritte nähern.

Elsa kann sich gerade noch rechtzeitig aufrichten, als Birgitta öffnet.

Zuerst durchströmt Elsa Erleichterung. Obwohl sie es kaum wirklich glaubte, hatte sie doch ein klein wenig befürchtet, dass Birgitta tot sein könnte – tot oder schwerkrank. Drei Tage ohne jemanden, der nach ihr sah, waren für Birgitta eine lange Zeit.

Doch Elsas erste Erleichterung legt sich rasch wieder und weicht Entsetzen.

Wie üblich hat Birgitta ihren Blick gesenkt, aber jetzt irrt er unkonzentriert und verängstigt umher und sie gibt ein tiefes Summen von sich, während sie sich vor- und zurückwiegt. Es sieht beinahe so aus, als weine sie. Elsa hat Birgitta noch nie weinen gesehen.

»Oh, Birgitta«, sagt sie, stellt den Korb ab und streckt die Arme nach ihr aus, um sie in den Arm zu nehmen. Aber da schwillt Birgittas Summen zu einem lauten Stöhnen an, und sie fängt an, nach Elsa zu schlagen. Ein schwerer Schlag trifft Elsa am Kopf. Einer Ohnmacht nahe, stolpert sie rückwärts. Es tut fürchterlich weh, aber irgendwie gelingt es Elsa, die Balance wiederzufinden. Sie hebt eine Hand und tastet ihre Wange ab. Sie brennt, scheint ansonsten aber unversehrt zu sein.

Birgitta ist in ihr Häuschen zurückgewichen, stößt aber immer noch klagende, traurige Laute aus, die jetzt aber vielmehr resigniert klingen. Sie wollte Elsa nicht wehtun. Das weiß Elsa.

»Verzeih mir, Birgitta«, sagt sie. Ihr schwirrt immer noch der Kopf. »Das war falsch von mir. Ich hätte das nicht tun sollen.«

Elsa weiß nicht, ob Birgitta sie verstehen kann. Vorsichtig nähert sie sich ihr, die Hände lose an den Seiten herunterbaumelnd. Sie will ihr zeigen, dass sie sie nicht wieder anfassen wird. Dann hebt Elsa den Lebensmittelkorb an.

»Darf ich hereinkommen? Ich habe Essen für dich dabei. Du musst doch furchtbar hungrig sein.«

Elsa achtet darauf, sich nicht von der Stelle zu rühren und abzuwarten, bis Birgitta eine Entscheidung trifft.

Schließlich tritt Birgitta ein klein wenig zurück, gerade so viel, dass Elsa sich durch den Türspalt zwängen kann.

»Danke, Birgitta«, sagt Elsa höflich, als wäre Birgitta nur eine x-beliebige Nachbarin, die sie auf eine Tasse Kaffee hereingebeten hat.

Elsa gibt darauf acht, sich auf der Türschwelle gründlich die Schuhe abzutreten, bevor sie ins Haus geht. Nach diesem langen, feuchten Sommer gleicht ganz Silvertjärn einer einzigen Schlammwüste.

Elsa sieht sich in der Kammer um. Zu ihrem Erstaunen ist der muffige Geruch hier drinnen nicht schlimmer als sonst, im Gegenteil. Helles Licht fällt durch das Geäst der Eiche und malt Schatten auf den Küchentisch.

Auf dem Tisch liegt etwas.

Elsa mustert Birgitta genau, bevor sie tiefer in den Raum hineingeht, aber Birgitta zeigt kein Zeichen von Erregung mehr. Sie scheint sich beruhigt zu haben. Elsa stellt wie sonst auch den Korb auf einen Stuhl und blickt auf die Tischplatte hinunter.

Malkreide.

Billige Ölkreide, wie Kinder sie haben, mit runden Stumpen, die ganz offensichtlich benutzt wurde. In vier verschiedenen Farben: Rot, Blau, Gelb und Schwarz.

Elsa beugt sich tiefer über die Tischplatte, um zu sehen, was Birgitta gemalt hat, kann aber nichts finden. Mit den Augen sucht sie das Zimmer ab. Nichts.

Dann heftet sich ihr Blick auf den Fußboden vor Birgittas Füßen.

Matschspuren.

Matschige Fußabdrücke.

Elsa betrachtet Birgittas Füße, weiß aber schon, dass es sich nicht um ihre Fußabdrücke handeln kann. Die Fußspuren sind zu groß, um von Birgittas erstaunlich zierlichen Füßen zu stammen. Außerdem sind es Abdrücke, die von Schuhen hinterlassen wurden, und Elsa glaubt nicht, dass Birgitta überhaupt im Besitz von Schuhen ist. Birgitta fängt an, den Kopf hin und her zu bewegen und wild zu gestikulieren, sowie man auch nur Anstalten macht, ihr etwas anderes als das große, unförmige Kleid anzuziehen, das sie seit dem Tod ihrer Mutter unablässig trägt. Andere Kleidung scheint sie zu erzürnen.

»Birgitta«, sagt Elsa zögernd, ihr Blick schweift wieder zurück zur Kreide. »Wer ist hier gewesen, Birgitta?«

Wenn Birgitta doch ihren Blick erwidern und ihr die Frage beantworten könnte! Aber das kann sie nicht. Sie brummt nur vor sich hin, gibt unzusammenhängende, sinnlose Laute von sich.

Aina kann es nicht gewesen sein.

Elsa weiß, dass es nicht Aina war. Denn Ainas trotzige, aufmüpfige Stimme hallt immer noch in Elsas Ohren wider, die bösen Worte, die aus dem Mund ihrer Tochter zu hören sie nie erwartet hätte.

»Du hast keine Macht über mich. Ich bin eine Auserwählte Gottes. Du hast mir gar nichts zu sagen, und ich habe jetzt Besseres zu tun, als mich um diese Missgeburt zu kümmern!«

Elsa hat keines ihrer Kinder jemals geschlagen. Hat nie gegen einen anderen Menschen im Zorn die Hand erhoben. Ihre Hände spendeten Trost, linderten Schmerz, waren immer im Dienst der anderen gewesen.

Doch ihre Handfläche brennt noch jetzt an der Stelle, mit der sie Aina geohrfeigt hat.

Aber das, was Elsa nicht von sich abschütteln kann, ist weder die Lüge noch der Trotz oder gar die schallende Ohrfeige.

Nein – es ist das, was danach in Ainas schönen Augen aufgeglommen war, als sie langsam ihre Hand auf die Wange legte und Elsa angestarrt hatte: In ihrem Blick hatte Triumph gelegen.

Elsa ist übel.

Birgitta wiegt sich wieder vor und zurück. Verreibt den Schuhabdruck bis zur Unkenntlichkeit mit ihrem Fuß, bis nur noch ein brauner Staubfleck auf den Fußbodenbrettern zu sehen ist.

Als Birgitta kurz aufblickt, sieht Elsa zwischen ihren strähnig herabhängenden Haaren dunkle Flecken an Birgittas Hals. Fingerabdrücke.

In der Ferne, wie ein dumpfes Grollen aus der Unterwelt, kann Elsa Hunderte Menschen im Chor singen hören.

Die Messgesänge haben begonnen.

Heute

Ich öffne die Küchenschränke und sehe hinein. Nichts Essbares, auch hier nicht. Nichts als eingefallene Papiertüten mit längst verdorbenem Mehl und Haferflocken, kleine Blechdosen mit Gewürzen und Glasflaschen mit eingetrocknetem, undefinierbarem Inhalt.

»Hier ist auch nichts«, sage ich an Robert gewandt und schließe die Schranktüren wieder. Die Scharniere quietschen, verrichten aber noch immer ihren Dienst. Er nickt. Eine steile Falte erscheint zwischen seinen Augenbrauen.

Das ist jetzt schon das vierte Haus, das wir nach Lebensmitteln durchsucht haben, und ich verliere allmählich die Hoffnung, dass wir noch etwas finden werden.

Max hatte als Einziger von uns seinen Rucksack vom Marktplatz mitgenommen, und die drei darin enthaltenen Proteinriegel haben nicht lange gereicht. Wir mussten uns etwas überlegen, bevor es dunkel wurde.

Während die anderen noch darüber beratschlagten, was wir tun sollten, blieb ich stumm. Unser gesamter Proviant befand sich in dem Auto, das explodiert war. Die beste Lösung wäre es, so Emmy, die nächstliegenden Häuser nach Lebensmittelvorräten zu durchforsten. Dort müsste doch irgendwas zu finden sein. Manchen Lebensmitteln könne die Zeit nichts anhaben, es müsste ja schließlich kein Gourmetessen sein. Hauptsache, wir nähmen ausreichend ungiftige Kalorien zu uns, wo auch immer sie herkamen.

Als die anderen zustimmend nickten, hatte ich angeboten, mich auf die Suche zu machen.

Emmy bat Robert, mich zu begleiten. Er hatte, ohne zu protestieren, eingewilligt. Wir wollten jede Viertelstunde von uns hören lassen, damit Max und Emmy sichergehen konnten, dass es uns gut ging.

Ob Robert Emmy wohl jemals widersprechen würde? Er scheint sie als absolute Autorität anzuerkennen. Trotzdem bin ich froh darüber, dass Robert mich begleitet. Ich wäre jetzt lieber nicht allein hier draußen und ich weiß, dass Emmy und Max mich auch nicht allein hätten gehen lassen. Sie vertrauen mir nicht. Dieses Wissen schmerzt, andererseits haben sie natürlich recht mit ihrer Annahme – ich glaube eigentlich gar nicht, dass wir Essen finden werden, ich hoffe, Tone zu finden. Robert im Schlepptau zu haben ist ein geringer Preis für die Gelegenheit, nebenbei nach Tone Ausschau halten zu können – oder nach einer Spur von ihr, einem vagen Hinweis darauf, wo sie abgeblieben sein könnte.

»Dann müssen wir eben weiter zum nächsten Haus«, sagt Robert. Ich bin ganz seiner Meinung.

Als wir wieder auf die Straße hinaustreten, ist die Sonne untergegangen und nur noch ein flammendes Abendrot über den Baumkronen zu sehen, aber auch dieser letzte Schein verblasst rasch.

Wir befinden uns in der Straße, die parallel zum Fluss verläuft, und können von hier weite Teile des Dorfes überblicken: das Häusermeer, den sich durch den Ort schlängelnden Fluss und schließlich den Waldsee, so finster, als berge er ein unheilvolles Versprechen.

Robert wirft einen Blick auf seine massive schwarze Armbanduhr.

»Schon wieder eine Viertelstunde rum.« Er zieht sein Walkie-Talkie vom Hosenbund.

»Robert hier«, spricht er ins Mikrofon. Ich höre den blechernen Widerhall in meinem eigenen Walkie-Talkie. »Wir gehen jetzt zu … was machst du da, Alice?«

Ich habe schon ein paar Schritte zurückgelegt, als mir erst klar wird, was ich da vor mir sehe.

Das muss es sein. Eine andere Möglichkeit gibt es nicht.

Ein kleines gelbes Haus am Fluss.

Es ist ein Häuschen wie jedes andere und steht auf dem kleinen Flecken, der schon lange von der Vegetation des Flussufers überwuchert wurde. Es scheint sich jedoch besser als die anderen Häuser in der Straße gehalten zu haben. Das Dach ist nicht eingefallen und die Tür unversehrt.

Und es hat eine grüne Tür.

In unserer Straße waren sämtliche Häuser gelb gestrichen. Unseres aber hatte als einziges eine grüne Tür.

Die Farbe ist inzwischen ausgeblichen und blättert ab. Die Tür muss einst dunkelgrün gewesen sein, aber jahrzehntelange Witterungseinwirkungen haben ihr einen blassen flaschengrünen Ton verliehen, und unter der Farbe kommt hier und da graues Holz zum Vorschein.

Aber dennoch.

Ich sehe die Straße entlang, um ganz sicherzugehen. Doch, alle umliegenden Häuser sind gelb. Aber nur dieses hat eine grüne Tür.

Sie gab mir das Gefühl, etwas Besonderes zu sein.

»Was machst du da, Alice?«

Robert klingt ungewöhnlich gereizt. Ich drehe mich um. Sein Finger ruht nicht mehr auf dem Sendeknopf. Er sieht mich an.

»Das ist das Haus meiner Großmutter«, sage ich.

Robert kneift die Augen zusammen. Sieht von mir zum Haus. »Oh Mann!«

Er mustert das Haus einen kurzen Moment, schüttelt dann aber den Kopf.

»Du weißt, was Sache ist – Trinkwasser, Lebensmittel und zurück. Zusammen sind wir sicherer.«

»Aber es könnte doch Lebensmittel in dem Haus geben«, beharre ich. »Wir können einfach mal schnell hineingehen.«

Robert schüttelt wieder den Kopf. »Nein.«

Ich sehe zurück zum Haus.

»Sie könnte dort drinnen sein, Robert«, sage ich dann tonlos. »Tone weiß, wie das Haus aussieht. Sie würde es selbst jetzt wiedererkennen, vielleicht vermittelt es ihr Geborgenheit. Wir sind doch zu zweit und sie … sie ist nicht gefährlich, das schwöre ich dir. Können wir nicht einfach einen Blick hineinwerfen?«

»Wir wollten doch sowieso noch ein weiteres Haus nach Lebensmitteln durchsuchen!«, schiebe ich schnell hinterher.

Robert sieht erneut zum Haus, in seiner Miene spiegelt sich der Zwiespalt, in dem er sich befindet. Ich sage nichts weiter. Erwidere nur seinen Blick und versuche, überzeugt und ehrlich zu wirken. Ich darf mir nicht anmerken lassen, wie verzweifelt ich in Wahrheit bin.

Dann gibt er einen leisen Seufzer von sich und spricht wieder in sein Walkie-Talkie.

»Robert hier. Alles in Ordnung mit uns. Es dauert nur noch etwas länger, als wir dachten.«

Er wartet Emmys rasches, blechernes »Okay« ab, dann lächelt er mir schwach zu.

In diesem Moment könnte ich ihn küssen!

Robert befestigt sein Walkie-Talkie wieder am Bund seiner Jeans. »Falls wir sie dort nicht finden, müssen wir das hier ja Emmy gegenüber nicht extra erwähnen, okay?«

Ich lächele ihn an. »Natürlich nicht.«

Von Nahem betrachtet ist das Gebäude doch in einem schlechteren Zustand, als ich zuerst angenommen habe. Eine Flechte überwuchert den Großteil der Vortreppe. Ich drücke die Klinke der Haustür herunter. Die Tür öffnet sich geräuschlos.

Im Innern des Hauses ist es düster. Man kommt geradewegs in einen kleinen Flur mit niedriger Decke und Tapeten an den Wänden. Zur Rechten führt eine Treppe ins Obergeschoss, geradeaus befindet sich eine unscheinbare kleine Tür, eine Toilette vermutlich. Die Küche liegt zur Linken.

Derselbe Aufbau wie bei den übrigen Häusern. Nichts Hervorstechendes.

Und doch weitet sich etwas in mir.

Ich sauge alle Einzelheiten des Hauses in mich auf. Hier also haben sie gewohnt. Hier haben sie gelebt. Hier auf diesen türkisblauen Sprossenstühlen haben sie gesessen, haben sich unterhalten und gegessen, an diesem abgenutzten Tisch mit einem runden Brandfleck – Elsa, Staffan, Aina und Margareta, meine Großmutter.

Ich gehe in die Hocke und fahre mit den Fingern über den bunten Flickenteppich.

»Alice?«, meldet sich Robert leise hinter mir. Ich drehe mich um und stehe auf.

»Hier haben sie also gelebt?«, fragt er.

Ich nicke.

Robert öffnet einen Küchenschrank über der Spüle. Er scannt den Inhalt des Schrankes, seine hochgewachsene Gestalt verbaut mir den Blick.

»Da schau an!«, sagt er mit weicher Stimme und zieht ein Honigglas hervor. Es ist beinahe ganz voll. Er reckt sich und findet eine Blechdose mit der Bezeichnung »Tee« auf dem obersten Regal, die leer ist; dann sucht er das mittlere Regal ab und findet drei Konserven mit Sardinen in Tomatensauce.

»Ob das alles wohl noch genießbar ist?«, frage ich.

»Honig verdirbt nicht, solange er nicht verunreinigt ist«, sagt er mit einem Funkeln in den Augen. »Dieser ist es bestimmt nicht. Was die Sardinen angeht, habe ich keine Ahnung, aber wir können sie ja trotzdem mitnehmen. Das wird unser Abendessen.«

Ich lächele ihm zu. »Siehst du? Ich habe doch gesagt, dass es die Sache wert ist.«

Danke, Oma, geht mir durch den Kopf.

Selbst über ihren Tod hinaus hat sie noch mein Wohl im Blick.

Ich gehe zurück in den Flur und betrachte die Blumentapete am Treppenaufgang. Sie ist übersät mit feuchten Flecken.

Ich weiß, was dort oben sein muss, habe es in den anderen Häusern gesehen – Schlafkammern. Staffans und Elsas. Und Ainas.

Ich wende mich zur Treppe. Sie wirkt stabil, nicht morsch wie die anderen. Das Geländer besteht nur aus einer dünnen hölzernen Stange, aber als ich mich prüfend darauf stütze, gibt es nicht nach.

»Bist du sicher, dass es eine gute Idee ist, dort hochzugehen?«, fragt Robert. »Vielleicht sollten wir zuerst nach ihr rufen und abwarten, ob sie antwortet. Wer weiß, ob die Treppe hält.«

»Ich möchte sie nicht erschrecken«, sage ich leise.

Robert hat die Lebensmittel in seinem Rucksack verstaut und ihn neben sich auf den Fußboden gestellt. Das Parkett ist zerkratzt und das Holz stumpf, aber man kann seine einstige Schönheit noch ahnen. Ahnen, dass jemand es gescheuert und gebohnert hat, bis es glänzte. Jemand, der stolz auf sein Zuhause war.

Nicht irgendjemand – Elsa. Meine Urgroßmutter.

»Wir gehen ganz vorsichtig hinauf«, sage ich. »Falls Tone dort oben ist, hat sie sich vielleicht versteckt.«

23. Juni 1959

Margareta,

warum hast Du Deinen letzten Brief in einem so bösen Ton verfasst? Ihn zu lesen hat mich verletzt, auch wenn ich verstehen kann, dass es schwer für Dich ist, das alles zu erfahren. Es ist nicht immer einfach, neue Wahrheiten anzuerkennen, vor allem dann, wenn man so an den herkömmlichen Wahrheiten hängt. Das zumindest sagt Pastor Mattias. Es war ein hartes Stück Arbeit, den Menschen aus Silvertjärn für Gottes Licht die Augen zu öffnen, aber wenn es erst mal geschehen ist – oh Margareta! Du wirst es selbst erleben, da bin ich mir sicher.

Es ist so, als hätte sich einem eine neue Welt eröffnet. Es kommt mir vor, als wäre ich mein ganzes bisheriges Leben mit Blindheit geschlagen gewesen. Ich habe mir Sorgen über bedeutungslose Dinge gemacht und mich minderwertig und ängstlich und machtlos gefühlt. Aber Pastor Mattias hat mir den wahren Weg gewiesen. Ich weiß, dass es Dir ähnlich ergangen ist, als Du frisch nach Stockholm gezogen warst und niemand mit Dir reden wollte. Als sie sich über Deine Kleider und Deinen Dialekt lustig gemacht haben, hast Du Dich da nicht einsam und minderwertig gefühlt? Du hast es im Scherz erwähnt, aber ich habe doch gemerkt, dass Du traurig darüber warst! Jetzt behauptest Du, glücklich und zufrieden zu sein, aber dieses Gefühl in Deinem Innern wird Dich nie völlig loslassen, Margareta. Es rührt daher, dass Du Dich von Gott entfernt hast.

Es ist nicht Deine Schuld! Mutter und Vater sind schuld daran. Du hast gesagt, dass es Dir in meinem Alter auch so ergangen sei und das wieder vorbeigeht, aber hast Du nie gedacht, dass Du sie verabscheust, weil sie schlechte Eltern waren? Sie haben uns nichts über Gott gelehrt. Wir waren ihnen immer egal, Margareta! Nur dann nicht, wenn sie ein paar helfende Hände gebraucht haben. Das zeugt nicht von wahrer Liebe. Wahre

Liebe ist grenzenlos und bedingungslos. Wer wirklich liebt, gibt sich selbst mit Leib und Seele hin. Wahre Liebe verwehrt dem anderen nie etwas.

Wie oft hat Mutter uns nicht etwas verwehrt? Tausende Male! Weil sie uns nie richtig wahrgenommen hat. Hat weder Dich noch mich, nicht einmal Vater richtig wahrgenommen. Weshalb, glaubst Du, hat er zur Flasche gegriffen? Weil er in gottloser Finsternis versunken ist und sie nicht für ihn da war.

Vielleicht hättest du es verstanden, wenn Du es mit eigenen Augen gesehen hättest, Margareta. Ich weiß, dass Du Mutter für gütig hältst, weil Du selbst gütig bist. Aber Du hast sie noch nicht so erlebt, wie sie jetzt ist! Sie tut nichts anderes, als Vater anzukeifen und der Kirche Steine in den Weg zu legen. Sie will mich kaum noch länger dorthin gehen lassen. Wie kannst Du da sagen, Mutter sei durchaus gottesgläubig, wenn sie mich nicht einmal in Gottes Haus gehen lassen will?

Du wirst es selbst sehen. Wenn Du das nächste Mal herkommst.

Pastor Mattias hat mir alles erklärt. Er hat mir erklärt, warum ich mich immer so einsam gefühlt habe. Er hat mir Antworten gegeben, von denen ich noch nicht einmal wusste, dass ich nach ihnen suchte!

Du glaubst mir womöglich nicht, wenn ich Dir von Birgitta berichte, aber Du wirst es verstehen, wenn Du Pastor Mattias darüber sprechen hörst. Er hat erzählt, dass gesegnete und reine Menschen empfindlicher gegenüber dem Bösen sind als andere. Deshalb habe ich in Birgittas Gegenwart auch immer ein solches Unbehagen verspürt, weil ich die dunklen Abgründe in ihr wahrgenommen habe. Pastor Mattias nimmt an, dass Birgittas Dämon unsere Mutter womöglich gewissenlos gemacht hat. Er hat gesagt, er wolle versuchen, Birgitta zu erlösen und auch Mutters Seele zu retten.

Begreifst Du jetzt, wie gütig er ist? Dass er sein Leben für Gott lebt? Solche Opfer will er bringen, um uns andere zu retten.

Er hat uns den Weg gewiesen. Er ist das Licht in der Finsternis.

Komm doch einfach wieder nach Hause, Margareta. Ich möchte Dir so gern unsere neue Kirche zeigen. Du wirst verstehen. Du wirst alles verstehen.

Aina

Heute

Im Obergeschoss steht die Luft still. Ich gehe die Treppe hoch und stehe in einem winzigen Flur, von dem zwei Türen abgehen. Beide sind geschlossen.

Ich höre Roberts knarrende Schritte auf den Stufen hinter mir und drehe mich um, etwas beunruhigt darüber, dass auch er einbrechen könnte. Er mag schlank sein, ist aber weitaus schwerer als ich.

Durch ein Fenster mit vier kleinen Scheiben fällt das letzte schummerige Tageslicht herein. Staubkörner tanzen in der Luft. Ich werde mir unangenehm der Tatsache bewusst, dass wir keine Atemmasken tragen, schiebe diesen Gedanken aber von mir.

Robert macht einen letzten Schritt, bleibt neben mir stehen und nickt kurz. Ich atme tief ein und öffne die rechte Tür.

»Tone?«, sage ich leise und lasse meinen Blick durch den Raum schweifen.

Er sieht aus wie ein reizendes Jungmädchenzimmer aus einem Filmklassiker. Es ist nur sparsam möbliert, mit zwei schmalen Einzelbetten. Meine Großmutter muss sich mit ihrer kleinen Schwester ein Zimmer geteilt haben, bevor sie nach Stockholm ging.

Die Tapeten sind vergilbt, und es ist unmöglich zu erkennen, welche Farbe sie ursprünglich einmal gehabt haben. Aber das Rosenknospenmuster tritt noch deutlich hervor.

Sonst gibt es nicht so viel zu sehen – ein Bücherregal, einen Schreibtisch und auf dem Fensterbrett einen Keramikblumentopf mit ausgetrockneter Erde. Die Fensterscheibe zeigt Risse, ist aber nicht zersplittert.

Ich gehe ein paar Schritte ins Zimmer hinein und sehe mich um. Es scheint leer zu sein, trotzdem habe ich das Gefühl, als wäre jemand hier. Meine Nackenhaare richten sich auf, an den Armen bekomme ich Gänsehaut.

»Tone?«, frage ich noch einmal.

Aber sie ist nicht da. Ich bin allein im Zimmer.

Oder? Rasch lasse ich mich neben einem Bett auf die Knie herab und schaue darunter. In einer flüchtigen Vision glaube ich, ein stechend graues Augenpaar darunter zu entdecken, das mich anstarrt. Mein Herz macht einen Salto. Aber tatsächlich befindet sich niemand unter dem Bett. Weder unter diesem noch unter dem anderen.

»Hier ist niemand«, sage ich gedämpft.

Robert, der im Türrahmen steht, nickt. Statt ihm in den Flur zu folgen, mache ich noch einen Schritt in das Zimmer hinein.

Der Schreibtisch zieht mich magisch an. Er ist klein und zierlich mit gedrechselten Holzknöpfen und schmalen weiß gestrichenen Beinen. Vorsichtig ziehe ich die Schubladen auf, die sich zum Glück nicht verzogen haben.

Viel liegt nicht darin. Leere Papierbögen. Ein kleiner Bleistiftstummel. Nicht das Tagebuch, auf das ich – wie mir in diesem Augenblick erst bewusst wird – gehofft habe.

»Alice«, sagt Robert leise, die Ermahnung in seiner Stimme ist unverkennbar.

»Ich komme schon.« Aber ich kann mich noch nicht richtig von hier lösen. Möchte noch bleiben, mich weiter umsehen und das Haus mit allen Sinnen in mich aufnehmen.

Elsa, Staffan und Aina sind für mich sagenumwobene Gestalten. Ich bin mit ihnen aufgewachsen, als wären sie Figuren aus einem Märchen. Trotz allem, was uns widerfahren ist, erfüllt es mich mit einem ganz besonderen Gefühl, jetzt hier zu sein.

Ich hebe eine Matratze an. Sie zerbröselt beinahe unter meinen Fingern, die Füllung rieselt heraus.

»Alice«, sagt Robert noch einmal, diesmal etwas lauter.

Ich nicke und lasse die Matratze sinken. Folge ihm in den Flur.

Ich bin auf seine Vorwürfe gefasst, aber er legt nur die Hand auf die Türklinke der anderen Tür und drückt sie herunter.

Die zweite Schlafkammer ist größer. Die Fensterscheibe ist geplatzt; Glasscherben liegen auf dem Fußboden verstreut. Die Bodenbretter sind morsch. Auch in diesem Raum stehen zwei Einzelbetten – kein Doppelbett, was mir seltsam vorkommt. Ob das in den Fünfzigerjahren so üblich war? Oder ob Staffans Arbeitslosigkeit und seine Trinkerei der Grund dafür waren, dass sie getrennte Betten hatten? Oder aber Elsa war doch so kalt und distanziert, wie Aina es in ihren Briefen beschrieben hat? Ich finde es schwer, eine Haltung zu Elsa zu finden. Meine Großmutter hatte sie immer als stark und zielstrebig beschrieben, eher ungewöhnlich für eine Frau in jener Zeit. Als eine Mutter, die streng sein konnte und ausgesprochen pragmatisch handelte, aber die ihre Kinder aufrichtig liebte und alles für sie getan hätte.

Dieses Bild ist nur schwer mit der Schilderung in Ainas Briefen in Einklang zu bringen.

Ich habe immer der Version meiner Großmutter geglaubt und Aina als einen verwirrten Teenager betrachtet, aber vielleicht war das falsch. Vielleicht hat Margareta ihre Mutter aus einem Verlustgefühl heraus durch die rosarote Brille gesehen, und vielleicht waren ihre Erinnerungen nach all den Jahren getrübt.

Sicher werde ich es nie wissen. Sie alle sind seit Langem verstorben. Und mit ihnen die Wahrheit.

»Tone?«, sagt Robert.

Es ist ganz still.

Er sieht mich an. »Hier ist niemand.«

In diesem Zimmer ist der Schreibtisch größer, mit grünem Leder bespannt und aus dunklem, lackiertem Holz. Der Lack ist etwas abgestoßen, aber es ist noch zu erkennen, dass der Tisch einmal viel Geld gekostet haben muss. Er war bestimmt Elsas ganzer Stolz. Oder Staffans. Ein zaghafter Schritt hin zu einem anderen Leben, aus dem nie etwas wurde.

»Sieht so aus«, sage ich und ziehe eine Schreibtischschublade auf.

Sie ist vollgestopft mit irgendwelchen Papieren. Ich kann mir keinen Reim auf sie machen, aber ihr offizielles Aussehen lässt mich vermuten, dass es sich dabei um Rechnungen und andere wichtige Dokumente handelt, die bedeutungslos für mich sind. Ich nehme sie trotzdem heraus.

Ich sollte jetzt umkehren, wir sollten uns auf den Weg machen. Stattdessen gehe ich zum Schrank am anderen Ende des Zimmers. Die Türen sind schwergängiger als die Schreibtischschubladen, müssen sich verzogen haben. Ich muss mit aller Kraft an ihnen ziehen, um sie zu öffnen.

Mir bietet sich ein wildes Durcheinander an Kleidungsstücken, die von den Bügeln herabgefallen sind, vergilbt und mit Stockflecken.

»Glaubst du, dass sie sich da drin versteckt hält?«, fragt Robert.

Meint er das ernst oder im Scherz? Ich weiß es nicht. Rasch wühle ich die Schrankschubladen durch – grobe Wolle, dünne Unterwäsche – und suche nach etwas, nach irgendetwas …

Da spüre ich sie unter den Fingern.

Papierbögen.

Ich ziehe sie hervor, und für den Bruchteil einer Sekunde glaube ich, dass das Geräusch, das ich nun höre, von dem Papierknistern herrührt, aber das Geräusch hört nicht auf, es wird lauter. Verwirrt drehe ich mich um und sehe Robert nach dem Walkie-Talkie greifen.

Es gibt seltsame dissonante Geräusche von sich, die wie Störgeräusche klingen, es aber nicht sind. Das Geräusch schwillt an und wieder ab, schwillt von Neuem an und wird klarer und gleichzeitig undeutlicher. Ich meine schon, verzerrte Wortfetzen herauszuhören, doch dann steigert sich das Geräusch zu einem Schrei, der so überraschend kommt und so durchdringend ist, dass ich jäh zurückschrecke. Robert lässt das Walkie-Talkie fallen.

Mit einem Krachen saust es zu Boden und verstummt.

Robert und ich stehen wie gelähmt da und starren auf das harmlos wirkende Gehäuse des Walkie-Talkies herab.

Als auf einmal wieder Leben in das Funkgerät kommt und es knisternde Geräusche von sich gibt, will ich instinktiv die Hände auf die Ohren pressen, aber jetzt ertönt Emmys blechern und zugleich erschüttert klingende Stimme aus den Lautsprechern.

»Was war das denn?«, fragt sie.

Robert greift nach dem Walkie-Talkie und drückt auf den Sendeknopf. Seine blassen Finger zittern.

»Wart ihr das nicht?«

»Nein«, ertönt es prompt, kaum dass er den Sendeknopf losgelassen hat. »Wir dachten, ihr seid das gewesen.«

Roberts Augen sehen in seinem weißen Gesicht aus wie finstere Höhlen. Ich schüttele nur ungläubig den Kopf.

»Ich habe keinen Schimmer, was das da eben war«, sage ich. »Keinen blassen Schimmer.«

»Wir kommen jetzt zurück«, spricht Robert ins Walkie-Talkie.

Schnell stolpern wir die Stufen herunter ins Erdgeschoss, schneller als wir sollten, aber mein Herz flattert wie ein Vogel in meiner Brust, und ich möchte auf einmal nichts anderes, als mich mit den anderen hinter den dicken Backsteinmauern der Kirche in Sicherheit zu bringen. Die Papiere drücke ich wie einen kostbaren Schatz an meine Brust; Robert greift im Vorbeieilen nach dem Rucksack mit den Lebensmitteln. Wir rennen über die Vortreppe und die Straße hinunter.

In der Zwischenzeit ist es draußen dunkel geworden. Der Himmel schimmert indigoblau, die Sterne erwachen über uns zum Leben.

Im Laufschritt eilen wir zur Kirche. Ich spüre die Kälte in meine Wange beißen, höre das Blut in den Adern rauschen.

Dann bleibe ich jäh stehen. Robert läuft noch ein paar Schritte weiter, bis er merkt, dass ich nicht mehr neben ihm bin.

»Alice?« Seine Stimme ist eine halbe Oktave höher als sonst.

»Hast du das gehört?«, frage ich.

Robert blickt sich nach allen Seiten um und horcht, dann schüttelt er den Kopf. »Was denn gehört?«

Ich lasse meinen Blick über die Häuser schweifen. In der Dunkelheit verschwimmen ihre Konturen, ein magischer Reiz geht von ihnen aus. Die Fenster scheinen uns zu sich zu locken.

»Es klang wie …« Es gelingt mir nicht, den Satz zu beenden.

Robert schüttelt den Kopf. »Sie ist nicht hier, Alice.« Ich höre seinem Tonfall an, dass seine schier unermüdliche Geduld nun doch allmählich erschöpft ist. »Und selbst wenn sie es ist, dann … Komm jetzt einfach! Wir müssen zurück zu den anderen.«

Ich protestiere nicht, nicke nur und folge ihm. Als Robert in leichten Trab verfällt, tue ich es ihm nach.

Was ich hatte sagen wollen, war …

Es klang nicht wie Tone.

Es klang wie jemand anderes.

Es klang so, als … als hätte jemand gesungen.

SAMSTAG

Heute

Ich merke die Veränderung der Lichtverhältnisse durch meine geschlossenen Lider.

Ich glaube, ich habe heute Nacht überhaupt keinen richtigen Schlaf bekommen, bin höchstens mal etwas weggedöst. Draußen hat es immer wieder geregnet, und wann immer die Wassertropfen aufs Dach geprasselt waren, war ich wieder hochgeschreckt.

Dass der Boden so kalt und hart ist und die wenigen Decken, die wir auftreiben konnten, so rau und dünn, macht es nicht besser. Ich fühle mich ganz steif und meine Glieder schmerzen. Ich habe die anderen aufstehen und einander ablösen hören. Wir hatten uns darauf verständigt, abwechselnd Wache zu halten, und haben gelost, um die Reihenfolge festzulegen. Ich bin als Letzte an der Reihe.

Ich öffne die Augen, und tatsächlich – es wird langsam heller. Der Regen hat aufgehört und der kleine Flecken Himmel, den ich von hier aus sehen kann, hat jene unbestimmte fahle Farbe, die er nur im Morgengrauen besitzt.

Ich setze mich auf. Spüre einen unangenehmen Geschmack im Mund. Kein Wunder, wenn man zum Abendessen nur Wasser, Honig und Fisch aus Konservenbüchsen zu sich nimmt.

Ich werfe einen Blick zum Ausgang der Kirche. Emmy sitzt mit dem Rücken zur Tür auf dem Boden. Sie lehnt sich an die Kirchenbank, hat ein Bein an die Brust gezogen und die offenen roten Haare fallen ihr in Strähnen auf die Schultern herab.

»Ich kann dich ablösen, Emmy«, flüstere ich ihr zu, als ich fast vor ihr stehe.

Emmy sieht auf. Ihr Blick ist klar und fokussiert. »Gut.« Sie rappelt sich auf und geht zu Robert, der auf dem Boden liegt und schläft. Ich sehe, wie sie sich an seinen Rücken schmiegt und sich die Decke über die Schulter zieht.

Ich setze mich auf die Kirchenbank, sie ist beinahe genauso hart wie der Fußboden. Dann ziehe ich die Wasserflasche zu mir heran, in der immer noch ein paar Schlucke enthalten sind. Ich zögere, bevor ich den Rest austrinke. Ich kann sie schließlich wieder auffüllen gehen, sobald die anderen wach sind, rede ich mir ein. Es tut gut, endlich diesen ekligen Geschmack im Mund loszuwerden. Ich lege die Papiere, die ich in meinen Händen halte, auf den Schoß, lehne mich zurück und warte darauf, dass es noch heller wird. Wenn ich sowieso wach bleiben muss, studiere ich lieber die Unterlagen, die ich am Abend aus Urgroßmutters Haus mitgenommen habe, als mich allein mit meinen quälenden Gedanken herumschlagen zu müssen.

Zuoberst auf dem Papierstapel liegen Rechnungen. Jemand hat »bezahlt« in gedrängter, feiner Handschrift darauf vermerkt – vermutlich Elsa, meine Urgroßmutter.

Ich habe in meinem Leben nur ein einziges Bild von ihr gesehen. Auf einem Familienportrait, das Großmutter mit sich nach Stockholm genommen hatte. Ich erinnere mich noch genau an das Portrait. Aina war darauf nur ein kleines, schmollendes Mädchen kurz vor der Pubertät, mit geraden dunklen Augenbrauen und kurzem dunkelblondem Haar, in einem karierten Kleid, das sie jünger aussehen ließ, als sie vermutlich war. Sie blinzelte in die Kamera, mit trotzigem Blick und steifem Lächeln. Unter ihrem linken Auge saß ein Muttermal, das beinahe wie aufgemalt wirkte, wie bei einer französischen Hofdame oder einem Star aus dem Stummfilm. Als sie älter wurde, hat das sicherlich glamourös ausgesehen. Vielleicht hat sie den Schönheitsfleck noch mit einem dunklen Stift akzentuiert – oder aber übergepudert, damit er nicht zu sehen war.

Margareta, meine Großmutter, war auf dem Foto etwa sechzehn oder siebzehn Jahre alt – und keine überraschende Schönheit. Sie hatte ein eckiges Kinn und feine Haare, aber schon damals lag jener kraftvolle, unerschütterliche Ausdruck auf ihrem Gesicht, den sie bis ins Alter von über siebzig behalten sollte.

Ihr schönes Lächeln hat mich immer erstaunt – wie sie geradewegs in die Kamera zu lachen schien, mit scheinbar grenzenlosem Vertrauen in sich selbst und in die Zukunft, die vor ihr lag.

Wie es sich für ein klassisches Familienfoto gehörte, standen hinter den beiden Mädchen die Eltern, Staffan und Elsa. Staffan hochgewachsen mit einem – bis auf sein breites, einnehmendes Lächeln – unscheinbaren Gesicht. Er hielt Elsa überraschend liebevoll umarmt, den Kopf zu ihr geneigt, als würde alles in ihm zu ihr drängen. Vielleicht war er kein gut aussehender Mann, mein Urgroßvater, aber definitiv sympathisch.

Elsa stellte unzweifelhaft den Mittelpunkt des Portraits dar – sie war die Person, um die sich die gesamte Familie scharte. Wie meine Großmutter war auch sie keine Schönheit. Auf dem Bild sah man eine kräftig gebaute Frau Anfang vierzig; der Rock und die Bluse mit Blumenmuster waren im typisch mädchenhaften Fünfzigerjahrestil gehalten und verliehen ihr beinahe etwas Kindliches. Sie sah aus wie eine Frau, die eigentlich Hose und praktisches Schuhwerk tragen müsste, um leichter ihr Tagewerk verrichten zu können.

Ihr Gesicht zeigte dieselbe charakteristische Kantigkeit wie Großmutters, aber sie hatte überraschend volle Lippen. Diese waren auch bei der noch kindlichen Aina schon zu erahnen, wenn man näher hinsah. Ein kleines, beinahe freches Lachen in Elsas Mundwinkeln zog die Blicke auf sich, weil es so gegensätzlich zu ihrer sonstigen Erscheinung war. Ihre Haare waren zu steifen Locken frisiert und sicherlich aus Anlass der Aufnahme so hergerichtet worden. Unter ihrem dicken Pony blitzten helle Augen mit festem Blick hervor, mit denen sie geradewegs in die Kamera sah. Ihre Hände ruhten auf Ainas Schultern – die Hände meiner Urgroßmutter, beinahe identisch mit denen meiner Großmutter, mit einem silbernen Trauring am Finger.

Und diese Hände hatten jede einzelne beglichene Rechnung sorgfältig mit dem Vermerk »bezahlt« versehen. Mai 1958. Juli 1958. November 1958.

Später waren die Rechnungen durch Notizen ergänzt.

»Zahlungsverzug«.

»Verlängerte Zahlungsfrist«.

»Verlängerte Zahlungsfrist.«

»Erlassen.«

Auf den letzten beiden Rechnungen auf dem Stapel ist gar nichts notiert.

Für ein paar Sekunden starre ich blicklos auf die dünnen Bögen herunter, die auf meinem Schoß liegen. Ich bin so schrecklich müde.

Hinter den Rechnungen liegen die drei Blätter Papier, die ich in der Unterwäscheschublade des Schrankes gefunden habe. Sie sind beinahe unversehrt.

Die Schrift darauf ist dieselbe wie in den Notizen, bietet aber trotzdem ein ganz anderes Bild: Die Buchstaben sind kleiner und die Zwischenräume größer. Die Zeilen wurden offenbar in großer Eile verfasst, die Tinte ist stellenweise verschmiert.

Auf dem Blatt steht keine einleitende Grußformel, auch das Datum fehlt. Ich merke erst, dass es sich um einen Brief handelt, als ich das Geschriebene mit zusammengekniffenen Augen überfliege.

Margareta – ich schreibe Dir diese Zeilen, weil mir keine andere Wahl bleibt. Ich sehe keine andere Möglichkeit.

Ich weiß, dass Du stark in Anspruch genommen bist und mit der baldigen Ankunft des Kindes vieles ansteht. Ich weiß auch, dass ihr nicht viel Platz habt. Trotzdem bitte ich Dich, Deinen Vater, Deine Schwester, Birgitta und mich bei euch in Stockholm aufzunehmen. Ich hoffe, dass es nur vorübergehend sein wird, aber als Deine Mutter bitte ich Dich, uns in unserer Not zu helfen.

Die Situation hier in Silvertjärn ist schlimmer, als ich es mir jemals hätte vorstellen können. Der gesamte Ort scheint in Trance versetzt, einschließlich Deiner Schwester. Sie behandeln den Pfarrer, als wäre er Gott Vater selbst. Ich aber glaube allmählich, dass er ein Dämon in menschlicher Gestalt ist. Er hetzt die Gemeinde auf bis zum Irrsinn. Ich habe sie während der Gottesdienste in Zungen reden hören. Jeden Abend bei Sonnenuntergang erschallen ihre Abendgebete und Messgesänge über dem gesamten Dorf.

Es gibt nicht mehr viele hier, die sich dem Pastor nicht unterworfen haben. Deine Schwester ist darüber hinaus zu seiner rechten Hand geworden. Ich habe Angst, sie zu verlieren. Sie ist in die Kirche gezogen und übernachtet dort. Ich befürchte, dass sie seinen bösen Einflüsterungen so sehr Gehör geschenkt hat, dass sie sich ganz und gar von uns abgewendet hat. Ich muss sie von hier fortbringen, bevor es zu spät ist.

Sicherlich wirst Du Dir Gedanken wegen Birgitta machen. Ich weiß, dass sie eine zusätzliche Bürde darstellt, vor allem in ihrer jetzigen Verfassung, aber ich wage es nicht, sie hier zurückzulassen. Sie ist das erklärte Hassobjekt von Pastor Åkerman und seiner Gemeinde. Sie bezeichnen sie als Hexe und behaupten, sie sei von Dämonen besessen und eine Dienerin des Teufels. Ich befürchte, dass sie ihr etwas antun könnten, wenn sie zurückbliebe. Sie würde sich nicht gegen sie zur Wehr setzen können. Gott weiß, ob überhaupt irgendjemand von uns sich gegen sie zur Wehr setzen könnte.

Ich bin mir noch nicht einmal sicher, ob sie noch der christlichen Lehre treu sind. Sie halten jetzt Messen ab, in

An dieser Stelle endet der Brief abrupt. Ohne Punkt, ohne abschließenden Gruß. Mittendrin, als hätte Elsa den Brief hastig zuunterst in die Wäscheschublade gesteckt und sich nicht mehr darum geschert, ihn zu beenden.

Oder sie hatte ihn nicht mehr beenden können …

Damals

Die Feder schwebt zögernd über dem Blatt Papier, dann senkt Elsa sie.

Ich bin mir noch nicht einmal sicher, ob sie noch der christlichen Lehre treu sind, schreibt sie. Als sie die Worte endlich zu Papier bringt, tut sie es mit krakeliger, unsauberer Schrift, die ihrer eigentlichen Handschrift so gar nicht ähnlich sieht. Elsa ist sich unsicher, wie viel sie Margareta berichten soll.

Denn ihre Tochter ist, ebenso wie sie selbst, ein tatkräftiger Mensch. Sagt sie jetzt zu viel, könnte Margareta womöglich den Entschluss fassen, herzukommen. Doch zugleich muss sie ihr davon schreiben, muss Zeugnis bei jemandem ablegen. Sie hält es nicht länger aus.

Bis zuletzt dachte Elsa, dass sie diese Sache überstehen würde. Hatte es für etwas Vorübergehendes gehalten.

Aber als Elsa vor einigen Tagen nach Hause gekommen war, hatte Staffan am Küchentisch gesessen und auf sie gewartet. Er wolle mit ihr reden, hatte er gesagt. Seine Augen waren glasig gewesen, aber er hatte keine Fahne, weshalb sie zuerst erleichtert gewesen war. Sie hatte gehofft, dass er nun den Ernst der Lage begriffen habe und sich von jetzt an zusammenreißen wolle.

Elsa wird beinahe übel bei dem Gedanken daran, wie hoffnungsfroh sie gewesen war, als sie ihm gegenüber mit gefalteten Händen Platz genommen hatte.

Als er sagte, dass das ein Ende haben müsste, war sie ernsthaft seiner Meinung gewesen. Sie wollte gerade sagen, dass sie wegen Aina etwas tun müssten, sie zur Vernunft bringen müssten, als er ihr ins Wort fiel.

»Du musst dich zusammennehmen und aufhören, dich dem Pastor zu widersetzen, Elsa«, hatte er zu ihr gesagt. »Die Leute reden über dich, Elsie. Es reicht jetzt.«

In dem Augenblick war ihr Herz entzweigerissen. Mit stumpfem, wütendem Blick hatte er sie angesehen, als wäre sie eine Fremde für ihn. Wäre bedeutungslos für ihn, jemand, für den er nur Verachtung übrig hätte.

Am darauffolgenden Abend war er gar nicht erst nach Hause gekommen.

Und als sich die abendlichen Messgesänge über Silvertjärn erhoben, meinte sie – so unvorstellbar es auch war –, Staffans Stimme herauszuhören.

Sie halten jetzt Messen ab, in

Im Erdgeschoss wird die Haustür ins Schloss geknallt, Elsa hebt die Feder.

»Staffan?«, wagt sie zu fragen, aber sein Name kommt ihr nur als ein Flüstern über die Lippen. Ihre Stimme trägt nicht.

Elsa vernimmt Schritte und erhebt sich vom Stuhl. So schnell sie kann, rafft sie den begonnenen Brief an sich und sieht sich nach einem geeigneten Versteck dafür um.

Sie öffnet den Schrank und legt die Bögen in die Wäscheschublade. Sie hat die Schranktüren gerade wieder geschlossen, als sie hört, wie jemand ihren Namen ruft.

Elsa entfernt sich einige Schritte vom Schrank. Die Schlafzimmertür wird aufgerissen.

Es ist Dagny.

Ein Schweißfilm überzieht ihr Gesicht, ihre Haare sind zerzaust, den Sonnenhut hält sie in den Händen. Ihre gelben Schuhe sind dreckig und verstaubt. Sie scheint gerannt zu sein.

»Elsa«, keucht sie mit vor Anstrengung heiserer Stimme. »Es geht um Birgitta. Du musst sofort kommen.«

Heute

Ich werde langsam wach, aber mein Bewusstsein ist noch vom Schlaf und leichter Verwirrtheit getrübt. Ich setze mich auf und sehe mich um. Es muss schon spät am Vormittag sein, zehn oder halb elf. Staubkörner tanzen in dem warmen Lichtschein, der von draußen hereinfällt, und verleihen dem Kirchenraum etwas Märchenhaftes.

Verdammt, ich muss eingeschlafen sein, obwohl ich doch Wache halten sollte! Noch nicht einmal das kriege ich richtig hin.

Zum Glück scheint noch niemand von den anderen aufgewacht zu sein, ich bin also zumindest nicht beim Schlafen ertappt worden.

Ich blinzele und unterdrücke ein Gähnen. Ein Teil meiner Papiere ist zu Boden gefallen. Ich sammele sie eilends auf und lege sie wieder zu einem ordentlichen Stapel zusammen. Eine friedvolle Atmosphäre herrscht hier drinnen; strahlendes Sonnenlicht ergießt sich über die anderen, die immer noch tief schlafen. Nur die grimmige Jesusgestalt über dem Altar trübt das Bild.

Als ich die anderen näher betrachte, zucke ich zusammen. Roberts Augen sind geöffnet.

»Ich wollte niemanden wecken«, sagt er so leise, dass ich ihm die Worte beinahe von den Lippen ablesen muss.

Er richtet sich auf, schiebt vorsichtig Emmys lang ausgestreckten Arm zur Seite und steht auf.

»Ist noch ein Rest Trinkwasser da?«, fragt er.

Mit schuldbewusstem Blick sehe ich zu der leeren Flasche neben der Bank hinüber. Ich schüttele den Kopf. »Sorry. Ich habe heute Nacht alles ausgetrunken.«

Er nickt. »Es war auch kaum genug für uns vier.«

»Wir können uns rausschleichen und Nachschub holen«, flüstere ich ihm zu. »Bis zum Fluss ist es nicht weit. Ich wollte es schon heute früh machen, aber es schien keine so gute Idee zu sein, allein zu gehen.«

Robert wirft einen Blick zu der schlafenden Emmy hinüber, die sich unter der dünnen Decke zu einem Ball zusammengerollt hat. Ihre Gesichtszüge sind im Schlaf ganz weich. Sie wirkt auf einmal jünger, ist mir seltsam vertraut. Wenn ich früher bei ihr übernachtet habe, war ich immer die Erste, die wach war – sie war keine Frühaufsteherin – und habe sie manchmal im Schlaf betrachtet. Die Sorte Freundschaft, die uns damals verbunden hat, war einzigartig und kann nur in der kurzen, sensiblen Zeit zwischen den Teenagerjahren und dem frühen Erwachsenendasein entstehen, bevor man gelernt hat, anderen Grenzen zu setzen, um sie nicht zu nah an sich heranzulassen.

»Ist gut«, erwidert Robert flüsternd. »Aber wir müssen zuerst die Bank wegstellen, ohne dass sie aufwachen.«

Ich stehe auf und packe die Bank an einem Ende, aber als wir sie anheben, rutscht sie mir aus den Händen und kracht lautstark zu Boden.

Schnell sehe ich zu Emmy hinüber, aber sie rührt sich nicht. Auch Max liegt noch immer da und gibt Schnarchlaute von sich.

Ich ziehe die schwere Kirchentür auf. Frische Luft strömt herein, und ich sauge genüsslich den Geruch von regenfeuchter Erde in mich auf.

Ich betrete die Treppe. Hier draußen ist es vollkommen windstill. Kein Grashalm rührt sich.

Hinter mir kommt Robert aus der Kirche.

Ich höre, wie er die Tür schließt, und blicke über die Schulter. »Bist du bereit?« Meine Stimme klingt unternehmungslustig, beinahe munter.

Aber Robert sieht mich nicht an, stattdessen scheint er mit nachdenklicher Miene die Treppenstufen zu betrachten. Ich folge seinem Blick.

Der nächtliche Sprühregen hat den staubigen Erdboden am Fuß der Treppe in Matsch verwandelt.

Und auf den Stufen sind matschige Fußspuren zu sehen.

Im Bruchteil von Sekunden spielt mein Gehirn alle vorstellbaren Gründe dafür durch. Die Spuren sind so deutlich, dass sie unverkennbar von Füßen herrühren, ob es Schuhabdrücke sind, ist dagegen nicht einwandfrei zu erkennen. Vielleicht sind es Tierspuren mit länglichen Tatzen …? Nein. Wir haben kein einziges Tier gesehen, seit wir hier sind.

Jemand ist hier gewesen. In den vergangenen Stunden erst.

Ich sehe Robert an. Sein Gesicht ist eine unlesbare Maske. Er läuft die Treppenstufen hinunter und geht neben den Spuren in die Hocke.

»Was ist das?«, fragt in diesem Moment Emmy. Ich zucke zusammen.

So tief hat sie also doch nicht mehr geschlafen. Sie steht im Türrahmen, den Blick auf Robert geheftet. Sie scheint etwas länger als wir zu brauchen, um zu begreifen, aber dann weiten sich ihre Augen vor Schreck, und sie wird ganz blass.

Wortlos geht sie die Stufen hinab.

Ich sehe hastig hoch und lasse meinen Blick über die Landschaft schweifen. Nichts als verlassene Häuser und üppiges Grün. Aber das beruhigt mich nicht. Tausend Fensterhöhlen scheinen mich von allen Seiten anzustarren. Ich schaue nach links und nach rechts, will sehen, ob sich irgendwo etwas rührt, ob ich irgendetwas aus dem Augenwinkel ausmachen kann, aber alles ist still.

Emmy hat sich unterdessen tief über den Fußabdruck gebeugt und liest etwas aus dem Matsch auf. Es sieht aus wie ein heller kleiner Stein.

»Kreide«, sagt sie gedämpft.

»Was?«

Ich nehme kaum auf, was sie da sagt, bin damit beschäftigt, unsere Umgebung abzuscannen. Die Paranoia hält mich gepackt, alles um mich herum scheint sich zu drehen.

»Es ist ein Stück Kreide«, wiederholt Emmy und hält es hoch, damit ich es sehen kann.

»Es muss unter ihrer Schuhsohle gesessen haben«, sage ich. Ich verspüre ein seltsames Kribbeln.

»Sie stammt aus dem Schulhaus«, fahre ich fort. »Dort lag zerbrochene Kreide auf dem Boden der Klassenräume.«

»Glaubst du, dass es …«, setzt Emmy an.

Ich lasse sie nicht ausreden. »Falls das im Walkie-Talkie gestern Abend Tone war, muss sie wieder im Schulhaus gewesen sein. Sie hatte es doch bei ihrem Einbruch in die Treppe verloren.«

Mein Blick schweift wieder über das Dorf. Von dieser kleinen Anhöhe aus betrachtet, erweckt Silvertjärn beinahe den Eindruck, ein ganz gewöhnlicher Ort zu sein, hübsch und beschaulich. Wenn man die Augen ein klein wenig zusammenkneift jedenfalls.

»Dort hat sie sich doch auch den Fuß verstaucht, und dort hat man damals auch ihre Mutter gefunden«, fahre ich fort. »Es wäre nicht weiter erstaunlich, wenn es sie dorthin gezogen hätte.«

»Wohin gezogen?«, fragt Max. Er steht noch halb im Schatten des Kirchenportals.

»Tone war heute Nacht hier«, kläre ich ihn auf. »Ich glaube, dass sie sich in der Schule aufhält.«

»Wir wissen nicht mit Sicherheit, ob es wirklich Tone war«, bemerkt Emmy da. »Die Kreide könnte genauso gut unter deiner Schuhsohle gesessen haben, Alice«, gibt sie zu bedenken.

»Das erklärt aber nicht, weshalb die Kreidekrümel in den Fußspuren liegen«, wende ich ungeduldig ein.

»Selbst wenn sie im Schulhaus war, wissen wir nicht, ob sie jetzt immer noch dort ist«, sagt Emmy.

»Aber das ist bislang unsere beste Spur«, entgegne ich und sehe Max und Robert an. »Wir müssen dort zumindest einmal nachsehen.«

»Das ändert gar nichts. Nicht wirklich«, sagt Emmy. »Wir haben schon darüber abgestimmt. Es ist sicherer, hierzubleiben.«

Mein Blick schweift von Emmy zu Max und Robert. Robert presst die Lippen aufeinander. Max weicht meinem Blick aus.

Sie hat recht – sie alle haben recht. Ich spüre die Furcht selbst bis ins Mark. Auch ich möchte nichts lieber, als hierbleiben, ihren Vernunftargumenten nachgeben. Ich kenne die einschlägigen Filme selbst nur zu gut – ich weiß, was aus denen wird, die ihren sicheren Rückzugsort verlassen und in den finsteren Wald zurückkehren, ins spukende Irrenhaus, in die verlassene Schule.

Was diese Filme nicht zeigen, ist das Schuldgefühl, das man verspürt. Wie es ist, jemanden, der einem wichtig ist, schon dort zu wissen, ganz allein, ausgesetzt und voller Todesangst, so wie Tone.

Die Scham darüber, in seinem Versteck zu bleiben, wiegt manchmal schwerer als die Angst davor, sich auf den Weg zu machen. Das sieht der Zuschauer nicht.

»Wenn das so ist, dann mach ich das allein«, sage ich.

Die Sonne sticht mir in die Augen. Ich wende mich ab und gehe zurück in die Kirche.

Heute

Es dauert ein paar Sekunden, bis meine Augen sich an das Dunkel im Kirchraum gewöhnt haben. Ich stoße mich an einer Bank und fluche vor mich hin, hässliche Kraftausdrücke, die ich normalerweise nicht in den Mund nehme, dann schlendere ich zur Sakristei.

In der Sakristei ist es warm. Ich schließe die Tür und setze mich auf einen Sprossenstuhl, das Gesicht in den Händen vergraben. Versuche tief ein- und auszuatmen.

Kann ich das überhaupt tun?

Aber ich muss es. Muss es tun, selbst wenn mich der Stress ganz krank macht und dieses unsägliche Walkie-Talkie-Geräusch in meinem Kopf widerhallt – dieser ungeheuerliche, unmenschliche Schrei.

Er muss von Tone gekommen sein. So wie es sich auch bei der Gestalt im Kastenwagen um Tone gehandelt haben muss, falls wirklich jemand dort gewesen ist. Nur weil es nicht nach der Tone klang, die ich kenne, heißt das nicht, dass sie es nicht war.

Letztendlich spielt es auch keine Rolle. Ich muss zur Schule. Wenn die Chance auch noch so gering ist, dass Tone sich dort versteckt hält, muss ich dorthin.

In diesem Moment geht die Tür auf.

»Willst du mich begleiten?«, frage ich leise, weil ich Max erwartet habe und dass er Nein sagt.

Als keine Erwiderung kommt, blicke ich auf – und sehe Emmy.

Sie hat schon wieder die Tür geschlossen. Ihr Blick ist auf das Fenster gerichtet, auf den Kirchhof. Das Sonnenlicht überflutet ihr Gesicht, löscht die Müdigkeit darauf aus.

»Du kannst mich nicht daran hindern, dorthin zu gehen«, sage ich, obwohl ein kleiner Teil in mir hofft, dass sie es tun wird.

»Doch, das könnte ich, wenn ich es wollte«, erwidert sie.

Sie klingt sich dessen so sicher, dass meine Furcht plötzlich wie weggeblasen ist und blanke Wut an ihre Stelle tritt.

»Es will mir nicht in den Kopf, wie du darauf beharren kannst, dass wir hier drinnenbleiben«, sage ich. »Wenn du nicht weggefahren wärst, wäre das hier niemals passiert, das weißt du doch, oder? Wenn du hiergeblieben wärst, wenn du bei Tone geblieben wärst, wie du es gesagt hast, wäre sie niemals ... niemals ...«

»Ich weiß«, schneidet Emmy mir das Wort ab. »Das ist mir schon klar, okay?«

Vor Überraschung verstumme ich.

»Du führst dich auf, als wärst du der einzige Mensch, der sich Sorgen um Tone macht«, sagt Emmy aufgebracht. Erst jetzt sieht sie mich an, ihre grünen Augen sprühen Funken. »Als wärst du die Einzige hier, die sich für alles verantwortlich fühlt, die Einzige, die beunruhigt ist. Begreifst du nicht, wie frustrierend das ist?« Sie hebt in einer hilflosen Geste die Hände. »Wir wollen doch alle irgendwie Helden sein, Alice! Alle wollen losstürmen, die anderen retten und alles wieder in Ordnung bringen. Aber das hier ist kein Film! Es ist nicht nur eins von den Märchen deiner Großmutter! Nur weil wir jetzt hier in Silvertjärn sind, wissen wir trotzdem nicht, wie die Geschichte ausgeht. Tone hat unser Auto in die Luft gesprengt. Du behauptest, dass sie nicht gewalttätig ist, dass sie krank ist, und ich bin auch ganz deiner Meinung darin, dass sie nicht weiß, was sie da tut. Aber du weißt doch auch nicht, wozu sie in dieser Verfassung fähig ist! Was hast du denn vor? Willst du mit Engelszungen an ihre innere Güte appellieren, sodass sich ihre Psychose wie von Zauberhand wieder legt? So funktioniert das nicht!«

Emmy fährt sich vor lauter Frustration durch die Haare. Ich stehe auf und öffne schon den Mund, um etwas zu erwidern, aber Emmy kommt mir zuvor.

»Ich versuche nur, vernünftig zu sein, Alice. Versuche, wie ein Erwachsener zu handeln. Denn irgendwer hier muss das ja tun. Verstehst du? Jemand von uns muss in der Realität leben.«

»Sicher!«, spucke ich aus, mit sieben Jahre lang aufgestautem Zorn. »Und diese Rolle übernimmst immer nur du, oder? Dir ist es doch nie etwas wert, um jemanden zu kämpfen. Na klar, es ist ja auch einfacher, aufzugeben und einfach weiter sein eigenes Ding zu machen.«

Emmy starrt mich an. »Verdammt, worüber redest du da überhaupt?«

»Ich wusste, dass es ein Fehler war.« Ein freudloses Lachen entfährt mir. »Es ist meine Schuld, schon klar. Ich kenne dich schließlich. Ich kenne dich, und trotzdem habe ich dich gebeten, in dieses Projekt mit einzusteigen. Ich weiß, dass dir dieser Film egal ist, damit kann ich leben. Aber nicht damit, dass du uns zwingen willst, Tone im Stich zu …« Meine Stimme bricht. Ich schüttele hoffnungslos den Kopf. »Aber das tust du, oder? Du lässt die Menschen im Stich, wenn sie dich am meisten brauchen. Ich begreife nicht einmal, wieso ich immer noch darüber erstaunt bin. Aber du kannst mich nicht dazu zwingen, mich genauso zu verhalten, Emmy. Ich will nicht so werden wie du.«

Es müsste eine Erleichterung sein, das endlich einmal auszusprechen. Aber ich bin nur schrecklich traurig und wie erschlagen. Als ich mir mit dem Handrücken über die Augen fahre, merke ich erst, dass ich weine.

»So hast du das also in Erinnerung?«, sagt Emmy mit rauer Stimme.

»Wie sonst soll ich das denn in Erinnerung haben?«, flüstere ich. »Bitte, tu's doch – sag mir, wie die Realität aussieht. Das konntest du doch immer so gut. Mir sagen, dass meine Gefühle falsch waren.«

Emmy schüttelt den Kopf. Ihre Augen glänzen, als sie mich ansieht. »Was hätte ich denn tun sollen, Alice? Sag doch bitte, was ich hätte tun sollen und nicht getan habe. Ich habe doch alles versucht! Du hast mir mehr bedeutet als sonst irgendjemand!« Ihre Lippen beben. »Du warst wie eine Schwester für mich. Weißt du, wie weh es getan hat, dich in diesem Zustand zu sehen? Mit anzusehen, wie immer weniger von dir übrig blieb, bis du kaum noch aus dem Bett kamst? Weißt du überhaupt noch, dass du drei Wochen in meinem Bett geschlafen hast und dich geweigert hast zu duschen, weil dich das Wasser angeblich auf der Haut schmerzte?«

»Willst du damit sagen, dass es für *dich* eine schwere Zeit war?«, ringe ich mir halb lachend, halb weinend ab.

»Natürlich!«, bricht es aus Emmy hervor. »Es war doch auch für mich schwer! Du warst meine allerbeste Freundin, du warst drauf und dran, völlig vor die Hunde zu gehen, und ich wusste mir keinen Rat mehr! Ich habe dir Arzttermine verschafft, und du hast dich geweigert, sie wahrzunehmen! Ich habe mit deinen Dozenten gesprochen, damit du nicht von der Uni flogst! Ich habe alles versucht, und es war nie genug. Nichts brachte etwas. Du wolltest mit niemandem reden, wolltest keine Medikamente nehmen. Wolltest keine Hilfe annehmen. Wolltest nicht mehr … leben.« Das letzte Wort ringt sie sich ab, als würde es ihr nur schwer über die Lippen kommen. »Als du das erste Mal davon gesprochen hast, dass du sterben willst, habe ich meine Mutter angerufen und nur noch geheult, Alice. Ich war noch nicht mal mehr in der Lage zu reden, ich habe nur geweint. Ich war so erschöpft. Ich war damals erst zweiundzwanzig. Ich war so erschöpft und wusste nicht mehr, was ich tun sollte. Wusste nicht, wie ich dir noch helfen sollte. Meine Mutter drückte es so aus, dass du auf dem Weg seist zu ertrinken, und ich drohte, mit dir unterzugehen. Sie sagte, dass man niemandem helfen könne, der keine Hilfe wollte. Ich hatte es immerhin versucht – weil ich dich so wahnsinnig gernhatte. Ich wollte nichts lieber, als dass es dir besser ging.« Sie schüttelt den Kopf. Ihre Haare schwingen um ihre Schultern. »Zuletzt konnte ich einfach nicht mehr«, sagt sie und wischt sich mit dem Ärmel über die Augen. »Verstehst du? Und ich habe es mir nie verziehen – nie. Und du offenbar auch nicht, das weiß ich. Als du wegen dieses Projekts Verbindung zu mir aufgenommen hast, habe ich mich so gefreut, weil ich wusste, wie viel es dir bedeutete. Ich dachte mir, da du dich bei mir gemeldet hattest und mich dabeihaben wolltest, bedeutete das vielleicht, dass du mir verziehen hattest. Dass ich ein Teil von deinem Traum sein durfte.« Emmy schüttelt den Kopf. »Meine Mutter hatte mir geraten, diesen Auftrag nicht anzunehmen. Aber Robert hatte angeboten, als Kameramann mitzukommen und ich – ich wollte so gern glauben, dass es so war, wie ich dachte. Wollte glauben, dass es eine versöhnliche Geste sein sollte.« Sie schluckt. »Doch schon bei unserem ersten Treffen wurde deutlich, dass du mich immer noch hasst. Also habe ich mich bemüht, mich zurückzuhalten und einfach nur meinen Job zu machen.« Sie schüttelt den Kopf. Dann lächelt sie ein zittriges Lächeln. Ihre Wangen sind tränennass, sie bietet ein Bild, das ich gar nicht von ihr kenne. »Ich war wirklich überzeugt von diesem Film, Alice. Nur, damit du's weißt. Ich glaube, dass er ganz großartig geworden wäre. Wir hätten etwas ganz Außergewöhnliches erschaffen können.«

Ich habe einen bitteren Geschmack im Mund. Kann sie hinter einem Vorhang aus Tränen kaum noch richtig wahrnehmen. Unterdrückte Schluchzer schütteln mich, es ist ein Erdbeben kurz vor der Eruption, das ich um jeden Preis am Ausbrechen hindern will.

»Ich hasse dich nicht«, bringe ich mit dünner, verzerrter Stimme heraus. »Ich hasse dich nicht. Ich habe es vielleicht einmal getan. Weil ich mich selbst hasste. Und weil ich mich so einsam fühlte. Als du nicht mehr da warst, war ich ganz allein – ganz allein mit mir selbst.« Ich fahre mir erneut über die Augen, presse die Finger auf meine Augenlider, blende für einen Moment alles aus. »Und deshalb kann ich Tone auch nicht hier zurücklassen, verstehst du? Es geht nicht darum, eine Heldin sein zu wollen. Es ist nur deshalb, weil sie sonst ganz allein hier draußen wäre. Und du hast recht – nur ich bin schuld daran. Tone hat sicherlich ihre Medikamente abgesetzt, um Schmerzmittel nehmen zu können – weil sie mir angemerkt hat, wie gern ich hierbleiben wollte. Ich bin selbst schuld daran, dass ihre Krankheit wieder zum Ausbruch gekommen ist und deshalb … deshalb kann ich sie einfach nicht hier zurücklassen.«

Etwas in meiner Brust löst sich. Bedeutet das, dass meine alten Wunden bluten? Oder heilen sie?

Emmy schließt die Augen. Dann öffnet sie sie wieder. Das Grün ihrer Iris scheint nun noch intensiver zu leuchten. »Okay. Dann gehen wir zusammen zur Schule und suchen nach ihr.«

»Du musst nicht mitkommen«, sage ich.

Emmy verzieht den Mund zu einem schwachen Lächeln. »Doch, das muss ich – und du kannst mich auch nicht daran hindern.«

»Das könnte ich«, sage ich mit bebenden Lippen. »Wenn ich es wollte.«

Emmy öffnet die Tür. »Los, lass uns gehen. Wir sammeln die Jungs ein und brechen auf.«

Ich gehe zu ihr. Bleibe vor ihr stehen.

Das hier ist kein Film. In einem Film hätten wir uns jetzt umarmt und wären wieder die besten Freundinnen, für immer und ewig. Das werden wir nie wieder sein. Ich glaube, dass ich den Rest meines Lebens mit diesem dumpfen Schmerz leben muss. Es wird nie mehr so sein wie früher; was einmal zwischen uns war, wird so nie wiederkommen.

Aber das muss ja nichts Schlechtes sein.

Vielleicht können wir ja doch in irgendeiner Form wieder miteinander leben.

»Ich bin froh, dass du nicht mit mir untergegangen bist«, sage ich.

Langsam nickt sie.

»Und ich bin froh, dass du nicht ertrunken bist, Alice.«

Heute

Beim Anblick des Marktplatzes bin ich schockiert, obwohl ich weiß, was mich dort erwartet. Die schwarz verkohlten Autoteile und die verbrannte Vegetation haben dem Ort eine offene Wunde zugefügt. Es ist ein Bild des Weltuntergangs, das sich uns bietet, inmitten eines historischen Postkartenszenarios.

In der Luft hängt immer noch ein abscheulicher Geruch nach Asche und verbranntem Metall. Das Schulhaus thront wie ein Monstrum an der Schmalseite des Platzes.

Wir bleiben am Fuß der Eingangstreppe stehen.

»Wartet!«, sagt Emmy.

Sie macht einen Schritt und verharrt dann reglos. Horcht eindringlich.

Ich tue es ihr nach. Versuche, irgendein Geräusch auszumachen.

Schritte.

Lachen.

Aber durch die Stille dringt kein Laut.

Emmy sieht sich nach allen Seiten um.

»Wir bleiben zusammen. Keine Alleingänge, auch nicht in Zweierteams, okay?«, sagt sie dann.

Ich sehe sie an und nicke. »Okay.«

»Okay«, ertönt es auch von Max und Robert.

Emmy lächelt mir flüchtig zu. Es sieht überraschend aufrichtig aus. »Dann los!«, sagt sie, und ich folge ihr die Stufen hinauf ins Gebäude.

Der Fußboden ist mit Glasscherben übersät, vermutlich aufgrund der Explosion. Es herrscht eine gespenstische Stille, nur das Knirschen der Scherben unter unseren Schuhsohlen ist zu hören.

Wir öffnen die Tür des ersten Klassenraums, geräuschlos schwingt sie auf. Der Raum sieht genauso aus wie beim letzten Mal – als ich mit Tone hier war. Die Bänke sind ordentlich hintereinander aufgereiht, Bildtafeln mit dem Alphabet hängen an den Wänden, eine kleinere Bildtafel mit dem kleinen Einmaleins vorne an der schwarzen Schiefertafel.

Darüber hinaus ist der Raum leer.

Wortlos gehen wir weiter. Das nächste Klassenzimmer ist nahezu identisch mit dem ersten. Nur die Bildtafeln unterscheiden sich.

Als wir zum letzten Klassenraum kommen, verharrt Emmy reglos im Türrahmen.

Auf einmal überfällt mich eine Vision von Tone, die uns mit ausdruckslosem Gesicht, schief gelegtem Kopf und wildem Blick unter einer Schulbank kauernd anstarrt – oder hockt sie vielleicht vorgebeugt auf einer Bank, mit funkelnden Augen, die unter ihren dreckstarrenden Ponyfransen hervorblitzen? Wie ein fremdes, bedrohliches Wesen – ein Monster.

Ich hasse mich selbst für diese Vorstellung; erst recht, als mir klar wird, welche Angst sie mir einjagt und wie diese Kopfgeburt mein Herz rasen lässt.

Ich darf nicht zulassen, dass Tone mir Angst macht.

»Was ist denn?«, frage ich Emmy gedämpft, schlucke das widerliche Angstgefühl hinunter und schaue ihr über die Schulter. Die Stühle und Bänke bieten ein buntes Durcheinander, ein zierlicher Sprossenstuhl ist völlig zertrümmert.

Emmy geht tiefer in den Raum hinein, bleibt vor dem Sprossenstuhl stehen. Dann hebt sie den Kopf. Als ich ihrem Blick folge, bemerke ich, dass sie auf einen Fleck an der Wand starrt. Er ist dunkel und ungleichmäßig, sieht aus wie hingeschmiert, ein breiter braunroter Strich auf der hellgelben Wand. Der Fleck sieht aus, als sei er noch frisch.

Ein eiskalter Schauer überläuft mich.

Was hat sie sich bloß angetan?

Ich kann mich nicht gegen die Vorstellung wehren, die sich mir plötzlich aufdrängt: Wie Tone mit leerem Blick und aufgeschnittenen Pulsadern Blut an die Wände schmiert.

Emmy sucht meinen Blick. Ich ringe um Fassung, kann nur nicken.

Wortlos schleichen wir zurück in den Flur und wenden uns den Klassenzimmern im anderen Flügeltrakt zu, bleiben jetzt noch dichter zusammen. Versuchen, nicht auf die Glassplitter zu treten, um so wenig Geräusche wie möglich zu machen. Noch immer ist bis auf unsere hektischen Atemzüge nichts zu hören.

Die übrigen Klassenräume scheinen unverändert zu sein. Trotzdem fällt mir etwas auf. Sieht es nicht so aus, als wäre vor uns schon jemand durch die auf dem Boden verstreut liegenden Glassplitter gegangen? Einige Scherben sind in unzählige Stückchen zerkrümelt und haben sich in den hässlichen grünen Linoleumbelag gebohrt. Andere wiederum sehen aus wie beiseite gefegt – deuten eine kaum sichtbare, sich dahinschlängelnde Spur an.

Aber ich behalte meine Gedanken für mich. Bin mir noch nicht einmal sicher, was ich da sehe.

Wir gehen zurück, bleiben vor der Treppe stehen, die ins Obergeschoss führt. Etwa auf halber Höhe klafft ein großes Loch, das von Tones Einbruch in die Stufe herrührt. Der Rest der Treppe sieht noch recht stabil aus, aber an dieser Partie vorbeizugelangen, wird nicht ganz unproblematisch sein.

»Ich probier's mal«, sage ich. »Ich bin die Treppe ja schon mal hochgegangen. Ihr müsst auch nicht mitkommen, das würde ich verstehen.«

Aber Emmy schüttelt den Kopf.

»Ich gehe zuerst. Ich wiege am wenigsten von uns allen. Es ist besser, wenn ich das mache.«

Robert und ich wollen schon protestieren, aber Emmy lässt uns nicht zu Wort kommen.

»Mal ehrlich – ihr wisst doch, dass ich recht habe, oder?«

Ich schaue erneut die Treppe hoch. Die Holzstufen sind breit und ausgetreten und erwecken einen einigermaßen soliden Eindruck. Bis auf den Teil, der nachgegeben hat.

»Wenn du dich am Rand der Treppe hältst …«, sage ich zögernd.

»Ja, das sollten wir alle tun«, sagt Emmy.

Rasch schlingt sie ihre Haare auf dem Kopf zu einem Knoten zusammen. Dann nickt sie uns zu. »Okay, folgt mir.«

Emmy setzt prüfend einen Fuß auf die erste Stufe. Weder knarrt sie, noch gibt sie nach.

Sie umfasst mit festem Griff das Treppengeländer aus Messing, das mit seiner kräftigen Wandverankerung einigermaßen vertrauenerweckend aussieht, und geht mit vorsichtigen Schritten die Stufen hinauf. Ich gehe langsam hinterher. Obwohl es recht kühl ist, bin ich schweißgebadet. Ich stelle mir vor, wie das Holz unter mir bricht, aber bislang gibt es noch keinen Grund zur Sorge.

Als wir an dem Loch vorbeikommen, halte ich meinen Blick fest darauf gerichtet. Aus dem Augenwinkel kann ich Max und Robert sehen; Max, der angespannt und verbissen die Treppe erklimmt, und hinter ihm mit gerunzelter Stirn Robert.

Jetzt liegt das Loch hinter mir, es stehen nur noch fünf Stufen aus, dann haben wir das Obergeschoss erreicht.

Als ich den Kopf drehe, um Robert und Max noch einmal extra zu warnen – sie sind weitaus schwerer als Emmy und ich – geht meine Stimme in einem gewaltigen Krachen unter.

Als plötzlich der Boden unter mir verschwindet, hänge ich einen schwindelerregenden Moment lang in der Luft. Tausende unzusammenhängende Gedanken schießen mir durch den Kopf. Flüchtig kommt es mir vor, als würde ich durch die Luft laufen, dann werfe ich mich mit meinem ganzen Körper nach vorn, um die Stufe vor mir zu erreichen, doch im nächsten Augenblick bricht sie ebenfalls weg. Ich falle.

Ich höre jemanden instinktiv einen kurzen, erstaunten Ausruf von sich geben. Ob er von mir selbst stammt oder von jemand anderem, weiß ich nicht. Mein Körper ist schwerelos. Bis ich hart mit dem Rücken auf dem Boden aufkomme. Die Stärke des Aufpralls presst den Atem aus meinen Lungen und ich sehe nur noch Sterne.

Innerhalb von Sekunden schrumpft alles zu einem winzig kleinen Punkt zusammen. Atmen. Ich darf das Atmen nicht vergessen. Aber meine Lungen weigern sich, mein Brustkorb rührt sich nicht. Ich ersticke, öffne und schließe meinen Mund wie ein Fisch auf dem Trockenen.

Dann weitet sich mein Brustkorb auf einmal wieder, und ich schnappe nach Luft.

Ich rolle mich auf die Seite und erbreche mich.

Allmählich wird mir der stechende Schmerz bewusst, der durch meinen Rücken jagt. Wir liegen zwischen den Überresten der Treppenstufen, über uns klafft das Loch, die abblätternde Farbe an der Decke blickt auf uns herab. Die Treppe ist nur noch ein Trümmerhaufen. Die gesamte Konstruktion ist zusammengebrochen.

Ich komme mühsam zum Sitzen hoch und sehe mich nach den anderen um, zitternd vor Angst davor, welcher Anblick mich erwartet.

Max liegt nur wenige Meter von mir entfernt auf dem Bauch, rappelt sich gerade hoch auf Knie und Ellenbogen; sein Gesicht ist zu einer schmerzhaften Maske erstarrt. Er hat Nasenbluten, das Blut ist ihm das Kinn hinuntergelaufen. Robert liegt, ein Bein angewinkelt, auf dem Rücken. Er rührt sich nicht. Mein Herz macht einen Satz, bis ich merke, dass er aufstöhnt und sich bewegt.

Mein Blick schweift weiter.

Max. Robert.

Aber wo ist Emmy?

Heute

Robert rollt sich mit einem gedämpften Stöhnen auf die Seite. Max hat sich aufgesetzt, wischt sich das Nasenblut ab, verteilt es dabei über sein Gesicht. Er blinzelt, scheint wie betäubt vor Schock.

»Emmy!«, rufe ich. Meine Stimme steigt zur Decke und erstirbt.

Könnte Emmy nach draußen katapultiert worden sein?

Ich krieche über den Trümmerhaufen und erreiche den Steinboden bei der Eingangstür, hoffe und fürchte zugleich, sie dort draußen zu entdecken. Aber da ist sie nicht.

Diesmal rufe ich so laut, wie ich kann. »Emmy!«

Und da höre ich ihre dünne Stimme. Sie kommt aus dem Obergeschoss.

»Hier! Ich bin hier oben.«

Meine Rückenschmerzen sind für einen Moment vergessen. Eine Welle der Erleichterung erfasst mich.

»Wo genau bist du, Emmy?«

Es dauert ein paar Sekunden, bis sie mir antwortet.

»Im ersten Stock«, ist eine erstickte Stimme von oben zu hören. »Ich habe mich beim Einsturz nach vorn geworfen.«

Jetzt hat auch Robert sich aus den Trümmern befreit und stellt sich neben mich.

»Ist alles in Ordnung mit dir?«, ruft er.

Seine roten Haare sind von Holzsplittern übersät, und er hat eine Platzwunde an der Stirn. Aber das Blut trocknet bereits.

In meinem Rücken verspüre ich ein dumpfes Stechen, das eher schlimmer wird als besser, aber ich habe jetzt keine Zeit, mir darüber Gedanken zu machen.

»Ich glaube, dass ich mir beim Aufprall die Rippen gebrochen habe«, erwidert Emmy mit angestrengter Stimme.

»Bleib ganz ruhig liegen!«, ruft Robert überraschend schrill. »Wir kommen zu dir.«

Ich höre etwas, das wie eine Mischung aus Lachen und Aufstöhnen klingt. Glaube beinahe, ihre Gedanken in diesem Augenblick lesen zu können.

Wie um alles in der Welt sollen wir sie bloß von da oben runterkriegen?

Aber das ist in diesem Moment egal. Hauptsache, wir kommen erst mal da hoch.

Robert dreht sich auf dem Absatz um und geht den Flur hinunter, wohl um sich auf die Suche nach einer Leiter oder etwas Ähnlichem zu machen. Max läuft Robert hinterher, einen Arm auf die Nase gepresst. Mir fällt auf, dass Robert ein klein wenig hinkt.

Als er aus den Klassenräumen zurückkommt, flucht er laut. Nichts.

»Gibt es hier vielleicht einen Speisesaal?«, fragt mich Max.

Ich schüttele den Kopf. »Soweit ich weiß, nicht.«

Max nickt resigniert. Robert sieht aus dem Fenster. Seine Halsmuskeln sind angespannt, eine kleine Ader pulsiert an seiner Schläfe.

»Na los! Lasst uns draußen nachsehen. Vielleicht kann man irgendwo an der Fassade hochklettern. Wir kommen da schon irgendwie hoch, mach dir keine Sorgen«, sage ich.

Draußen vor dem Schulgebäude kneife ich die Augen gegen das grelle Tageslicht zusammen. Die Sonne hat den Zenit schon überschritten, es ist also schon nach zwölf. Nicht einmal mehr vierundzwanzig Stunden, bis die Polizei kommt.

Dieser Gedanke hilft etwas. Der harte Knoten in meiner Brust löst sich ein wenig und das Atmen fällt mir wieder leichter.

Vierundzwanzig Stunden. Das schaffen wir.

Wir müssen jetzt nur irgendwie Emmy da runter und zurück zur Kirche schaffen – irgendwie muss das gehen, der Weg ist ja nicht weit –, die Türen wieder verbarrikadieren und dort warten. Wir kriegen das hin.

An Tone mag ich jetzt lieber gar nicht denken.

Max ist ein paar Schritte zurückgetreten, um das Schulhaus mit Abstand zu betrachten. Der Anblick ist nicht besonders erhellend. Die hässliche Fassade bietet nichts, an dem man emporklettern könnte.

»Lasst uns ums Gebäude herumgehen«, fordert er uns auf.

Robert nickt nur und trabt schon los. Ich folge ihm auf dem Fuße.

Ich kann ihm nicht in die Augen sehen – ich weiß, was ihm jetzt gerade durch den Kopf geht.

Hätte ich nicht darauf bestanden, in der Schule nach Tone zu suchen, hätte ich nur auf die anderen gehört und Emmy nicht dazu überredet, mit mir hierherzukommen … dann wäre nichts von dem hier passiert. Dann hätte Emmy jetzt nicht verletzt dagelegen.

Aber ich kann etwas tun, kann helfen. Das muss doch einen Ausschlag geben, oder?

Als wir zur Hinterseite des Gebäudes kommen, stolpere ich in Robert hinein. Er ist jäh vor der Umzäunung stehen geblieben.

Auf der Rückseite liegt ein hübscher kleiner Rasenplatz, früher sicherlich einmal Sport- und Spielplatz der Schule. Vier Gartentische stehen an der Gebäudewand; das Holz ist morsch und verwittert, die Metallbeine völlig verrostet.

Aber die Tische haben gar nicht Roberts Aufmerksamkeit gefesselt, sondern die Feuerleiter dahinter.

Ich muss beinahe grinsen, als ich sie entdecke. Na logisch – welche Schule hat keine Feuerleiter?

Robert will schon darauf zulaufen, als ich ihn bremse. »Du bist zu schwer. Sie wird unter deinem Gewicht nicht halten.«

»Sie hält«, beharrt Robert kurz angebunden, aber ich lasse nicht locker. Schüttele den Kopf.

»Sieh sie dir doch mal genau an. Sie ist ganz verrostet. Wie viel wiegst du? Achtzig, fünfundachtzig Kilo?«

Zuerst erwidert Robert nichts, aber dann sehe ich, dass seine Schultern resigniert herabfallen.

Die Sprossen der Leiter sind zwar rostig, sehen aber nicht durchgerostet aus.

»Ich geh da hoch«, sage ich.

Ich erschauere ein klein wenig und zwinge mich dazu, mich zu konzentrieren, als ich die Leiter genauer mustere. So aus der Nähe besehen, wirkt sie nicht mehr ganz so stabil ... Die Sprossen sind entsetzlich dünn, fast wie Bleistifte.

Nun ja, es wird schon irgendwie gehen.

Hinter mir höre ich Robert rufen.

»Emmy! Wir haben eine Feuerleiter gefunden. Wir kommen jetzt zu dir!«

Ich ziehe mich auf die erste Sprosse hoch und rechne beinahe damit, dass sie unter mir bricht, aber sie hält. Und die nächste auch.

Mein Herz schlägt heftig. Auf einmal stehe ich wieder auf der Brücke, am Abgrund meines Lebens, nur in einer schmaleren, schwächeren, furchterregenderen Ausführung. Kann wieder das Wasser unter mir rauschen hören.

Ich versuche, nicht nach unten zu sehen. Meine Füße sind schon auf Höhe der ersten Fenster. Ich spüre einen leisen Windhauch am Rücken. Er streicht durch meine zerzausten Haare, und die feinen Härchen in meinem Nacken richten sich auf. Ich halte inne.

Meine Atemzüge sind kurz und abgehackt. Vor Anstrengung oder vor Angst? Ich weiß es nicht.

»Ist alles in Ordnung mit dir, Alice?«, ruft Max mir zu.

Ich erwidere nichts. Mein Mund ist staubtrocken.

»Alice!«, ruft er noch einmal, diesmal lauter. »Willst du lieber wieder runterkommen?«

Ich will nichts lieber als das.

Denn ich spüre es schon – spüre schon, wie die Sprossen unter mir nachgeben. Die ersten Sekundenbruchteile des Schocks, dann den Fall, kurz und anmutig, wie in Zeitlupe, und schließlich den unerbittlichen Aufprall auf dem Boden. Stelle mir vor, wie mein Schädel beim Aufschlagen knackend zerbirst.

Aber da oben liegt Emmy und kann nicht allein wieder runter. Emmy, die mich fest im Arm gehalten hat, als mein Körper vor Schluchzern bebte, die mich umsorgt hat und immer wieder für mich da war, bis meine Angstzustände diese Freundschaft so sehr strapaziert hatten, bis nichts mehr davon übrig war. Das erkenne ich einmal glasklar. Und sie liegt nur deshalb dort oben, allein und mit gebrochenen Rippen, weil ich sie gebeten hatte, mich hierher zu begleiten.

»Ja, alles in Ordnung!«, rufe ich Max mit zitternder Stimme zu und klettere weiter.

Die nächstfolgenden Sprossen erklimme ich schneller, blende aus, wie hoch ich bereits bin und wie verrostet das Metall ist. Als ich im Obergeschoss auf Fensterhöhe angelangt bin, sehe ich, dass keine Scheibenreste mehr in den Fensterrahmen stecken. Wenigstens etwas.

Ich halte mich am Rahmen fest und schwinge mich ins Zimmer. Die Erleichterung, die mich in diesem Moment durchflutet, wiegt die Anstrengung auf. Ich wische mir die schweißnassen Handflächen an den Schenkeln ab und sehe mich um. Ich befinde mich im Zimmer der Schulkrankenschwester.

»Ich bin oben!«, rufe ich Max und Robert aus dem Fenster zu und dann durch die Räume: »Emmy, ich bin's. Alice. Ich bin hier!«

Schnell gehe ich zur Zimmertür. Sie ist nur angelehnt.

Ich ziehe sie auf.

Emmy liegt vor der Tür des Chemieraums platt auf dem Rücken. Ich bin geschockt, als ich das klaffende Loch an der Stelle sehe, wo sich die Treppe befand.

»Emmy?«, sage ich und gehe zu ihr.

Als ich näher komme, sehe ich, dass sie starr zur Decke blickt. Sie schaut mich nicht an. Ob sie vielleicht böse auf mich ist? Kann schon sein. Das wäre ja auch kein Wunder.

»Es tut mir leid«, sage ich, als ich sie erreiche. »Wir haben eine Feuerleiter gefunden. Wir bringen dich jetzt irgendwie …«

Ich verstumme.

Sie erwidert nichts.

Reagiert kein bisschen. Liegt vollkommen reglos da.

Ihre Brust hebt und senkt sich nicht.

Ihr Blick ist leer. Das Augenweiß ist seltsam gepunktet.

»Emmy?« Meine Stimme klingt eigenartig, als käme sie von weit her. »Hörst du mich, Emmy?«

Sie erwidert immer noch nichts.

Ich betrachte sie genauer. Ihr einst weißes T-Shirt ist schmutzig und verstaubt, die Jeans sind fleckig und zerrissen. Die zarte Kette mit dem Goldherz – ein Taufgeschenk ihres Großvaters – ist in ihrem Ausschnitt zu sehen.

Ich berühre ihren Arm. Emmys Haut ist warm. Dann muss doch alles mit ihr in Ordnung sein, oder nicht? Dann hat sie vielleicht nur Schmerzen und sagt deshalb nichts. Ich schüttele sie sanft und sage wieder ihren Namen, aber sie gibt immer noch keinen Ton von sich. Jetzt schüttele ich sie härter, sodass ihr Kopf von einer Seite zur anderen fällt, ganz apathisch, als sei sie eine Puppe. Und jetzt schreie ich sie an, weil ich endlich ein Lebenszeichen von ihr will.

»Jetzt sag doch endlich was, Emmy!«

Schweigen.

»Bitte«, wimmere ich.

Da reißt mich plötzlich jemand von ihr zurück. Robert, ich hatte sein Kommen gar nicht bemerkt. Er schreit markerschütternd. »Emmy?!«

Plötzlich ist es, als würde ich alles aus großer Distanz betrachten. Ich höre nichts. Mein Gesichtsfeld ist jäh geschrumpft, ich nehme nur eins war: Emmys starrenden Blick aus vollkommen leeren Augen.

»Emmy?«, flüstert Robert. Als er diesmal ihren Namen ausspricht, bricht seine Stimme. Es ist der schlimmste Laut, den ich je gehört habe.

Er darf sich nicht zu mir umdrehen.

Ich will jetzt nicht in sein Gesicht sehen müssen.

»Was ist denn los?«, höre ich jemanden hinter mir ausrufen. Ich hocke auf dem staubigen Holzfußboden. Die Stimme scheint aus weiter Ferne zu kommen.

»Oh«, sagt Max nur, nichts sonst. Er sagt es noch einmal.

»Oh.«

Wir sind alle wie erstarrt.

Ich strecke die Hand aus, um Emmys nackten Fußknöchel zu berühren, fahre über die matschverschmierten weißen Converse-Schuhe an ihren Füßen.

Jetzt erkaltet ihre Haut allmählich.

Heute

Es ist Max, der eine Hand ausstreckt und Emmys Lider schließt.

Diese Geste hat etwas so Endgültiges, dass es mich aus meiner Benommenheit reißt. Die Realität prasselt wieder ungebremst auf mich ein.

Robert richtet sich abrupt auf und wendet sich ab, reißt die Tür zum Chemieraum auf und verschwindet darin. Ich will ihm schon nachgehen, doch Max hält mich auf.

»Lass ihn …«, beginnt er, ohne den Satz zu beenden.

Mein Blick schweift zurück zu Emmy. Ich kann einfach nicht aufhören, sie anzusehen. Es ist so, als suchte etwas in mir immer und immer wieder Bestätigung für etwas, das ich eigentlich schon weiß.

»Ich begreife das nicht …«, flüstere ich vor mich hin, sage es immer wieder. »Ich begreife das nicht. Ich begreife das nicht.«

Ob es sich so anfühlt, wenn man unter Schock steht?

Ich umklammere Max' Arm so fest, dass es ihm wehtun muss, aber er verzieht keine Miene. Seine Gesichtszüge sind vollkommen ausdruckslos, wie auch seine Stimme. Plötzlich habe ich das Bedürfnis, ihn dazu zu bewegen, irgendwie zu reagieren, ihn fühlen zu lassen, was ich fühle. Ihn zu kratzen oder ihm ins Gesicht zu schreien.

Mit einem schlafwandlerischen Ausdruck auf dem Gesicht sieht er mich an.

»Ich wusste nicht, dass das hier passieren würde«, presse ich mühsam mit erstickter Stimme hervor, und dann fange ich an, haltlos zu schluchzen. »Ich wusste es nicht, ich begreife nicht, wie es dazu kommen konnte, ich wusste nicht, dass sie so schwer verletzt war, dass … Die Rippen müssen ihre Lungen punktiert haben, oder sie hat sich das Rückgrat so schwer verletzt oder sich den Kopf angeschlagen oder was auch immer, ich wusste das nicht, ich habe nur …« Ich löse meinen Griff um seinen Arm. Spüre, wie mein Körper von Krämpfen geschüttelt wird. Jetzt scheint Max endlich zur Besinnung zu kommen, und wie durch einen Schleier sehe ich, dass er sich rührt, dass er mich behutsam anfasst. Ich will seine Hand abschütteln, und gleichzeitig will ich nur, das jemand mich hält, damit ich nicht in tausend Stücke zerbreche.

So wie Emmy mich früher immer gehalten hat.

»Wir sollten …«, setzt Max an, seine Stimme klingt zittrig und belegt. »Wir sollten sie mit irgendetwas bedecken, damit sie nicht einfach so da …«

Ich trockne meine Augen. Versuche, mich ein klein wenig zu beruhigen. Ziehe mich etwas von Max zurück.

»Ich mache mich mal auf die Suche«, sage ich und vermeide es, Emmy anzusehen. Ich darf sie nicht mehr ansehen.

Ich gehe zurück in das Schwesternzimmer, blicke aus dem Fenster, durch das ich hereingekommen bin.

In mir flammt der Gedanke auf, dass ich auf das Fensterbrett klettern und mich hinunterstürzen könnte, aber ich habe keine Kraft mehr übrig, selbst dafür nicht.

Kann man die Zeit wohl zurückdrehen? Nur um ein paar Wochen, das würde schon reichen. Kann man diese eine E-Mail löschen? Diese eine E-Mail an Emmy? Kann ich mich daran hindern, nach ihrer neuen Mailadresse zu suchen?

Wieder zu dem Augenblick zurückkehren, als ich vor dem Computer saß, meine Finger zögernd über der Tastatur schwebten, und meine innere Stimme mir zuflüsterte:

Bitte sie nicht darum, euch zu begleiten. Biete ihr den Job nicht an. Schreib einfach nur, dass es dir leidtut. Dass es dir inzwischen besser geht. Schreib nur, dass du ihr bis in alle Ewigkeit dankbar für alles sein wirst, was sie für dich getan hat.

Meine Unterlippe zittert, und ich beiße mir so fest auf die Lippe, bis ich Blut schmecke, meine Aufmerksamkeit einfach nur auf den Schmerz richten kann.

Auf zitternden Beinen gehe ich zu der Krankenliege in der Zimmerecke und bleibe davor stehen. Der Anblick der eingetrockneten, großflächigen Blutflecken auf den Laken lässt Übelkeit in mir aufsteigen.

Ich kann sie nicht nehmen, um Emmy darin einzuhüllen. Das geht einfach nicht. Nicht etwas schon Blutbeflecktes. Mir ist völlig egal, ob es nur das Blut eines Kindes ist, das auf dem Schulhof hingefallen ist, oder das Blut von der Mutter des neugeborenen Säuglings.

Emmy hat es verdient, in ein reines Tuch eingehüllt zu werden. In etwas Reines und Unberührtes.

Eingehüllt.

Ich bleibe an dem Wort hängen. Mein Blick fällt auf den Eckschrank. Er sieht aus, als könnte er saubere Laken enthalten. Ich schaue mir die Tür aus der Nähe an, aber sie ist verriegelt. Ein kleines Schloss glitzert mich höhnisch an.

In einem flüchtigen Anflug von Wahnsinn will ich die Schranktür eintreten, bekomme mich aber wieder in den Griff. Das Holz wirkt ziemlich dick und solide. Das würde niemals funktionieren.

Ich gehe zum Schreibtisch. Schiebe den Stuhl beiseite und hocke mich vor die Schubladen. Ziehe die erste auf.

Die oberste Schublade enthält nur einen Stift und eine Münze mit fremdländisch aussehender Prägung.

An der zweiten Schublade muss ich kräftig ziehen.

Sie lässt sich nur Stück für Stück öffnen, anscheinend hat sich etwas darin verklemmt. Die Schublade ist bis obenhin voll, scheint vor allem altmodische braune Pappmappen zu enthalten, die sorgsam beschriftet wurden.

Ich ziehe die zuoberst liegende Mappe heraus.

KRISTINA LIDMAN

Automatisch schlage ich sie auf.

Blicklos starre ich einige Sekunden lang auf den Inhalt der Mappe herunter, blättere mit tauben Fingern die quadratischen Polaroidaufnahmen durch.

Ein schriller Laut dringt aus meiner Kehle. Ich presse die Hand vor den Mund, um ihn zu ersticken. Das hysterische Gelächter, das in mir aufsteigt, bringt meinen Brustkorb beinahe zum Platzen, dringt durch meine Finger. Ich habe Angst, was passieren wird, wenn ich die Hand fortnehme. Wenn ich das Lachen herauslasse.

Ich habe es endlich gefunden.

Habe das gefunden, wonach ich so lange gesucht habe – das ist der Durchbruch. Eine Sensation!

Ich habe nur niemals geahnt, welchen Preis ich dafür würde bezahlen müssen.

Damals

Elsa kann die Schreie schon hören, als sie die letzten Reihenhäuser passiert haben.

Es ist ein entsetzliches Geschrei, wie von einem verwundeten Tier – ein dumpfes Brüllen, das kaum etwas Menschliches an sich hat.

Elsa weiß, woher es kommt.

Es kommt von Birgittas Häuschen.

Dagny läuft jetzt etwas langsamer. Atemlos keuchend blickt sie sich um, das Gesicht gerötet.

»Es hat vor einer Stunde angefangen«, sagt sie. »Zuerst dachte ich, das sei nur wieder einer ihrer Ausbrüche, aber dann wurde es schlimmer. Und als sie sich so wie jetzt anhörte, wollte ich dich lieber holen gehen.«

Elsa nickt. Ihr Mund ist staubtrocken, ihr Herz klopft wie wild.

»Danke. Das war ganz richtig von dir«, bringt sie irgendwie heraus.

Dagny hat Elsa nie mit Birgitta geholfen, hat sich nie dafür angeboten, aber Elsa ist ihr doch sehr dankbar, dass sie jetzt zu ihr gekommen ist. Das tut inzwischen kaum noch jemand.

Elsa will lieber nicht wissen, was geschehen wäre, wenn die Anhänger des Predigers ihr zuvorgekommen wären. Womöglich sind sie schon unterwegs.

Elsa bleibt vor der Haustür stehen. »Birgitta?«, ruft sie mit lauter Stimme.

Birgitta antwortet nicht. Auch das Gebrüll ist verstummt.

Für das übliche Ritual bleibt keine Zeit. Elsa öffnet die Tür. Birgitta liegt zusammengerollt auf dem Bett, mit den Armen hält sie sich den Bauch. Aus ihrem Brüllen ist ein leises Wimmern geworden. Sie hat sich zur Wand gedreht, ihr Haar verbirgt ihr

Gesicht. Das hier ist keiner ihrer gewöhnlichen Ausbrüche. Nichts ist zerschlagen. Der Tisch steht da, wo er immer steht, die Stühle daneben. Auch der Lebensmittelkorb ist noch da, wo Elsa ihn abgestellt hatte. Birgitta scheint weder böse noch zornig zu sein. Sie scheint noch nicht einmal bemerkt zu haben, dass Elsa hereingekommen ist.

»Birgitta?«, sagt Elsa noch einmal leise.

Das Wimmern erstirbt.

Elsas Furcht steigert sich ins Unermessliche. »Darf ich näher treten, Birgitta?«, fragt sie vorsichtig. »Ich bin's, Elsa.«

Birgitta antwortet nicht. Sie liegt jetzt still und reglos da.

Elsa tritt an Birgittas Seite. Sie will sie nicht erschrecken. Eine Minute bleibt sie so stehen, dann fängt Birgitta von Neuem an.

Zuerst ist es nur ein gedämpftes Brummen. Elsa bemerkt, wie Birgitta die Hände auf den Leib presst und den Kopf zur Brust senkt. Im spärlichen Lichtschein, der durch das Fenster hereinfällt, ist sonst nur wenig zu erkennen; Elsa lehnt sich ein klein wenig vor und kneift die Augen zusammen.

Der Saum von Birgittas locker geschnittenem braunen Kleid ist dunkler als sonst. Hat sie sich vielleicht eingenässt?

»Birgitta«, sagt Elsa noch einmal und legt eine Hand auf ihre Seite.

In dem Moment spürt sie es.

Vor Schreck reißt Elsa die Hand fort und weicht zurück. Birgitta krümmt sich noch mehr zusammen. Ihr gutturales Stöhnen schwillt an.

»Was ist mit ihr?« Dagny, die im Türrahmen stehen geblieben ist, klingt ängstlich.

Elsa schüttelt nur den Kopf.

Der Raum scheint geschrumpft zu sein; Elsa nimmt nur noch Birgittas dunkle Gestalt und ihre dumpfen Klagelaute wahr.

Sie beugt sich erneut über Birgitta. Wie kann es nur sein, dass sie das nicht bemerkt hat? Wie kann es nur sein, dass sie das nicht begriffen hat?

Aber das hier kann man sich unmöglich vorstellen – es ist undenkbar. Das kann einfach nicht sein.

Elsa legt eine Hand auf Birgittas Bauch. Spürt unter ihrer Handfläche die vertrauten Krämpfe.

»Dagny«, sagt Elsa. Ihre Stimme klingt schaurig ruhig in ihren eigenen Ohren. Über Birgittas Klagen hinweg sollte sie eigentlich gar nicht zu hören sein, aber irgendwie dringt ihre Stimme doch zu Dagny hinüber.

»Birgitta hat Geburtswehen. Wir müssen sie irgendwie in Ingrids Behandlungszimmer schaffen.«

Elsa hört Dagny scharf einatmen.

»Aber wie …«, beginnt sie. Elsa schüttelt nur stumm den Kopf. Sie streckt eine Hand aus, streichelt Birgittas schweißnasses Haar. Normalerweise würde Birgitta vor Elsas Berührung zurückschrecken, jetzt aber reagiert sie noch nicht einmal.

Birgittas Stimme wird wieder etwas schwächer. In welchen Abständen war das Gebrüll gekommen? Sie waren nicht lang. Währten höchstens vier, fünf Minuten.

Es eilt.

»Ich weiß es nicht«, erwidert Elsa. »Aber ihre Fruchtblase ist schon geplatzt. Wir müssen uns sputen.«

Heute

Ich hocke immer noch vor dem Schreibtisch auf dem Boden, als Max hereinkommt.

»Alice?« Er blickt sich suchend um.

»Hier drüben«, erwidere ich.

Ich halte die Fotos in der Hand. Auf dem obersten Abzug habe ich einen Daumenabdruck hinterlassen. Man sieht ihn deutlich auf der glänzenden Oberfläche.

Das Licht, das von draußen hereinscheint, hat jetzt eine andere Qualität, es ist wärmer und sanfter. Auch Max wirkt ansprechender als vorhin im Licht der Mittagssonne, als ich jetzt zu ihm hochsehe – trotz seiner tief in den Höhlen liegenden Augen, der Wunde auf seiner Wange und der schmuddeligen Kleidung an seinem hageren Körper.

»Sieh mal«, sage ich kraftlos und breite die Fotos fächerförmig vor mir aus.

Es sind vier Polaroidbilder. Das Kind darauf sieht aus, als sei es eben erst geboren. Jemand muss es bereits notdürftig gereinigt haben; nur noch Spuren von etwas Klebrig-Dunklem sind an den drallen Ärmchen zu erkennen. Auf einem Bild ist der Säugling nackt und frontal von oben fotografiert worden. Auf dem anderen Bild liegt das Baby im Arm einer Frau.

Elsas Gesicht ist bis zum Haaransatz zu sehen. Auf diesem Bild wirkt sie ganz anders aus als auf der Fotografie, die meine Großmutter mir hinterlassen hat – wie eine alte Frau. Sie hat tiefe Schatten unter den Augen, und ihre Mundwinkel hängen schlaff herunter.

Im Grunde genommen sieht sie ein klein wenig so aus, wie Max es gerade tut.

Und ich bestimmt auch.

»Was ist das?«, fragt Max leicht verwirrt. Er ist hinter mir stehen geblieben. Ich merke, dass sein Schatten über mich fällt, als er sich vorbeugt, um besser sehen zu können.

»Das sind Bilder von Kristina Lidman«, erkläre ich. »Birgitta Lidman war die Mutter des Findelkinds, das hier drinnen entdeckt wurde. Birgitta Lidman war Tones Großmutter.«

»Wer ...«, beginnt Max.

»Schwachkopf-Gitta«, sage ich leise. »Schau mal. Datiert auf den 18. August 1959.«

Ich betrachte die beiden verbliebenen Aufnahmen.

Eine zeigt denselben Säugling, aufgenommen von der Seite. Die andere zeigt ihn liegend auf einer nackten Brust. Die Gestalt ist groß und unförmig, das Gesicht abgewandt. Die langen, dunklen Haare fallen ihr wellenförmig über die Schultern.

»Woher hast du das?«, fragt Max.

Ich zeige zum Schreibtisch.

»Sie lagen bei den Patientenakten«, erkläre ich.

Die Mappe liegt immer noch aufgeschlagen vor mir. Das Gekritzel auf dem linierten Papier verschwimmt vor meinen Augen. Ich wollte die Akte erst nicht lesen, aber die Versuchung wog schwerer. Außerdem bin ich gerade für jede Ablenkung dankbar, um nicht an die furchtbare Wahrheit denken zu müssen:

Emmy ist tot, und ich bin schuld. Tone ist verschwunden, verloren, geistesgestört, und ich bin schuld.

Viele Informationen stehen nicht in der Patientenakte. Nur das Geburtsgewicht und die Größe. Ich kenne mich nicht aus, weiß nicht, wie ein Neugeborenes normalerweise aussehen soll, aber dieses hier wirkt völlig normal auf mich. Dann steht da noch der Name: »Kristina Lidman«.

Das also war ihr Geburtsname – bevor Helene Grimelund aus ihr wurde.

Was Tones Mutter wohl sagen würde, wenn sie ihre eigenen Babyfotos zu sehen bekäme? Was Tone wohl sagen würde?

Zuunterst auf dem Bogen Papier eine gekritzelte Notiz: »Vater: unbekannt.«

Ich schließe die Mappe. Das ist eine echte Sensation. Purer Sprengstoff. Das hätte die Dokumentation zu einem Riesenerfolg werden lassen. Aber niemand wird sie je zu sehen bekommen.

Es spielt keine Rolle mehr, denn Emmy ist nicht mehr am Leben.

Ich war wirklich überzeugt von diesem Film, Alice. Nur, damit du's weißt. Ich glaube, dass er ganz großartig geworden wäre. Wir hätten etwas ganz Außergewöhnliches erschaffen können.

»Hast du etwas gefunden, in das wir sie einhüllen können?«, fragt Max gedämpft.

Da drängt sie sich mir wieder auf, die Realität. Die schreckliche Realität.

»Ich wollte im Schrank nachsehen«, sage ich leise und deute mit schlaffer Hand hinüber zur Zimmerecke.

Er sagt nichts, geht nur hin und mustert die Schranktüren. »Er ist verschlossen.«

Ich ziehe die letzte Schreibtischschublade auf. Ein kleiner Messingschlüssel liegt darin.

Ich gehe damit zum Eckschrank, und der Schlüssel lässt sich leicht, ja, geschmeidig im Schloss drehen.

Im Schrank ist alles fein säuberlich geordnet. Pflaster und Bandagen liegen in kleinen Fächern. Das untere Fach ist Handtüchern und Bettlaken vorbehalten. Ich ziehe das oberste Laken hervor.

Es ist aus weißer Baumwolle, leicht vergilbt und so steif, wie es nur gemangelte Betttücher sind. Den Saum zieren kleine aufgestickte weiße Blumen.

Emmy wird es gefallen. Sie hat schon immer einen Hang zu Altmodischem gehabt, liebte geblümte Vintageklamotten, die in starkem Kontrast zu ihren zerrissenen Jeans und saloppen T-Shirts standen.

Emmy hätte es gefallen.

Ihr wird nie wieder etwas gefallen.

Was hätte Emmy jetzt an meiner Stelle getan?

Sie hätte sich zusammengerissen. Hätte die Situation irgendwie in den Griff bekommen.

Wir kehren zurück in den Flur. Emmy liegt immer noch still und reglos da. Sie sieht so klein aus.

In diesem Moment holt mich erneut die Wirklichkeit ein.

Max und ich setzen uns neben sie, einer rechts, einer links. Wie bei einem Ritual. Ich entfalte das Betttuch zu voller Größe und lege es neben mich.

Vorsichtig, ganz vorsichtig schiebe ich die Goldkette mit dem Herzen wieder unter ihren Pulli, wo sie hingehört, aber Max hält mich auf.

»Warte.«

»Wie bitte?«, krächze ich. Ich erkenne meine eigene Stimme kaum wieder.

Max beugt sich über Emmy. Schiebt meine Finger sanft von ihrem Hals. Ich zucke bei dem Kontakt mit seiner Hand zurück, als hätte ich mich verbrannt. Er scheint es nicht einmal richtig zu bemerken.

Sein Blick hat sich auf Emmys Hals geheftet. Auf die dunklen Flecken auf ihrer blassen Haut.

Sie sind von bizarrer Schönheit und bilden ein Muster, geisterhaft dunkle Schemen, die aussehen wie ein Vogel, dessen Flügel sich bis hin zum Nacken erstrecken.

Ich will Max gerade fragen, was das sein soll, bringe die Worte aber nicht heraus – denn ich kenne die Antwort schon.

Es sind Abdrücke, die zwei Hände hinterlassen haben.

Max richtet sich ein klein wenig auf, beugt sich vor und öffnet Emmys Lider noch einmal. Das kommt mir falsch vor, ganz schrecklich falsch. Ich möchte mich am liebsten von diesen stillen, starrenden Augen abwenden, sie lassen mich bis ins Mark erschauern, aber Max mustert sie an meiner Stelle, nimmt Emmy genau unter die Lupe.

»Ihre Augen weisen kleine Punkte auf«, sagt er in einem seltsamen Ton. »Ich habe mal etwas darüber gelesen. Dass die Augäpfel gepunktet sind, wenn man …« Den Rest verschluckt er.

… wenn man erwürgt wird.

Sie ist nicht an einer gebrochenen Rippe gestorben. Ist nicht unglücklich gestürzt.

Sie hatte keinen Unfall.

Jemand hat seine Hände so fest um ihren Hals gelegt und zugedrückt, als hätte er eine Kette darum zusammengezogen.

Eine Welle von Übelkeit erfasst mich. Mein Mund schmeckt nach Galle. Maßloses Grauen und maßlose Wut durchströmen mich.

Ich suche Max' Blick, aber er sieht mich nicht an. Eine plötzliche Anspannung erfasst seinen Körper. Er rappelt sich auf und blickt zu der Tür, hinter der Robert verschwunden ist. Ich höre Max gellend nach ihm rufen – »Robert!« –, und in diesem Moment fällt auch bei mir der Groschen.

Jemand hat das hier innerhalb von nur zehn Minuten getan – zehn Minuten, nachdem wir Emmys Stimme zum letzten Mal vernommen haben und bevor ich bei ihr im Obergeschoss eintraf. Jemand ist uns gefolgt oder hat hier auf uns gewartet.

Jemand, der sich vielleicht immer noch hier im Haus aufhält. Hier im Obergeschoss.

Und Robert befindet sich ganz allein im Chemieraum.

Damals

Draußen ist die Hitze des Nachmittags kühler Abendluft gewichen. Sie hatten die Fenster im Zimmer der Schulkrankenschwester nicht geöffnet – aus Angst, jemand könnte die Schreie hören, weshalb sich immer noch ein Rest der drückenden Schwüle im Zimmer hält. Die Luft im Raum ist zum Schneiden dick.

Elsa stützt sich auf das Handwaschbecken. Zum ersten Mal erlaubt sie sich, wahrzunehmen, wie erschlagen sie sich fühlt. Ihre Knie zittern vor Erschöpfung. Ihre Hände schmerzen und die Tränen, die sie wohl unbewusst vergossen haben muss, haben salzige Spuren auf ihren Wangen hinterlassen.

»Hier, bitte«, sagt Ingrid. Die Stimme der Schulkrankenschwester klingt ebenso matt, wie Elsa sich fühlt. Als sie ans Waschbecken tritt und Wasser in einen abgestoßenen Blechbecher füllt, kann Elsa sehen, wie fahl und schlaff ihre Gesichtshaut ist. Ingrids für gewöhnlich so sorgsam gelockten Haare fallen strähnig herab. Sie trägt nur Hemd und Unterrock.

Erst als Elsa an sich selbst heruntersieht, wird ihr bewusst, dass auch sie sich ihrer Strickjacke und ihrer Schuhe entledigt hat. Das musste irgendwann in den letzten Stunden passiert sein. Blaue Flecken breiten sich auf ihren Unterarmen aus. Während der heftigsten Wehen hatte Birgitta einige Male um sich geschlagen und sich gewehrt. Elsa hatte versucht, Birgitta zu beruhigen. Dabei muss sie einige Hiebe abbekommen haben.

Elsa trinkt in tiefen Schlucken. Das Wasser schmeckt fade und metallisch.

Die Morgendämmerung, die durch die Fenster hereinfällt, taucht den ganzen Raum in ein sanftes Blau. Birgitta liegt immer noch zusammengerollt auf der Liege. Ihr Gesicht hat sie abgewandt, ihr Haar ist ein Vogelnest aus Schmutz und Schweiß.

Von ihr ist kein Laut mehr zu hören. Vielleicht ist sie eingeschlafen.

Vor einem der Fenster steht Dagny, ihre Gestalt ist nur ein dunkler Umriss im Gegenlicht. Das Kind, das sie in den Armen hält, ist kaum zu erkennen.

Es ist ein hübsches kleines Mädchen mit dichtem, dunklem Haar, etwas schmächtiger vielleicht als Elsas eigene Töchter, wenn sie nun zurückdenkt. Das Mädchen besitzt die typischen trüben dunkelblauen Augen eines Neugeborenen und eine eigentümliche Kopfform, wie es nach der Geburt nicht ungewöhnlich ist. Aber als Ingrid ihm einen lebensspendenden Klaps auf den Po gegeben hatte, schrie es wie jedes gesunde Baby.

Elsa hatte das Kind gehalten, als Ingrid die Nabelschnur kappte. Beide sind sie keine Ärztinnen, aber Ingrid hat schon oft den jungen Frauen aus Silvertjärn bei der Entbindung geholfen. Elsa hatte noch nie eine Geburt miterlebt, bis auf die ihrer eigenen Kinder. Sie hatte sich höchstens vorgestellt, die Geburt ihrer zukünftigen Enkel mitzuerleben.

Von draußen ist ein anschwellendes Summen zu hören. Zuerst ist es so leise, dass man es kaum wahrnimmt, doch dann nimmt die Lautstärke allmählich zu. Worte lassen sich aus dem Chor von Stimmen heraushören – aus dem Gesang, der über dem Dorf aufsteigt.

Dagny sieht von dem Kind auf. Beim Geräusch des abendlichen Messgesangs der Gemeinde hat das Mädchen zu wimmern begonnen. Vielleicht spürt es instinktiv, dass eine Gefahr darin liegt, auch wenn es noch so klein ist.

Dagny wirkt erschrocken und wie ertappt. Von ihr kann Elsa keine große Hilfe erwarten, das sieht sie ihrer Miene an.

Ingrid richtet sich auf. Die Brille droht ihr von der Nase zu rutschen, sie schiebt sie mit dem Handrücken zurück. Ihr Blick sucht Elsas. Dann schweift er zu der zusammengekauerten Gestalt auf der Krankenliege.

»Was sollen wir tun?«, fragt Ingrid.

In diesem Moment verspürt Elsa eine nie gekannte Hilflosigkeit. Der Gesang, der kein Ende kennt, scheint ihnen heimlich zuzuflüstern, dass es hoffnungslos ist. Dass sie nichts tun können. Die Gemeinde hat so viele Mitglieder, und sie sind so wenige. Birgitta kann noch nicht einmal für sich selbst sorgen – und erst recht nicht für das kleine Menschlein auf Dagnys Arm.

»Wir müssen sie von hier fortbringen«, sagt Elsa. »Raus aus Silvertjärn. Weg von dem Prediger und seinen Anhängern.«

Ingrid nickt nur stumm. Vermutlich grübelt sie genau wie Elsa darüber nach, wie in Gottes Namen sie das bewerkstelligen sollen.

Dagny sieht erneut auf das Kind in ihren Armen hinunter. Ihre Gesichtszüge werden weicher, sie wiegt das kleine Bündel leicht, um es zu beruhigen. In Dagnys Blick meint Elsa eine Sehnsucht zu sehen, die Dagny längst tief in sich begraben hatte.

»Wir müssen ihr einen Namen geben«, sagt Dagny.

Ingrid sieht erneut zu Birgitta hinüber. »Glaubst du, dass sie der Kleinen einen Namen geben kann?«, fragt sie Elsa leise.

Elsa schüttelt den Kopf. »Ich bin mir nicht einmal sicher, ob sie begreift, dass dies ihre Tochter ist«, sagt sie mit schwerem Herzen.

»Was haltet ihr von Kristina? War das nicht der Name ihrer Mutter?«, sagt Dagny da auf einmal.

»Ja, das war er«, gibt Elsa ihr recht.

Meistens sieht sie Kristina nur so vor sich wie in ihren letzten Lebenstagen – aufgedunsen und abgekämpft. Die Angst in ihrem geröteten, angespannten Gesicht und die Erleichterung darin, als Elsa ihr versprach, sich um Birgitta zu kümmern.

Und nun hat sie darin versagt. Wie sie auch darin versagt hat, sich um Aina zu kümmern.

»Kristina Lidman«, sagt Elsa leise. Sie stellt den Becher auf dem Waschbecken ab und geht zu Dagny. Das kalte Wasser hat ihre Lebensgeister wieder ein klein wenig geweckt.

»Kristina«, wiederholt Elsa dem kleinen Mädchen gegenüber den Namen.

Es hat sich ein wenig beruhigt, sieht jetzt zu Elsa hoch. In die Augen eines Neugeborenen zu blicken ist mit nichts anderem vergleichbar. Elsa ist nicht abergläubisch – noch nicht einmal besonders gläubig, wenn man es genau nimmt, auch wenn sie das nie laut sagen würde –, aber irgendwie scheinen Neugeborene doch eine ganz eigene Weisheit in sich zu tragen. Als wüssten sie etwas, das sonst niemand weiß.

»Das ist ein guter Name«, sagt Elsa an Dagny gewandt.

»Der nächste Zug, der das Dorf verlässt, geht morgen Nachmittag um drei, oder?«, bemerkt Ingrid.

Elsa nickt bekräftigend. Bei nur zwei Zügen pro Woche ist es nicht schwer, sich die Abfahrtszeiten zu merken.

Elsas Gedanken wandern zu dem unvollendeten Brief an Margareta, der in ihrer Wäscheschublade liegt. Die Zeit reicht nicht aus, um ihn zu Ende zu schreiben oder ihn abzuschicken. Elsa kann nur hoffen, dass Margareta Verständnis zeigen wird, wenn Elsa ihr alles erklärt – und das wird sie. Das muss sie. Sind sie erst einmal in Stockholm, können sie sich in Ruhe überlegen, wie sie alles regeln wollen.

Sie müssen nur erst fort aus Silvertjärn.

Heute

Als wir in den Chemieraum stürmen, steht Robert reglos am Fenster. Er dreht sich nicht zu uns um.

»Robert?«, frage ich zaghaft. Erst da dreht er den Kopf und sieht uns an.

Ich weiß nicht genau, was ich erwartet habe, aber es ist zumindest nicht das hier: Sein Gesicht ist völlig ausdruckslos. Er hat einen Zeigefinger an die Lippe gelegt.

Als Erstes schießt mir durch den Kopf, dass er jetzt ebenfalls verrückt geworden ist, aber dieser Gedanke verschwindet so schnell wieder, wie er gekommen ist. Verrückt wirkt er eigentlich nicht.

Max nähert sich dem Fenster. Robert nickt langsam. Ich folge Max, schleiche vorwärts. Mein Herz klopft heftig.

Max erreicht Robert zuerst. Der nimmt den Finger von den Lippen und nickt in eine bestimmte Richtung.

Das Fenster geht hinaus zu der Straße, die zum Fluss führt. Von hier oben kann ich die Satteldächer der Häuser sehen, die sich vom Marktplatz bis zum Ufer hinunter erstrecken. Die Gebäude sind natürlicher gewachsen als die Reihenhäuser, die sich in der Ferne mit ihren schnurgeraden Häuserzeilen anschließen. Zuerst verstehe ich nicht, wonach ich Ausschau halten soll, aber als ich ihn gerade danach fragen will, sehe ich es, und die Worte bleiben mir im Hals stecken.

Dort unten bewegt sich etwas.

Ich kann es nur flüchtig erblicken – etwas, das hinter einer Hausecke hervorlugt, nur um blitzschnell wieder dahinter zu verschwinden.

»Das macht sie jetzt schon eine ganze Weile so«, sagt Robert leise, seine Lippen bewegen sich kaum. »Hat rausgeguckt und sich dann wieder zurückgezogen.«

Da wieder. Ein Kopf. Ein Sonnenstrahl, der kurz einen blonden Haarschopf aufleuchten lässt.

Vielleicht spürt sie unsere Blicke auf sich, denn mit einem Mal verschwindet sie ganz. In der einen Sekunde ist sie noch da, in der nächsten schon nicht mehr zu sehen.

»Ist das etwa …«, beginnt Max. Er reißt seinen Blick vom Fenster los und starrt mich ungläubig an.

Ich nicke.

»Sie hat sich ein klein wenig zwischen den Häusern bewegt, aber das war's auch schon. Sie ist es«, sagt Robert.

»Was tut sie denn?«, fragt Max.

»Sie scheint sich zu verstecken. Oder nach jemandem Ausschau zu halten«, sagt Robert.

Max sieht wieder suchend aus dem Fenster, ich auch.

Dann richtet Max sich auf und wendet sich mir zu. Sein Gesichtsausdruck verändert sich.

Ich weiß, was ihm durch den Kopf geht. Nicht unbedingt deshalb, weil ich es ihm von den Zügen ablesen kann, sondern weil ich dasselbe denke, obwohl alles in mir vor diesem Gedanken zurückscheut. Ich schüttele den Kopf.

»Nein«, sage ich. »Nein.«

»Was ist?«, fragt Robert.

»Robert …«, beginnt Max, und ich sehe, dass ihn der Gedanke quält, dass er ihn wegschieben will. Aber dann fährt er doch fort. »Wir haben … wir haben uns Emmy mal näher angesehen.«

Wie viel Zeit ist inzwischen vergangen? Wie lange liegt sie jetzt schon da? Vierzig Minuten? Eine Stunde?

Wie kann es sein, dass sie vor einer Stunde noch am Leben war und es jetzt nicht mehr ist?

»Wir wollten sie in etwas einhüllen, ein Betttuch, und haben deshalb ihre Lage ein bisschen korrigieren wollen, und sie … sie hat blaue Male. Am Hals. Es scheinen die Abdrücke von Händen zu sein.«

Roberts Augen werden ganz schmal, seine Pupillen verengen sich.

»Jemand muss das getan haben, als wir versucht haben, zu ihr zu kommen«, fährt Max fort.

»Tone …« Er leckt sich über die Lippen und verstummt.

Ich schüttele den Kopf, schüttele ihn so sehr wie ein Kind, das etwas partout nicht wahrhaben will.

»Nein«, sage ich.

Robert dreht sich mit loderndem Blick zu mir um. Ob vor Kummer oder Zorn, ist mir nicht ganz klar. Vielleicht ist es auch Hass.

»Du hast gesagt …«, beginnt er scharf, »… du hast gesagt, dass sie nicht gewalttätig sei. Du hast gesagt, dass wir sie holen müssten, dass sie krank sei. Dass sie …« Seine Stimme stockt. »Dass sie dort bleiben wollte, wo es sicher war. Aber du hast uns trotzdem genötigt, hierherzukommen. Um *sie* zu retten«, sagt er mit einem Nicken zum Fenster, zu diesem Wesen, das einmal Tone war.

Dann sieht er mich unverwandt an. Die Augen geweitet, der Blick bodenlos tief.

»Und jetzt liegt sie da«, flüstert er. »Jetzt liegt Emmy da draußen auf dem Fußboden und ist tot.«

Seine Augen fixieren mich aus schmalen Schlitzen. Von seinem Zorn getroffen zu werden fühlt sich an, als hielte man die Hand in offenes Feuer.

»Versuch nicht noch einmal, sie in Schutz zu nehmen«, sagt er abgehackt. »Sag das nicht noch mal. Sag nicht, dass sie nicht gewalttätig ist. Sag. Das. Nicht.«

Ich stehe da wie versteinert. Bin darauf gefasst, dass er sich auf mich stürzt. Mich schlagen, nach mir treten will. Mich verletzen.

Als hätte er meine Gedanken gelesen, dreht Robert sich abrupt um und geht.

Max und ich bleiben allein im Raum zurück. Max sieht mich nicht an. Wie hypnotisiert schaut er aus dem Fenster.

Meine Hände zittern. Ich will mich setzen, aber meine Knie wollen mir nicht gehorchen.

Ich mache alles kaputt. Es endet alles im Desaster.

Ich würde diese Situation gerne so pragmatisch bewältigen, wie Emmy es getan hätte, aber wie soll ich das? Wie soll ich das machen? Und was hilft es denn, vernünftig zu sein, wenn alles auf den Kopf gestellt wird und keine Regeln mehr Gültigkeit haben?

»Wir sollten ihm nachgehen«, sagt Max.

Ich blicke auf. »Was hast du gesagt?«

»Wenn er sich jetzt Tone schnappen will, weiß er nicht, was er tut«, gibt Max zu bedenken. Seine Lippen sind blutleer, seine Miene stumpf.

»Oh nein!«, rufe ich und laufe zur Tür. Mit jedem Schritt verspüre ich einen schmerzhaften Stich im Rücken. Ich reiße die Tür auf.

Robert kniet mit gebeugtem Kopf an Emmys Seite, als würde er beten.

Er hat das Betttuch über sie gebreitet. Unter dem weißen Tuch sieht sie so klein aus. Nur ihre zierliche, schmale Hand mit kurzen Fingern und abgeknabberten Nägeln lugt noch unter dem Laken hervor. Robert hält sie mit seinen Händen umschlossen, zärtlich und behutsam, wie um ihr keinen Schaden zuzufügen.

Er sieht nicht sofort auf. Es dauert ein paar Sekunden, bis er sich gesammelt hat.

Dann legt er ihre Hand langsam und vorsichtig ab und zieht das Betttuch darüber.

Heute

Als wir unten auf der Straße stehen, brauche ich einen Moment, um mich zu orientieren. Ich habe die Häuser gerade nur von oben gesehen. Hinter welchem mag Tone sich wohl verstecken?

»Da!«, sagt Max, etwas zu laut für meinen Geschmack. Nachher hört sie ihn noch und bekommt Angst.

»Ich kann niemanden sehen«, flüstere ich. Er zeigt auf ein kleines rotes Haus mit schwarzem Dach und schwarzen Fensterrahmen.

»Vielleicht ist sie jetzt nicht mehr da. Vielleicht hat sie uns ja gehört?«, sagt er.

Max macht ein paar zögernde Schritte vorwärts. Ich fasse nach seinem Arm.

»Warte!« Ich werfe einen Blick auf Robert.

»Ich werde ihr nichts tun«, verspricht er.

Sein Gesichtsausdruck ist nicht mehr ganz so stumpf wie vorher, aber ich bin mir trotzdem nicht sicher, ob ich ihm glauben kann.

Ich gehe voran, will ihm nicht die Führung überlassen. Was auch immer passiert, so soll sie mich zuerst sehen. Vielleicht kann sie das irgendwie beruhigen.

Als ich mich dem Gebäude nähere, halte ich mich zunächst dicht an der Fassade und schleiche zur Hausecke. Ich höre das Blut in meinen Adern rauschen.

Ich gehe um die Ecke.

Da ist sie nicht.

Die schmale Gasse zwischen den Häusern liegt im Schatten und ist vollkommen leer. Nur ein paar Büschel Heidekraut wuchern auf dem Kopfsteinpflaster.

Aber dann registriere ich eine kleine Bewegung an der Hausecke vor mir.

»Tone!«, sage ich und mache einige Schritte vorwärts. »Ich bin's Tone. Alice.«

Ich sage es zu eindringlich, zu laut. Sofort verschwindet ihre Gestalt wieder.

»Verdammt!«, höre ich Max fluchen. Ich stehe selbst so unter Strom, dass ich Tone instinktiv hinterherrenne.

Die Wände der Häuser stehen so dicht, dass meine Schultern an ihnen entlangschrammen; ich habe beinahe das Gefühl, als müsse ich mich zwischen den Hauswänden vorwärtszwängen und würde voller Schwung am Ende der schmalen Passage auf die Straße fallen.

Aber jetzt kann ich Tone wieder sehen.

Sie läuft so schnell sie kann in Richtung Fluss, aber mit ihrem verletzten Fuß, dies wird mir schlagartig wieder klar, kann sie sich natürlich nur langsam fortbewegen. Sie humpelt stark, zieht das Bein hinter sich her.

»Tone!«, rufe ich ihr hinterher und nähere mich ihr rasch. Ihre Atmung klingt merkwürdig, irgendwie dumpf und brummend. Hinter mir kommen Max und Robert angelaufen. Die letzten Meter zwischen Tone und mir überbrücke ich mit ein paar großen Schritten. Dann greife ich nach dem Ärmel ihrer verdreckten Strickjacke und bekomme sie am Arm zu fassen. Sie fühlt sich an, als sei sie nur noch Haut und Knochen.

Sie gebärdet sich wie wild. Gibt vor lauter Panik einen gellenden Schrei von sich und reißt ihren Arm los, schlägt um sich und dreht sich, sodass ihr Arm mich direkt an der Schläfe trifft und mich umwirft. Von der Kraft des Schlages wird mir schwarz vor Augen. Ich falle und beiße mir auf die Lippe, als ich mit dem Kinn auf dem Boden aufschlage.

Ich bleibe einige Sekunden lang liegen. Um mich herum dreht sich alles. Ich bin noch nie in meinem Leben geschlagen worden. Schließlich gelingt es mir, mich auf die Seite zu rollen. Mit einem Blinzeln vertreibe ich den Schmerz und das Kreiseln. Sehe, dass Max und Robert Tone gepackt haben.

Sie kämpft wie ein verwundetes Tier, keilt aus und versucht zu beißen. Ihr Blick irrt ziellos umher. Ich versuche ihn aufzufangen, aber sie erkennt mich nicht wieder; nur panische Angst und Wut liegen in ihren Augen.

Ihr Haar ist ganz verfilzt und starr vor Dreck. Der Pony klebt an ihrer blutverschmierten Stirn, die mit einem schmutzigen Wundschorf bedeckt ist. Sie kann sich nicht auf den verletzten Fuß stützen, versucht es aber immer wieder, tritt mit ihm aus und stöhnt vor Schmerz auf, als sie Max' Schenkel trifft. Ich zucke zusammen, als ich Max aufkeuchen höre und mein Blick auf ihr unnatürlich schräg abgewinkeltes Fußgelenk fällt.

»Hör auf!«, ruft Max. »Hör auf, Tone! Beruhige dich. Wir wollen dir nichts tun, niemand wird dir wehtun, wir wollen dir bloß helfen!«

Ich will ihm schon sagen, dass er zu wütend und aufgeregt klingt. Will sagen, dass er ruhig und sanft sprechen soll, dass sie seine Worte vielleicht nicht aufnehmen kann, dass er ihr mit seinem Tonfall signalisieren muss, dass er ihr nichts Böses will. Aber ich bringe kein Wort heraus.

»Sie hört dich nicht«, sagt Robert mit belegter Stimme. Dann packt er sie erneut schlingt die Arme um ihren Leib und setzt sich einfach mit ihr auf den Boden.

Sie ist von zierlicher Statur, und so wild sie sich auch in seinem Griff windet und kämpft, kann sie sich doch nicht daraus befreien. Nach einigen Sekunden der Gegenwehr gibt sie es auf, hört auf, um sich zu treten und sich zu winden, und gibt auch nicht länger dieses schreckliche raue Stöhnen von sich. Nur noch ihre schweren Atemzüge sind hörbar.

Erst da wird mir bewusst, dass ich am ganzen Körper zittere.

Ich gehe vor ihr in die Hocke, um Tone in die Augen sehen zu können.

»Tone?«, spreche ich sie an und suche ihren Blick. »Ich bin's Tone. Alice.«

Aber sie sieht mich nicht an. Sie sieht zu Boden, immer noch lautstark keuchend.

Das Blut auf ihrer Stirn ist ihr in die Augenbrauen gelaufen, die feinen Härchen sind ganz verkrustet.

Ich will nicht auf ihre Hände hinabsehen, tue es aber trotzdem.

Sie ist viel zu schwach, denke ich, während mein Herzschlag in meinen Ohren dröhnt und ich einen bitteren Geschmack auf der Zunge verspüre. Ich lausche ihren abgehackten Atemzügen.

Emmy ist viel stärker als sie, das wäre niemals gegangen, Tone hätte sie niemals überwältigen können.

Aber trotzdem kann ich mich nicht gegen die Stimme der Vernunft wehren.

Aber wenn sie doch eine gebrochene Rippe hatte?

Und wenn Tone vor Irrsinn außer sich war, wie gerade eben, und Emmy sich nirgends in Sicherheit bringen konnte?

Meine Augen brennen, doch die Tränen wollen nicht fließen.

Dabei sehne ich mich geradezu danach, weinen zu können und die grausame Welt nur mehr hinter einem Schleier von Tränen wahrnehmen zu müssen. Aber ich sehe Tone nach wie vor scharf und starre sie aus schmerzenden Augen an, während wir so im Staub hocken und die Sonne auf uns herunterbrennt. Ich kann die Erkenntnis, die immer deutlicher in mir Gestalt annimmt, nicht länger verleugnen.

Heute

Ich schlage vor, Tone zu unserem Lager in der Kirche zu bringen – das scheint mir das Naheliegendste zu sein – und Max und Robert erheben auch keine Einwände. Aber als wir uns der Kirche nähern und Tones Blick darauf fällt, gebärdet sie sich auf einmal wieder wie wild und leistet erbarmungslos Widerstand. Dabei wirft sie beinahe Max um. Erst als wir in eine Nebenstraße zurückweichen und das Gebäude nicht länger zu sehen ist, beruhigt sie sich wieder.

»Was ist denn bloß mit der Kirche?«, fragt Max. Er fragt mich direkt, denn wir haben es aufgegeben, mit Tone selbst sprechen zu wollen, das bringt rein gar nichts.

»Keine Ahnung«, sage ich matt. »Aber wir werden sie wohl nicht dazu bewegen können, mit uns zu kommen.« Ich bin völlig am Ende, will nur noch schlafen.

Es ist ein fürchterlicher Anblick, Tones schmale, sehnige Gestalt im festen Griff der beiden Männer zu sehen. Ich will sie anflehen, Tone loszulassen, sie in Ruhe zu lassen – auch wenn sie gerade noch im Wahn gebrüllt und um sich getreten hat und ihr Blick haltlos umherirrt, ihr Gesicht eine schreckenerregende, blutige Maske ist.

Und dann ihre Hände – diese schmalen, schmutzigen Glieder, die meinen Blick immer wieder wie magisch anziehen.

Ich kann nicht mehr, ich habe meine Grenzen erreicht. Ich fühle mich so zerschlagen, dass ich nicht einmal mehr Verzweiflung verspüre, nur noch Resignation.

»Und jetzt?«, fragt Robert. »Was sollen wir jetzt tun?« Auf seinem Gesicht spiegeln sich meine eigenen Gefühle wider. Seine Haut ist aschgrau.

»Keine Ahnung«, sage ich erneut. »Ich habe wirklich keine Ahnung. Wir müssen einfach irgendwo abwarten. Einen Ort finden, an dem …« Ich verstumme und blicke mich um.

»Das Haus meiner Urgroßeltern«, sage ich dann. »Es müsste in der nächsten Straße liegen. Es war noch in einigermaßen gutem Zustand, vielleicht könnten wir ja dort ausharren.«

Die anderen beiden überlegen nicht lange, sie nicken nur.

Wir nehmen eine Abkürzung zwischen den Häusern und Gärten hindurch und kommen auf der nächsten Straße raus. Sofort springt mir die grüne Haustür ins Auge. Sie steht immer noch einen Spalt offen, nachdem Robert mich mehr oder weniger dort herausgezerrt hatte.

»Da ist es!«, rufe ich, aber Robert hat es schon selbst entdeckt.

Waren wir nicht gestern noch hier? Es ist tatsächlich erst einen Tag her. Einen Tag und eine Nacht.

Im Haus drücke ich mich an die Wand, damit Max und Robert Tone hereinbringen können, und schließe die Tür.

Hier drinnen ist es wärmer, aber die Luft ist auch abgestandener. In der Küche stehen immer noch die Küchenschränke offen, nachdem wir sie nach Essbarem durchwühlt hatten.

Hoffentlich gibt es noch mehr im Haus. Momentan verspüre ich zwar nicht den geringsten Appetit, andererseits verlangt mein Körper unmissverständlich nach Nahrung. Nach Nahrung, Schlaf und Ruhe. Den wesentlichen Dingen eben.

»Was sollen wir jetzt mit ihr machen?«, fragt Max. Er sagt es gedämpft, als fürchtet er, Tone könnte ihn hören. Ich kann ihn verstehen. Sie schwankt ein wenig, lehnt sich gegen ihn, um ihren verletzten Fuß zu entlasten. Ich vermeide es, ihn anzusehen.

»Wir sperren sie im Obergeschoss ein. Die eine Schlafzimmertür hat ein Schloss«, sage ich. Die Worte klingen fremd in meinen Ohren.

»Ist gut«, sagt Max mit einem Nicken.

Ich beobachte sie dabei, wie sie Tone die Treppe hochbugsieren. Zuerst befürchte ich, dass sie protestieren oder sich wehren, stürzen und sich noch stärker verletzen könnte, aber Tone geht jetzt widerstandslos mit.

Ich betrete die kleine Wohnstube, die ich noch nicht kenne. Sie liegt hinter der Küche und empfängt einen mit einer hässlich geblümten Sofagruppe gleich hinter der Tür. Auf der rechten Seite steht ein kleiner Esstisch mit einer ausgeblichenen, bestickten Tischdecke, deren schwarze Stockflecken das Stickmuster imitieren. Zwei der Fenster im Zimmer sind kaputt. Durch eines windet sich der knorrige Ast eines Apfelbaums.

Ich setze mich vorsichtig auf eins der Sofas. Auch von ihnen steigt ein starker modriger Geruch auf. Ich lehne mich zurück, gegen die harte Sofalehne, und richte meinen Blick auf die Wand vor mir.

An der sich wellenden Streublumentapete hängt eine Fotografie.

Es ist dasselbe Bild. Da bin ich mir sicher. Ich hatte immer angenommen, das über die Ablichtung meiner Großmutter hinaus kein weiteres Bild existierte, aber jetzt starren sie mich aus dem goldgestrichenen Rahmen an: meine Großmutter mit ihrem breiten Lächeln, Aina mit schmollendem Blick, ihren strammen Zöpfen und dem Muttermal, Staffan mit seiner Knollennase und der markanten Kinnpartie und schließlich Elsa. Elsa mit ihrem direkten, kompromisslosen Blick, der alle Zeit, die uns voneinander trennt, zu überwinden scheint, und der direkt auf mich gerichtet ist.

Ich wollte doch nichts anderes als eure Geschichte erzählen, denke ich.

Ich wollte doch nur wissen, was damals passiert ist. Was war so falsch daran?

Schwach höre ich, wie im ersten Stock eine Tür geschlossen wird. Die murmelnden Stimmen zweier Männer im Gespräch.

Elsa starrt mich immer noch an. Ich schließe die Augen, um nicht ihrem Blick begegnen zu müssen.

Irgendwann schlafe ich ein.

Heute

Ich werde wach, als sich eine Hand auf meine Wange legt.

Mein Nacken fühlt sich steif an. Mit einem gedämpften Stöhnen versuche ich, mich aufzurichten. Mein Stöhnen wird lauter, als Max den Arm um mich schlingt. Als er den großen Bluterguss an meinem Rücken berührt, ist der jäh aufflammende Schmerz so stechend, als hätte er mir ein Küchenmesser in die Rippen getrieben.

»Auaaa!«

»Entschuldigung!«, sagt Max und zieht hastig seinen Arm zurück. Ich schüttele bloß den Kopf und lehne mich vorsichtig zurück in die Kissen. Als der Schmerz abflaut, bemerke ich erst, dass auch mein Kopf wahnsinnig wehtut.

Ich werfe einen kurzen Blick zu den Fenstern hinüber, die zum Garten hinausgehen. Draußen ist es immer noch hell, aber das goldene Licht lässt darauf schließen, dass der Tag sich dem Ende nähert.

Als ich mich schließlich halbwegs sortiert habe, wende ich mich Max zu. »Hallo.«

Er lächelt mich an. Mein Blick schweift über seine schmalen Lippen, die tiefen Schatten unter seinen Augen. »Na, bist du eingeschlafen?«

»Ja.« Seltsame Frage, denke ich. Er hat mich schließlich gerade geweckt.

Ganz allmählich und mühsam kehre ich wieder in die Realität zurück. Und mit der Realität kommen die Bilder. Ich sehe wieder alles vor mir: Emmy, die auf dem Fußboden liegt. Tones leeren Blick, die blonden Haare starr vor Schmutz und geronnenem Blut.

»Wie geht's dir?«, will Max wissen.

Ich zucke mit den Schultern, dann entscheide ich mich, die

Frage nur auf mein körperliches Befinden zu beziehen, das ist nicht so heikel.

»Ich habe furchtbare Rückenschmerzen.«

»Lass mich mal sehen«, bittet Max.

Er ist nicht gerade ein Experte auf dem Gebiet der Medizin, aber das spreche ich nicht laut aus. Ich drehe ihm den Rücken zu und merke, wie er meinen Pulli hochrollt. Als er die großflächige Prellung sieht, stößt er ein leises Pfeifen aus.

»Du siehst aus, als hätte dich jemand mit lila Wasserfarbe angemalt«, sagt er. Vorsichtig legt er die Fingerspitzen auf meine Rippen und tastet sie ab. Als die Berührung ein klein wenig zu fest ist, keuche ich auf.

»Tut das weh?«, fragt er, ohne die Hand wegzunehmen.

»Ja.« Ich entziehe mich ihm und rolle den Pulli wieder herunter. »Und du? Wie fühlst du dich?«, frage ich und streiche mir eine Haarsträhne hinters Ohr.

Max zuckt mit den Schultern. »Leer irgendwie«, gesteht er mir. »Klingt das seltsam? Ich fühle mich, als sei ich vollkommen abgestumpft.«

»Ich weiß, was du meinst.« Mein Blick irrt durchs Zimmer. Ich registriere das abnehmende Licht. Es muss Spätnachmittag sein.

»Mir kommt das alles so unwirklich vor. Absolut alles hier«, sage ich langsam.

»Ja. Mir auch«, stimmt Max mir zu.

»Was ist mit …?« Ich muss schlucken, sein Name will mir nur schwer über die Lippen kommen. »Was ist mit Robert?«

»Ich weiß es nicht. Er sagt ja nicht viel. Er war ja schon vorher nicht der redselige Typ, aber jetzt …«

»Wo ist er denn? Er ist doch wohl nicht alleine draußen, oder?«, frage ich.

»Er ist in der Küche«, erklärt Max. »Aber das spielt im Moment ja auch gar keine Rolle. Sie ist schließlich oben eingesperrt.«

Sie.

Als wäre sie ein Monster.

»Ach, Alice …«, sagt Max mit sanfter Stimme und beugt sich vor, um meine Wange mit dem Daumen zu streicheln, und erst da wird mir bewusst, dass ich weine. Die Tränen fließen so stark, dass ich sie nicht aufhalten kann. Ich versuche, sie wegzuwischen, schüttele hilflos den Kopf.

»Ist schon in Ordnung«, sage ich.

»Nein, das ist es nicht«, sagt Max. Da kann ich mich nicht länger beherrschen. Ich schluchze krampfhaft, und Max schlingt die Arme um mich und drückt mich an seine Brust. Die Tränen quellen unter meinen geschlossenen Lidern hervor und ich schluchze abgehackt und haltlos wie ein Kind. Murmele irgendwelche sinnlosen Worte vor mich hin.

Ich sage »Emmy« – oder war es »Entschuldige«?

Max streichelt fest über meinen Rücken. Es tut weh und ich wimmere jedes Mal, wenn er den Bluterguss berührt, aber er scheint es gar nicht zu bemerken.

»Schhh«, versucht er mich zu trösten und tätschelt mich wie eine störrische Katze. »Alles wird gut. Ich bin bei dir. Ich bin bei dir.«

Ich merke, dass ich seinen Pulli mit Rotz und Tränen besudele, und will mich aufrichten, aber er lässt es nicht zu.

»Ich bin bei dir«, wiederholt er.

»Ich wollte nicht, dass es so kommt«, flüstere ich, den Kopf in seinem Pulli vergraben. »Ich wollte das nicht. Ich wusste es nicht. Wusste nicht, was uns erwartet.«

Max küsst mich auf den Kopf, ich spüre seine rauen Lippen auf meinen verschwitzten Schläfen.

»Wir schaffen das, Alice«, murmelt er in meine Haare. »Wir bringen das hinter uns, wir werden das schaffen. Ich verspreche es dir. Ich bin bei dir. Alles wird gut.«

Er streicht mir weiter über den Rücken. Mein Schluchzen schwächt sich allmählich ab. Ich versuche mich noch einmal von ihm zu lösen. Diesmal lockert er seinen Griff.

Ich wische mir die Nase ab. Max sieht mich mit einem leisen Lächeln an. So von Nahem wirken seine Pupillen riesig.

»Ich bin bei dir«, wiederholt er und legt eine Hand auf meine Wange.

Dann fasst er leicht nach meinem Kinn, zieht mein Gesicht zu sich heran und küsst mich.

Seine Lippen sind trocken und rissig, sein Atem ekelerregend. Ich will mich zurückziehen, aber er lässt mich nicht los, drängt mit der Zunge in meinen Mund. Erst als ich heftig den Kopf zur Seite drehe, lässt er von mir ab.

»Verdammt noch mal, was tust du denn da?« Ich starre ihn fassungslos an, während ich mir über den Mund fahre.

Langsam, ganz langsam ändert sich sein Gesichtsausdruck; das sanfte Lächeln fällt von ihm ab, bis es gänzlich verschwunden ist.

»Was meinst du?«, fragt er dann, einen defensiven Unterton in der Stimme.

»Was fällt dir ein?« Ich erhebe mich vom Sofa. Ich habe das Gefühl, mich breitbeinig hinstellen zu müssen, brauche festen Boden unter den Füßen. In meinem Kopf dreht sich alles.

»Ich dachte, du wolltest das auch. Ich hab dich trösten wollen«, sagt Max.

»Indem du mir deine Zunge in den Hals steckst?«, bricht es aus mir hervor.

Ich muss beinahe lachen. Wie absurd das Ganze doch ist! Erst recht in dieser entsetzlichen, hoffnungslosen Situation.

»Und warum hast du meinen Kuss dann erwidert?«, fragt er. »Du scheinst es nicht … gehasst zu haben.«

»Ich hab deinen Kuss nicht erwidert. Ich war … ich stand unter Schock.«

Jetzt steht auch Max auf. »Vielleicht war es nicht der richtige Zeitpunkt«, sagt er. Vernünftig. Er ist immer so vernünftig.

Ich kann nur den Kopf schütteln. »Emmy ist tot und Tone krank, so krank, dass wir sie einsperren mussten, und du …«

Meine Stimme wird mit jedem Wort schriller, bis er meinen Wortschwall unterbricht.

»Entschuldigung, ja? Entschuldigung! Dieser Tag war auch für mich nicht leicht, weißt du? Ich nehme mal an, ich habe in diesem ganzen Horror kurz die Selbstbeherrschung verloren. Ich verstehe, dass das dumm war.« In einer hilflosen Geste hebt er die Hände, reibt sich das Gesicht und seufzt auf.

Ich versuche, meine hektische Atmung unter Kontrolle zu bringen, und schüttele noch einmal den Kopf. »Wir sind alle durcheinander. Das kommt vor. Lass uns das einfach vergessen.«

Max sieht mich an. Ein anderer Ausdruck tritt in seine Augen. Er öffnet den Mund, sagt aber zunächst nichts.

»Und wann ist deiner Meinung nach der richtige Zeitpunkt?«, fragt er schließlich sanft.

Ich weiß nicht, was ich sagen soll. »Was meinst du?«

»Ach, komm schon, Alice, du weißt, was ich meine«, sagt er und lacht ein klein wenig resigniert auf. »Es sind jetzt sieben Jahre. Sieben Jahre, in denen ich gewartet habe, dir zugehört habe, immer für dich da gewesen bin. Ich hab die ganze Zeit darauf gehofft, dass du aufwachen und endlich begreifen würdest. Wann also ist der richtige Zeitpunkt?«

Ich muss schlucken. »Das wusste ich nicht«, erwidere ich leise und so behutsam wie möglich. »Es tut mir leid, Max, aber ich bin nicht … ich meine …«

Er verdreht die Augen. »Jetzt tu nicht so«, sagt er. »Du kannst unmöglich behaupten, dass du keine Ahnung hattest. Ich weiß, dass du es bemerkt hast. Warum, glaubst du denn, habe ich deinen kleinen Film gesponsert? Es war ja nicht unbedingt ein lukratives Geschäft.«

»Ich dachte, dass du an den Film geglaubt hast«, sage ich hilflos.

»Nein. Ich habe an *dich* geglaubt, Alice.« Traurig schüttelt er den Kopf. »Ich weiß doch noch, wie du reagiert hast, als ich sagte, dass ich dich begleiten würde, dass ich mit nach Silvertjärn kommen würde«, sagt er. »Nun komm schon – wir wussten doch beide, dass das hier passieren würde.«

Ich kann ihn nur ungläubig anstarren.

»Alice«, sagt er ruhig und macht einen Schritt auf mich zu. »Nun komm schon. Du weißt, was ich meine.« Er lächelt schief.

Ich weiche noch weiter vor ihm zurück und sehe zu Boden. »Morgen kommt die Polizei«, sage ich. »Alles wird gut, Max. Wir werden nicht hier sterben. Alles wird gut.« Wieder schlucke ich.

Als ich wieder aufsehe, merke ich, dass er sich krampfhaft bemüht, sich zu beherrschen, dass sein Adamsapfel hoch und runter hüpft. An seiner Schläfe pulsiert eine Ader.

»Max …«, sage ich flehend, wieder den Tränen nahe. »Bitte, tu mir das nicht an. Nicht ausgerechnet jetzt.«

»Du bist so verdammt selbstsüchtig!« Er schüttelt den Kopf, dann wiederholt er: »Du bist so verdammt selbstsüchtig!«

Mit diesen Worten dreht er sich um und verlässt den Raum, knallt die Tür so lautstark hinter sich zu, dass der gesamte Türrahmen erzittert.

Heute

Ich lasse mich wieder aufs Sofa sinken. Wie lange ich dort sitzen bleibe, weiß ich nicht. Schließlich rappele ich mich schwankend auf und gehe hinaus in den Flur.

Niemand zu sehen.

Aus dem Augenwinkel bemerke ich in der angrenzenden Küche einen Schatten – Robert. Als ich die Küche betrete, blickt er auf.

Der Raum erinnert mit den türkisblau gestrichenen Möbeln und dem flauschigen bunten Flickenteppich ein wenig an eine Puppenstube, und Robert mit seiner kräftigen Statur scheint irgendwie zu groß geraten für den Stuhl, auf dem er sitzt.

Zuerst zögere ich, dann ziehe ich mir ebenfalls einen Stuhl heran und setze mich zu ihm.

An der Wand über der Tür hängt eine Küchenuhr. Der Minutenzeiger ist heruntergefallen, der Stundenzeiger auf drei Uhr stehen geblieben.

»Hast du Max gesehen?«, frage ich Robert.

Er nickt. »Er hat gesagt, dass er kurz rausgehen wollte. Zur Kirche, um das zu holen, was vom Honig noch übrig ist.«

»Aha«, sage ich nur.

Die Sekunden vergehen.

»Wie fühlst du dich?«, frage ich ihn schließlich.

Er scheint über die Antwort nachzudenken oder er weiß – so wie ich auch – nicht so richtig, wie sie lauten soll. Er ballt seine Hände auf dem Tisch zu Fäusten und öffnet sie, wieder und wieder, und sieht nachdenklich auf sie herab. Seine Fingerknöchel sind ganz rot und aufgeschürft, wie ich auf einmal bemerke.

»Ich habe mit der Faust gegen die Wand geschlagen«, sagt er. »Ich dachte, das könnte vielleicht aus irgendeinem Grund helfen. Aber selbst diesen Schmerz habe ich nicht gespürt.«

»Wo hast du das gemacht? Hier?«

»Nein. In der Schule.«

Das Schweigen zwischen uns zieht sich in die Länge.

Ich befeuchte meine Lippen mit der Zunge. Sie sind rau und trocken, und Max' Geschmack haftet immer noch auf ihnen. Ich versuche, den Gedanken an Max zu verdrängen.

»Ich verstehe das alles einfach nicht«, sage ich dann. »Ich verstehe es nicht.« Meine Worte klingen wie ein Flehen.

Robert legt die Hände flach auf den Tisch. Im Vergleich zu seinen schmalen Handgelenken sind sie unverhältnismäßig groß. Selbst seine Handrücken sind von Sommersprossen übersät.

»Nein. Ich auch nicht«, sagt er.

Meine Lippen zittern, ich presse sie in dem Versuch, mich zu beherrschen, aufeinander.

»Da drüben steht Wasser«, sagt Robert und zeigt auf einen Keramikkrug, der auf der Spüle steht. »Die Kanne hab ich im Küchenschrank gefunden«, erklärt er.

»Und woher kommt das Wasser?«

»Ich war vorhin am Fluss. Vor ungefähr einer Stunde«, erwidert er.

In diesem Moment höre ich aus dem ersten Stock ein Geräusch, ein Fußbodenbrett knarrt.

»Hat sie schon etwas zu trinken bekommen?«, frage ich Robert.

»Nein«, sagt er gepresst und weicht meinem Blick aus. »Ich mag mir gar nicht vorstellen, dass sie dort oben ist. Ich darf es nicht, sonst muss ich wieder daran denken, was sie getan hat, und an Emmy, und will nur noch …«

Er ballt seine Hände so krampfhaft zu Fäusten, dass eine der Wunden an den Knöcheln wieder aufplatzt. Kleine rote Blutstropfen quellen hervor.

Ich halte krampfhaft den Atem an, bis mein Brustkorb schmerzt. Mit jedem Herzschlag ticken die Sekunden davon, bis Robert endlich das Schweigen bricht.

»Geh zu ihr und bring ihr Wasser. Sie muss etwas trinken.«

Ich zögere. »Wenn ich Hilfe brauche, stampfe ich auf den Fußboden, okay?«

Robert nickt langsam. »Okay.«

Seine Hände sind noch immer zu Fäusten geballt.

Damals

Sie wird wach, als Ingrid die Tür zum Krankenzimmer öffnet. Elsa ist auf dem Stuhl eingenickt, den Kopf gegen die Wand gelehnt. Ihr Mund muss offen gestanden haben, denn er fühlt sich trocken an, und ein widerlicher Geschmack liegt ihr auf der Zunge.

»Wie geht es?«, fragt Ingrid leise.

Draußen ist es immer noch dunkel, nur am Horizont zeichnet sich ein dünner Lichtstreif ab. Es muss noch Nacht sein. Ingrid ist kaum mehr als ein Schatten.

»Gut. Alles gut«, sagt Elsa leise, um die anderen nicht zu wecken.

Das Mädchen hatte besser geschlafen, als ihre eigenen es jemals getan hatten. Es war zweimal wimmernd aufgewacht, aber sofort wieder eingeschlafen, als Elsa es gewiegt hatte.

»Hat sie sie gestillt?«, fragt Ingrid, und ihr Blick schweift zu Birgittas schlafender Gestalt hinüber.

Elsa schüttelt den Kopf. »Ich habe es nicht gewagt, sie zu wecken«, bekennt sie.

Elsa fühlt sich in der Zwickmühle. Sicherlich bekommt die Kleine gleich Hunger. Sie hat sie an einem mit Milch getränkten Handtuch saugen lassen, aber Elsa weiß, dass das nicht ausreicht. Trotzdem wagt sie es nicht, sich Birgitta zu nähern, geschweige denn sie zu wecken.

Birgitta hat seit gestern Abend geschlafen. Elsa muss zugeben, dass sie sich davor fürchtet, was Birgitta anstellen könnte, wenn sie wach wird. Inwiefern wird sie begreifen, was da geschehen ist?

Elsa kann Ingrids Gesichtszüge in der Dunkelheit nicht erkennen, sieht sie aber nicken.

»Das kann ich verstehen.« Sie klingt niedergeschlagen, ebenso wie Elsa selbst sich fühlt.

Ingrid setzt sich neben Elsa auf den Boden und sieht zu dem

kleinen Bündel, das schlafend unweit von ihr entfernt liegt. Sie hatten Bettlaken aufeinandergeschichtet, um ein Bettchen für es zu bauen. Dagny hatte etwas davon gefaselt, ein altes Babybett herzubringen, aber Elsa hatte sie scharf zurechtgewiesen. Sie dürfen nichts tun, das Aufmerksamkeit erregt.

»Wie sollen wir sie zum Bahnhof schaffen?«, fragt Ingrid.

Elsa schüttelt ratlos den Kopf. »Ich weiß nicht. Am besten gehen wir zu Fuß, so als wäre alles in bester Ordnung. So weit ist es ja nicht. Wenn wir erst kurz vor Abfahrt des Zuges losgehen, bleibt ihnen auch keine Zeit, uns aufzuhalten.«

Ingrid stößt einen kleinen Seufzer aus. »Willst du mit ihnen fahren?«, fragt sie dann.

»Ja. Ich nehme sie mit nach Stockholm. Zu meiner Tochter«, sagt Elsa.

»Margareta«, sagt Ingrid.

Elsa nickt nur.

»Und was wird aus Staffan?«, fragt Ingrid.

»Ich werde ihm schreiben. Wenn ich dort bin. Wenn wir … in Sicherheit sind«, sagt Elsa.

Weit fort von Silvertjärn.

Weit fort von Pastor Mattias.

»Ich verstehe nicht, wie es dazu kommen konnte«, sagt Elsa leise. Ein Bekenntnis, zu dem sie sich am helllichten Tag niemals hätte hinreißen lassen.

»Ich auch nicht«, sagt Ingrid.

Keine von ihnen nennt den Namen, an den sie beide gerade denken – keiner von ihnen erwähnt Aina. Aina – der Name, der schmerzhaft mit jedem Herzschlag in Elsas Brust widerhallt. Ihre geliebte Aina, ihre Jüngste.

Was ist sie bloß für eine Mutter, wenn sie ihre Tochter verlässt?

Das kleine Mädchen bewegt sich und wimmert wieder. Elsa erhebt sich von ihrem Stuhl. Ihre Knie zittern und ihr Nacken schmerzt. Sie ist schon zu alt dafür, um auf einem Stuhl zu übernachten.

Elsa beugt sich über das Mädchen, nimmt es auf den Arm, wiegt es vorsichtig, aber diesmal lässt die Kleine sich nicht beruhigen. Sie schreit lauter. Elsa ist immer wieder erstaunt über die Lautstärke, die ein so kleiner Mensch bereits hervorbringen kann.

Sie wiegt das Mädchen hin und her, spricht flüsternd zu ihm, aber das Geschrei hört nicht auf. Mit jeder Sekunde, die die Kleine schreit, wächst das Risiko, dass jemand sie hört und alles auffliegt.

Elsa blinzelt, als urplötzlich ein Kerzenlicht aufflammt. Ingrid hat eine Kerze entzündet und sieht sich, sie in der Hand haltend, suchend um.

»Wo ist das Tuch?«, fragt sie.

»Es ist keine Milch mehr da«, erwidert Elsa nur und deutet auf die leere Schale.

»Vielleicht kann sie trotzdem an dem Tuch saugen«, schlägt Ingrid vor.

Elsa schüttelt den Kopf. »Sie hat Hunger. Das wird nicht reichen.«

Elsas Magen krampft sich zusammen. Sie blickt sich um und stutzt, als sie sieht, dass Birgitta wach ist. Natürlich ist sie das. Bei den schrillen Schreien, die im Zimmer widerhallen, würde nur noch ein Toter schlafen. Birgitta hat sich auf der Krankenliege leicht aufgerichtet, ihr Blick ist auf den Säugling geheftet.

Die kleine Kristina beginnt mit neuer Kraft zu schreien, und da fasst Elsa einen Entschluss. Vorsichtig geht sie mit dem Kind auf dem Arm auf Birgitta zu. Die aber sieht Elsa gar nicht an. Sie sieht nur das Kind an.

Begreift sie, dass dies ihre Tochter ist?

Elsa kann sich kaum vorstellen, dass Birgitta das tut.

Doch wer weiß das schon.

Als Elsa dicht vor ihr steht, tut Birgitta etwas Unfassbares – sie streckt die Arme nach Kristina aus. Zuerst zögert Elsa, dann aber legt sie Birgitta das Kind in die Arme.

Unbeholfen, aber vorsichtig, ganz vorsichtig, nimmt Birgitta ihre kleine Tochter entgegen.

Als Elsa beginnt, Birgittas Kleid aufzuknöpfen, erstarrt diese zunächst, lässt es aber zu. Elsa ist die ganze Zeit darauf gefasst, dass Birgitta aufbrausend wird, aber sie gibt keinen Laut von sich.

Elsa zieht Birgittas Hemd zur Seite und entblößt eine geschwollene, von blauen Adern durchzogene Brust. Sie legt eine Hand dagegen, stützt Kristinas Rücken und Kopf und hebt sie an die Brustwarze.

Zuerst schreit der Säugling weiter, und Elsa kann Birgittas Anspannung spüren. Diese Situation bringt sie an den Rand der Beherrschung.

Doch dann passiert etwas – Kristinas kleiner Mund findet die Brustwarze und nimmt sie. Die Schreie hören auf. Stattdessen hört Elsa bald leise Sauggeräusche.

Sie merkt, wie die Anspannung von ihr abfällt. Sie zieht ihre Hände fort und weicht ein paar Schritte zurück.

»Oh«, hört sie Ingrid sagen. Nicht mehr.

Als Elsa sich umdreht und sie ansieht, stehen Tränen in Ingrids Augen.

Elsa wischt sich mit dem Handrücken über das Gesicht. Ob dieses Gefühl, das sie auf einmal verspürt, so etwas wie Hoffnung ist? Elsa ist sich nicht sicher. Nur eines weiß sie ganz genau – ihr Instinkt sagt es ihr, als sie Birgitta beim Stillen ihrer Tochter zusieht.

Sie kann Aina nicht in Silvertjärn zurücklassen.

Heute

Vorsichtig öffne ich die Tür des Mädchenschlafzimmers.

Tone hockt in der Zimmerecke, zusammengekauert hinter einem umgestürzten Kleiderschrank in dem kleinen Winkel zwischen Wand und Schrank.

Sie sieht mich nicht an, als ich hereinkomme. Sie wiegt sich vor und zurück, die Stirn gegen die Knie gedrückt.

»Tone«, sage ich leise, wider besseres Wissen.

Sie antwortet mir nicht, gibt aber einen dumpfen, langgezogenen Laut von sich. Ich interpretiere es so, dass sie mich gehört hat.

Ich schwitze vor lauter Anspannung, aber es fällt mir schwer, Angst vor ihr zu haben, wenn ich sie so sehe. Sie wirkt eher wie jemand, mit dem man Mitleid haben müsste. Als ich sie so anschaue, wird mir bewusst, dass sie sich auch vorhin in der Gasse nicht bedrohlich benommen hat – sie ist von uns fortgelaufen, nicht auf uns zu –, ängstlich, nicht aggressiv. Selbst als sie um sich trat und sich befreien wollte, hat sie nur wie jemand ausgesehen, der um sein Leben kämpfte.

»Ich habe dir etwas zu trinken mitgebracht«, sage ich, gehe einige Schritte ins Zimmer hinein und um das Bett herum, aber da kauert sie sich nur noch stärker zusammen. »Schon gut, keine Angst. Ich stelle es nur hier ab, okay?« Ich bemühe mich, ruhig zu klingen.

Einige Meter vor ihr stelle ich den Krug auf den Boden und hebe die Hände, um ihr zu signalisieren, dass keine Gefahr von mir ausgeht. Dann weiche ich ein paar Schritte zurück und setze mich auf den Schreibtischstuhl. Das Polster ist hart, aber immer noch bequemer als der Boden.

Sie zögert, dann löst sie langsam den Griff um ihre Knie und streckt sich nach dem Wasser.

Tone hält die Karaffe mit beiden Händen umfasst und hebt sie unbeholfen an den Mund. Trinkt mit gierigen Schlucken.

Es kommt mir vor, als würde ich eine Fremde vor mir sehen.

»Was ist mit dir passiert?«, frage ich sie. Ich formuliere meine Worte als Frage, erwarte mir aber keine Antwort.

Doch zu meinem Erstaunen stellt sie die Kanne ab und sieht in meine Richtung. Sie sieht mich nicht direkt an, sondern schief von unten, als fixiere sie meinen linken Arm.

Dann schüttelt sie den Kopf.

Aber da ist etwas in ihrem Kopfschütteln – es ist, als wollte sie mir damit etwas sagen.

Ich muss sie danach fragen. Muss es versuchen.

»Hast du die Autos in die Luft gesprengt?«, frage ich sie.

Sie erwidert nichts.

Am liebsten würde ich ihr gar nicht ins Gesicht sehen. Ihr Anblick ist furchtbar, allein dieser Wundschorf. Ihr Haar ist verklebt von Klumpen aus Blut und Schmutz, und die Kopfhaut ist stark gerötet und wirkt entzündet.

»Woher hast du diese Wunde?« Ich bemühe mich, beruhigend zu klingen.

Sie erwidert immer noch nichts. Stattdessen beginnt sie wieder, sich hin und her zu wiegen, und gibt dabei einen langgezogenen, kehligen Laut von sich.

»Tone«, sage ich flehentlich und ein wenig frustriert, denn ich verstehe nicht, was mit ihr los ist. Kann den Anblick, den sie bietet, nicht mit dem Bild in Einklang bringen, das ich von meiner Freundin habe. Kann es nicht in Einklang bringen mit dem, was sie getan hat.

»Bitte, sag doch was, irgendwas nur.« Meine Stimme bricht. »Rede doch endlich mit mir! Wir können versuchen …«

Ja, was eigentlich?

Die ganze Sache wieder in Ordnung zu bringen?

Dafür ist es zu spät. Manche Dinge kann man nicht mehr in Ordnung bringen.

Ich wende mich ab, starre einen flüchtigen Moment lang aus dem Fenster. Die Sonne nähert sich dem Horizont. In einer halben Stunde wird der Himmel rot erleuchtet sein.

Eine Schreibtischschublade ist halb herausgezogen. Nur ein paar Bleistifte liegen darin. Ich ziehe einen klassischen Bleistift heraus; die Spitze ist immer noch scharf. Aus einem Impuls heraus rolle ich ihn über den Boden zu Tone hin.

Er bleibt ein Stück vor ihr liegen, aber sie nimmt ihn linkisch in die Hand. Wie ein Kind, das den Stift in der geballten Faust hält.

Sie neigt sich nach vorn und setzt die Bleistiftspitze auf dem Boden auf.

Drückt die Spitze so fest auf, dass sie sich ins Holz gräbt und einen Abdruck darin hinterlässt.

»Sie wird abbrechen«, sage ich. »Wenn du nicht vorsichtig bist, wird sie abbrechen.«

Ich weiß nicht, weshalb ich es überhaupt versuche. Ich weiß doch mittlerweile, dass sie mir nicht antworten wird.

Mit harten Strichen fährt der Bleistift über die Fußbodenbretter. Ein Y mit zwei Beinen, darüber ein Kopf.

Eine menschliche Gestalt.

Unbeholfen zeichnet sie lange, zerzauste Strähnen um den Kopf, setzt die Spitze in das Oval des Gesichts und dreht den Stift im Kreis. Immer im Kreis. Der Mund ist ein runder schwarzer Kreis, er scheint zu brüllen.

Die Spitze bricht ab. Tone beruhigt sich.

Gibt wieder diesen unbestimmten, brummenden Laut von sich, der tief aus ihrer Brust zu kommen scheint.

Tone sieht mich immer noch nicht direkt an. Ihr Blick ist auf einen Punkt neben mir gerichtet. Näher scheint sie sich nicht an mich heranzuwagen. Und doch will sie mir wohl etwas mitteilen.

Die Gestalt ist mir nicht unbekannt. Ich habe dieses Monster schon einmal gesehen. Sowohl auf einem Blatt Papier als auch auf einer alten Tischplatte.

Tone zeichnet genauso wie ihre Großmutter.

»So wie Birgitta«, sage ich. Ich weiß nicht, ob ich es mehr zu mir selbst oder zu Tone sage.

Aber als ich den Namen ausspreche, dreht Tone den Kopf und sieht mir direkt in die Augen.

Damals

Elsa weiß, dass Aina nicht zu Hause sein wird. Sie hat sie schon seit mehreren Tagen nicht mehr zu Gesicht bekommen.

Wie ein Wirbelwind fegt Elsa durchs Haus. Rafft wahllos Kleider zusammen und packt sie in eine kleine Reisetasche, ohne zu registrieren, wonach sie da greift. Es darf nicht zu viel sein. Elsa will nicht, das man sehen kann, was sie vorhat.

Geld haben sie kaum noch welches, aber Elsa nimmt zwei Halsketten mit, die sie von ihrer Mutter geerbt hat. Sie sind aus Silber, nur feingliedrige Ketten, aber ein wenig werden sie gewiss wert sein. Sie müsste sie in Stockholm verpfänden oder anderweitig zu Geld machen können.

Elsa zögert. Ob sie den halb fertig geschriebenen Brief aus der Unterwäscheschublade mitnehmen soll? Aber es bleibt kaum noch Zeit, ihn abzuschicken. Sie lässt ihn liegen.

Als Elsa die kleine Teedose vom Küchenregal nimmt, hält sie zum ersten Mal inne und zögert. Sie spürt ihr Herz klopfen, das schlechte Gewissen plagt sie.

Es fühlt sich nicht richtig an, das Geld zu nehmen.

In der Dose befindet sich der Rest ihrer gemeinsamen Ersparnisse, knapp tausend Kronen. Wenn sie es nimmt, hat Staffan nichts mehr, von dem er leben kann.

Aber sie werden ihr ja folgen, versucht sie sich einzureden. Und Aina wird mit ihr reisen.

Außerdem ist es kein Diebstahl. Schließlich ist dies ebenso ihr Geld.

Elsa entnimmt siebenhundert Kronen, faltet die Scheine ordentlich und steckt sie in einen Strumpf. Das restliche Geld lässt sie in der Dose. Das gibt ihr ein besseres Gefühl, auch wenn es einer Kapitulation gleichkommt.

Elsa wirft einen raschen Blick zur Küchenuhr. Es ist fast

sieben Uhr morgens. Aina sollte zu dieser Zeit noch in der Kirche sein.

Als Elsa die Tür hinter sich schließt und sich auf den Weg dorthin macht, will sie nichts lieber, als wieder umzukehren. Sie kann kaum begreifen, dass sie heute Abend nicht mehr nach Hause kommen und das Abendessen vorbereiten wird. Dass sie nicht mehr die grüne Haustür öffnen wird, wenn es zu dämmern beginnt, und Aina im ersten Stock nie mehr mit Karin zusammen über Gott weiß was kichern hören wird. Dass sie Staffan nie mehr ankeifen wird, weil er sich nicht die Schuhe ausgezogen hat, bevor er die Beine auf den Küchenstuhl hochgelegt hat.

Aber sie gibt sich selbst das Versprechen, zurückzukommen. Staffan, Aina und sie werden zurückkommen. Eines Tages wird ihre Familie wieder in dem Haus mit der grünen Tür leben. Wenn das alles hier vorbei ist.

Elsa geht zur Kirche. Jetzt darf sie sich nichts anmerken lassen und muss den Anschein erwecken, als wäre alles so wie immer. Davon hängt womöglich alles ab. Sie war immer so stolz auf ihre Fähigkeit, in jeder Lage einen kühlen Kopf zu bewahren, aber nun, da es wirklich ums Ganze geht, zittert sie wie Espenlaub.

Die Luft ist warm an diesem frühen Morgen. Es scheint ein schöner Tag zu werden. Doch obwohl die Sonne lacht, geht von der hoch aufragenden Kirche etwas Bedrohliches aus. Die Pforten sind weit geöffnet, das sind sie zurzeit immer. Der Pastor predigt immer wieder, dass man keine Geheimnisse vor Gott oder der Gemeinde haben sollte.

Der Gedanke an ihn und seine kalten grauen Augen jagt Elsa einen Schauer über den Rücken.

Sie muss jetzt stark sein.

Mit raschen Schritten geht sie die Stufen hoch – ganz wie jemand, der nichts zu verbergen hat und sich vor nichts fürchten muss – und betritt die Kirche. Der Anblick, der sich ihr bietet, lässt sie abrupt anhalten.

Sie liegen nebeneinander in Kreisen auf dem Boden. Die dünnen Decken, die ihnen als Unterlage dienen, können kaum Schutz gegen die Kälte der Steinplatten bieten. Im Licht der fahlen Sonne, die durch die hohen Fenster hereinfällt, sehen sie aus wie Engel aus Stein – kalt, perfekt und wie für die Ewigkeit geschaffen.

Elsa ist wie erstarrt. Das müssen über hundert Personen sein – Alte und Junge, Frauen und Männer. Sie kann sogar Kinder darunter sehen, eng an ihre Mütter geschmiegt. Elsa kennt sie alle.

Maj-Lis mit ihren steifen, immer schmerzenden Knien. Karolina, die ihren ältesten Sohn zur selben Zeit bekam wie Elsa ihre Margareta. Als Hochschwangere hatten sie sich zum Stricken und Tratschen getroffen, ganz schwindelig vor Glück und Aufregung.

Göran, der in derselben Mannschaft wie Staffan in der Grube gearbeitet hat. Der immer stotterte, wenn er nervös war, und errötete, wenn Elsa ins Zimmer kam. Sie hatte immer den leisen Verdacht gehegt, dass er in sie verliebt gewesen war, als sie noch jünger waren, aber dann lernte er seine Pernilla kennen und hörte auf zu stottern, wenn er mit Elsa sprach.

Pernilla. Sie liegt im dritten Kreis von außen.

Und nur zwei Schritte von ihr entfernt liegt Staffan.

Staffan – ihr geliebter Mann.

Elsa hat schon so lange mit ihm zusammengelebt, dass sie ihn kaum noch richtig wahrnimmt. Er ist ihr so vertraut wie sie selbst es sich ist. Als sie geheiratet haben, ist Elsa kaum mehr als ein Kind gewesen, jünger noch als Margareta heute.

Elsa hat ihren Staffan schon jämmerlich krank gesehen, und sie hat ihn auch schon so betrunken erlebt, dass er kaum noch einen klaren Satz hervorbringen konnte. Sie weiß, dass ihm Tränen in die Augen treten, wann immer er von seinem Vater spricht, und dass sich ein weicher Zug auf seine groben Züge legt, wann immer er ihre Mädchen ansieht. Elsa hat die ersten grauen Haarsträhnen an seinen Schläfen entdeckt. Sie hat ihn in den Armen gewiegt und getröstet, als das Bergwerk geschlossen wurde, und ihm versprochen, dass sie alles gemeinsam durchstehen würden.

Ihr gesamtes Leben ist mit ihm verknüpft. Er ist der Vater ihrer Töchter. Und jetzt liegt er da unter ihnen, ist einer dieser kalten Engel, und ihr wird bewusst, dass sie ihn verloren hat.

Elsa hat noch nie Hass gegenüber jemandem verspürt. Hat nie begriffen, wie man anderen Menschen Schaden zufügen kann. Aber in diesem Augenblick wünscht sie, sie könnte diesen vermaledeiten Pastor Mattias eigenhändig umbringen. Sie möchte das Leben aus ihm herausquetschen und die Todesangst in seinen Augen aufleuchten sehen.

Elsa sieht, wie sich in der Schar jemand leicht im Schlaf bewegt, und versucht, sich zusammenzureißen. Trauern kann sie später. Jetzt muss sie zuallererst Aina finden, das ist das Einzige, was jetzt zählt.

Aber wohin ihr Blick auch schweift, Elsa kann sie nirgends entdecken.

Wenn sie nicht hier ist, wo ist sie dann? Könnte sie wieder zur Vernunft gekommen sein?

Elsa erlaubt sich nicht zu hoffen.

Dann fällt ihr Blick auf die Tür auf der anderen Seite des Kirchenschiffs. Die Tür zur Sakristei.

Sie ist geschlossen.

Elsa schleicht an der Wand entlang, um ja niemanden zu wecken. Manche drehen sich um oder seufzen leise im Schlaf, aber nach all den Tagen oder gar Wochen, die sie nun hier alle zusammen nächtigen, müssen sie sich wohl inzwischen an das Geräusch schleichender Füße gewöhnt haben.

Als Elsa die Tür erreicht, legt sie die Hand auf den Türknauf. Das Metall fühlt sich kalt an.

Still betet sie, dass sie nicht das vorfindet, was sie am meisten fürchtet.

Aber würde ihr überhaupt noch jemand Gehör schenken? Diese Hoffnung hat Elsa längst aufgegeben.

Als sie gegen die Tür drückt, gleitet diese geräuschlos auf.

Als Erstes fällt Elsas Blick auf Aina.

Ihre dichten Haare fallen ihr wie ein Schleier über das Gesicht. Sie liegt zusammengekauert vor dem kleinen Sofa auf dem Fußboden. Das weiße Kleid, das sie trägt, ist Elsa fremd. Es sieht aus wie ein Kittel, wie ein altmodisches Nachthemd, ohne jegliche Zier. Es lässt Aina wie ein kleines Mädchen aussehen.

Dann erblickt sie den Pastor.

Er sitzt auf dem Sofa.

Seine schönen grauen Augen sind auf Elsa gerichtet. Er wirkt vollkommen ruhig und gelassen. So als hätte er schon auf sie gewartet.

»Guten Morgen«, begrüßt er Elsa.

Eine Weile steht sie reglos da. Weiß lange nicht, was sie erwidern soll.

»Guten Morgen«, sagt sie schließlich.

Sein Blick schweift zu ihrer Reisetasche, dann wieder zurück zu ihrem Gesicht. Elsa begreift, dass sie sich nicht erst die Mühe machen muss zu lügen.

»Der Tag ist also gekommen«, sagt er ruhig.

Aina bewegt sich ein klein wenig. Ihr Anblick, schlafend zu seinen Füßen, erfüllt Elsa mit einem nie gekannten Zorn.

»Ich nehme Aina mit«, sagt Elsa mit kalter, rauer Stimme. »Ich nehme Aina mit und Sie werden mich nicht daran hindern.«

»Aina ist eine erwachsene Frau«, sagt der Pastor an Elsa gewandt, während Aina sich die Augen reibt und sich auf dem Ellenbogen aufstützt. »Sie kann für sich selbst entscheiden.«

Aina setzt sich nun ganz auf und starrt Elsa an, als hätte sie ein Gespenst erblickt. »Mama? Was tust du hier?«

»Aina, Liebes«, sagt Elsa, ihren Blick immer noch fest auf den Pastor gerichtet. »Wir fahren nach Stockholm. Zu Margareta.«

Verwirrt sieht Aina von Elsa zum Pastor. Er legt eine Hand auf Ainas Kopf. Es ist nicht der Anblick seiner großen, knochigen Hand auf ihrem seidenglatten Haar, der Elsa so schmerzt – es ist der Blick, mit dem Aina ihn ansieht. Als wäre er das Zentrum ihres ganzen Daseins, die Sonne, die das Universum erhellt.

»Fass sie nicht an!«, bricht es aus Elsa hervor. Sie hört selbst, wie schrill und hysterisch ihre Stimme klingt, so als hätte sie den Verstand verloren. Wie ein irres altes Weib.

Als Aina Elsa wieder ihren Blick zuwendet, ist dieser leer und stumpf.

»Dies ist jetzt meine Familie«, sagt sie, und aus ihr spricht nicht Elsas Aina, nicht die Aina, die als kleines Mädchen weinte und flehte, um sich eines der Katzenjungen des Nachbarn zu erbetteln, nicht ihre Aina, die Elsa immer noch auf den Schoß krabbelt, damit sie ihr die Haare bürsten kann, nicht ihre Aina, die noch immer mehrere Alben mit Glanzbildern unter ihrem Bett hortet.

Nein, diese junge Frau ist eine Fremde.

Die Hand des Pastors liegt immer noch auf Ainas Kopf. Er wirkt völlig gelassen.

»Hat sie jetzt das Kind entbunden?«, fragt er Elsa, und sie kann nicht begreifen, was er da sagt. Kann es nicht fassen.

»Hat … hat sie …«, stammelt Elsa, stammelt so wie Göran es früher getan hat. Ihr Mund ist wie ausgetrocknet.

»Hat die Hexe ihr Teufelskind bekommen?«, fragt er noch einmal wie nebenbei. Als wolle er nur wissen, was es heute zum Essen gebe.

Aber seine Augen – diese gottverfluchten grauen Augen – lachen sie aus.

»Dachtest du etwa, das wüsste ich nicht?«, sagt er zu Elsa.

Sie kann es nicht fassen. Kann nicht fassen, woher er das weiß. Sie waren doch so vorsichtig gewesen, hatten doch alles richtig gemacht. Ob eine von ihnen geplaudert hat? Dagny? Oder Ingrid?

Elsa kann sich das nicht vorstellen. Sie weigert sich, das von ihnen zu glauben.

Ein Geräusch vor der Kirche lässt sie zusammenfahren. Instinktiv dreht sie sich um. Der Laut ist ihr vertraut, so vertraut wie die Stimmen ihrer Töchter.

»Ah, sie sind zurückgekehrt«, sagt Pastor Mattias.

Es ist Birgitta, die da vor lauter Panik brüllt. Das kann Elsa sogar durch die geschlossene Sakristeitür und das Kirchenschiff hören.

Elsa fährt herum. Der Pastor hat sich vom Sofa erhoben. Ihre Gesichter befinden sich jetzt auf gleicher Höhe. In seinem Blick lauert etwas Schreckliches.

»Ich fürchte, wir können dich jetzt noch nicht nach Stockholm fahren lassen «, sagt er zu Elsa. »Nicht, wenn du so außer dir bist. Du solltest dich zuerst ein klein wenig beruhigen.«

»Sie können mich nicht daran hindern zu fahren«, entgegnet Elsa und versucht, aus ihrem Zorn Kraft zu schöpfen. Empfindet aber nur eine bodenlose Angst.

Doch Pastor Mattias erwidert nichts darauf. Er lächelt nur. Ein vages, grausames Lächeln.

Die Angst schnürt Elsa die Kehle zu. Mit dem Mut der Verzweiflung wendet sie sich an ihre Tochter.

»Aina. Tu das nicht. Lass nicht zu, dass sie Birgitta das antun. Sie ist unschuldig, sie hat niemandem etwas getan. Lass uns fahren. Bitte«, fleht sie sie an.

Aber Aina blickt nur stumm zurück. Ihre Augen wirken wie erloschen.

Und dann erscheint ein Lächeln auf ihren Zügen. Eine makellose Imitation seines grausamen Lächelns.

Elsa fährt herum und reißt die Tür auf. Aber vor der Tür warten die Sundin-Jungs, Frank und Gösta. Schweigend stehen sie nebeneinander, sie ähneln einander stark mit ihrem strähnigen braunen Haar und den kleinen Augen, den breiten Schultern und großen Händen.

Und hinter ihnen steht die Gemeinde. Ein Meer von starrenden Augen. Panik überfällt Elsa, das Blut rauscht ihr in den Ohren. Die Gemeinde verschmilzt zu einer einzigen boshaften Schar, einer undurchdringlichen Mauer des Hasses.

Elsa weicht wieder in die Sakristei zurück. Sieht sich mit wildem Blick um. Es gibt keinen Ausweg. Sie hat keine Chance gegen diese leere Hülle eines Mädchens, das einst ihre Tochter war, und den Pastor, diesen Teufelsprediger.

Seine Hand ruht auf dem Tisch. Papierbögen liegen darauf verstreut. Elsas Blick heftet sich auf das oberste Blatt. Eine Kreidezeichnung. Ungelenk gezeichnete Figuren in verschiedenen Farben. Und unebene Kreise, die sich gegenseitig überlagern.

Das Zimmer um sie herum beginnt, sich zu drehen.

Elsa sieht hoch.

»Du warst das«, sagt sie leise, es ist kaum mehr als ein Hauch.

»Frank, Gösta«, fordert der Pastor die beiden Männer mit sanfter Stimme auf. »Seid so gut und bringt Frau Kullman in den Keller unter dem Pfarrhaus, damit sie sich etwas beruhigen kann, ja?«

Elsa aber sieht in diesem Augenblick nur eines vor sich – die kleine Kristina. Die kleine Kristina mit dem dunkelblau umwölkten Blick des Neugeborenen.

Werden sie sich noch stärker verdunkeln und Birgittas unergründliche Farbe annehmen? Oder werden sie allmählich heller werden – wie die kalten grauen Augen ihres Vaters?

»Du warst das«, sagt Elsa noch einmal, und diesmal so laut, dass es zu hören ist. Aber das hat keine Wirkung mehr. Schon wird sie von groben Händen gepackt und aus der Sakristei geschleift.

Elsas Blick irrt über die Menge der Gesichter. Jetzt sehen sie nicht mehr aus wie Engel. Sie sehen aus wie Geister, wie eine Armee von seelenlosen Toten.

Eine Sekunde lang sieht sie Staffans Gesicht in der Menge.

Elsas Lippen formen sich zu einer lautlosen Bitte.

Er senkt den Blick.

Elsa hört, wie Birgittas Schreie draußen vor der Kirche zu einem lauten Geheul anschwellen.

Dann verstummen sie jäh. Und zurück bleibt nur Stille.

Heute

Ich sitze noch immer vornübergebeugt auf dem Schreibtischstuhl, als jemand an die Tür klopft.

Rasch richte ich mich auf und werfe einen Blick zu Tone hinüber. Sie kauert in ihrer Ecke und scheint keine Notiz von dem Geräusch genommen zu haben.

»Herein«, sage ich.

Es ist Robert. Er sieht sich erst einmal kurz im Zimmer um, bevor er mich anblickt.

»Alice«, sagt er nur. Er bleibt im Türrahmen stehen, füllt ihn beinahe vollständig aus. Ich gehe zu ihm.

Er schiebt mich aus dem Zimmer und schließt die Tür hinter uns.

»Was ist denn?«, frage ich.

»Max ist schon ziemlich lange weg.«

»Ja …?«

»Die Kirche ist ja eigentlich nur fünf Minuten von hier entfernt.« Er kneift die Lippen zusammen.

»Er ist bestimmt nur …«, beginne ich, verstumme dann aber. Mir kommt der Ausdruck auf Max' Gesicht wieder in den Sinn, bevor er die Tür hinter sich zuknallte. Die an Abscheu grenzende Enttäuschung.

Du bist so verdammt selbstsüchtig!

»Ich glaube, dass er einfach nur für sich sein wollte«, presse ich irgendwie hervor. »Um alles zu verarbeiten. Um sich etwas zu beruhigen.«

»Ja, vermutlich«, erwidert Robert, sieht aber immer noch besorgt und gestresst aus. »Ich dachte nur, dass …« Er vergräbt seine Hände tief in den Hosentaschen.

»Wir können ja zur Sicherheit einmal nachsehen«, schlage ich vor. »Wenn du dich dann besser fühlst?«

»Ja.« Er nickt und wirkt jetzt ein klein wenig erleichterter. »Ich dachte nur – ich hätte ein besseres Gefühl, wenn wir alle zusammen hier wären.«

Ich lege eine Hand auf seinen Arm und nicke. »Wir gehen hin und holen ihn.«

»Und was machen wir so lange mit ihr?«, fragt Robert und deutet mit dem Kopf auf die Tür.

»Wir können … die Tür absperren«, sage ich, obwohl sich mir bei dem Gedanken, Tone einsperren zu müssen, der Magen umdreht. »Wir werden ja nicht lange fort sein. Die Kirche liegt ja wirklich gleich um die Ecke.«

Vorsichtig öffne ich wieder die Tür.

»Tone?«, sage ich. »Wir sind mal kurz weg. Aber wir sind bald wieder da, okay? Und wir bringen etwas zu essen mit.«

Weder rührt sie sich noch antwortet sie.

Ich muss schlucken.

»Birgitta«, sage ich zu ihr.

Da erfolgt eine Reaktion. In ihren Augen unter den Ponyfransen blitzt etwas auf. Ein kleiner, unbestimmter Laut kommt tief aus ihrer Kehle.

Ich spüre, wie sich mein Magen zusammenkrampft. Mir fällt wieder ein, was sie mir über jene Wochen erzählt hat, in denen sie wie durch einen Schleier von der Realität getrennt gewesen war. Als sie vollkommen in sich selbst und ihre eigene Welt eingeschlossen war.

Ich dachte, ich wäre in Silvertjärn. Ich habe Stimmen gehört, die zu mir sprachen. Manchmal habe ich Birgitta gehört.

Ihre Großmutter. Selbst wenn Tone es damals noch nicht wusste.

Ob sie jetzt wohl auch ihre Stimme in sich hört?

Oder hält sie sich vielleicht selbst für Birgitta?

Die Fragen liegen mir auf der Zunge, aber der Moment verstreicht.

Ich gehe hinaus und verriegele die Tür.

»Okay, lass uns gehen«, sage ich zu Robert.

Er zögert. Zwischen seinen Augenbrauen hat sich eine steile Falte gebildet. »Wie hast du sie da gerade genannt?«, fragt er.

Ich erwidere kurz seinen Blick, bevor ich mich von ihm abwende.

»Na los, komm schon«, fordere ich ihn auf.

Die Sonne berührt schon fast den Horizont, als wir die Straße zur Kirche entlanggehen. Das warme Licht trügt, die Luft ist richtig kalt. Es scheint beinahe so, als könnte es heute Nachtfrost geben. Selbst die mutigsten Frühlingsblumen, deren Blüten schon aufgesprungen sind, scheinen die Köpfe hängen zu lassen.

Als wir uns dem Portal nähern, fällt mir auf, dass die Türen einen Spaltbreit offen stehen.

»Max?«, rufe ich in die Dunkelheit. Meine Stimme will nicht richtig tragen.

Niemand antwortet.

Ich sehe Robert an. Langsam schiebt er die Tür auf. Ein leises Quietschen ertönt, als die schweren Flügeltüren aufgehen.

Die Kirchenbank, die wir vor den Eingang geschoben hatten, steht nur ein paar Meter weiter im Kirchenschiff. Eine unserer Wasserflaschen liegt neben den Überresten unseres Lagerfeuers auf dem Boden. Es sieht so aus, als hätten wir die Kirche in Beschlag genommen und entweiht. Es fehlen nur noch ein paar leere Bierdosen, um das Bild zu vervollständigen.

»Max?«, ruft Robert in die Kirche hinein. Seine Stimme steigt hinauf in das Gewölbe, scheint anzuschwellen und sich dann wieder abzuschwächen. »Wir sind's, Alice und Robert«, fährt er fort. »Wir wollten nur mal nachsehen, ob bei dir alles okay ist.«

Immer noch keine Antwort.

Ich betrete die Kirche, obwohl jede Faser meines Körpers schreit, ich solle das sein lassen. Die Jesusgestalt über dem Altar scheint uns höhnisch anzugrinsen. Wie konnte ich jemals glauben, dass dieser Jesus leidend wirkt? Der Blick ist grausam, etwas Allwissendes und Bedrohliches liegt darin. Die schmalen Lippen scheinen zu der maliziösen Parodie eines Lächelns erstarrt.

»Vielleicht ist er gar nicht mehr hier«, sage ich mutlos. »Vielleicht ist er hier nicht fündig geworden und hat woanders nach Essbarem gesucht. Ist zum Marktplatz gegangen oder so.«

Ein Spaziergang, um wieder einen klaren Kopf zu bekommen. Um meinen Geschmack loszuwerden.

Dieser Gedanke versetzt mir einen schmerzhaften Stich. Tiefe Traurigkeit erfasst mich. Alle gehen mir verloren, einer nach dem anderen. Vielleicht liegt es gar nicht an diesem Ort, dass sie verschwinden – vielleicht hat es die ganze Zeit an mir gelegen.

»Könnte sein«, sagt Robert. Er bewegt sich genauso vorsichtig und zurückhaltend wie ich.

Das Licht der untergehenden Sonne fällt hinter uns durch das Kirchenportal, lässt Robert und mich zu langgestreckten Schatten werden. Es sieht fast so aus, als würde die Kirche auf eine schaurige Art wieder mit Leben gefüllt, als rührten sich menschliche Gestalten wie in Zeitlupe vorwärts.

»Max? Bist du hier, Max?«, rufe ich noch einmal, jetzt in leicht verzweifeltem Tonfall.

Robert, der neben unserer Feuerstelle in die Hocke gegangen war, erhebt sich.

»Er ist auf jeden Fall hier gewesen«, sagt er. »Hier haben wir heute Morgen den Honig und die letzte Sardinenbüchse zurückgelassen, und jetzt sind sie weg.«

Ich schaue zur Sakristei hinüber. Die Tür ist geschlossen. Haben wir sie bei unserem Aufbruch geschlossen oder offen stehen gelassen?

Ich weiß es nicht mehr.

Robert folgt meinem Blick. Er nickt.

Die Angst, die jetzt in mir aufkeimt, lässt sich nicht mehr verdrängen. In meinen Ohren rauscht es, und ein seltsamer Geschmack liegt auf meiner Zunge.

Wir tasten uns an den Kirchenbänken entlang zu der kleinen Holztür der Sakristei vor. Unsere Schatten wachsen bis über die Tür und vereinen sich zu einem einzigen, vielarmigen Ungeheuer, als wir davor stehen bleiben. Absichtlich vermeide ich es, zum Kruzifix hinüberzusehen. Ich habe Angst, dass die Gestalt den Kopf gedreht haben und mich höhnisch angrinsen könnte.

Es ist unnatürlich still hier drinnen. Es ist eine Stille, die von der unheilvollen Anwesenheit eines Dritten kündet.

Robert öffnet die Tür.

Im ersten Moment scheint es, als wäre hier in diesem Raum die Zeit stehen geblieben: Die vergilbten Spitzengardinen hängen vor dem Fenster, durch das nun ein weiches Abendlicht ins Zimmer fällt. Vor der Spüle liegt ein blau-weiß gestreifter Flickenteppich. Einfache Holzstühle stehen um den kleinen Tisch.

Und auf dem Tisch steht das Honigglas. Eine seltsame Benommenheit ergreift von mir Besitz, aber diese Details nehme ich trotzdem ganz genau wahr. Das Glas ist dickwandig und leicht grün. Winzig kleine Bläschen haben sich an dem schweren Glasboden gebildet. An den Rändern kleben Blut und Haarreste, als hätte jemand dort mit den Fingern Ölfarben verschmiert.

Er liegt mit dem Gesicht zu Boden; das muss man vielleicht als kleines Zeichen der Barmherzigkeit sehen. Ein Bein ist abgewinkelt, seine fleckenübersäten Jeans sind über seine blassen, schmalen Waden hochgerutscht, sein Arm streckt sich in Richtung Zimmerecke. Als hätte er versucht, wegzukriechen.

Man muss mich nicht erst fragen, was hier passiert ist. Hier muss man nicht nach irgendwelchen Würgemalen oder nach gepunkteten Augäpfeln suchen. Max' Hinterkopf ist ein einziger Brei aus Blut, Knochen, Haaren und Gehirnmasse. Das waren nicht nur ein oder zwei zielgerichtete Schläge, nein, jemand muss sich rittlings auf seinen sich windenden, aufbäumenden Körper gesetzt und methodisch mit dem Honigglas auf ihn eingeschlagen haben, bis er sich nicht mehr gerührt hat.

Ich schreie nicht. Ich warte die ganze Zeit auf den Schrei, aber er kommt nicht.

In meiner Erinnerung sehe ich wieder Max' Gesicht vor mir, als wir den Bahnhof erforscht hatten – so offen und neugierig. Ich sehe seinen typisch lässigen Gang vor meinem inneren Auge, seine viel zu weiten T-Shirts mit den albernen Slogans. Und wie sein Gesicht erst vor einer Stunde ausgesehen hat – der Blick voller Wut, die Lippen aufeinandergepresst.

Wie schön die letzten Sonnenstrahlen jetzt in seinen blonden Haaren glitzern – dort, wo das Glas ihn nicht getroffen hat, dort, wo noch seine ursprüngliche Kopfform erkennbar ist.

Wie aus weiter Ferne nehme ich wahr, wie Robert sich krümmt, um sich zu übergeben.

Jetzt bildet sich doch ein Schrei in meiner Brust, entweicht aber nur als ein dumpfes Stöhnen.

Ich begreife es nicht. Wie kann er tot sein? Wie kann er da mit zertrümmertem Schädel liegen, wenn Tone doch in der Dachkammer eingesperrt ist? Wie kann er … Wer sollte …

Die Gestalt im Regen.

Emmys unergründlicher Blick aus grünen Augen.

»Du hast jemanden gesehen, oder?«

Tones schmerzverzerrte Stimme: »Ich habe etwas im Erdgeschoss gehört.«

Das Lachen in der Videoaufzeichnung.

Der Schrei im Walkie-Talkie.

Tones Hand, die Strichmännchen gezeichnet hat.

Irgendetwas stimmt hier ganz und gar nicht.

Ich weiche zurück, strauchele, stürze aus der Tür. Jetzt sehe ich hoch, sehe zum Kruzifix. Aber der Jesus hat seinen Kopf nicht gedreht, schaut mich nicht an. Sein finsterer Blick ist nach vorn gerichtet. Auf das Dorf. Auf Silvertjärn.

Robert hat sich die Hand vor den Mund gepresst. Er folgt mir nach draußen, bewegt sich schleppend, wie betäubt, der Schock steht ihm ins Gesicht geschrieben.

»Sie hatte recht«, sage ich mit stummen Lippen. »Ihr hattet beide recht. Wir sind hier nicht allein.«

Damals

Vor einiger Zeit hat Elsa das Geräusch der abfahrenden Dampflok gehört.

Sie hätte irgendetwas empfinden müssen, als ihre letzte Hoffnung Silvertjärn verließ, aber da war nichts. Nur noch Leere.

Hier unten im Keller ist es so dunkel, dass sie nicht einmal mehr die Hand vor Augen sehen kann. Sie hat sich vorwärtsgetastet, über kalten, feuchten Erdboden, raue Steinwände und die kleine Treppe hinauf. Sie hat gegen die Tür gehämmert und geschrien, aber das hat nichts genützt, ihre schmerzenden Hände waren zu schwach, konnten nichts ausrichten.

Und wohin sollte sie auch gehen, selbst wenn es ihr gelingen würde, hier herauszukommen?

Vor der Abfahrt des Zuges hatte sie nicht gewusst, wie viel Zeit bereits vergangen war. Es war ihr so vorgekommen, als hätte sie schon mehrere Tage hier im Keller unter dem Pfarrhof zugebracht. Aber die schrille Zugpfeife ließ sie wieder ein klein wenig zur Besinnung kommen. Seit man sie hergeschleift hat, sind erst ein paar Stunden vergangen. Jetzt müsste es fünf oder sechs Uhr am Spätnachmittag sein.

Was würde mit ihr geschehen?

Elsa hat sich bemüht, nicht daran zu denken. Auch nicht daran, was aus Birgitta und Kristina werden würde. Hier unten aber ist sie ihren Gedanken hilflos ausgeliefert. Elsa kann ihnen keinen Riegel vorschieben, kann ihnen nichts entgegensetzen, so wie sie auch dieser unüberwindlichen Kellertür nichts entgegensetzen kann.

Trotzdem blitzt hier und da noch ein Funken Hoffnung in ihr auf.

Vielleicht bleibt sie hier ja nur bis zum Abend eingesperrt. Vielleicht wundert Margareta sich, weshalb keine Briefe mehr eintreffen. Vielleicht wird Staffan wieder zur Vernunft kommen. Vielleicht, vielleicht, vielleicht.

Der Hunger kam und ging. Nur der Durst ist geblieben – ein quälender, ungestillter Durst, der ihr eine trockene Kehle und stechende Kopfschmerzen beschert. Es ist erträglicher hier im Keller als draußen in der gleißenden Sonne, aber selbst hier unten ist die Augusthitze spürbar. Als sie die Lider schließt, flimmert es vor ihren Augen.

Das Knarren der Tür lässt sie zusammenzucken. Das Licht, das durch den Türrahmen hereinscheint, blendet Elsa. Sie hebt die Hände vors Gesicht, um sich davor zu schützen.

»Frau Kullman«, vernimmt Elsa eine junge Männerstimme. Sie ist dumpf und monoton. Elsa kann sie nicht zuordnen.

Elsa versucht durch ihre Finger zu lugen, aber das Gegenlicht macht es unmöglich zu erkennen, um wen es sich handelt.

»Frau Kullman«, wiederholt die Stimme. »Zwingen Sie mich nicht, Sie zu holen.«

Vielleicht kann sie die Stimme nicht zuordnen, aber sie versteht auf jeden Fall eine Drohung, wenn sie sie hört.

Elsa rappelt sich auf und schleppt sich mit schmerzenden Gliedern die Treppe hinauf. Ihre Beine wollen sie nicht richtig tragen. Ob der Hunger oder der Durst oder aber diese undurchdringliche Dunkelheit daran schuld sind – sie weiß es nicht.

Als Elsa das Ende der Treppe erreicht, überfällt sie der wilde Impuls, einfach loszurennen, aber der junge Mann – der sich jetzt als Frank Sundin herausstellt – packt sie hart am Oberarm. Er würdigt Elsa kaum eines Blickes, als er sich mit ihr in Bewegung setzt.

Sie fühlt sich ganz benommen, bemüht sich aber nach Kräften, mit ihm Schritt zu halten und nicht zu stürzen.

Auch wenn es ihr aussichtslos erscheint, muss sie doch zumindest versuchen, an sein Gewissen zu appellieren.

»Du musst das nicht tun, Frank«, bittet sie ihn. »Wenn du mich jetzt laufen lässt, kannst du behaupten, dass ich mich losgerissen hätte und in den Wald gelaufen bin. Du musst nicht …«

Er antwortet ihr nicht und sieht sie nicht an. Zerrt nur so hart an ihrem Arm, dass beinahe ihr Schultergelenk auskugelt, und Elsa verstummt mit einem Wimmern wie ein getretener Hund.

Elsa kann sich keinen Reim darauf machen, wohin sie gehen. Sie haben jetzt die Kirche passiert und schlagen den Weg in Richtung Dorfmitte ein. Aber was ist das Ziel? In den Straßen herrscht gespenstische Leere. Elsa sieht keinen einzigen Menschen. Hinter den Fenstern ist nirgendwo eine Bewegung zu erkennen, und die Türen sind geschlossen.

Als sie an ihrem Haus vorbeikommen, wendet Elsa den Blick ab.

Sie hört schon das Stimmengewirr, bevor sie die Volksmenge erblickt. Vor Hunger und Durst ist ihr ganz schwindelig, und in ihrem Kopf hämmert es. Erst als sie sich dem Marktplatz nähern, erst als die Landstraße endet und das Kopfsteinpflaster beginnt, wird ihr klar, weshalb die Häuser und Straßen von Silvertjärn gerade eben wie ausgestorben wirkten: Alle Einwohner haben sich auf dem Marktplatz versammelt. Als Elsa und Frank sich nähern, weicht die Menge zurück. Das Stimmengewirr verstummt. Elsa sucht in der Menge nach vertrauten Gesichtern, nach jemanden, an den sich ihr Blick klammern kann, aber sie sind inzwischen alle zu Fremden geworden – Menschen, die sie ihr ganzes Leben lang zu kennen glaubte. Junge Männer und Frauen, die sie als Kinder in ihren Armen gewiegt hat. Bergwerkskumpel, die sie getröstet und denen sie mit Rat und Tat zur Seite gestanden hat. Leute, die sie vor Kurzem noch freundlich auf der Straße gegrüßt hätten und sich danach erkundigt hätten, ob Margareta schon ihr Kind bekommen habe und ob sie irgendwann mit dem Baby zu Besuch kommen würde.

Alle betrachten Elsa jetzt schweigend. Alle lassen sie vorübergehen.

Nach ein paar Schritten senkt Elsa ihren Blick auf das Kopfsteinpflaster. Die Scham legt sich wie eine schwere Decke über sie. Es liegt an diesen starrenden Blicken. Ist es ihre eigene Scham? Oder die Scham, die sie stellvertretend für die anderen spürt? Sie weiß es nicht. Ob sie sich dafür schämt, dass sie sich wie ein geprügelter Hund durch die Straßen zerren lässt oder ob sie sich für sie alle zusammen schämt? Für das, was aus ihnen geworden ist?

Als Elsa das Geräusch hört, sieht sie auf. Kann nicht verhindern, dass ihr ein Ausruf entfährt. Er entreißt sich einfach ihrer Kehle.

»Birgitta!«

In der Mitte des Marktplatzes wurde das Pflaster aufgebrochen, die Erde darunter erinnert an eine klaffende Wunde. Ein dicker Pfahl aus Birkenholz wurde in den Erdboden gerammt.

Und an dem Pfahl hängt festgezurrt Birgitta.

Dicke Seile schneiden ihr in den Leib, der von der Geburt sicher noch sehr mitgenommen ist. Sie muss entsetzliche Schmerzen leiden. Ihre Arme sind hinter dem Pfahl zusammengebunden. Ihr Kopf fällt nach vorn, sodass Elsa ihr Gesicht nicht erkennen kann. Aber sie kann Birgittas bloße Füße und ihre geschwollenen Knöchel unter dem lose sitzenden Kittel sehen. Blut ist an ihren Schenkeln heruntergelaufen und an ihren Füßen getrocknet.

»Birgitta«, bringt Elsa heraus. Es ist kaum mehr als ein Flüstern.

Birgitta rührt sich nicht.

»Elsa«, begrüßt der Prediger sie da mit weicher Stimme.

Bis jetzt war er eins mit der Volksmenge, nun aber tritt er einen kleinen Schritt vor, in den leeren Kreis, der sich um Birgitta herum gebildet hat.

»Endlich«, sagt er.

Ein ruhiger, friedlicher Ausdruck liegt auf seinem Gesicht. Dieser Ausdruck jagt Elsa mehr Angst ein als alles andere.

»Was habt ihr mit ihr gemacht?«, fragt sie krächzend und blinzelt in die sengende Sonne.

»Jetzt ist es an der Zeit, Elsa«, sagt Pastor Mattias mit sanfter Stimme. »Es ist an der Zeit für den nächsten Schritt. Viel zu lange haben wir zugelassen, dass das Böse unter uns weilt. Uns korrumpiert. Aber damit ist jetzt Schluss.«

Elsa will ihm ins Gesicht sagen, dass er wahnsinnig ist. Dass er den Verstand verloren hat. Aber in seinem Blick leuchtet ein solch kaltes Licht, dass sie wortlos verstummt.

Birgitta muss im Winter schwanger geworden sein, wenn Kristina jetzt das Licht der Welt erblickt hat. Im Dezember – nur wenige Wochen nach seiner Ankunft in Silvertjärn.

Wann hat er damit begonnen, seinen Anhängern einzuflüstern, dass Birgitta böse sei? Dass sie von Dämonen besessen sei?

Und wer würde Birgitta schon glauben, selbst wenn sie sich irgendwie dazu äußern könnte, was in Wahrheit geschehen ist? Würden die Leute nicht vielmehr glauben, sie verbreite tückische Lügen, wie man es von einer Dienerin des Teufels erwartete? So wie er es immerzu von ihr behauptet.

Elsas Blick wandert stumm zwischen denen hin und her, die in ihrer unmittelbaren Nähe stehen. Ihren Nachbarn. Ihren einstigen Freunden.

Und wer von ihnen würde ihr noch glauben, wenn sie versuchte, ihnen zu sagen, wie es tatsächlich gewesen ist?

»Das Böse sind Sie«, klagt Elsa ihn mit zitternder Stimme an.

Er wird nicht wütend. Ereifert sich nicht. Er schüttelt nur bekümmert den Kopf.

»Hört ihr?«, sagt er zu der umstehenden Gemeinde. »Hört ihr, wie das Böse wie ein Gift um sich greift? Es ist ansteckend wie eine Krankheit, wird von einem auf den nächsten übertragen. Es verdirbt die Seele, bis sie nicht mehr zu retten ist.« Mit kaltem, berechnendem Blick mustert der Prediger Elsa. »Bist du noch zu retten, Elsa?«

Sie will ihm ins Gesicht spucken, bringt es aber nicht über sich. Ihre Furcht ist zu groß. Sie ist zu schwach. Ist zutiefst geschlagen.

»Wir werden sehen«, sagt er, und es kommt ihr vor, als richte er die Worte nur an sie, als flüstere er sie ihr leise ins Ohr.

Er lässt seinen Blick über die Menschenmenge schweifen.

»Es ist an der Zeit«, sagt er mit dröhnender Stimme, die über den gesamten Marktplatz schallt und selbst das letzte Gemurmel verstummen lässt. »Es ist an der Zeit, das Böse aus unserer Mitte zu vertreiben. An der Zeit, Gottes Licht zu empfangen. An der Zeit, eine Entscheidung zu treffen – die Entscheidung, das Licht zu wählen.« Er pausiert. »Seid ihr willens, den reinen Weg zu wählen?«

Ein leises Flüstern wird hörbar, zunächst zögernd und unsicher, doch dann schwillt es an zu einem rasenden Sturm, einem wahnsinnigen, an Hysterie grenzenden Jubelchor.

Er hebt die Arme. Dieser Anblick lässt die Menge wieder jäh verstummen. Sie gehorchen ihm, als hätte er sie in Trance versetzt.

»Kaj?«, sagt er, kaum lauter als in gewöhnlichem Gesprächston, aber in der Stille wird er gehört. Elsa bemerkt eine Bewegung in der Menge und sieht, wie sich das Menschenmeer teilt, um jemanden hindurchzulassen.

Kaj Andersson führt den Zug an. Er ist inzwischen hochgewachsen und kräftig, hat ein markantes Kinn und sandfarbene Locken. Elsa weiß noch, wie er ausgesehen hat, als er mit Margareta die Schule besucht hat – mager und schmächtig, und ständig hatte er aufgeschürfte Knie.

Sie sind zu viert. Allesamt hochgewachsene Jungen und Männer, mit breiten Schultern und schwellenden Armmuskeln. Alle vier tragen große, geflochtene Körbe mit Steinen heran – Steine, die vom Flusswasser glatt geschliffen wurden. Sie stellen die Körbe vor dem Prediger ab und richten sich auf. Der Prediger schenkt ihnen ein mildes Lächeln und nickt. Kaj erwidert das

Nicken und weicht mit den anderen wieder zurück in die Menschenmenge.

Hinter dem Prediger erblickt Elsa plötzlich Dagny. Sie rührt sich nicht, ihr Blick ist gläsern. Franks Bruder Gösta steht drohend hinter ihr. Er muss sie erst gar nicht festhalten. Sie erweckt nicht den Eindruck, als wäre sie in der Lage, einen Fluchtversuch zu unternehmen.

Unmittelbar vor Dagny steht Ingrid. Ihr roter Lippenstift sieht verschmiert aus. Das glaubt Elsa zumindest, bis ihr klar wird, dass sie Nasenbluten hat. Gösta hält ihre Schultern mit eisernem Griff umfasst, ihre Hände sind vor ihrem Körper zusammengebunden. Mit vor Entsetzen weit aufgerissenen Augen starrt Ingrid die Steinkörbe an.

»Wer unter euch hilft mir, unsere Gemeinde von dem Bösen zu reinigen?« Die Stimme des Predigers hallt wie ein Donnerschlag über dem Marktplatz wider. »Wer unter euch ist willens, wie die Hände Christi zu agieren? Tretet vor! Tretet vor und leistet euren Beitrag!«

Zuerst geschieht nichts. Doch dann kommt Bewegung in die Menge, Pastor Mattias' Anhänger scharen und drängen sich um die Körbe. Greifen nach den Steinen, zuerst noch zögernd, dann zunehmend eifriger und begieriger. Sie drängeln und schubsen, um zu den Körben vorzudringen.

»Wir müssen es wagen, zu bluten und Blut zu vergießen«, predigt der Pastor, während die Menge sich wie im Wahn an den Körben bedient. »Wir müssen das Licht wählen. Wir müssen Gott wählen. Wir müssen den Teufel unter uns vernichten, sonst werden wir niemals das Heil erfahren.«

Kein Stein liegt mehr in den Körben. Diejenigen seiner Anhänger, die in vorderster Reihe stehen, weichen ein paar Schritte zurück. Es ist eine bunt gemischte Schar: junge und alte Leute, Männer und Frauen. Elsa kennt sie alle. Ein Mädchen darunter ist nicht älter als zwölf. Greta Almqvist. In jeder Hand hält sie einen flachen, runden Stein.

Stille breitet sich aus, verschluckt sie. Einen schier endlosen Augenblick lang geschieht nichts. Alle scheinen innezuhalten und zu warten. Nur die rasselnden Atemzüge von neunhundert Menschen sind zu hören.

»Lasst uns singen«, fordert der Prediger die Menge leise auf.

Sie singen wie mit einer Stimme. Die Melodie ist ihnen allen nur zu bekannt.

»Sie werden in die Heilige Stadt ziehen,
sie werden sich im Himmel versammeln …«

Ein Ruck geht durch Birgitta, als der erste Stein sie am Schenkel trifft. Als der zweite am Bauch auf sie niedergeht, hebt sie den Kopf und stößt einen wimmernden Laut aus. Elsa kann sehen, dass ihre Lippe aufgeplatzt und ein Auge geschwollen und blau verfärbt ist.

Der Laut steigert sich zu einem Schrei, als die kleine Greta Almqvist sie mit einem Stein an der Stirn trifft. Blut strömt aus einer Platzwunde an der Augenbraue und über Birgittas Gesicht herab.

Im Zuge des immer lauter anschwellenden Gesangs werden auch Birgittas Schreie immer lauter, verschmelzen mit dem Chor. Unbewusst fällt Elsa in Birgittas Schreien mit ein.

»Hört auf! So hört doch auf, um Gottes willen, hört auf!«

Elsa versucht, sich loszureißen, aber Franks Griff ist steinhart. Sein melodiöser Gesang hallt in ihrem Kopf wider.

»Sie werden das Böse und die Mühsal
der alten Welt
des vergangenen Lebens
hinter sich lassen …«

Jetzt prasseln die Steine nur so auf Birgitta herab. Manche verfehlen gnädig ihr Ziel. Die meisten aber tun das nicht.

Birgittas Schreien hat sich zu einem ermatteten Stöhnen abgeschwächt, einem wortlosen Flehen, einem Röcheln.

Eine Flut von Tränen überschwemmt Elsas Gesicht. Sie kann es nicht – sie kann nicht länger hinsehen.

Sie schließt die Augen. Presst die Hände auf die Ohren.

»Verzeih mir, Birgitta. Verzeih.«

Heute

Auf einmal höre ich ein Geräusch in der Stille. Es kommt aus dem Kirchenschiff.

Ein an- und abschwellendes Summen und Rauschen, es muss von unseren Walkie-Talkies stammen.

Sie liegen in einem Haufen auf einer Kirchenbank. Ich nehme eines der hässlichen Dinger aus schwarzgelbem Kunststoff in die Hand. Es sieht aus wie eine riesige Wespe, jederzeit bereit zum Angriff.

Aber es ist ausgeschaltet. Das Lämpchen brennt nicht.

Als hätte ich mich verbrannt, lasse ich das Walkie-Talkie fallen. Höre es mit einem befriedigenden Knacken auf dem Boden zerspringen. Hysterisch wühle ich den Haufen durch. Keines der Lämpchen brennt. Keins der Geräte ist eingeschaltet.

Das Geräusch steigert sich in seiner Stärke, bis es nicht länger ein Rauschen ist. Frequenzstörungen sind es auch nicht. Es ist ein Gesang – ein Messgesang, der gleichsam leise aus dem Boden Silvertjärns aufzusteigen scheint.

»Sie werden in die Heilige Stadt ziehen,
sie werden sich im Himmel versammeln.
Durch die Pforte werden sie schreiten
eine fremde Welt betreten, ein neues Leben beginnen …«

»Wir werden hier sterben«, sagt Robert mit belegter Stimme. »Wir werden sterben.«

»Nein«, widerspreche ich.

Ich spüre einen bitteren Geschmack im Mund, während der Gesang wie ein Echo in meinen Ohren erschallt. Es ist so, als würde sich eine Schlinge um unseren Hals zusammenziehen, immer enger, als wollte sie uns – als wollte Silvertjärn uns – erdrosseln.

»Wir müssen quer durch den Wald fliehen. Wir können nicht länger auf die Polizei warten.«

Robert wirkt wie betäubt. Er steht unter Schock, wie mir plötzlich klar wird. Ich sicherlich auch, bin aber zugleich hellwach – wacher als jemals zuvor.

»Das geht nicht«, sagt er. Er scheint in sich zusammenzusacken, seine Schultern fallen nach vorn, die Hände hängen schlaff zu beiden Seiten herab.

»Doch. Wir hauen ab«, beharre ich. »Wir gehen in Richtung Autobahn. Jetzt sofort, ganz schnell. Ich habe keine Ahnung, wer hinter all dem hier steckt, aber ich habe nicht vor, hier zu bleiben und auf den Tod zu warten, verstanden?«

Er sieht mich an. Dann nickt er.

»Einverstanden.«

Als ich die Straßen entlanglaufe, an den Häusern vorbei, habe ich das Gefühl, als wäre jedes Haus eine Falle, jede offene Tür ein weit aufgerissener Schlund, als wollte das Dorf uns verschlingen. Der leise, in der Ferne zu hörende Gesang hallt in den Straßen und Gassen wider.

Irgendetwas geht hier vor sich, etwas von maßlosem Grauen. Aber ich will nicht länger hierbleiben und herausfinden, was das ist.

Die grüne Tür ist nur angelehnt. Ich stoße sie krachend auf und stolpere über die Türschwelle.

»Tone!«, rufe ich, während Robert mir folgt. Er starrt immer noch blicklos vor sich hin.

»Versuch, eine Flasche für Trinkwasser zu finden«, fordere ich ihn auf. »Durchsuch die Küche.«

Er nickt.

Zwei Stufen auf einmal nehmend, erklimme ich die Treppe.

»Tone?«, rufe ich wieder und öffne die Tür.

Die untergehende Sonne taucht den gesamten Raum in einen glutroten Schein. Ich registriere den zurückgeschlagenen Bettüberwurf, den Schreibtisch und den Fußboden vor mir – und Tones zu Tode erschrockenes Gesicht.

Die Messerklinge scheint aus Feuer gegossen zu sein.

Die weibliche Gestalt, die Tone das Messer an die Kehle hält, ist nicht viel größer als Tone selbst. Grauweiße verfilzte Haarsträhnen hängen ihr ins Gesicht. Mit der anderen Hand – knochig, blass und von schwellenden Adern durchzogen – hält sie Tones Haarschopf mit hartem Griff.

»Schließ die Tür!«, fordert die Gestalt mich mit heiserer Stimme auf.

In mich kommt wieder etwas Bewegung, und ich will schon laut schreien, aber das muss sie mir angesehen haben.

»Ein Laut, und ich schneide ihr die Kehle durch«, sagt sie ruhig, aber der scharfe Unterton in ihrer Stimme ist unmissverständlich.

Ich schließe die Tür. Mit einem leisen Klicken fällt sie hinter mir ins Schloss.

»Wie viele seid ihr?«, will die Gestalt wissen.

Ich muss schlucken. Meine Stimme will mir nicht gehorchen.

»Wir sind nur zu zweit«, bringe ich schließlich heraus.

»Nur du und der andere da unten im Erdgeschoss also?«

Die leise Hoffnung, dass sie nicht über Roberts Anwesenheit Bescheid weiß, erstirbt. Ich nicke. Einen Moment lang rührt sie sich nicht. Ich wage es kaum, sie anzusehen, so sehr fürchte ich, was sie mit Tone anstellen könnte. Stattdessen schaue ich in Tones Gesicht, versuche verzweifelt, ihren Blick aufzufangen, eine Spur von der wahren Tone darin zu entdecken.

Wenn doch nur jemand hier wäre, der mir jetzt sagen würde, was ich tun soll!

In dem Moment nähern sich Schritte auf der Treppe.

»Seid ihr so weit, Alice?«, ruft Robert.

Die Frau presst das Messer nur noch härter gegen Tones Hals.
Die Tür hinter mir wird aufgerissen.
»Eine Wasserflasche habe ich nicht gefunden, aber …«
Roberts Stimme verstummt.

Heute

Nur Tones flache, keuchende Atemzüge sind zu hören.

»Gut. Sehr gut«, sagt die Frau an mich gewandt in geradezu genüsslichem Ton.

Als sie aufsieht, teilt sich ihre Haarmähne wie ein Vorhang. Das Gesicht, mit dem sie uns über Tones Schulter hinweg anblickt, ist zu einer Grimasse verzerrt. Die wettergegerbte Haut liegt in tausend Falten über ihren stumpfen Zügen, die schmalen, rissigen Lippen entblößen ein vergilbtes Gebiss. Strahlend gelbbraune Augen glotzen uns aus tief liegenden Höhlen an.

Was da in ihrem Blick aufleuchtet, ist nicht schwer zu erkennen.

Es ist weder Furcht noch Nervosität – sondern Erregung. Ihre Hand zittert vor Erregung, sie scheint Triumph zu wittern. Sie wirkt wie im Rausch.

»Du! Fessle seine Hände!«, befiehlt sie mir in schrillem Ton und deutet mit einem Kopfnicken auf Robert.

Ich räuspere mich. Befürchte schon, dass meine Stimme nicht tragen wird.

»Womit denn?«, frage ich in so ruhigem Ton wie möglich, um sie nicht zu erschrecken oder zu verärgern.

»Auf dem Bett liegt ein Seil.« Sie scheint beinahe zu grinsen, als sie das sagt.

Tatsächlich. Das Seil auf dem Bett wirkt alt und brüchig.

Langsam nehme ich es in die Hand. Die Fasern fühlen sich ganz rau an.

»Gut. Und jetzt fessle seine Hände«, wiederholt sie energisch und fährt sich mit der Zunge über die Lippen.

Ich drehe mich zu Robert um. Sehe ihn an. Er erwidert meinen Blick. Paradoxerweise wirkt er jetzt gefasster als noch in der

Kirche. Als wäre er jetzt, inmitten des Sturms, zur Besinnung gekommen.

Mein Blick fällt wieder auf die Frau. Sie sieht mich nicht an – sie schaut zu Tone. Entblößt ihr fleckiges gelbes Gebiss zu einer Fratze.

»Du hast wohl geglaubt, dass es dir diesmal gelingen würde, hm?«, sagt sie. Robert und mich scheint sie gar nicht wahrzunehmen, sie spricht nur zu Tone. »Du hast wohl geglaubt, du hättest jetzt freie Bahn, um dein Gift zu versprühen. Hast geglaubt, dass niemand mehr dich aufhalten könnte. Aber da bin noch ich. Oh ja, da bin immer noch ich.« Ein halb erstickter Laut dringt aus ihrer Kehle, es ist wohl als ein Lachen zu verstehen.

»Ich habe dich schon von Weitem wiedererkannt. Ich wusste, dass du zurückgekehrt warst. Hat dir mein Gesang gefallen? Erinnerst du dich noch daran? Es war der Gesang, den du gehört hast, als du verreckt bist, du Hexe. Ich wollte dir diesen Moment ins Gedächtnis zurückrufen.«

Jetzt dreht sie den Kopf und ihr Blick heftet sich auf mich. Bei dieser Bewegung kommt ein klein wenig mehr von ihrem Gesicht zum Vorschein. Ihre ursprünglich sicher einmal fein geschnittene Nase scheint tief in ihre schlaffe Gesichtshaut eingesunken zu sein. Ich kann ihre kurzen, feinen Wimpern erkennen. Dann fällt mir das dunkle Muttermal unter ihrem Auge auf, das aussieht wie ein aufgemalter Schönheitsfleck.

»Es ist jetzt an der Zeit«, sagt sie. »Wir wollen diese Sache jetzt zu Ende bringen.«

Sie nagelt mich mit ihrem Blick fest. Plötzlich reißt sie Tones Kopf hart zurück, das Messer noch immer an ihrer Kehle.

»Du wirst sie mir wiederbringen, hast du verstanden? Ich weiß, dass du dahintersteckst!«, zischt sie Tone ins Ohr. »Hörst du sie singen? Sie warten auf mich. Sie sollen zu mir zurückkehren. Ich werde dich dorthin mitnehmen, und dann wirst du sie mir wiederbringen. Du Hure!« Das letzte Wort spuckt sie wutschäumend aus, doch dabei klingt sie fast wie ein Kind, provozierend, als wäre ihr der Ausdruck im Grunde fremd.

Ob dies der Auslöser ist, der mich eins und eins zusammenzählen lässt? In ihrer gealterten Erscheinung, ihrem intensiven Blick erkenne ich in ihr plötzlich familiäre Züge wieder, die mich vage an meine Großmutter erinnern.

Vielleicht liegt es auch nur an dem Muttermal. Vielleicht ist es in eben jenem Moment, als mein Blick darauf fällt, dass alles plötzlich einen Sinn ergibt und ich klar sehe.

Zaghaft spreche ich sie an. »Aina?«

Heute

Sie sieht mich unnachgiebig an. Flüchtig glaube ich, einen Ausdruck von Verwunderung über ihr Gesicht huschen zu sehen, aber er ist ebenso rasch wieder daraus verschwunden, wie er gekommen ist.

»Sie hat euch angesteckt«, murmelt sie vor sich hin, und wiederholt es noch einmal mit Nachdruck: »Angesteckt!«

Wovon wir angesteckt sein sollen, ist mir indes nicht klar. Ich ahne nur, dass es nichts Gutes sein kann.

Ich muss schlucken.

»Ich bin Margaretas Enkelin«, sage ich. »Margareta war meine Großmutter.«

Aina leckt sich wieder – beinahe wie besessen – die Lippen.

»Margareta?«, wiederholt sie.

»Deine große Schwester«, flüstere ich. Da scheint sie zu erstarren. Ob ich zu ihr durchgedrungen bin?

Doch dann entblößt sie ihr Gebiss, ihre dichten Augenbrauen ziehen sich zusammen, und die Falte dazwischen scheint ihr Gesicht zweizuteilen.

»Sie hat mich hier allein zurückgelassen«, sagt sie mit einem Jammern, das rasch in Zorn umschlägt. Ihre Stimme wird zu einem heiseren Flüstern. »Sie hat mich hier allein zurückgelassen! Hat mich im Stich gelassen. Ich habe ihr geschrieben, aber sie ist nie mehr wiedergekommen.«

»Aber ich bin hier«, sage ich. »Ich bin hergekommen. Um nach dir zu suchen.«

Da legt sich auf einmal eine Art von Traurigkeit über Ainas gealterte Gestalt, eine Hilflosigkeit, die nur schwer mit ihrer Erscheinung in Einklang zu bringen ist. Sie sieht mich wieder an. Aus ihrem abgezehrten Gesicht sehen mir meine eigenen hellbraunen Augen mit goldenen Einsprengseln entgegen.

»Ich bin hier«, sage ich noch einmal.

Ich halte den Atem an. Zwinge mich dazu, ihrem Blick nicht auszuweichen, sie weiterhin anzusehen.

Da verhärtet sich ihr Gesicht auf einmal zu einer hölzernen Maske.

»Angesteckt«, zischt sie wieder. »*Sie* hat euch alle angesteckt!«

Sie presst das Messer noch fester an Tones Hals. Ich sehe es wie in Zeitlupe in Tones Haut schneiden, sehe, wie ein roter Tropfen Blut ihren Hals hinunterrinnt. Ein ersticktes Wimmern dringt aus Tones Kehle.

»Das ist sie nicht!«, sage ich hastig. »Das ist nicht Birgitta. Birgitta ist tot. Sie ist schon seit sechzig Jahren tot. Das ist sie nicht, Aina. Sie heißt Tone, und sie ist krank …«

»Noch ein Wort, und ich töte sie und schicke sie zurück zu dem Dämon, dessen Dienerin sie ist«, fällt Aina mir ins Wort. Wieder strahlt sie eine unheimliche Ruhe und Gelassenheit aus.

Ich verstumme.

»Glaubst du, ich würde sie nicht wiedererkennen?«, sagt sie und gibt wieder diese heisere Parodie eines Lachens von sich. »Glaubst du, ich kann nicht sehen, wie befleckt sie ist? Ich weiß Bescheid. Ich habe gewartet. Oh, wie lange ich gewartet habe!«

Plötzlich zuckt Aina mit dem Kopf.

»Du wirst sie mir wiederbringen«, sagt sie in Tones Ohr. »Hast du mich verstanden, du Hexe? Ich werde dich jetzt zu ihnen führen, und du wirst sie mir wiederbringen. Es ist vorbei.«

Draußen ist die Sonne beinahe untergegangen, die Abenddämmerung senkt sich herab. Ein letzter roter Schein verglüht und weicht einem kühlen Violett. Die Nacht bricht herein.

»Wen denn?«, sage ich mit einem Flüstern. »Wen soll sie dir wiederbringen?«

Damals

Frank muss sie nicht länger hinter sich herziehen. Elsas Füße setzen sich wie von selbst in Bewegung. Sie geht zwischen Dagny und Ingrid, fünf Schritte hinter dem Prediger, den Blick zu Boden gerichtet. Sie führen den Zug der Gemeinde an. Für Außenstehende mag es so aussehen, als seien sie die ergebensten Diener des Pastors, als würde ihnen die Ehre zuteil, ihm unmittelbar zu folgen.

Doch in Wahrheit sind sie gebrochene, besiegte Gefangene.

Elsa hat sich immer für einen starken Menschen gehalten. Einen Menschen, der sich zur Wehr setzt und für das, was richtig ist, einsteht. Und in gewissem Maß traf das ja auch zu. Aber jetzt ist ihr Kampfesmut erloschen. Sie verspürt nur noch Leere in sich.

Elsa hat sämtliche Hoffnungen aufgegeben, fliehen zu können oder jemand von den Anhängern des Predigers umstimmen zu können. In Silvertjärn gibt es keine Gnade mehr. Ihr letzter Funken Hoffnung starb in dem Moment, als auch Birgittas Leben erlosch.

Wie sehr Elsa auch versucht, es von sich abzuschütteln, sie hört unablässig Birgittas Wimmern im Augenblick des Todes.

Wie lange er sie wohl noch am Leben lässt? Einige Tage? Oder vielleicht eine Woche? Ingrid und sie jedenfalls sind nur noch am Leben, weil der Prediger es genießt, sie so besiegt zu sehen, so viel hat sie begriffen. Früher oder später aber wird er es leid sein. Sie können nur hoffen, dass sie nicht dasselbe Schicksal wie Birgitta erleiden. Können nur auf einen schnellen Tod hoffen.

Es ist Nacht geworden, Finsternis liegt über dem Dorf. Elsa registriert kaum, dass die Straße sich zu einem Trampelpfad verengt und das Buschwerk von hohen Kiefern abgelöst wird. Mit schweren Schritten trottet sie dahin, über Baumwurzeln und Moos. Ihr folgt in schweigendem Marsch die gesamte Dorfbevölkerung. Eine ehrfurchtsvolle Stimmung liegt in der Luft.

Die Bäume schließen sich um sie. Tief im Wald erwartet sie ihre wahre Kirche.

Der Prediger sieht über die Schulter. Ihre Blicke treffen sich. Seine Augen glitzern silbrig. Nichts Menschliches liegt mehr darin.

Ja, Elsa ist sich eines gewiss.

Sie wird diesen Wald nie mehr lebendig verlassen.

Nach allem, was geschehen ist, ist dieses Wissen fast eine Erleichterung.

Heute

»Du gehst vor«, sagt sie zu mir und deutet mit einem Kopfnicken zur Tür.

Ich drehe mich um. Robert fängt meinen Blick auf, und ich zögere. Aber dann höre ich Ainas Stimme hinter mir.

»Wenn du versuchst, wegzulaufen, schneide ich ihr die Kehle durch!«, sagt sie mit einem Lächeln auf den Lippen und zugleich bedrohlich ruhig. Dann räuspert sie sich, hustet. Als sie fortfährt, klingt ihre Stimme klarer und tiefer. »Und danach seid ihr dran, einer nach dem anderen. Was wollt ihr auch sonst anfangen? Silvertjärn ist mein Zuhause. Hier könnt ihr euch nicht vor mir verstecken.«

Aber wir sind jung und kräftig, schießt es mir durch den Kopf, und sie ist alt. Wir sind schneller als sie. Wir können ihr davonlaufen, wenn wir einfach losrennen. Uns bleibt noch eine Chance.

Hinter mir höre ich Tones leises Wimmern. Der Ernst der Lage muss zu ihr durchgedrungen sein, ihrem verwirrten Zustand zum Trotz, denn bisher gehorcht sie Aina. Ich will mir gar nicht erst vorstellen, was passieren könnte, wenn sie Widerstand leistet und so wild um sich tritt, wie sie es bei Max und Robert getan hat.

Das Bild von Max' zertrümmertem Schädel und wie er dalag – mit ausgestrecktem Arm – drängt sich mir auf. Von Emmys leerem Blick, ihren toten Augen.

Ich öffne die Tür.

»Schlag die Straße zum Marktplatz ein«, fordert Aina mich auf. »Und dann geh in Richtung Wald.«

Ist das ein Albtraum? Oder passiert das hier gerade wirklich?

Der Waldrand wirkt wie eine undurchdringliche Mauer, wie die Grenze zu einer anderen Welt. Die Kiefern erheben sich drohend über unseren Köpfen. Wider besseres Wissen bleibe ich stehen. Urplötzlich stockt mein Herz, ich bin wie gelähmt.

Ich kann da nicht hingehen. Kann diesen stockfinsteren Wald nicht betreten. *Nur über meine Leiche*, schießt es mir durch den Kopf.

Mein Magen krampft sich vor Angst zusammen.

»Geh weiter!«, herrscht Aina mich an.

Sie muss ihren Worten gar nicht erst Taten folgen lassen, denn Robert appelliert leise an mich: »Geh, Alice!«

Ich setze mich wieder in Bewegung. Auch wenn ich vielleicht mein eigenes Leben wegwerfen kann – dazu war ich schließlich früher schon einmal bereit –, ich habe nicht das Recht, Tones und Roberts Leben aufs Spiel zu setzen.

Ringsum erwacht der Wald zum Leben. Um uns herum erhebt sich ein Wispern und Rauschen. Alles wird lebendig. Unzählige Augenpaare scheinen unsere letzten Schritte zu verfolgen.

Jeder Atemzug schmerzt mich. Ich stolpere in der Dunkelheit über eine Baumwurzel und verliere das Gleichgewicht, spüre Robert noch mit gefesselten Händen nach mir greifen, um meinen Sturz abzufangen, aber es ist zu spät. Ich falle mit dem Kopf voran ins Unterholz und schlage mit dem Knie hart gegen einen Stein. Der Ruck des Aufpralls setzt sich fort bis in meine Hüfte. Für ein paar Sekunden bleibe ich liegen, mit dem Gesicht im Moos, mit schmerzendem Bein und voller Hass im Herzen.

»Na los, steh auf!«, befiehlt Aina mir.

Als ich ihr nicht sofort gehorche, verspottet sie mich mit sanfter Stimme. »Aber vielleicht willst du ja gar nicht aufstehen? Bist du vielleicht schon müde?«

Ich muss nicht erst hinsehen, um zu wissen, was Aina jetzt tut, von dem Laut her zu schließen, der aus Tones Kehle dringt. Den stechenden Schmerz ignorierend, rappele ich mich auf.

Inzwischen haben sich meine Augen ein klein wenig an die Dunkelheit gewöhnt, und ich kann Aina vage erkennen. Sie verzieht die Lippen zu einem breiten, kalten Grinsen.

»Weiter. Es geht immer geradeaus«, sagt sie. Das Lächeln wird noch breiter, ihr Gesicht ist nur noch eine groteske Grimasse. »Wir nähern uns allmählich dem Ziel.«

Welchem Ziel? Eine leise Vorahnung steigt in mir auf. Ich kenne die Richtung. Wir sind unterwegs zu dem Teil des Waldes, vor dem die Gutachter gewarnt hatten, weil die Bodenbeschaffenheit dort zu instabil war. Wegen des langjährigen Erzabbaus.

Die Untersuchungen der Ermittler haben sich nicht einmal mehr darauf erstreckt, weil der Haupteingang zur Stollenanlage versiegelt gewesen war. Aber die Tunnel führen tief in die Erde hinunter. Mir kommen wieder die hingekritzelten Zeilen aus Pastor Mattias' Predigt in den Sinn.

Der wahre Weg führt durch die Finsternis. Nur wer das Tal der Todesschatten überwindet, wird wieder rein und neu geboren. Nur wer in die Finsternis hinabsteigt, findet das Licht.

Die Finsternis.

Ich kann es bereits vage durch die Bäume hindurch erblicken – ein dunkles Loch, es sieht aus wie ein finsteres Grab, noch schwärzer als die uns umgebenden Schatten.

Aina muss mir nicht erst befehlen, darauf zuzugehen. Eine fast magische Kraft zieht mich dorthin. Am Rand des Loches bleibe ich stehen und sehe hinein. Es ist zu düster, um festzustellen, wie tief es sich erstreckt, aber ich ahne, wohin dieser Tunnel führt.

»Was zum ...«, höre ich Robert hinter mir murmeln.

»Das ist ein Eingang. Er führt in den Bergwerksstollen«, sage ich, noch bevor Aina den Mund aufmachen kann.

»Der Eingang zu unserer Kirche«, flüstert Aina. Ihre Stimme wird eins mit dem Rauschen und Wispern der Baumkronen.

»Los, spring!«, fordert sie mich dann mit harter Stimme auf.

»Was?!« Entsetzt will ich mich nach ihr umdrehen, aber da spüre ich etwas, das mich mitten in der Bewegung erstarren lässt. Eine Messerspitze in meinem Nacken.

»Spring!«, wiederholt sie, und der Druck in meinem Nacken nimmt zu, wird zu einem stechenden Schmerz. »Spring schon, sonst stoße ich dich hinein. Wir werden jetzt zu ihnen gehen.«

Zu dem Chor in der Unterwelt. Wir werden hinabsteigen in die Finsternis der Tunnel.

»Spring!«, sagt sie noch einmal, jetzt mit gellender Stimme, und im nächsten Moment spüre ich einen Fuß im Rücken, einen schnellen Tritt, und es bleibt mir keine Zeit mehr, um noch zu reagieren.

Ich stürze hinab ins dunkle Nichts.

Damals

Elsa umklammert mit schweißnassen Händen die Sprossen der Leiter, als sie in die Dunkelheit hinabklettert. Die Holzleiter scheint in aller Eile zusammengezimmert worden zu sein.

Unten ist es stockfinster. Nur die Fackel des Predigers spendet etwas Licht und lässt vage die Tunnelwände erkennen.

Früher muss dieser Gang einmal ein Zugangstunnel gewesen sein. Er ist lang und abschüssig, die Wände sind rau und feucht. Hier unten ist es deutlich kälter als oben an der Erdoberfläche.

Der Prediger geht hinunter in die Finsternis. Elsa beeilt sich, folgt ihm so schnell, wie sie kann, durch den Felstunnel. Will um keinen Preis das Licht aus den Augen verlieren. Will um keinen Preis in der Finsternis mit der schweigenden Horde hinter sich zurückgelassen werden.

Denn Elsa hat ihr wahres Gesicht gesehen. Sie hat gesehen, wie sie geiferten und wie ihre Augen beim Anblick von Blut aufgeglommen waren. Hat in ihren keuchenden Atemzügen den irren Jubel beim Geräusch zertrümmerter Knochen gehört.

Das tanzende Licht vor ihnen bewegt sich immer tiefer in die Unterwelt hinein. Er, Pastor Mattias, ist das Licht in der Finsternis, dem sie folgen. Diese große Symbolkraft ist dem Prediger sicherlich bewusst.

Obwohl Staffan vierundzwanzig Jahre lang im Bergwerk gearbeitet hat, ist sie erst zwei Mal in ihrem ganzen Leben hier gewesen, und noch nie so tief unten wie jetzt. Die Luft ist hier stickiger und schwerer, die Wände scheinen sie zu erdrücken. Ja, sie spürt das Gewicht des Felsens auf sich – Tausende Tonnen von Erz und Gestein, die lediglich von statischen Berechnungen, zerbrechlichen Gerüsten und ein wenig gutem Willen gehalten werden.

Woher sie wohl gewusst haben, wo sie graben mussten, um zu den Zugangstunneln vorzustoßen? Aber vielleicht war das gar nicht so verwunderlich, wenn man bedachte, wie viele Einwohner in der Mine gearbeitet haben. Sie wussten, wie die Schächte verliefen.

Jetzt weitet sich der Tunnel vor ihnen zu einer Grotte.

Der Fackelschein ist nicht stark genug, um ihren letzten Winkel zu erhellen, aber doch immerhin so stark, dass ihre Form und ihr Ausmaß sichtbar werden – sie ist überaus langgestreckt und drei bis vier Meter hoch. Elsa zweifelt nicht daran, dass hier unten ausreichend Platz für die gesamte Dorfbevölkerung ist. Ob es sich um eine natürliche Luftkammer handelt oder einen der ältesten Schächte aus der Zeit der Erschließung der Mine, ist schwer zu sagen.

In der Mitte der Grotte liegt ein flacher See, kaum mehr als eine Pfütze. Ihm nähern sie sich jetzt – Ingrid, Dagny, Elsa und Pastor Mattias, mit der gesamten Gemeinde im Gefolge. Am Rand des Sees bleibt der Pastor stehen und hebt die Fackel in die Höhe. Zuerst verharrt er schweigend, lässt nur das Licht für sich sprechen.

Frank umfasst wieder mit hartem Griff Elsas Schultern, aber der Schmerz erreicht sie nicht mehr. Bestimmt glaubt er, dass Elsa sich auf den Pastor werfen oder ihn irgendwie angreifen könnte. Da muss er sich keine Sorgen machen.

»Und was wird aus Ihnen? Wo wollen Sie hingehen, wenn das hier vorbei ist?«, fragt Elsa Pastor Mattias, und ihre Stimme klingt dabei fast so wie immer.

Er sieht sie nur an und lächelt milde.

»Hingehen? Warum sollte ich irgendwohin gehen?«, sagt er.

Hinter sich kann Elsa die Schritte und den Atem seiner Anhänger hören, die jetzt vermehrt in die Grotte strömen, sich an den Wänden drängen. Sie beobachten sie aus der Distanz. Sie harren dem, was kommen wird.

Seine Stimme ist kaum mehr als ein Hauch, als er ihre Frage beantwortet. Und doch vernimmt Elsa jedes einzelne Wort klar und deutlich.

»Ich habe mir ein Paradies auf Erden erschaffen. Ein jeder dieser Menschen hier sieht mich als seinen Propheten. Als seinen Anführer. Seinen Herrscher. Sie alle dürsten nach meinem Wort. Ich habe Silvertjärn nach meinem Abbild erschaffen. Ich werde nirgendwohin gehen. Silvertjärn und ich sehen vielen Jahren der Herrlichkeit entgegen.«

Der Fackelschein tanzt in seinen grauen Augen.

»Denn hier unten bin ich Gott.«

Heute

Im Dunkeln bin ich blind.

Wann immer ich mich auf mein Knie stütze, jagt ein stechender Schmerz mein Bein hinauf. Auch mein Rücken ist ein einziger brennender Schmerz. Vielleicht liegt es an dem spärlichen Licht oder an dem Stoß gegen den Kopf bei meinem Sturz, dass es mir schwerfällt, das Gleichgewicht zu wahren, jedenfalls muss ich mich ständig mit meinen aufgeschürften Handflächen an den Wänden abstützen.

Hinter mir höre ich Robert vorwärtsstolpern.

Als ich auf einmal nasse Füße bekomme, kann ich mir zunächst keinen Reim darauf machen und gehe weiter. Erst das plätschernde Geräusch lässt mich innehalten.

»Was …«, setze ich an, werde aber von Ainas heiserer, erregter Stimme hinter mir unterbrochen.

»Hier ist es«, sagt sie.

Ich höre, wie sie näher kommt, wie Robert ein Stöhnen von sich gibt, als sie ihn – Tone in festem Griff haltend – zur Seite schubst.

Das Licht blendet mich. Ich blinzele kräftig, um wieder klar sehen zu können.

Der Tunnel ist klein und eng. Es ist ein Zugangstunnel – hinter uns verläuft er gerade, aber dort vorne scheint er stark abzufallen. Die eigentliche Mine dürfte weitaus tiefer liegen. Sie ist vermutlich bis zu der Abzweigung vor uns mit Wasser gefüllt und bildet ein sogenanntes Schluckloch – ein Schacht, aus dem ein unterirdischer See wurde. Wie tief der See selbst ist oder in welche Tiefe der Schacht hinunterführt, ist unmöglich zu erkennen.

Aina hält eine schlichte, altertümliche Petroleumlampe in der Hand. Der Behälter mit Brennstoff scheint nahezu leer zu sein.

Für diesen schmalen Tunnel aber ist das Licht mehr als ausreichend. Im Lichtschein sieht die dunkle Wasserfläche glatt und schwarz wie Schmieröl aus.

Ich weiche von der Wasserkante zurück und stoße mit dem Rücken gegen Robert.

»Verzeihung«, flüstere ich.

Ich wünschte, dass ich ihn für viel mehr als nur das um Verzeihung bitten könnte, aber meine Stimme ist schwach und trägt nicht, und ich kann mir ohnehin nicht vorstellen, dass er mir jemals wird verzeihen können.

Der Gesang scheint aus den Wänden selbst zu sickern. Aina stimmt summend mit ein und singt mit erstaunlich süßer Stimme:

»Vergib mir alle Sünden, lass mich durch dein Blut rein werden, gib meiner Seele neue Stärke …«

Der Gesang klingt trotz ihrer dünnen Stimme andächtig und wird von den unzähligen Winkeln und Spalten des Tunnels vervielfacht und wie ein atemloses Flüstern zurückgeworfen. Sie ist Teil eines vielstimmigen Chors.

»Jetzt ist es vorbei«, sagt sie und klingt beinahe so, als sei sie den Tränen nahe. »Es ist vorbei. Die Zeit der Wiederauferstehung ist gekommen.«

Ich starre auf die sich kräuselnde Wasseroberfläche, auf die schwachen Ringe, die auf uns zutreiben.

Ich weiß nicht, was Aina mit uns vorhat, aber in meinem tiefsten Innern weiß ich, dass sie nicht daran denkt, uns gehen zu lassen. Welche Absicht ihr krankes Gehirn auch immer hegen mag, sie wird uns nicht mit dem Leben davonkommen lassen.

Aina starrt mich an.

»Er hat es versprochen«, sagt sie, zugleich aggressiv und hoffnungsvoll. »Der Pastor hat versprochen, zurückzukehren, wenn ich nur auf ihn warten würde. Er hat gesagt, dass es nicht so furchtbar lange dauern würde. Ich wollte nicht da oben ausharren, aber er hat es mir befohlen – er hat es mir befohlen.« Brummelnd schüttelt sie den Kopf. »Ich habe gewartet, so wie er es gesagt hat. Aber das hat nicht genügt«, spricht sie verzweifelt vor sich hin.

Sie stellt die Petroleumlampe auf den Boden. Der Tunnel wird von unten erhellt. Messerscharf hebt sich ihre Silhouette vor der Wand ab.

Ich muss sie dazu bringen, weiterzusprechen. So lange sie weiterspricht, wird sie nicht das Messer gebrauchen.

»Du möchtest, dass die anderen zu dir zurückkehren«, wiederhole ich vorsichtig, versuche, ihre gebrummelten Äußerungen zu verstehen. Mein Gehirn arbeitet auf Hochtouren. Sucht fieberhaft nach einem Ausweg, aber nach dem Stoß gegen den Kopf fällt mir das Denken schwer. Alles ist irgendwie vernebelt.

»Ja!«, keucht sie. Ihr Gesicht scheint sich im Lampenschein aufzulösen. »Sie sind unter die Erde gegangen, um das Opfer zu vollbringen. Wir sollten in Gottes Gnade leben dürfen. Er sagte, dass ich es nicht mit ansehen müsste. Er sagte … er sagte …« Sie verstummt, ihr Gesicht verzieht sich zu einer Grimasse.

»Und deshalb sind sie auch nicht zurückgekehrt«, flüstert sie, und auf einmal sieht sie sehr verletzlich und ängstlich aus. »Wir sollten es alle miterleben und Zeugen des Opfers werden, und ich bin nicht mit ihnen gegangen. Es sollte ein Neues Testament sein. Wir waren das Neue Volk. Jedes Testament muss mit Blut besiegelt werden. Wie das Blut Christi am Kreuz. Wir sollten die Sünde mit dem Blut austreiben, verstehst du? Aber ich habe gefehlt, wir waren also nicht vollzählig.« Ihre Unterlippe zittert.

Ich zermartere mir das Gehirn, um die passenden Worte zu finden. »Es war nicht deine Schuld, Aina«, sage ich.

Es klingt platt und hohl. Aber in ihren Augen blitzt etwas auf.

Sie schüttelt den Kopf. »Nein. Es war nicht meine Schuld. Es war *ihre* Schuld – die Schuld der Hexe.« Ihr Griff um das Messer wird fester. »Ich habe versucht, die Schuld zu tilgen«, sagt sie nickend. »Ich habe versucht, die Teufelsbrut loszuwerden. Habe dafür gesorgt, dass sie sie mitnahmen, ihr Balg aus dem Dorf wegbrachten. Aber das hat nicht gereicht, weißt du«, flüstert sie mir beinahe verschwörerisch zu, als wäre ich ihre Freundin und Vertraute. Sie legt eine Hand in Tones Nacken und nickt still vor sich hin. »Die Hexe hat das Gestein auf unsere Kirche niederregnen lassen. Aber sie konnte uns damit nicht zum Verstummen bringen. Nein, das konnte sie nicht.« Mit unbeholfenen Fingern streichelt sie Tones Haut. »Ich weiß, was ich tun muss. Ich muss die Sünde mit Blut austreiben.«

Ich halte den Atem an.

Jetzt schiebt sich ihre Hand beinahe zärtlich in Tones Haar. »Die anderen beiden habe ich bereits als Opfer dargeboten«, fährt sie fort. »Die Frau mit den roten Haaren und den blonden Mann. Sie haben nicht die Bedeutung nachvollziehen können, die dem Ritus innewohnt – sich Gott als Opfer darzubieten –, aber ich habe ihnen gezeigt, wie man das macht. Sie haben sich dagegen gewehrt, aber ich war geduldig, habe sie nicht für ihre Unwissenheit verurteilt. Ich habe den Ritus vollendet, damit auch ihre Opfer zählten. Eigentlich hätte ich das mit ihnen hier, unter der Erde, tun müssen, aber Gott sieht uns alle. Er hat meine Opfer gesehen.« Der Schein der Petroleumlampe flackert an den Wänden, von denen unablässig Wasser heruntertropft. »Sie hatte schöne Augen, weißt du«, sagt sie zu mir. »Die rothaarige Frau. Deshalb habe ich sie auch nicht geschlossen. Sie erinnerten mich an die Augen von Pastor Mattias.«

Sie starrt mich einige Sekunden lang an. Dann passiert auf einmal alles ganz schnell. Ihre Hand, die gerade noch zärtlich Tones Nacken gestreichelt hat, verwandelt sich in eine Klaue, mit der sie an Tones Haaren zerrt. Mit einer Bewegung zwingt sie sie vor dem See auf die Knie.

»Nein!«, schreie ich gellend, doch der Ausruf geht in dem wortlosen Gebrüll der Wände und in Ainas monoton predigender Stimme unter. Sie setzt das Messer an Tones Kehle an und zieht ihren Kopf nach hinten.

»Im Namen des Vaters, des Sohnes und des Heiligen Geistes …«

Ich werde gegen die Wand geschleudert, als etwas an mir vorbeistürmt – Robert wirft sich, die gefesselten Hände ausgestreckt, auf Aina. Sie verliert das Gleichgewicht und fällt kopfüber ins Wasser.

»Robert!«, rufe ich, aber mein Kopf ist wie leer gefegt, ich kann keinen klaren Gedanken fassen, bevor Aina – spuckend und fauchend – wieder an die Wasseroberfläche kommt. Das Wasser reicht ihr bis zu den Schenkeln.

Robert hat Mühe, sich auf dem glatten Felsgestein aufzurappeln, rutscht aus und schlägt hart zu Boden. Aina löst ihren Griff um Tones Haare und schleudert sie gegen die andere Wand. Mit zwei langen Schritten ist sie bei Robert und bleckt wie ein wildes Tier die Zähne.

»Ihr habt ihn mir weggenommen!«, klagt sie. »Ihr habt ihn mir weggenommen.« Dann rammt Aina Robert ihr Knie in den Rücken, stößt ihn unter Wasser und hält ihn in dieser Position fest nach unten gedrückt. Sie packt mit beiden Händen seinen Kopf und schlägt ihn unter Wasser wieder und wieder gegen den Boden. Ich kann sehen, wie sich die Muskeln unter ihrer welken Haut vor Anstrengung anspannen und die Sehnen an ihrem Hals hervortreten. Ich hechte ins Wasser und zerre an ihren Armen, um sie von Robert loszureißen. Aber obwohl sie so schmächtig ist, scheint sie im Besitz übernatürlicher Kräfte zu sein. Sie zerkratzt mein Gesicht, bis es blutet, und als ich mir geschockt an die Wange fasse, schüttelt sie mich von sich ab.

Roberts Aufbäumen wird schwächer. Im Schein der Lampe sehe ich, wie sich unter Wasser ein großer See aus Blut um seinen Kopf bildet.

Ich rappele mich hastig auf, und auf einmal … kommt alles zum Stillstand.

Aina steht da wie erstarrt. Ihre Armmuskeln spannen sich kurz an und dann – erschlaffen sie.

Blut tropft von der Messerspitze, dort, wo sie Ainas Hals durchdrungen hat, ein Rinnsal von Blut läuft ihre Kehle hinab.

Tastend führt sie eine Hand zum Hals und streift mit den Fingerkuppen das Messer.

Ihr Mund öffnet sich, aber kein Laut dringt über ihre Lippen.

Langsam, ganz langsam kippt sie von Robert herunter und sinkt unter die Wasseroberfläche. Ich kann sehen, wie ihre Gestalt leicht und graziös bis zum Grund sinkt und sie von dort aus an den Rand des Minenschachts driftet.

Tone steht noch an derselben Stelle wie zuvor, die Beine breit gespreizt. Sie verfolgt, welchen Weg Ainas Leichnam nimmt. Tone atmet schwer, ihr Gesicht ist schweißnass. Der inzwischen leicht verkrustete Schnitt an ihrer Kehle sitzt an beinahe exakt derselben Stelle, an der bei Aina das Messer ausgetreten war.

Tones ausgestreckte Hände sind noch gekrümmt, so als würde sie immer noch den Griff des Messers umklammern.

Ich werde aus meiner Benommenheit gerissen und hechte Robert nach. Bekomme seinen Arm zu fassen und ziehe Robert über Wasser, ziehe seinen schweren Körper auf trockenen Boden. Dann drehe ich ihn auf den Rücken. Wo seine Nase saß, ist jetzt nur noch ein matschiger Klumpen, aus dem pulsierend das Blut hervorquillt. Roberts Lippen sind leicht geöffnet, seine Augen geschlossen.

»Nein! Nein!«, flüstere ich und merke kaum, dass ich zu weinen beginne. »Nein, bitte nicht!«

Ich beuge mich zu ihm herunter. Meine Tränen tropfen auf sein Gesicht, vermischen sich mit seinem Blut, und gerade als ich mit meiner Hand die Überreste seiner Nase bedecken will, gibt er einen kleinen Laut von sich.

Seine Wimpern beginnen zu flattern.

Sein Körper bäumt sich auf und er hustet, ein gurgelndes Geräusch steigt aus seiner Kehle auf, mit dem er einen Schwall Wasser ausspuckt. Ich weiche ein klein wenig zurück, schluchze erleichtert auf, lache, zittere, als Robert sich auf die Seite rollt und sich übergibt. Er macht eine Bewegung, als wollte er sich den Mund abwischen, aber seine Hände sind immer noch gefesselt. Schnell beuge ich mich über ihn und löse mit bebenden Händen das Seil.

Dann lasse ich meinen Blick über den See schweifen. Tone lässt die dunkle Gestalt nicht aus den Augen, die mittlerweile einige Meter weit entfernt ist und einen Schleier aus Blut hinter sich herzieht. Näher und näher gleitet sie zu der Stelle, an der der Schacht in die Unterwelt abfällt.

Auf einmal ist sie fort.

Aina ist ins Schluckloch gefallen.

Kein Ton ist zu hören. Tone ballt einmal, zweimal die Hände zu Fäusten. Dann stößt sie einen kleinen Seufzer aus. Ihre Schultern entspannen sich.

In der Ferne meine ich ein Geräusch zu hören.

Es klingt wie leises Säuglingsgeschrei.

In diesem Moment sackt Tone plötzlich in sich zusammen, als wäre sie eine Marionette, deren Fäden gekappt wurden.

Sie sieht mir in die Augen. Ein kleines, bebendes Lächeln erscheint auf ihrem Gesicht.

»Ist sie jetzt zu Hause?«, fragt sie leise.

Dann verdreht sie die Augen und verliert das Bewusstsein.

Damals

Der Prediger hebt die Fackel hoch über seinen Kopf.

»Wir haben heute einen großen Schritt getan«, sagt er mit sonorer Stimme. »Wir haben einen Schritt hin zur Aufklärung getan. Zum Himmelreich.«

Elsa kann die Gemeinde nicht sehen, aber sie spürt ihre Anwesenheit. Spürt ihre Blicke wie Pfeilspitzen in ihrem Rücken, erahnt den Geruch von Erregung und Angst, den sie verströmen.

Hinter dem Prediger schimmert das stille Gewässer. Es riecht nach Lehm.

»Gott sieht unsere Opfer und unsere Mühen. Aber er sieht nicht nur diejenigen, die nach seiner Wahrheit leben. Er sieht auch jene, die ihr Gesicht von ihm abgewandt haben. Er sieht jene, die den wahren Weg verlassen haben. Er sieht jene, die sich von den Lügen des Teufels haben verführen lassen.«

Der Prediger senkt seine Fackel, bis sie sich auf Höhe von Elsas Gesicht befindet.

»Er sieht sie und heißt sie erneut willkommen.«

»Kein Kind Gottes ist ihm fremd«, fährt er fort. »Wie der verlorene Sohn kann ein jeder wieder in Gottes Schoß zurückkehren und erneut ein Zuhause bei ihm finden. Gott ist Liebe.«

Elsa hört Dagny leise neben sich weinen. Sie tastet nach ihrer Hand, ergreift sie und drückt sie fest, aber Dagny erwidert den Griff nicht. Ihre Hand ist schlaff und kraftlos.

»Wollt ihr in Gottes Schoß zurückkehren?«, fragt er Dagny, Ingrid und Elsa, starrt aber nur Elsa an. Kleine Flammen tanzen als Widerschein der Fackel in seinen Augen.

»Ja«, schnieft Dagny. »Ja. Ja.«

Ingrid sagt nichts. Ungerührt starrt sie vor sich hin, den Blick auf das Wasser gerichtet. Womöglich ist sie sich wie Elsa bewusst, was sie erwartet. Ihre Miene ist gefasst und entschieden.

»Gott empfängt auch euch«, tönt der Pfarrer, als hielte er eine Predigt. »Ihr könnt zurückkehren. Ihr könnt von euren Sünden gereinigt werden. Ihr könnt in neuer Gestalt wiederauferstehen, befreit von Kummer und Sorgen.«

Dagnys leises Weinen wird von lauten Schluchzern abgelöst. Elsa lässt Dagnys Hand los. Sie erträgt es nicht zu fühlen, wie ihr Körper von Schluchzern geschüttelt wird.

»Lasst uns ihnen helfen«, sagt der Prediger und hebt die Fackel jetzt erneut in die Höhe, und die Schatten verwandeln seine charmanten Gesichtszüge zu dem grausamen Antlitz eines Racheengels. »Lasst sie uns an unseren Herrn zurückgeben. Lasst sie uns reinigen und dadurch selbst Reinigung erfahren.«

»Amen«, hört Elsa tausend flüsternde Stimmen, die sich an den Wänden der Grotte entlang fortpflanzen. »Amen.«

Der Prediger nickt den beiden jungen Männern hinter ihnen zu. Schwere Hände senken sich auf Elsas Schultern und zwingen sie unsanft auf die Knie.

Das Messer, das der Prediger jetzt aus dem Gürtel zieht, stellt nichts Besonderes dar. Es ist ein Allzweckmesser, wie es jeder Mann im Dorf bei sich trägt. Der Griff ist schwarz, die Klinge glänzt im Fackelschein.

Der Prediger reicht seine Fackel an einen seiner knapp tausend Jünger weiter, die hinter ihnen stehen, dann beugt er sich leicht vor und legt seine Hand auf Elsas Kopf. Sie ist warm und trocken.

»Mach dir keine Sorgen. Sie ist nicht hier«, flüstert er, Worte, die nur für Elsas Ohren bestimmt sind. »Sie ist mit dem Kind oben. Sie wird es nicht mit ansehen.«

Aina.

Ein absurdes Gefühl der Dankbarkeit wallt in Elsa auf und mischt sich auf bizarre Weise mit ihrem abgrundtiefen Hass.

Sie sieht ihn an.

Der Prediger küsst sie auf die Stirn.

Dagnys Schluchzer haben sich zu einem Schreien gesteigert. Sie bettelt und fleht neben Elsa:

»Nein, bitte nicht. Bitte, lass mich gehen, ich wollte das nicht, ich gelobe hoch und heilig, dass ich das nie … dass ich das nie tun …«

Ihre Stimme senkt sich wieder zu einem Jaulen, zu einem Wimmern, und Elsa erfährt nicht, was es ist, dass sie niemals tun wird.

Der Prediger richtet sich ein klein wenig auf.

»Ich übergebe diese Seele an dich, oh du mein Gott. Mögest du sie in deiner Gnade empfangen und sie von der Sünde und dem Schmutz der Welt reinigen«, predigt er. Seine Hand wird schwerer. Er vergräbt die Finger in Elsas Haaren und zieht ihren Kopf nach hinten, bis ihre Kehle entblößt ist.

Dann hebt er das Messer. Im Schein der Fackel wird es zu einem Schwert aus Silber. Elsa sieht nur noch ein Flimmern vor den Augen.

»Im Namen des Vaters, des Sohnes und des Heiligen Geistes …«, setzt er an, doch dann geht seine Stimme urplötzlich in einem anderen Geräusch unter.

Über ihren Köpfen ist ein Grollen zu hören. Wie krachender Donner hallt es im Felsgestein über ihnen wider. Instabile Bodenstrukturen, die immer und immer wieder ausgehöhlt wurden, schwache, morsche Balken geben jetzt nach und Tausende Tonnen von brüchigem Felsgestein knarren vor Anstrengung unter ihrem eigenen Gewicht.

Einige Mitglieder der Gemeinde schreien erschrocken auf. Elsa vernimmt Fußgetrappel. Die meisten aber können sich nicht rühren, sie sind zu viele auf dieser kleinen Fläche. Es gibt keinen Ausweg.

Der Prediger sieht nach oben zur Decke. Er öffnet den Mund.

»Nein!«, sagt er kurz. Es klingt wie ein Befehl, nicht wie eine Bitte.

Elsa schließt die Augen.

Als jetzt die Welt um sie herum zusammenbricht, steigern sich die kurzen Aufschreie zu panischem Kreischen, doch auch das geht im Gebrüll des Felsgesteins unter, als es über ihnen allen einstürzt und sie vernichtet.

Wie lustig, schießt es Elsa noch durch den Kopf, bevor sich alles um sie herum auflöst und zu einem Nichts wird – dieses dumpfe Brüllen des Felsens klingt haargenau wie das Gebrüll von Birgitta …

Heute

Robert trägt Tone, während wir zum Dorf zurückhinken. Das letzte Petroleum ist aufgebraucht, und der Lampendocht verblasst zu einem fahlen Glühen, bis das Licht ganz und gar erlischt. Inzwischen ist es tiefe Nacht geworden, aber der helle Schein des Halbmonds macht die Petroleumlampe sowieso überflüssig.

»Ich lasse sie hier«, sage ich leise zu Robert und stelle sie an den Wegesrand.

Als hätten wir eine stumme Übereinkunft geschlossen, gehen wir zurück zum Marktplatz. Dorthin, wo wir einmal unser ursprüngliches Lager aufgeschlagen hatten. Eine letzte Nacht können wir dort noch verbringen. Eine letzte Nacht, bis endlich Rettung kommt.

Tiefe Stille liegt über dem Platz. Die Aprilnacht taucht die Überreste unserer Autos in einen dunkelblauen Schein, aber sie wirken nicht länger bedrohlich. Auch der Brandgeruch hat sich beinahe verzogen. Behutsam legt Robert Tone auf dem Boden ab. Ihre Haut ist fiebrig, trotzdem macht Tone einen besseren Eindruck als noch vorhin.

Sanft streichele ich ihr über den Kopf. Sie atmet ruhig und gleichmäßig. Ob sie wohl schläft? Oder ist sie bewusstlos? Ihre Gesichtszüge sind jedenfalls entspannt.

»Kannst du kurz bei ihr bleiben?«, bitte ich Robert.

Er nickt.

Er hat sich seine zertrümmerte Nase selbst gerichtet, soweit es ihm möglich war, aber sie bietet immer noch einen furchterregenden Anblick. Ich frage mich, ob sie wohl jemals wieder vollständig heilen wird.

»Was hast du vor?«, fragt er.

»Ich wollte Bettlaken und Decken aus der Schule holen.

Wir können ein Lagerfeuer damit machen, um uns zu wärmen.«

Er nickt nur.

Ich gehe um das Schulhaus herum und klettere vorsichtig die Feuerleiter hoch. Sie knackt unter meinen Füßen, bricht aber nicht. Das Mondlicht erhellt kaum die Räume, aber meine Augen haben sich inzwischen an das spärliche Licht gewöhnt, sodass ich mich zurechtfinde.

Im Krankenzimmer raffe ich so viele Bettlaken und Decken an mich, wie ich tragen kann, und lege sie vor dem Fenster auf einen Haufen. Dann gehe ich in den Flur.

Die weiße Gestalt drüben an der Wand ist in der Dunkelheit kaum zu sehen, aber ich weiß, wo sie liegt. Ich gehe zu ihr hinüber und sinke neben ihr auf die Knie. Dann schlage ich das Tuch zurück. Ihr Gesicht gleicht einer Maske.

Von Neuem steigen Tränen in mir auf, und jetzt lasse ich sie zu. Weine still und leise vor mich hin, bis meine Tränen versiegen. Anschließend bleibe ich noch einige Minuten lang sitzen, bis meine Atmung sich wieder beruhigt. Bis ich es wage, Emmy anzusehen, ihr ruhiges, blasses Gesicht im Mondschein zu betrachten.

»Es tut mir so leid. Es tut mir so leid. Bitte verzeih mir«, sage ich zu ihr.

Ich atme einmal tief ein und aus.

Dann beuge ich mich vor, um sie auf die Stirn zu küssen. Ihre Haut fühlt sich unter meinen Lippen kalt und starr an.

»Danke für alles«, flüstere ich.

Vorsichtig taste ich über Emmys Hals, bis ich die feingliedrige Goldkette unter meinen Fingern spüre. Das Schloss ist winzig, ich muss meine Fingernägel zu Hilfe nehmen, um die kleine Öse aufzubekommen.

Anschließend breite ich wieder das Betttuch über Emmy und überlasse sie der ewigen Ruhe.

Die Flammen lodern hell. Tone liegt ein Stück entfernt vom Feuer und schläft. In gleichmäßigem Rhythmus hebt und senkt sich ihre Brust unter der Decke. Zuerst wage ich es kaum, meinen Blick von ihr abzuwenden, aber nach einer Weile spüre ich, wie die Anspannung ein wenig von mir weicht.

Robert sieht in die Flammen.

Ich räuspere mich leise. »Robert …«

Er sieht auf.

»Ich habe hier etwas«, sage ich und hole Emmys Halskette mit dem goldenen Herzen aus meiner Hosentasche.

»Ich habe sie aus dem Schulhaus mitgenommen«, sage ich. Sein Blick richtet sich auf das baumelnde Herz in meiner Hand.

»Ihre Mutter sollte es bekommen, finde ich«, sage ich leise. »Ich dachte, dass … Ich dachte, dass du es ihr vielleicht geben könntest?«

Meine Kehle fühlt sich wie zugeschnürt an.

Zuerst sagt er nichts. Dann streckt er die Hand danach aus, und ich lasse die filigrane Kette in seine Handfläche rieseln. Er hält sie ganz vorsichtig, sie verschwindet beinahe vollständig in seiner großen Hand.

Robert betrachtet sie lange. Ich umschlinge mit den Händen meine Knie und sitze schweigend da.

Seine Hand ballt sich um die Kette.

»Sie hat es bereut, wie sie sich damals verhalten hat, weißt du«, sagt er schließlich. Seine Stimme klingt belegt. »Sie hat nie aufgehört, es zu bereuen.«

Ich versuche, den Kloß in meinem Hals herunterzuschlucken. Meine Stimme will mir nicht gehorchen. Ich presse die Lippen aufeinander und starre in die Flammen.

»Ich weiß«, sage ich schließlich und beiße mir fest in die Wange. Und füge leise hinzu: »Sie hat mir das Leben gerettet.«

Die leichte Brise, die über den Marktplatz weht, ist erstaunlich mild, beinahe lau. Der Sommer naht.

Da lässt mich ein überraschendes Geräusch aufsehen: ein leises, helles Zwitschern. Ein kleiner Vogel sitzt auf dem Dach der Schule und trällert ein Lied.

»Ich habe, seit wir hier sind, nicht einen einzigen Vogel gehört«, sage ich.

»Nein, ich auch nicht«, stimmt Robert mir zu.

Der Vogel zwitschert erneut. Was das wohl für ein Vogel sein mag? Ich weiß es nicht.

Aber sein Gesang klingt schön.

Ich habe gewartet und gewartet, aber niemand kam.

Ich habe gewartet und das Kind gefüttert, aber sie kehrten nicht zurück. Schließlich bin ich zum Eingang unserer Kirche gegangen, in den Tunnel hinuntergeklettert und dem Weg in der Dunkelheit gefolgt. Eine Fackel oder eine Lampe mitzunehmen, habe ich nicht gewagt. Das war nur ihm gestattet, denn er war der Träger des Lichtes.

Er hatte mich geheißen, mit dem Kind oben zu bleiben. Er hatte mir gesagt, dass dem Kind große Bedeutung zukäme und ich bei dem Mädchen bleiben sollte. Dass ich auf ihn und die Gemeinde warten sollte. Dass sie bald zurückkehren würden.

Als ich an die Einsturzstelle kam, habe ich zuerst gar nicht begriffen, was ich da sah. Ich dachte, ich hätte einen falschen Weg genommen und mich versehentlich in einen anderen Tunnel verirrt, der eingestürzt war. Ich glaubte, ich sei verloren, bekam furchtbare Angst. Ich dachte schon, dass ich da unten sterben müsste, allein in irgendeinem abgelegenen Tunnel.

Doch dann fand ich zurück, und der Ausgang lag an derselben Stelle, wo er immer lag.

Viermal ging ich hin und wieder zurück, bis mir alles klar wurde.

Die Tage vergingen. Autos kamen in den Ort, und ich ließ das Kind in der Schule zurück, damit die Behörden es fanden. Vielleicht war es ja die Schuld dieser Teufelsbrut, dass sie nicht wiederkamen. Wenn nur das Balg endlich weg wäre, würde er zu mir zurückkommen, so dachte ich.

Ich hielt mich unten in den Gängen versteckt, weil ich mich an seine Worte erinnerte: dass die Menschen, denen Gottes Gnade nicht zuteilwurde, mich von ihm entfernen und unser Paradies vernichten würden, weil sie es nicht besser wussten. Dass die Frau, die meine Mutter gewesen war, ihnen sicherlich Lügen über uns erzählt hatte.

Sie würden es niemals verstehen. Niemand würde das.

Doch dann begann der Wasserspiegel zu steigen. Höher und immer höher. Ich erinnerte mich an die Worte meines Vaters aus der Zeit, als ich noch einen Vater besaß: dass man das Grundwasser einst abgepumpt hätte, damit die Tunnel nicht voll Wasser liefen.

Ich sehnte mich danach, dort unten auszuharren und mich vom Wasser holen zu lassen. Aber ich wusste, dass ich das nicht tun durfte. Sich selbst das Leben zu nehmen ist eine Sünde, und Selbstmörder brennen in der Hölle am hellsten.

Mir blieb nichts anderes übrig, als auf sie zu warten. Ich hatte es ihm versprochen.

Und ich wusste, dass er zu mir zurückkehren würde.

Nach einiger Zeit ging mir das Essen aus. Ich war gezwungen, die Vorratsschränke anderer Leute zu durchsuchen. In das Haus meiner falschen Mutter konnte ich mich allerdings nie wieder überwinden zu gehen. Ein Teil von mir gab ihr die Schuld an allem. Sie hatte die Hexe immer mehr geliebt als mich.

Ich ließ es zu, dass die übrige Gemeinde für mich sorgte. Schlief in ihren Betten und aß, was sie übrig gelassen hatten. Wir waren alle eins, und das, was dem einen gehörte, gehörte allen, versuchte ich mir einzureden. Das zumindest hatte er mir gesagt. Aber ich fühlte mich nicht wohl dabei und allmählich machte sich Hoffnungslosigkeit in mir breit. Nachts weinte ich viel.

Ab und zu kamen mir Zweifel. Wie kleine garstige Teufel schlichen sie sich an mich heran: wenn die anderen nun nicht wiederkämen! Wenn ich mich nun irrte!

Aber dann schob ich diese Gedanken beiseite, energisch und voller Wut. Er hatte es mir schließlich versprochen. Er war Gottes Auserwählter und hatte gesagt, dass wir für immer und ewig zusammenleben würden. Dass wir das Paradies auf Erden erschaffen würden.

Ich kehrte wieder zurück in den Wald und schlug den Weg ein, der zu unserer Kirche führte. Diesmal nahm ich eine Lampe mit. Vielleicht war ja ihr Licht erloschen und sie hatten sich in der Finsternis verirrt? Er hatte mich immer als »sein Licht« bezeichnet. Sein Gotteslicht. Seinen Engel.

Vielleicht konnte ich ihnen ja den Weg aus der Finsternis weisen? Konnte ihnen womöglich helfen, zurückzufinden?

Ich ging so tief in den Tunnel hinein, wie ich konnte. Das Wasser war inzwischen so sehr gestiegen, dass ich nicht einmal mehr die Einsturzstelle sehen konnte. Bald würden die Tunnel vollends überschwemmt sein.

Ich blieb dort sitzen, bis die Lampe erloschen war, und dann musste ich wieder weinen.

Doch dann hörte ich sie. Aus der Unterwelt.

Ich hörte sie singen.

Und da weinte ich wieder, aber diesmal vor Erleichterung.

Mir wurde klar, dass mein Opfer noch nicht genügt hatte. Ich harrte dort unten in den Gängen aus und ließ mich mit dem Wasser an die Oberfläche treiben, bis es nicht länger stieg, und horchte. Des Nachts flüsterten sie mir zu. Zuerst vernahm ich sie nur undeutlich, aber mit der Zeit lernte ich sie immer besser verstehen.

Sie sagten mir, was zu tun sei – dass die Sünde durch Blut reingewaschen werden müsse. Früher oder später würde die Hure des Teufels zurückkehren, dann sollte der Preis bezahlt werden.

Und so habe ich gewartet.

Dank der Autorin

Jeder Autor, jede Autorin ist sich darüber im Klaren, dass die stillen Helden eines Buches all jene sind, die das Manuskript kritisch gelesen haben, dem Autor Mut gemacht, Feedback gegeben, Tee gekocht und während des Schreibprozesses dazu gedrängt haben, doch mal etwas frische Luft und Sonne zu tanken. Da bin ich keine Ausnahme – ich würde sogar behaupten, dass ich meinem kleinen Umfeld weit mehr als das abverlangt habe! Deshalb ist es nur angemessen, an dieser Stelle all jenen zu danken, die mich darin unterstützt haben, *Das Dorf der toten Seelen* zu schreiben.

Ich möchte meiner fantastischen Lektorin Erika danken, die weit mehr aus diesem Buch gemacht hat, als ich es jemals für möglich gehalten hätte. Eine gute Lektorin ist für mich so etwas wie ein Coach – jemand, der einen anspornt, unterstützt und Inspirationen liefert. Aber auch jemand, der einen zu Höchstleistungen motiviert, bis man kurz vor dem Kollaps ist, und einen dann dazu bewegt, noch einen Extrasprint einzulegen – bis man mehr erreicht, als man je für möglich hielt. Beide Aufgaben hast du mit Bravour gemeistert.

Mein Dank gilt auch meinem Redakteur John, der mein energisches Beharren auf eigenwilligen grammatikalischen Konstruktionen tapfer ertragen hat.

Vielen Dank auch an meine Agentinnen Anna und Johanna, die meinen großen Wunsch vom selbst veröffentlichten Buch in Erfüllung gehen ließen. Ihr habt nicht nur dafür gesorgt, dass Alice, Emmy, Elsa und Aina nun in die Welt hinausziehen dürfen, ihr seid außerdem mit weitaus mehr Geduld, als ich es verdient hätte, auf meine Sorgen und Zweifel eingegangen.

Ein großer Dank gebührt auch all meinen Freunden, die mich während des gesamten Schreibprozesses unterstützt und meine vielen kleinen Neurosen ertragen haben.

Herzlichen Dank an Frida und Sofia, die mich dazu inspirieren, jeden Tag ein netterer Mensch zu werden, nicht nur mir selbst gegenüber, sondern auch gegenüber anderen. Dass ihr Teil meines Lebens seid, sehe ich als endgültigen Beweis dafür an, was für ein gutes Karma ich habe.

Mein Dank gilt auch Saga, die das Buch von Anfang an begleitet hat. Du hast bereits meine ersten Schreibversuche als Teenager gelesen und bist trotzdem überaus gern bereit gewesen, mein neues Manuskript zu lesen – was mehr über deinen Charakter aussagt als über meine Schreibkünste.

Ich möchte auch Anna danken, die mir immer wieder gesagt hat, dass sie von diesem Buch überzeugt ist – so lange, bis ich es endlich selbst glaubte. Du bist die beste Überraschung, die mir in meinem Leben je widerfahren ist (und nebenbei auch ein Dankeschön an Annas Lebensgefährten Matthis, der meine ständige Anwesenheit in eurer gemeinsamen Wohnung geduldet hat).

Auch meinem Vater möchte ich Danke dafür sagen, dass er sich beinahe mehr freut als ich, wenn ich ihn anrufe, um ihm etwas Neues über das Buch zu erzählen. Danken will ich ebenso meinen Brüdern Alexander und Leo, die mit gleich zwei Autorinnen in ihrem unmittelbaren Umfeld aufwachsen mussten. Das war sicherlich ganz schön hart, aber ich wette, ihr habt dadurch wertvolle *life skills* erworben.

Und schließlich möchte ich meiner Mutter danken. Meiner Mutter Viveca Sten, die das Manuskript gelesen und mich in jeder Hinsicht unterstützt hat, die mir mit guten Ratschlägen zur Seite gestanden hat und mir auf liebevolle Weise sagt, wenn ich mich mal wieder albern benehme. Das Schreiben mit dir zu teilen gehört zu den schönsten Erfahrungen in meinem Leben. Dass du meine Mutter bist, ist mein größtes Glück.

Last but not least möchte ich euch, meinen Leserinnen und Lesern, danken, die sich Zeit für dieses Nachwort nehmen.

Nichts von dem hier wäre ohne euch möglich gewesen. Dieses Buch ist für euch.